James Kelman

Busschaffner Hines

James Kelman

Busschaffner Hines

Roman

Aus dem Englischen
von Silvia Morawetz

liebeskind

I

Hines sprang vom Sessel auf; sie wollte gerade den großen Suppentopf mit dem heißen Wasser herunterheben. Sie nickte, als er sagte: Ich mach das. Er nahm ihr das Geschirrtuch ab und wickelte es sich um die linke Hand, bevor er den Metallgriff anfaßte; den Henkel hielt er in der rechten Hand. Dann hob er den Topf ein kleines Stück vom Herd hoch und hielt inne, stellte sich auf das Gewicht ein. Sandra war beiseite gegangen und hatte einen Holzstuhl aus dem Weg geräumt.

Die Plastikkinderwanne stand einen Meter vom Feuer entfernt, darunter und drumherum lagen ein paar Lagen Zeitungspapier. Sandra hatte schon eine Schüssel kaltes Wasser hineingeschüttet. Nach jedem Schritt blieb er stehen, damit das Wasser nicht überschwappte. An der Wanne angekommen, neigte er den Suppentopf jedesmal ein bißchen mehr, bis nur noch ein Viertel des Wassers darin war; das leerte er zuletzt mit einem Mal aus. Ganz schön schwer, sagte er.

Ich hab zuviel reingemacht … Sie war wieder an den Herd gegangen, einen kleineren Topf holen, in dem das Wasser ebenfalls kochte. Als auch dieser ausgeleert war, holte sie noch eine Schüssel kaltes Wasser; sie schüttete die Hälfte in die Wanne, prüfte die Temperatur und behielt die andere Hälfte in der Schüssel, stellte sie eine Armlänge von der Wanne entfernt auf den Boden.

Was? murmelte sie fast unhörbar und warf ihm einen kurzen Blick zu.

Entschuldige, ich dachte, du wolltest … Er bekam endlich den Deckel seiner Tabakdose ab und begann, sich eine Zigarette zu drehen. Bevor sie die leeren Töpfe wieder an ihren Platz im Küchenschrank stellte, rieb sie sie mit dem Geschirrtuch trocken. Dann zog sie sich aus. Hielt inne und ging die Jalousie am Fenster über der Spüle herunterziehen. Hines lächelte. Hubschrauber am Himmel, hm?

Sie zuckte mit den Achseln.

Es ist stockdunkel draußen!

Um so leichter kann man reinsehn.

Er nickte als Antwort, und sie zog sich weiter aus, ihm den Rücken zukehrend, als schaue sie fern, doch der Apparat war nicht an. Sie entkleidete sich bis auf ihren BH, stieg in die Wanne und setzte sich schließlich hinein, die Knie fast bis zum Kinn hochgezogen. Das Wasser reichte bis zwei Fingerbreit unter den Rand. Hines grinste. Kurz darauf sagte er: Soll ich dir 'n Rücken waschen?

Nee.

Sicher?

Ich möcht mich 'n Moment ausruhn.

Soll ich's Feuer bißchen hochdrehn?

Sie schüttelte den Kopf.

Ich dachte bloß, weil du noch den BH anhast und so, dir ist vielleicht kalt.

Ich frier nicht.

Er steckte die Zigarette in den Mund und hob ein Buch auf, das neben seinem Stuhl auf dem Boden gelegen hatte. Legte es unaufgeschlagen auf seinen Schoß, streckte sich und gähnte. Ja, sagte er, das war 'n guter Kauf. Er lachte leise. He, weißt du noch, als ich mir mal die Knie eingeklemmt hatte? Ich dachte schon, du müßtest die Feuerwehr rufen oder so.

Er rutschte mit dem Sessel so weit heran, daß er sich nach vorn beugen und die Hände auf ihre Schultern legen konnte. Massage gefällig? Und fing sofort an, ihr Kopf bewegte sich sachte im Rhythmus. Er lächelte: Paß auf, daß du dir nicht das

Kinn anschlägst. Er machte eine Weile weiter, doch dann mußte er zurückrutschen und seine Uniformhose zwischen den Beinen zurechtziehen. Danach massierte er weiter.

Ist gut, sagte sie.

Nein, ich hab mich bloß bequemer hingesetzt.

Ehrlich, Rob, ist gut.

Es macht mir nichts, keine Bange.

Ich fang mich jetzt trotzdem an zu waschen.

Ja. Er schniefte. Rutschte mit dem Sessel wieder zurück. Hob das Buch hoch und zündete sich die halbgerauchte Zigarette wieder an. Sie hatte jetzt den BH ausgezogen, und ihre rechte Brust war von der Seite zu sehen. Sie kam ohne größere Schwierigkeiten auf die Knie und seifte sich schnell ab. Hines reckte sich zum Kaminsims und schaltete das Transistorradio ein; als er wieder richtig saß, schlug er das Buch auf.

* * *

Was wir brauchen, ist ein trockenes Plätzchen, sagte Reilly, als er in den Hausflur trat. Sie waren vier, die dort Schutz suchten vor dem Regen: Reilly, Hines' fester Fahrer, und dann noch McCulloch und Colin Brown, Fahrer und Schaffner. Sie warteten auf einen weiteren Fahrer namens Barry McBride, der vor dem Verlassen des Pubs noch aufs Klo gegangen war.

Ich schlag vor, wir gehen ins Billardzimmer, sagte McCulloch.

Da darf jetzt keiner mehr rein wegen dem Vorfall letztens.

Colin Brown hatte es gesagt, und McCulloch funkelte ihn an. Was soll das heißen?

Gar nichts verdammt, bloß daß da so ein Arschloch in die Ecke gepißt hat – ich war das nicht.

Ich auch nicht, verdammt noch mal.

Ich war's, knurrte Hines. Bitte, Sir, ich geb's zu. Ich hab's gemacht, aus Protest.

Gegen den erbärmlichen Zustand der Busse, sagte Reilly grinsend.

Genau. Hines leckte das gummierte Ende des Reispapiers an, steckte sich die gedrehte Zigarette in den Mund und zündete sie an. Jedenfalls, sagte er, ein trockenes Plätzchen, das interessiert mich jetzt wenig, ich muß gleich den Kleinen vom Kindergarten abholen.

Dich lassen die da nicht rein, brummte McCulloch.

Zu besoffen, fügte Reilly hinzu.

Die können mich mal besoffen.

Recht hast du.

Nee, hab ich nicht. Schön wär's. Das ist ja heute das Schlimme, man kann sich nicht mal richtig besaufen.

Jetzt hört endlich auf ... McCulloch hatte ins Freie gespäht.

Barry schwankte; ein Schaffner, der mit ihnen zusammen im Pub gewesen war, stützte ihn. Er rülpste und sagte: Wo gehn wir hin?

Zu dir, sagte Reilly. Die anderen lachten.

Hier können wir jedenfalls nicht bleiben, sagte McCulloch, das steht mal fest. He, Rob, können wir nicht zu dir?

Reilly prustete los.

Hines sah ihn an. Sagte zu McCulloch: Sorry, ausgeschlossen – da kann nicht mal ich mich jetzt blicken lassen! Dann lachte er plötzlich und hob die Tragetüte mit dem Bier vom Boden auf. Wir gehn in den Park, sagte er, los, kommt.

Was soll das werden, du Arsch? McCulloch schüttelte den Kopf.

Ich geh in den Klub für alte Männer, den Rentnertreff – prasselndes Feuer, heißer Grog, Domino spielen. Ein trockenes Plätzchen.

Klasse, lachte Reilly. Mein Schaffner! Eine richtig klasse Idee.

Die lassen uns nie und nimmer rein, sagte Colin Brown.

Halt's Maul, knurrte McCulloch. Und sah zu Barry, der mit

geschlossenen Augen an der Wand lehnte. Eins zu null für den Park.

Seht ihr? sagte Hines. Seine freie Entscheidung.

Reilly nickte.

Barry stolperte plötzlich von der Wand weg. Der andere Schaffner bekam ihn zu fassen, doch er schüttelte ihn ab und sagte: Ich geh ins Wettbüro.

Das läßt du schön bleiben, antwortete der andere Schaffner.

Das Wettbüro hat eh zu, sagte Reilly.

Barry sah ihn an.

Stimmt wirklich, sagte Colin Brown.

Verdammter Mist, murmelte Barry und machte Anstalten, aus dem Hausflur zu treten, schwankte aber und wäre beinahe gestürzt.

Einen saufen gehen wir, sagte Hines. Nun macht schon, ihr Arschgesichter! Er faßte Barry an der einen Schulter, und der zweite Schaffner nahm die andere.

Ich muß pissen, murmelte Barry.

Herrgott, sagte McCulloch.

Der Rentnerklub war unten am Fluß, in der Nähe der eisernen Fußgängerbrücke. Barry und der Schaffner, der ihm half, waren ein Stück hinter die anderen vier zurückgefallen, die im starken Regen den Weg entlangtrotteten. Reilly war als erster an der Tür. Er drückte sie gleich auf und ging hinein, Hines hinter ihm her. Schweigen, als alle vier drin waren. An einem recht großen Holztisch in der Mitte des Raumes waren zwei Dominospiele im Gange, an denen jeweils vier Spieler teilnahmen; ziemlich viele Zuschauer sahen zu. Auf den langen Bänken an den Wänden saßen noch mehr alte Männer.

Sind die von den Bussen, rief einer. Was ist? Streikt ihr alle?

Ist es okay, wenn wir reinkommen? sagte Colin. Draußen schifft's.

Wir haben uns unsere Erfrischungen gleich mitgebracht … Reilly grinste, zeigte auf die Tragetüte. Als die Rentner die Tüte sahen, setzte gleich Gemurmel ein.

Hines sagte: Wir fordern euch zu einer Dominorunde heraus! In Ordnung?

Nee, nicht in Ordnung, rief ein Mann, der neben dem offenen Kamin saß. Er starrte zu Barry hinüber, der inzwischen auf einer Bank, nicht weit von ihm, zusammengesackt war, und spuckte ins Feuer. Überhaupt nicht in Ordnung ist das.

Kommen hier einfach reingepoltert, murmelte ein anderer.

Wer poltert denn? erwiderte McCulloch.

Wieder Schweigen. Dann sah einer der Spieler die Rentner der Reihe nach an. Wir brauchen sie bei dem Regen ja nicht rauszuschicken.

Hast ja recht, aber die wollen ein verdammtes Spiel, und wir sind mitten in unserm Turnier!

Zustimmendes Gemurmel.

Wenn sie schon reinwollen, müssen sie still sein, sagte einer.

Ja.

Wir wollen hier keine Unruhe haben! rief der Mann neben dem Feuer.

Bißchen singen dürfen wir wohl auch nich? fragte der Schaffner lächelnd.

Halt den Rand, du, sagte Colin.

McCulloch hatte sich eine Büchse Bier aus der Tragetüte genommen und machte sie auf. Alkohol verboten, rief der Mann am Kamin. He, du, Ramsey! Siehst du, was hier losgeht?

Ramsey war einer der Dominospieler. Er nickte. Alkohol ist hier drin tabu, Junge, das ist als einziges nicht erlaubt.

Zustimmendes Gemurmel von den Rentnern. Hines tippte McCulloch an den Arm. He, George, man redet mir dir – aber sag bloß nichts… Er nahm sich eine Büchse aus der Tüte, und die aufmachen und einen Schluck trinken war eins.

Das reicht! schrie der Mann am Kamin. Versauft euer Oma klein Häuschen woanders!

Colin sah Hines an, der zurückzwinkerte.

Das geht aber wirklich nicht, sagte einer am Tisch.

Ein paar zornige Stimmen wurden laut. Drei oder vier Männer redeten zusammen auf Ramsey ein, der nur stumm nickte. Colin schüttelte den Kopf, ging zu der Bank, auf der Barry zusammengesackt saß, und gab dem Schaffner ein Zeichen, er solle ihm helfen, den anderen auf die Beine zu stellen.

Reilly warf Hines einen Blick zu und griente, nahm Hines die Büchse aus der Hand, sagte: Cheers, Rob, und trank daraus.

Ich klopf mal auf den Tisch, sagte Hines. Runde Domino gefällig, Mr. Reilly? He, George?

McCulloch lachte.

Hines ging an den Tisch und klopfte drauf. Ich und meine Kumpels wolln 'ne Runde spielen, sagte er. Zwei von uns gegen zwei von euch. Aber ihr solltet eure Besten auf uns loslassen, denn wir sind verdammt gute Spieler.

Was sabbelt der da? rief einer der alten Männer. Wir haben unsern Turniertag, und da kommt der hier reingerannt und will den Tisch besetzen.

Hier kommt keiner gerannt, erwiderte McCulloch.

Ihr kriegt keinen Tisch, schlagt euch das aus dem Kopf, sagte Ramsey. Und wenn ihr verdammt noch mal ...

Der Tisch ist besetzt und er bleibt besetzt, sagte Hines.

Ganz genau, Partner. Reilly ging auf Hines zu. Ich und du spielen gegen die Sieger des Turniers hier.

Haut ab und fahrt eure scheiß Busse, rief eine Stimme im hinteren Teil des Raumes.

Genau, sagte ein anderer, richtiger Skandal ist das – kein Wunder, daß du nie einen Bus kriegst, wenn du einen brauchst. Ist nämlich keiner in Betrieb, weil sie alle betrunken sind. Solche wie die dürften überhaupt keinen Job haben.

Na los, Leute, sagte Ramsey zu Hines und den anderen. Ihr geht jetzt besser.

Der Schaffner, der sich eine Büchse Bier holen wollte, hatte beim Herüberkommen die Tragetüte umgestoßen; ein paar Büchsen rollten über den Boden. Er kniete sich hin und sammelte sie wieder ein. Schaute von unten auf und sagte: Was haben die Alten bloß alle? Sind gerade rein aus dem Regen, und was ist, beleidigt werden wir, nichts als beleidigt. Würd mich nicht wundern, wenn sie mal anfangen, die alle zu entsorgen.

Was war das? rief einer.

Schönes Wetter für Enten, sagte Reilly.

Du redest Unsinn, sagte Hines. Er zwinkerte dem Schaffner zu. Gib uns mal 'ne Büchse.

Er nahm die Büchse und ging zu der Bank, auf der Barry saß, schob ihm die Uniformmütze zurecht und stellte die Bierbüchse darauf. Barry schnarchte. Hines machte drei Schritte rückwärts, als wolle er prüfen, ob die Büchse sicheren Stand hatte. Dann ging er wieder zu den anderen zurück und zielte mit der Büchse, aus der er getrunken hatte.

McCulloch lachte laut.

Zehn zu eins, daß er 'ne Meile daneben wirft! rief Reilly.

Gebongt, sagte der Schaffner. Dreißig Pfund; wart, bis ich meinen Lohn krieg.

Wie die Kinder, murmelte ein alter Mann.

Ramsey seufzte: Hört mal, Leute, genug ist genug.

Genug ist nicht genug, erwiderte McCulloch.

Hines nahm die Bierbüchse sofort herunter. Zu Reilly gewandt, sagte er: Hast du das gehört? Von diesem Arsch McCulloch hier, hast du das gehört? Wußtest du, daß der das schon weiß? Wär ich nie drauf gekommen … Mann!

Reilly lächelte.

Colin stand wieder neben ihnen, sein Gesicht war rot. Das geht nun wirklich nicht, sagte er ruhig, los, gehen wir.

Da flüstert einer in Gesellschaft, sagte Reilly.

Das gehört sich nicht, sagte Hines.

Ich flüster doch nicht.

Nee, sagte McCulloch, du flüsterst nie. Du jammerst ohne Ende, die Stimme des Schicksals.

Die Stimme des Schicksals! lachte Reilly.

Jetzt streiten sie sich schon untereinander, sagte einer der Männer am Tisch.

Haut endlich ab, rief ein anderer.

Was ist nun mit der Wette! fragte der Schaffner und blieb unweit von Barry stehen.

Hines nickte, er hob die Büchse.

Scheiße Rob, rief Colin, machte kehrt und ging mit schnellen Schritten zur Tür. Er zog sie auf, ging hinaus und ließ die Tür hinter sich zuknallen. Von dem Aufprall ging sie noch mal ein Stückchen auf, und Regen wurde hereingeweht.

Im nächsten Moment brummte McCulloch: Ich regel das jetzt mit dem Scheißkerl, sofort, er oder ich, auf der Stelle. Er verließ den Raum. Hinter ihm machte einer der Rentner die Tür gleich wieder zu und setzte sich in ihrer Nähe auf eine Bank; er schniefte und zog eine halbgerauchte Zigarette hinter dem Ohr hervor, die er mit einem über den Boden gestrichenen Streichholz anzündete. Reilly half dem Schaffner mit Barry.

Hines begann, die Bierbüchsen in die Tragetüte zu stecken. Der Mann am Kamin räusperte sich und sagte etwas zu seinem Nachbarn. Hines ging zur Tür und hielt sie den anderen dreien auf. Man hat's nicht leicht, sagte er zu Reilly.

Reilly nickte.

Draußen, schon ein ganzes Stück entfernt, sahen sie Colin Brown; er rannte nicht, ging aber schnell in Richtung Fußgängerbrücke. McCulloch lief ihm nach.

He … sieh zu, daß du mit Barry klarkommst, sagte Hines zu dem Schaffner.

Soll das'n Witz sein?

Hines zuckte mit den Achseln. Reilly rannte den anderen beiden schon hinterher.

Als McCulloch Colin eingeholt hatte, stieß er ihn in den Rücken. Ihre Stimmen waren über dem Rauschen des Regens und des Flusses zu hören. Nun standen sie sich gegenüber, und Colin ging rückwärts, während der andere ihn an der Brust zu schubsen versuchte. Als Reilly bei den beiden ankam, packte er McCulloch am Arm, doch der stieß seine Hand weg. Hier wird sich nicht geschlagen, sagte er, ihr seid schon zu lange Kollegen.

Aus dem Weg.

Du bringst ihn um, Mann.

Soll er mich doch umbringen, murmelte Colin.

Du blöder Hund! McCulloch funkelte ihn wütend an. Du gehst mir schon seit Monaten auf den Geist mit deinem ewigen blöden Gejammer, du Arsch!

Du weißt ja, was du mich kannst.

McCulloch machte einen Schritt nach vorn, Reilly wollte ihn zurückhalten.

Hilfe gefällig? rief Hines. Braucht jemand Hilfe? Er stellte die Tragetüte auf die Erde und streckte die Fäuste nach vorn.

Hau ab, Rob, sagte McCulloch.

Nee.

Das hat nichts mit euch beiden zu tun.

Hat es doch.

Ich brauch deine scheiß Hilfe nicht, sagte Colin.

Hilfe? Du Arsch! Was soll das heißen, Hilfe? Wir wollen dir bloß einen Arschtritt verpassen.

Hau bloß ab, sagte McCulloch.

Nee, wir wollen auch gehen, ich und mein Fahrer. Eh, Kumpel, wenn wir ihn am Arm packen oder irgendwo … und ihn in die tosende See werfen: was meinst du?

Wär zu überlegen, sagte Reilly nickend. Er hatte eine zerdrückte Zigarette aus seiner Schachtel gezogen … Laß uns eine rauchen.

Schaut euch den an! Das ist die erste Fluppe, die der uns in 38 verdammten Jahren anbietet!

McCulloch sah ihn an.

Hines klatschte in die Hände und sang: Singing aye aye yippee yippee aye, singing aye aye yippee yippee aye.

McCulloch ging auf Colin zu, packte ihn am Revers seiner Uniformjacke und schien ihn fast vom Boden hochzuheben, ließ den Kopf niedersausen und die Stirn auf Colins Nasenwurzel krachen, dann ließ er ihn wieder los. Colin stand wieder und faßte sich mit beiden Händen ins Gesicht. McCulloch sah Colin kurz an, dann ging er in Richtung Fußgängerbrücke, ohne sich noch einmal umzudrehen. Reilly beugte sich nach vorn und wollte Colin die Hände vom Gesicht ziehen. Und Hines legte ihm die Hand auf die Schulter und sagte: Du bist ein blöder Hund, Colin.

Das muß womöglich genäht werden, murmelte Reilly.

Ja … Der andere Schaffner stieß zu ihnen, unbegleitet. Wir sollten ihn vielleicht ins Krankenhaus bringen.

Ich geh in kein scheiß Krankenhaus. Colin hatte die Hände jetzt vom Gesicht weggenommen; Blut lief ihm über das Gesicht zum Kinn hinunter und tropfte ihm aufs Hemd.

Wär aber besser, sagte Reilly.

Colin wischte sich die Hände im Gras ab, und die beiden anderen halfen ihm auf die Beine. Hat einer von euch 'n Taschentuch? fragte er.

Nimm's Hemd, sagte Hines.

Halt den Rand, murmelte Reilly.

Ist doch nichts dabei, ich meine, Herrgott, hast du seine Uniformhose schon gesehen? Man möchte meinen, er hat sich in die Hose gepißt. Macht man das, wo die doch der Firma gehört? Ts, ts aber auch.

Meint ihr, wir sollten ihn ins Krankenhaus bringen? fragte der Schaffner.

Colin schüttelte den Kopf; er hielt sich die rechte Hand unter die Nase.

Was meinst du, Rob?

Hines zuckte mit den Achseln, zog seine Tabakdose heraus und entnahm ihr ein Zigarettenpapier, das jedoch sofort naß wurde. Er machte die Dose zu und schob sie wieder in die Hosentasche, dann hob er die Tragetüte mit dem Bier hoch. Los, gehen wir, hat doch keinen Sinn, hier patschnaß zu werden. Wo ist dieser Blödmann Barry? fragte er den Schaffner.

Der Schaffner wies nach hinten auf den Rentnerklub.

Vielleicht sollte er das doch ansehen lassen, sagte Reilly, zur Sicherheit.

Hines warf Colin einen Blick zu, doch Colin schüttelte den Kopf und setzte sich in Richtung Fußgängerbrücke in Bewegung. Einen Moment darauf sagte der Schaffner: Was machen wir jetzt?

Hines zuckte wieder mit den Achseln.

Findet ihr nicht, wir sollten ihn ins Krankenhaus bringen?

Wär vielleicht das beste, erwiderte Reilly, er muß womöglich genäht werden.

Das bezweifle ich. Macht, was ihr wollt, ich muß sowieso in den Kindergarten … Hines lächelte. Was ist jetzt mit der Fluppe, du Arsch?

Reilly zog die Schachtel heraus.

* * *

Sandra. Sie berührte ihn am Arm und flüsterte: Hör mal. Ein leises Kratzen. Sie rührten sich nicht. Schließlich rutschte er auf seine Seite und spähte von der Nische in Richtung Spüle. Das geht schon ewig so, murmelte sie.

Er nickte. Schlug die Decke zurück, schob die Beine heraus und ging auf dem Boden in die Hocke. Das Kratzen hörte auf.

Hines grinste. Du hättest an die Wand hauen und Donnelly rüberholen sollen. Er ist der Fachmann.

Pst.

Sie schwiegen eine Weile, und das Kratzen fing wieder an. Es kam vom Mülleimer neben der Spüle. Beim Hinüberschleichen zog er einen flachen Schuh unter der Kommode hervor. Doch das Kratzen hatte aufgehört. Eine gewisse Zeit verging, bis es wieder anfing. Jetzt, sagte Hines, und als Sandra die Nachttischlampe einschaltete, sprang er mit dem Schuh in der Hand zum Mülleimer. Die Maus machte einen Satz und sprang ihn direkt an, er schleuderte den Schuh, verfehlte sie aber. Das Mistvieh, wo ist es hin?

Unterm Schränkchen oder der Kommode, Rob, ich weiß nicht genau, bei dem Licht konnte ich es nicht erkennen.

Ich war sicher, ich hätt sie erwischt ... Er kniete sich hin und schaute unter dem Schränkchen nach. Sinnlos. Sah zu ihr hinüber. Bei den Schatten sieht man nichts. Herrgott! Er richtete sich auf und wischte, den linken Fuß hebend, ein paar Krümel ab. Der verdammte Junge, wo er geht und steht, läßt er Zeug fallen. Ich predige es ihm dauernd. Er schüttelte den Kopf und wischte sich über den rechten Fuß. Wir müssen die Wohnung sauberhalten, Sandra, staubsaugen und so, ist der einzige Weg, uns dieser Mistviecher zu erwehren.

Von wegen einziger Weg. Wenn du die Risse in der Fußleiste alle zuspachteln würdest, kämen sie gar nicht erst rein.

Herrgott, Sandra, er rennt dauernd mit Essen rum. Ich meine, er ißt so gut wie nie am Tisch; ich sage es ihm andauernd.

Die Maus war im Mülleimer, nicht auf dem Fußboden.

Hines hatte sich hingekniet und sah unter der Kommode nach. Beim Aufstehen sagte er: Er serviert ihr jetzt sogar was zu essen, hab ich dir das erzählt? Ich hab Leberstückchen unter seinem Bett gefunden, ich meine Herrgott noch mal ...

Hast du.

Ja, und wo lernt er so was? Doch in seinem blöden Kindergarten!

Komm wieder ins Bett.

Wir müssen ihm beibringen, das zu lassen.

Sandra lächelte.

Ernsthaft.

Ich weiß.

Schon gut... Hines grinste. Halt den Mund. Bevor er wieder ins Bett kam, ging er zur Toilette.

Sie schaltete die Nachttischlampe aus.

Herrje. Ich hab vergessen, auf den Wecker zu sehen.

Das läßt du besser bleiben.

Ja ... Er legte sich hin, zog die Decke hoch. Ich kann sowieso nicht mehr schlafen, ich werd die ganze Nacht, nein, den ganzen Morgen auf die blöde Maus hören.

Sandra lachte leise. Dann sagte sie: Du frierst.

Ist doch kein Wunder.

Gib mir deine Füße.

Hast du Hunger?

Sie lachten kurz. Hines lag auf dem Rücken; er schob den Arm zur Seite, damit sie den Kopf auf seine Brust legen konnte, und küßte sie auf die Stirn. Manchmal ist es besser, nicht zu schlafen, um so mehr kann man den Rest genießen. Beim Totsein ist es genauso; ich hätt gar nichts dagegen, wenn man ab und zu aufwachen könnte, um es auszukosten.

Rob! Sie rieb mit den Knöcheln an seiner Schulter.

Nicht ... sagte er leise lachend. Morgen kümmer ich mich um die Fußleiste, bestimmt. Ich kauf ein Päckchen Polyfilla und borg mir von Donnelly 'ne Schaufel. He, weißt du, was mir gerade einfällt – wenn er den Mauerriß in seinem vorderen Zimmer nicht immer wieder zugemacht hätte, wär das ganze beschissene Haus zusammengekracht, und wir hätten am Ende 'ne Doppelhaushälfte in Knightswood gekriegt.

Sandra lachte höhnisch auf.

Kurz darauf sagte er: Entschuldige.

Schon gut.

Nein … ich weiß nicht, was manchmal in mich gefahren ist.

Sie faßte nach seinem Arm und drückte ihn. Er wollte etwas sagen, ließ es aber sein. Seufzte und küßte sie noch mal auf die Stirn. Sie rückte dichter an ihn heran. Er küßte sie auf den Mund, wich dann aber zurück.

Was ist?

Nichts. Ah … nein. Ich hab 'nen Ständer.

Sie richtete sich auf und küßte ihn, schob ihr Bein zwischen seine. Sei nicht albern, sagte sie.

Er drehte sich zu ihr, legte beide Arme um sie, und sie küßten sich, bis er sich abermals von ihr löste. Ehrlich, ich mein … es ist okay, Sandra, wenn du keine Lust hast, ich mein, ich …

* * *

Er schlenderte durch den Torweg hinaus und den Gehsteig entlang. Zwei Straßenkehrer stützten sich auf ihre Besen und unterhielten sich. Als er an der Ecke stehenblieb, rief einer der beiden: Da ist gerade ein Bus weggefahren.

Hines nickte. Er ging los, machte dann immer größere Schritte, bald darauf rannte er, den Gurt der Schaffnertasche um die Faust gewickelt, die Uniformmütze unter den Arm geklemmt. Zwanzig Minuten später kam er im Betriebshof an. Der Bus, auf den er zum Dienst eingeteilt war, fuhr gerade vom Hof, als er in die Straße einbog. Der Bus hielt an. Reilly machte das Seitenfenster auf und schüttelte den Kopf.

Ich war mitten in einem Traum, Willie, und der war so schön, da hab ich's nicht fertiggebracht aufzuwachen.

Reilly zündete sich mit einem Streichholz eine Filterzigarette an. Dann machte er eine Kopfbewegung hin zum Büro. Los, probier's halt.

Hines lachte höhnisch auf.

Man kann nie wissen.

Campbell hat Dienst.

Reilly zuckte mit den Achseln. Schadet doch nichts, es zu versuchen.

Hast recht, mehr als mir die Eier abschneiden können sie nicht. Hines wandte sich zum Gehen, blieb aber noch mal stehen: Welchen Bus haben wir?

Die 183.

183, Mist, hätt ich mir ja denken können; aus der Heizung kommt seit 10 Jahren bloß kalte Luft raus.

Mach hin, Mann, ich wart 'n paar Minuten.

Gut, gut, okay, tut mir sehr leid, Sir.

Im Büro des Betriebshofs studierte der Diensteinteiler einen Aushang, der an einem Brett an der Wand hing. Als Hines an den Schalter trat, blickte er weiter unverwandt darauf. Äh … kann ich mich für meine Schicht eintragen?

Kurz darauf drehte der Mann sich um. Was war das?

Meine Schicht.

Deine Schicht?

Ja, Dienst 6.

Dienst 6, die von Dienst 6 sind weg.

Hines machte eine Handbewegung zur Straße hin. Mein Fahrer wartet auf mich. Ich trag mich für die Schicht ein, okay?

Die ist weg. Die Reserve ist eingeteilt.

Ja. Hines schniefte. Ich könnt ihm doch sagen, er soll zurückkommen.

Zu spät.

Aber Reilly ist doch noch da.

Dann vertut er seine Zeit, murmelte der Dienstleiter. Wenn Reilly noch da ist, vertut er seine Zeit. Er wandte sich wieder dem Aushang zu.

Kann ich mich für meine Schicht eintragen?

Du kommst zu spät, ich hab's dir doch schon gesagt.

Hines machte den Deckel seiner Tabakdose auf. Nachdem er sich die Zigarette gedreht hatte, verlagerte er das Gewicht auf sein anderes Bein, zündete sie an und machte einen tiefen Zug. Der Diensteinteiler trat von dem Aushang weg und setzte sich auf einen hohen Hocker am Ende des Schalters. Das große Dienstbuch lag da. Er begann darin zu lesen, trommelte mit den Fingern auf dem Schalter. Hines zog wieder an der Zigarette und machte beim Ausatmen einen Rauchkringel. Also, was ist jetzt? sagte er. Soll ich mich als Reserve eintragen oder was?

Der Diensteinteiler antwortete nicht. Hines rieb sich die Augen. Er hatte seine Uniformmütze auf den Tisch gelegt. Hatte die Schaffnertasche von der Schulter genommen. Nein, sagte der Diensteinteiler. Nein, ich glaub nicht.

Soll ich einfach wieder heimgehen?

Was hast du gesagt?

Hines sah ihn an.

Ich hab schon einen Reserveschaffner oben sitzen, der, wie's aussieht, nichts zu tun hat. Der Diensteinteiler studierte das Dienstbuch noch einen Moment. Hob plötzlich den Kopf: Du solltest dich um 5 zur Arbeit melden. Was soll das, um diese Zeit anzutanzen?

Herrgott, ich hab den Personalbus verpaßt. Mußte den ganzen Weg bis hierher laufen.

Was hat das damit zu tun?

Hines sah ihn an. Der Junge, sagte er schließlich, ist erkältet. Ich war die halbe Nacht auf deswegen.

Hältst du mich für dumm oder was? Du hast neulich schon verschlafen und bist damit durchgekommen, ich meine, was zum Teufel glaubst du, was das hier ist? Müssen wir nach deiner Pfeife tanzen?

Hines schniefte.

Der Diensteinteiler schüttelte den Kopf; er las wieder im

Dienstbuch. Dann langte er in eine Seitentasche seines Kittels und zog eine Zigarette hervor. Als er sie angezündet hatte, machte er einen Zug, stieß den Rauch aus und murmelte: 6 Uhr Reserve. Machte kehrt und ging vom Schalter weg, blieb aber noch einmal stehen und sagte: Das nächste Mal brauchst du dich gar nicht erst blicken zu lassen.

Hines hustete. Trug sich ins Dienstbuch ein. Ging schnell auf die Straße hinaus und winkte Reilly, er solle fahren. Wieder im Betriebshof, ging er nach oben in den Aufenthaltsraum.

* * *

Der Junge nestelte am Türknauf. Hines hatte seine Finger durch den Briefkastenschlitz geschoben und stieß ächzende Geräusche aus. Sandra machte auf. Er küßte sie und setzte dem Jungen die Uniformmütze auf. In der Küche ließ er sich in den Sessel sinken. Schlimm? sagte sie.

Ach ... Schlaucht ganz schön, so ’n durchgehender Dienst. He ... Er stand vom Sessel auf: Soll ich dir bei den Kartoffeln helfen? Als Sandra ihm ein Gesicht schnitt, setzte er sich wieder, beugte sich hinunter und schnürte seine Schuhe auf. Manche machen jahrelang krank, und ich, der ich immer so geschafft bin, bloß eine lausige Woche, eine scheiß Woche. Reilly genauso! Der braucht bloß reinzumarschieren zum Doktor, schon werfen sie ihm die Krankschreibung zu.

Paul stand vor ihm mit einem Bild, das er gemalt hatte. Hines sah es sich an und nickte. Ich meine, wenn ich wenigstens ab und zu mal krankgeschrieben wäre, könnt ich bis in alle Ewigkeit Busfahrkarten verkaufen. He ... Er sah Paul an. Das ist ein klasse Bild, kleiner Mann.

Paul beugte sich herüber und sah es an.

Ja. Hines zeigte auf die Umrisse. Das da sind die Wellen des Meers, und da, die große Sonne, die da scheint – das ist klasse, genau getroffen, Sohn, gut gemacht. Nein, wirklich, ich meine, ist doch Quatsch, manche Ärzte sind okay, aber die anderen – der, den wir haben, der blöde Glatzkopf, ich glaub bald, den hat uns die scheiß C.I.A. hier reingesetzt.

Paul sah ihn lächelnd an, Hines strich ihm über das Haar und gab ihm die Zeichnung wieder. Sandra formte etwas mit den Lippen. Sagte schließlich laut: Deine Ausdrucksweise, Rob, darüber lacht er. Ich warte schon drauf, mir im Kindergarten anhören zu müssen, daß er die Frauen da mit Schimpfwörtern belegt.

Geschieht denen recht.

Ich mein's ernst. Sandra spülte die geschälten Kartoffeln ab, tat sie in einen Topf und streute das Salz hinein. Wie war's bei der Arbeit?

Wie war's bei dir?

Sie lächelte halb.

Tja, bei mir war's absolut wunderbar, taktile Überraschungen ohne Ende, erst krieg ich Einkaufstüten in die Kniekehlen gerammt, dann werd ich von räudigen Mischlingskötern angekläfft, oder es machen sich sexy Büromiezen an mich ran.

Hau ab, nimm ein Fußbad.

Keine Kraft, den ganzen Tag sind mir die Leute draufgetrampelt. Die sind total zerschunden und zerquetscht und wund. Ich sag's dem Arzt dauernd, aber er hört gar nicht hin, bitte, Sir, die sind hin und zerquetscht und wund, Sir. Nein, ich such mir definitiv einen andern Job.

Oh, gute Idee.

Ich mag sarkastische Frauen.

Sie streckte ihm die Zunge raus.

Wie lange dauert's, bis der Fraß auf dem Tisch steht?

Zwanzig Minuten, höchstens.

Was! Gütiger Himmel, ich glaub, ich leg mich ins Bett, um die Zeit totzuschlagen.

Untersteh dich! Du solltest dankbar sein, daß du was gekocht kriegst. Wenn ich mich recht entsinne, bin ich diese Woche nicht dran.

Hines hatte die Augen geschlossen. Ich halt nicht so lange durch. Lieber Gott in den niedrigeren Regionen, bitte mach, daß ich ohnmächtig werd. Dann bin ich für immer und ewig dein, ehrlich, Sir.

Schalt den Fernseher an.

Abgelehnt.

Ach, übrigens, heute nachmittag haben sie im Büro gesagt, die Halbtagskraft vom Arbeitsamt, die hat sich nicht wieder blicken lassen.

Schlaues Kind.

Aber das ist unmöglich. Das bedeutet, wir müssen ihre Arbeit zusätzlich zu unserer machen. Wir kommen gerade so zurecht, aber wir müssen uns ganz schön ranhalten.

Hm, typische kapitalistische Taktik, als nächstes werdet ihr erleben, daß euch euer scheiß Buchanan mitteilt, die Aushilfskräfte werden nicht mehr benötigt.

Mal im Ernst, Rob, ich hab mir überlegt, ob ich mich entscheiden sollte, ganztags zu gehen.

Aha.

Ja.

Hm.

Wir könnten's schaffen.

Ja.

Doch, könnten wir.

Na toll, wann wolltest du denn damit anfangen? Kannst du's noch erwarten, bevor die Kartoffeln kochen?

Gott!

War doch bloß Spaß, Sandra, entschuldige, ehrlich, ich mein, es … Er zuckte mit den Achseln.

Nach einer Weile stand sie auf, nahm einen Lappen vom Abtropfbrett und wischte das Klappbord des Küchenschranks ab. Bist du wirklich dagegen?

Natürlich nicht.

Wenn wir Paul in einem Ganztagskindergarten unterbrächten, würden wir es spielend schaffen. Und es wär bloß bis zum Sommer, bis er in die Schule kommt.

Hines hob den rechten Fuß, um den Stiefel auszuziehen, die Tabakdose fiel von der Armlehne; der Deckel war offen gewesen. Er sammelte den Tabak auf und tat ihn wieder hinein. Sandra sah ihn an. Nein, sagte er, natürlich hab ich nichts dagegen, daß du ganztags gehst – bei dem, was ich verdiene, mußt du es früher oder später sowieso. Mit Stempelngehen wär ich eh besser dran. Zumindest bis das mit den Überstunden wieder anfängt. Ich hab gerüchteweise gehört, ein paar Schaffner sollten schon die Woche an ihren freien Tagen arbeiten.

Sandra nickte.

Klasse, was!

Wir können das Geld gebrauchen, Rob!

Ich weiß ... klar. He, sagte er lächelnd, vielleicht sogar 'n paar Pfund sparen für einen Urlaub oder so.

Sandra hatte die Arme verschränkt; sie trat vor seinen Sessel. Wär nicht schlecht. Ich hab mir überlegt, wenn wir es hinkriegen würden, von deinem Geld zu leben, könnten wir das meiste von meinem auf die Bank geben. Gott, das wär herrlich. Und statt eines Urlaubs ... könnten wir vielleicht daran denken, für ein Haus zu sparen. Sie löste die Arme und legte die Hand auf seinen Arm. Machbar wär's, es gibt keinen Grund, warum nicht.

Hines lachte auf. Sie richtete sich auf, wich seinem Blick aus. Nee, sagte er, ist eine gute Idee ... Er schniefte und griff nach der Tabakdose.

* * *

Eine lange Schlange hatte sich an der Haltestelle gebildet. Der Jungfahrer schaute in das Schaufenster eines Schmuckgeschäfts gleich nebenan. Ihr Bus hatte Verspätung. Als er schließlich kam, stiegen zwar viele Leute aus, aber auch alle aus der Schlange ein. Hines wartete, bis der andere Fahrer und der Schaffner ausgestiegen waren, öffnete seine Tasche und bereitete seinen Fahrkartendrucker vor. Der Fahrer murmelte: Bloß raus hier ... Seine Stirn glänzte vor Schweiß.

Während Hines den Gurt seiner Schaffnertasche zurechtzog, setzte sich der Jungfahrer auf den Führersitz und stellte sich den Rückspiegel ein. Die Türen waren noch offen. Ein paar Nachzügler kamen angelaufen und stiegen noch in den Bus ein. Hines sah sie an.

He, kannst du den Spiegel für mich richten ...?

Was?

Der Jungfahrer zeigte auf den Seitenspiegel direkt neben der Tür. Hines beugte sich hinaus.

Ein kleines Stück mehr nach links.

Hines stellte ihn ein, machte dann sofort wieder kehrt und baute sich mit dem Rücken zur Fahrerkabine auf. Im Gang standen gut und gern zehn Leute. Er musterte sie, stieg aufs Oberdeck hinauf und sah, daß dort noch Sitzplätze frei waren. Wieder unten an der Treppe, sagte er: Hier drin bloß 5, die übrigen die Treppe rauf.

Als die ersten zur Treppe gingen, löste der Jungfahrer die Handbremse und trat gleichzeitig das Gaspedal durch; der Bus fuhr mit einem Ruck an, und eine Frau fiel gegen Hines. Der Mann in ihrer Begleitung starrte ihn an und sagte, sie am Arm fassend: Bist du okay, Schatz?

Die Frau nickte. Sie warf Hines einen finsteren Blick zu, bevor sie, gefolgt von dem Mann, nach oben ging. Als die verlangten 5 hinaufgegangen waren, rief er: Die Zugestiegenen, bitte! und ging den Mittelgang nach hinten.

An der Endstation hielt der Bus an, und der Motor wurde ausgestellt. Die Leute, die dort in einer Schlange gewartet hatten, stiegen schon ein. Hines trug die Zahlen in seine Kontrolliste ein und steckte das Buch wieder in die Halterung im Gepäckfach unter der Treppe. Er reckte den Kopf hinter der Trennwand hervor und schaute in die Kabine: Was ist?

Was soll sein?

Worauf warten wir hier?

Der Jungfahrer griff nach dem Umlaufplan und zeigte auf die Zeiten: Nach der Tabelle da haben wir hier 8 Minuten Pause.

Was?

Endhaltestelle, wir haben hier 8 Minuten Zeit bis zur Weiterfahrt.

Aber doch bloß bei planmäßiger Ankunft, du Idiot. Mach hin, fahr los, wir haben eine halbe Stunde Verspätung.

Der Jungfahrer wandte sich ab und ließ den Motor an. Als der Bus von der Endhaltestelle abfuhr, kamen gerade 2 weitere Busse an und fuhren unmittelbar nach ihrem wieder los. Hines schüttelte den Kopf, ging nach hinten durch und fixierte durchs Fenster den Fahrer des nächsten Busses.

An fast allen Haltestellen hatten sich lange Schlangen gebildet, und es gab nur Stehplätze. Ein beträchtlicher Teil der Fahrgäste wollte raus zum Spiel im Parkhead, aber viele andere fuhren nur kurze Strecken, und Hines mußte sich beeilen, um das Fahrgeld zu kassieren. Als er auf dem Oberdeck bis hinten durch war, sah er beim Umdrehen, daß dort ungefähr 8 Personen standen. Er fixierte sie. Sofort die Treppe runter, sagte er.

He, Moment, sagte ein Mann, der einen Klubschal um und eine offene Bierdose in der Hand hatte. Der Fahrer hat uns hochgeschickt.

Stimmt genau, Kumpel, bekräftigte ein zweiter.

Noch ein paar nickten dazu.

Aus dem Weg ... Hines zwängte sich zwischen ihnen durch

und stolperte die Treppe hinunter. Unten war es brechend voll. Ein großer Schäferhund wedelte direkt neben dem Gepäckfach mit dem Schwanz. Hines kratzte sich den Kopf und ging zur Fahrerkabine, aber der Jungfahrer hatte die eine Hand am Lenkrad und griff mit der anderen zum Blinker. Hines trat zurück und wollte sich seitlich an dem Schäferhund vorbeidrücken, als die Bremse betätigt wurde. Er stolperte nach vorn und fand nur am Handgelenk des Hundebesitzers Halt. Der Mann fing ihn ab und half Hines, wieder ins Gleichgewicht zu kommen.

Der Bus hielt an, die Türen gingen auf, eine neue Schlange drängte auf den Einstieg. Hines stürzte hin: Wir sind voll, wir sind voll, los Leute, runter, raus aus dem Bus. Er wedelte mit den Armen, bis der Einstiegsbereich frei war, und wandte sich an den Fahrer. Mach, fahr los.

Der Jungfahrer zeigte in Richtung Tür, und Hines sah nach hinten. Eine Frau mittleren Alters war zugestiegen und hielt sich an einer Stange am ersten Fenster fest.

Entschuldigung, Mrs., Sie müssen wieder aussteigen.

Kommen Sie mir nicht so, ich steh seit halb zwei und warte auf euch.

Los, raus aus dem Bus.

Die Frau schnaubte.

Verdammte Scheiße.

Entschuldigung – mit mir reden Sie nicht in einem solchen Ton.

Hines seufzte. Von oben kam Füßestampfen, Stimmen erhoben sich, ein Lied: Worauf warten wir. Der Jungfahrer sah ihn an. Hines nickte, zog seine Tabakdose hervor und begann sich eine Zigarette zu drehen.

Soll ich die Tür zumachen?

Nee.

Was?

Laß nur. Er zündete mit einem Streichholz die Zigarette an, machte einen tiefen Zug. Die übrigen Leute auf dem Gehsteig liefen jetzt zu dem Bus hinter ihnen. Er sah die Frau an. Doch die drehte sich zu den stehenden Fahrgästen um und sagte: Die denken, die können machen, was sie wollen.

Hines ließ die Zigarette im Mund und steckte die Hände in die Hosentaschen.

Eh ... der Verkehr, sagte der Jungfahrer, es staut sich langsam.

Ja.

Soll ich fahren oder was?

Auf einmal ein Poltern von oben, und ein junger Mann tauchte auf. He, ihr – ist der Bus kaputt?

Der Fahrer ist Rangers-Fan, dröhnte eine Stimme. Dann ging das Singen weiter, durchsetzt mit Pfiffen und Buhrufen.

Sie steigen besser aus, Mrs., sagte Hines.

Ist das alles wegen der alten Schachtel? rief eine weibliche Stimme vom Unterdeck, und sofort erhob sich zorniges Gemurmel.

Warum steigen Sie nicht aus, wenn er's Ihnen sagt? rief jemand.

Alte Schrulle, sagte der junge Mann auf der Treppe.

Die Frau mittleren Alters riß die Augen auf und funkelte Hines an: Ich beschwer mich über Sie.

Ich hab Sie nicht Schrulle genannt.

Machen Sie sich auf was gefaßt, sagte sie, machte aber Anstalten auszusteigen. Als sie auf dem Gehsteig war, steckte er den Kopf hinaus, sah zu den Bussen, die hinter ihnen standen, trat zur Fahrerkabine, langte hinein und drückte den Türschließer.

Du hältst erst wieder an, wenn ich es dir sage, beschied er den Jungfahrer. Er knipste das glühende Ende der Zigarette mit dem Nagel ab, trat es aus, klemmte sich den Stummel hinters Ohr und schlängelte sich an dem Schäferhund vorbei.

* * *

Paul riß sich los und rannte den ausgetretenen Weg entlang, die Arme seitlich gespreizt wegen der dicken Sachen, die er anhatte. Es sah aus, als werde er jeden Augenblick stolpern, doch der Schwung trug ihn mitten hinein in eine große Pfütze. Er wurde langsamer und blieb schließlich darin stehen. Hines lief ihm nach und hob ihn heraus. Dann rannte Paul auch schon weiter zum Fluß. Ein paar Schritte, und Hines hatte ihn am Arm gepackt, dicht vor der Uferböschung. Der Junge zappelte, um sich zu befreien, das Gesicht rot vor Anstrengung, doch Hines hielt ihn fest, bis sie auf dem Weg waren, genau an der Biegung hinter den restaurierten Fundamenten der alten Flintsteinmühle.

Von weiter weg kamen ihnen ein Mann und ein Hund entgegen, der Hund trottete, nicht angeleint, ein Stück vor dem Mann her. Paul hielt sich dicht neben Hines. Und als der Hund direkt vor ihnen war, drückte Paul sich hinter Hines herum und lief dann auf den kleinen Damm hinauf.

Hier war der Fluß über das Ufer getreten und ergoß sich in ein Gewirr aus dichtem Gestrüpp und Unrat, das zwei Arbeiter vom städtischen Bauhof in oberschenkelhohen Watstiefeln mit langen Forken zu entzerren versuchten. Hines ging an das Eisengeländer und stützte sich mit den Ellbogen darauf, stand neben Paul und sah den Männern bei der Arbeit zu.

Die kriegen Wasser in die Stiefel.

Nee, sind bloß paar Spritzer. Hines zog die Tabakdose heraus und drehte sich eine Zigarette. Als er sie fertig hatte, zündete er sie an und sagte: Komm weiter.

Paul gab keine Antwort.

Wir müssen gehen.

Ich will nicht, Daddy.

Komm schon, wir machen ein Wettrennen bis zur Echobrücke.

Paul rührte sich nicht vom Fleck.

Hines trat vom Geländer zurück und blieb einen Moment

stehen; er wollte gerade noch einen Schritt weiter zurückgehen, da drehte der Junge sich um. Hines faßte ihn bei der Hand.

* * *

Er ging vom Kaminsims zum Schrank, dann zur Spüle, hinüber zum Bett und wieder zu seinem Sessel, fühlte an den Seiten hinunter. Meinen Tabak ... hast du den irgendwo gesehen?

Sandra nahm die Dose vom Fernseher und reichte sie ihm. Er gähnte. Noch 'n bißchen früh, um ins Bett zu gehen, was.

Sie lächelte.

Jawoll, halb zehn is zu früh.

Wenn du wirklich müde bist, geh doch.

Er nickte. Griff nach den Streichhölzern, nahm eines heraus und legte es auf die Schachtel; drückte den Deckel der Dose auf und drehte sich eine Zigarette. Betrachtete sie eingehend, bevor er sie anzündete. Beim Rauchen starrte er in die Flamme des Gasofens. Dann gähnte er, rieb sich die Schultern, ließ sie kreisen.

Alles in Ordnung mit dir ... Sandra sah ihn an, sie hatte ihr Buch aufgeschlagen auf den Schoß gelegt.

Ja, danke.

Sicher? Sie runzelte die Stirn.

Ja.

Du bist ein bißchen ... Sie zuckte mit den Achseln. Seit dem Tee hast du so gut wie kein Wort gesprochen.

Bin bloß müde.

Mach dir doch den Fernseher an.

Kommt eh nichts.

Hast du nachgesehen?

Was?

Hast du in der Zeitung nachgesehen, ob was kommt?

Ach so, nein – doch, ja, schon vor 'ner Weile, aber es kommt nichts. Er gähnte wieder, legte die Zigarette in den Aschenbecher und streckte die Arme. Ich glaub, ich geh ins Bett.

Mir wär noch nach einem Tee.

Hines grinste. Gute Idee. Er stand auf.

Das sollte nicht heißen, daß du einen machst. Sie stand ebenfalls auf.

Geht schon, bleib sitzen.

Als sie stehenblieb, ging er zu ihr und tätschelte ihr den Arm. Sofort legte sie ihre Hand auf seine. Mit dir stimmt etwas nicht.

Wovon redest du?

Rob …

Mir geht's gut, Sandra.

Dir geht's nicht gut: was ist los?

Nichts, gar nichts.

Nie sagst du mir was. Sie schüttelte den Kopf. Wie soll ich was machen, wenn du mir nie was sagst?

Er wandte sich kurz ab und sah auf die Uhr. Doch sie beugte sich herüber und küßte ihn auf den Mund. Sie umarmten sich. O Gott, murmelte er.

Sie bog den Kopf zurück und sah ihm in die Augen. Es ist schrecklich, dich so zu sehen.

Er zuckte mit den Achseln und lächelte.

Komm, ich massier dich.

Also gut … Sie setzte sich in den Sessel, legte zu ihren Füßen ein Kissen auf den Boden und spreizte die Beine, damit er sich dazwischen setzen konnte. Er umfaßte ihre Fesseln.

Du hättest vorhin ins Bett gehen sollen, sagte sie, während ihre Finger sich oben an seiner Schulter nach innen vorarbeiteten; er hatte die Augen geschlossen … War übrigens gut, daß ich ihm das Legospiel damals gleich gekauft hab, Rob, weißt du. Mary hat mir von einer Freundin erzählt, die mußte in drei Läden rennen, ehe sie eins erwischt hat – drei Läden, wenn es auf diese Zeit zugeht, werden die Leute alle verrückt. Ihre Hände waren inzwischen nach unten gewandert, die Handflächen am Rückgrat zueinandergedreht, massierten ihre Finger weiter.

Hines seufzte, und sie lachte leise. Was ist aus der Musik geworden? sagte er.

Hab ich ausgeschaltet, als du zu schnarchen angefangen hast.

Er lachte. Langte nach hinten und faßte nach ihren Handgelenken. Dann ließ er die Hände wieder auf ihre Schenkel sinken. Eine Weile massierte sie seinen Rücken weiter. Sie hörte auf und sagte: Ich kann es nicht richtig machen, wenn du dich nicht entspannst.

Er drehte sich um und sah sie an, legte die Arme um ihre Taille, seinen Kopf auf ihren Schoß. Ach, Bett klingt wunderbar.

Ja. Sie lachte leise. Solange du nicht vergißt, welchen Teil des Monats wir haben.

Hines nickte.

Als er sich wieder nach vorn gedreht hatte, massierte sie weiter. Du kennst doch Carol – ich hab dir schon von ihr erzählt – sie hat mir erzählt, daß sie 7 Jahre lang die Pille genommen hat, und als sie damit aufgehört hat – die stärksten Blutungen, die sie je hatte, und das Blut war ganz anders, so hellrot – aber das Interessante ist, Rob, ihre Kopfschmerzen waren weg, sie kriegt jetzt nie mehr welche – aber als sie die Pille genommen hat, dauernd, dauernd hatte sie Kopfschmerzen; als sie mir das erzählt hat, bin ich stutzig geworden – aber sie glaubt, sie hatte eine andere Sorte als ich, sie hat ja zig verschiedene ausprobiert – ist aber nicht sicher, ob sie dieselben hatte wie ich – sie sagt, könnte sein, aber sie ist sich nicht sicher.

Hm.

Da werde ich schon nachdenklich … Sie atmete tief aus und verstummte.

Ah, danke, das war herrlich … Er stand auf. Möchtest du immer noch Tee?

Sandra gähnte.

Wie wär's mit 'ner Scheibe Toast?

Ißt du eine?

Zwei. Vielleicht sogar drei – haben wir Käse im Haus?

O Gott!

Was ist los mit dir, Frau?

Das Stew, das du gekocht hast!

Entschuldige mal, das Stew war bemerkenswert.

Damit hätten wir das ganze Haus eine Woche satt gekriegt.

Dasselbe hab ich auch gerade gedacht. He, wie wär das, ich häng im Treppenhaus eine Speisekarte an die Wand und fang an, für die Leute Essen zum Mitnehmen zu kochen? Ist mein voller Ernst. Das wär's doch überhaupt! Stell dir mal vor, was ich da verdienen könnte! Vielleicht am Ende sogar die Busse sausen lassen und das als Arbeit machen. Du und der Kleine, ihr könntet euch ums Geschirr kümmern und so. Himmel, und eh man sich's versieht, bin ich Industriekapitän – ich und Buchanan, Ritter des verköstigten Königreichs, Hoflieferant Ihrer königlichen Majestät. Mensch, Sandra!

* * *

Ich wollte immer Friseur werden, das ist der Punkt.

Reilly johlte höhnisch auf.

Nein, im Ernst. Bist du schon mal Samstag vormittag zum Friseur gegangen? Mann, da dudeln die Transistorradios, es wird Ingwerlimonade getrunken, der Laden ist brechend voll mit Leuten, die sich über Fußball unterhalten. Das ist toll. Ganz locker, alle haben die Ruhe weg. Wir sind immer 'n paar von uns zusammen hin, und dann los, 'ne Runde Billard spielen.

Ja, aber der Friseur konnte nicht los und 'ne Runde Billard spielen gehen, der hing im Laden fest und mußte den Idioten die Haare schneiden.

Nein, ehrlich, das war klasse. Das war ja das Gute dran, in Drumchapel zu wohnen: wenn man da in die Stadt wollte, ist man auch wirklich in die Stadt gegangen, man mußte den blauen

Bus nehmen oder den Zug. Das hat eine Weile gedauert. Und man hat sich immer fein angezogen für den Anlaß.

Blödsinn.

Von wegen Blödsinn.

Willst du mir weismachen, du bist einmal im Monat zum Friseur gegangen?

Immer nett und adrett, jawoll. Wir waren eine fesche Truppe. In Drumchapel, da ging es nämlich gesittet zu.

Quatsch.

Kein Quatsch; einer von uns mußte immer zum Friseur, und die anderen sind einfach mitgegangen, so kamen wir mal raus.

Reilly prustete vor Lachen.

Was gibt's da zu lachen, du Blödmann? Stell dir mal vor, uns wär das Friseurerlebnis entgangen! Ei ei ei, du, ein Mann von Welt, paukt für seinen Abschluß und kennt nicht mal das. Na, ich weiß nicht. He ... Hines bückte sich und hob einen halben Pence vom Boden auf.

Herrlich, jetzt kannst du das Essen bezahlen.

Das würde dir so passen.

Ach, und übrigens, du oranger Mistkerl, ich geb dir einen Tip: der Schaffner, mit dem ich neulich Schicht hatte, erste Endhaltestelle, und schon springt er raus und rein in einen kleinen Milchladen – holt zwei Marmeladenbrötchen und zwei Flaschen Milch. Da staunst du, was! So was hast du Arsch in der ganzen Zeit, die ich dich kenne, kein einziges Mal für mich gemacht.

Ph!

Schaffner haben für ihre Fahrer zu sorgen, das ist Tradition.

Ich weiß, von den Fahrern erfunden. Wenn man bedenkt, die vielen armen Knipser aus allen Ecken und Enden, die seit ewigen Zeiten da drauf reinfallen und ihren Fahrern was zu futtern ausgeben, während die dummen Ärsche anderthalbmal soviel verdienen wie sie selber. So ein Beschiß!

Anderthalbmal soviel! Daß ich nicht lache.

Mehr oder weniger.

Bleib auf dem Teppich.

Bleib du erst mal auf dem Teppich. Denk mal an die Überstunden, ich meine, wie in Herrgottsnamen kannst du immer Solidarität einfordern bei dieser bescheuerten Diskrepanz? Typischer Nazitrick: schön die Unterschiede aufrechterhalten.

Reilly lachte.

Ja, lach nur. Ich sag dir noch was: du wirst nicht erleben, daß ich einen Bus fahre, ehe nicht alle den gleichen Lohn kriegen.

Reilly lachte immer noch.

Jawohl, und bild dir bloß nicht ein, daß du meine Stimme als Vertrauensmann kriegst!

Dann bist du gar nicht mehr da.

Wann dann?

Na, bei der Wahl. Wie ich gehört hab, hast du den Job hingeschmissen.

Hines schüttelte den Kopf. In meinem ganzen Leben ist mir noch niemand über den Weg gelaufen, der wie du dauernd seine Nase in Dinge steckt, die ihn nichts angehen. Echt, Reilly, du bist eine Schande für den Vatikan.

Da haben wir's wieder, dem Thema ausweichen, der typische Freimaurertrick.

Ich bin lieber Freimaurer als der Papst.

Und woher willst du wissen, daß ich überhaupt kandidiere? Reilly war von seinem Platz aufgestanden. Er verstummte, bevor er zur Fahrerkabine schlenderte.

Meine Lippen sind versiegelt.

Hast den Unsinn geglaubt, den irgend jemand verbreitet hat, ja?

Natürlich hab ich's geglaubt. Plötzlich war ich im Bilde. Eine blitzartige Erleuchtung. Das ist der wahre Reilly, hab ich gedacht, endlich wird klar, wo seine Prioritäten liegen: einem erfüllten Leben näherkommen, die Leiter fest im Blick.

Reilly johlte auf.

Eine Inspektorenstelle, das ist es doch, was du eigentlich willst. Paßt alles genau zusammen. Kaum daß ich den Job hingeschmissen hab, bewirbst du dich für das Ein-Mann-Bus-Training, und danach schnappst du dir den Posten des Vertrauensmanns und meldest dich heimlich zur Inspektorenprüfung an. Heilige Scheiße, und dann kommt der Diensteinteiler! Das ist zuviel! Du und Campbell. Hab ich dich ertappt! Man stelle sich vor: der Arsch schämt sich so sehr, daß er's mir nicht sagen kann. Mir! Seinem einzigen echten Kumpel im ganzen Betriebshof. So, so. Was ist? Dachtest wohl, ich halt dir 'ne Standpauke? Da hast du verdammt richtig gedacht, das mach ich, du elender Heuchler, du.

Ich beruf mich auf den fünften Verfassungszusatz. Reilly startete den Motor und ließ ihn aufheulen.

Hines wartete auf einen Moment und brüllte dann: Du Aufsteiger du! Ich hab's immer gewußt: ein typischer scheiß fenischer marxistischer Idealist bist du!

Beweg deinen Hintern. Reilly löste die Handbremse, der Bus rollte an und fuhr von der Wendeschleife ab.

* * *

Im Aufenthaltsraum hielt Hines beim Gähnen die Hand vor den Mund. Bitte um Entschuldigung, soll keine Anspielung darauf sein, daß ich mich zu Tode langweile.

Ein in der Nähe sitzender Fahrer hatte von einem Vorfall am Vormittag erzählt. Jemand warf ein, er solle nicht auf die Unterbrechung achten, aber er zuckte mit den Achseln. Ach, ich war eh so gut wie fertig. Er gähnte ebenfalls, trank einen Schluck Tee. Ich hatte 2er Dienst – der schafft einen ganz schön.

Der 92er auch.

Dann geh doch wieder stempeln, du Blödmann!

Tät ich liebend gern, George, das ist das Problem heute, du

machst Dings und dann kommt ein Dings zum anderen. Das nimmt einen ganz schön mit.

Er hat den Job schon dreimal hingehauen, sagte Reilly. Wenn er jetzt wieder hinschmeißt, ist er zu einem Leben ohne Busse verdammt.

Ach, der Job schlaucht ihn ständig.

Er schlaucht ihn immer.

Ja, aber das ist Reillys Schuld, sagte Colin Brown lachend. Wenn der so oft krankmacht.

Das hat doch nichts mit mir zu tun. Mein Leben ist meins. Reilly rückte mit seinem Stuhl zur Seite, damit noch einer seinen Stuhl dazwischenzwängen konnte; er aß sein Brötchen und die Wurst. Ein anderes Gespräch begann.

Hines sah zur Decke. Er blies einen Rauchkringel in Richtung Neonlicht. Can I canoe you up the river? Das möcht ich wissen.

Kein Wunder, daß ich mich krankschreiben laß, sagte Reilly grinsend. Sonst verliert man bei dem blöden Hund den Verstand.

Halt die Klappe, Verräter! Hines sah in die Runde. Der Mistkerl hat gestern nachmittag Überstunden angeboten gekriegt. Hat gedacht, es merkt keiner – ist zum Schalter geschlichen, als ich die Einnahmen eingezahlt hab. Ich sag euch, wie's ist, Leute, heutzutage kannst du keinem mehr trauen.

Reilly johlte auf.

Diese verdammten Fahrer sind alle gleich, rief ein Schaffner.

Ja, sagte Colin Brown. Und kaum hast du einem den Rücken zugekehrt, trägt er seinen Namen für die Ein-Mann-Busse ein.

McCulloch lachte. Hört euch den an! Sobald er seinen Busführerschein in der Tasche hat, ist das das erste, was er auch macht, keine Sorge.

Soll das ein Witz sein? Colin Brown sah ihn an. Das wär das letzte, bei dem du mich erwischen könntest, was, Rob?

Hines zeigte auf Reilly: Der hinterlistige Mistkerl hat sich schon eingetragen.

Ein paar drehten den Kopf und sahen Reilly an, doch der lachte: He, Moment mal, er macht bloß einen Scherz, einen Scherz macht er.

Von wegen Scherz! Du bist zu den Arschkriechern übergelaufen, Reilly, das kannst du nicht abstreiten.

Halt die Klappe, du, die glauben den Quatsch noch.

Hines lächelte und trank seinen Tee.

Kümmer dich nicht um den Blödmann, sagte einer zu Reilly. Hines ist bloß wütend, weil McGilvaray ihm einen Fehltag verpaßt hat.

Ach, übrigens ... sagte Colin Brown. Ich hab gehört, neulich haben sie einen wieder heimgeschickt, weil er keine Mütze aufgehabt hat. Stellt euch mal vor: wegen so was einen Tag Lohn verlieren.

Ja, man soll den Tag nicht vor dem Abend loben.

Nein, stöhnte McCulloch, es wird wirklich immer schlimmer. Das steht fest. Vor paar Tagen, wir fahren abends die Cross an – die Leute wollen alle zum Bingo – ich bin 4, allerhöchstens 4 1/2 Minuten zu früh dran, taucht Mackie auf – der Mistkerl hat sich wie üblich in einem Hauseingang versteckt. Kommt rüber zum Fenster. Er: He, du da. Ich: Wie bitte, sprechen Sie mit mir, Inspektor Mackie. McCulloch grinste: Kann er gar nicht leiden, wenn man ihn so anredet. Er wieder: Du bist viel zu früh. Ich: Ich bin überhaupt nicht zu früh, höchstens 4 Minuten. Er: Von wegen 4, du bist 7 vor Fahrplan. Und wenn du dir einbildest, du kannst um diese Zeit einfach hier durchbrettern, dann bist du ...

Ach ja.

Halt die Klappe, Mann, murmelte Colin.

Wenn du dir einbildest, du kannst hier 7 Minuten vor Fahrplan durchbrettern und kommst damit durch, bist du schief gewickelt. Ich: Moment mal, und Mackie: Von wegen Moment mal, schau mal auf die Uhr. Ich also meine Uhr raus und ...

Schöner Schlamassel.

McCulloch warf ihm einen Blick zu.

Oh, Verzeihung, Verzeihung – ich dachte, du bist fertig, George.

Bist ein zynischer Mistkerl, Rob, wirklich.

Nein, George, ehrlich, ich dachte, du hättest dein Pulver verschossen.

McCulloch wandte den Blick ab.

Hines hat recht, sagte einer. Sitzen wir hier, für eine kurze Pause weg von der Straße, und was ist? Man muß Angst haben, seine Tasse auf den Tisch zu stellen, damit sie nicht von einem kleinen Bus umgefahren wird.

Ja, Themenwechsel, Themenwechsel! Hat jemand einen Witz auf Lager?

McCulloch verschränkte die Arme und lehnte sich auf seinem Stuhl zurück.

Ach, das ist nicht fair, sagte einer der Fahrer.

Klar ist es nicht fair, rief Hines. Los, ihr Proleten, mal ein bißchen Ruhe hier für Mr. McCulloch, laßt ihn seine Geschichte zu Ende erzählen – ich bin wirklich gespannt, wie die ausgeht. Wo war er gleich stehengeblieben? Ach ja, Mackie taucht auf, Zifferblätter auf den Pupillen, auf denen es 4 1/2 Minuten vor ist, und er springt zum Fenster raus und schreit – was war es noch mal?

Bingo! rief ein Schaffner lachend.

Ein paar andere lachten. Reilly beugte sich nach vorn, Ellbogen auf dem Tisch, und schaute reihum die anderen an: He, kennt einer von euch den über den dreibeinigen Priester in Ballymurphy?

O Gott, nicht das! Schnell die Dominosteine raus.

Gute Idee! rief McCulloch, wenn ich nicht erzählen darf, dann auch kein anderer. Und du kannst deinem Partner sagen, er ist schuld, Willie.

Ich weiß, dem haben meine Witze noch nie gepaßt.

Ist doch kein Wunder, Blödmann, ich muß sie mir auch schon 43 scheiß Jahre lang anhören!

Aber den hier kennst du noch nicht. Reilly lachte und schaute sich um. Ist da dieser junge Priester – 3 Beine hat er –, kommt frisch vom College, und sie schicken ihn nach Ballymurphy, die …

aye aye yippee, aye aye yippee yippee aye; she'll be coming round the mountains when she comes, she'll be coming round the mountains when she comes; she'll be coming round the mountains, coming round the mountains, coming round the mountains when she come; singing aye aye yippee yippee aye, singing aye …

Die ganze Runde lachte. Hines zog die Finger aus den Ohren. Auch Reilly lachte. Hines drückte den Deckel seiner Tabakdose auf. Schade, ich hab die Pointe verpaßt, klingt, als wär sie gut gewesen.

Reilly sah ihn von der Seite an. Keinen Humor, das war schon immer dein Problem.

Hines nickte. Wenn ich groß bin, möcht ich Cowboy werden.

Her mit den Dominosteinen! brüllte McCulloch.

* * *

Vor der letzten Tour hatte Reilly an der Endhaltestelle den Motor abgeschaltet und die Handbremse angezogen. Nach einem Weilchen verließ er die Fahrerkabine und ging langsam durch den Gang, schaute unter die Sitze. Andere Fahrer, brummelte er, finden angeblich ja immer Münzen, 50 Pence oder so, und auch mal einen Schein, ein ganzes Pfund, aber ich – Pustekuchen, dabei verlang ich gar nicht mal viel, bloß 10 Pence, lumpige 10 Pence, die würden mir schon reichen, wär ich schon zufrieden mit.

Hines lag auf der letzten Bank, die Füße auf den Rahmen der Sitzreihe davor, die Lider geschlossen.

Andere Schaffner, mit denen ich gefahren bin, kaufen ihren Fahrern was zu trinken und zu futtern und zu rauchen, aber der – nein, der doch nicht, nicht Schaffner Mr. Hines, wenn's nach dem ginge, könnte man als Fahrer an Unterernährung sterben. Entschuldigung! War das eine Entschuldigung?

Wie spät?

Wie spät! So was fragt man doch einen Fahrer nicht, du Idiot du. Reilly zog mit Schwung die Taschenuhr aus der Hosentasche und sah auf das Zifferblatt. 27 und 10 Sekunden nach, 11, 12, 13, vielleicht 14.

Was?

Reilly nickte.

Machst du Witze?

Nee.

Also noch 22 Minuten? Hines hatte sich aufgesetzt und sah Reilly an. Ich glaub's nicht. Laß dir Zeit, hab ich dir gesagt – laß dir verdammt noch mal Zeit: Herrgott, noch 22 Minuten, das halt ich nicht aus.

Ist nicht meine Schuld, wenn die Kunden den Bus nicht wollen ... Reilly machte ein Seitenfenster auf, spuckte hinaus und machte es wieder zu.

Ich halt das nicht aus, ich halt das nicht mehr aus. Hines streckte sich wieder mit geschlossenen Lidern auf den Sitzen aus. Bitte, Doktor, ich kann nicht, ehrlich, Sir, ich halt das einfach nicht mehr aus, schreiben Sie mich zwei Wochen krank, Sir, bitte.

Reilly stöhnte.

Hör mal, du Arsch, sagte Hines und richtete sich auf, ich hab gesehen, wie du in der Paisley Road West dauernd hinter dem Bus hergezockelt bist. Das kannst du doch nicht abstreiten, komm schon, was sollte das eigentlich werden? Wieso hast du nicht überholt und ihm die Kundschaft weggeschnappt, du Schwachkopf du? Los, sag schon!

Weil er vorneweg fahren mußte, du Clown, deshalb. Wir waren nämlich 10 Minuten vor Fahrplan, du blöder Hund. Und du weißt doch, daß abends um die Zeit in der Gegend immer dieser dämliche Inspektor rumschleicht, der Rotschopf, also spar uns dein Geschwätz. Ich hab schon so genug riskiert.

Hines gähnte das Dach an.

Reilly machte noch einmal das Fenster auf und spuckte hinaus.

So ein Mist! Ein richtiger beschissener Mist! O Mann, die Busse haben ihm wirklich den Rest gegeben. Was bildest du dir ein? Daß ich ein Neuling bin in dem Spiel?

Manchmal benimmst du dich so, du Idiot.

Hoho, hör sich das einer an. Hör mal, Reilly, als du frisch von der Fahrschule kamst, das war noch was, konntest nicht genug tun für deine Schaffner. Egal was, aber Herrgott ... an einem Tag wie heute, wo ich total verzweifelt bin, hättest du die Fahrgäste von der Straße reingezerrt, damit mir nicht die Birne platzt, du Blödmann, aber jetzt, von wegen; diese alkyonischen Tage sind ein für allemal vorbei.

Blödsinn.

Von wegen. Und noch was: du hältst mich offenbar für total bescheuert! Ich meine, willst du mir ernsthaft weismachen, du fährst 10 Minuten vor Fahrplan, wenn ein Inspektor die Gegend unsicher macht? Wirklich, der Witz ist gut. 10 Minuten zu früh. Gerade du! Du feiger Hund du ... Hines schloß die Augen.

Ich muß nicht ganz dicht sein, wenn ich dir darauf antworte.

Du bist noch nie ganz dicht gewesen.

Reich mal die Dose rüber, ich hab keine Fluppen mehr.

Verpiß dich. Er zog die Tabakdose hervor und warf sie ihm zu. Dreh sie dir selber – wenn du das kannst ... Er hob eine schmutzige Zeitungsseite vom Boden auf und schaute sie sich an.

Schließlich gab Reilly ihm den Tabak zurück. Du gehst definitiv nächste Woche nicht zum Spiel?

Nein.

Eine Eintrittskarte ist da, falls du eine willst.

Nee, Mann, im Ernst, ich brauch das Geld. Das Ding kriegst du schon los, keine Sorge.

Ja, klar.

Kurz darauf grinste Hines. Ich vertrag die Aufregung nicht mehr. Schottischer Fußball, das bringt einen ganz schön in Wallung, das Herz, die Angina und so.

Halt den Mund.

Wie spät ist es?

39.

39! Gütiger Himmel.

Ach, sind doch bloß noch 10 Minuten.

Großer Gott, Sir, bitte, Sir, das ewige Busschaffnern hängt mir zum Halse raus, Sir; bitte mach, daß sie mich beim Fahrerlehrgang nehmen, und ich versprech dir, ein braver Junge zu sein, Sir, ehrlich, ich werd dich nicht enttäuschen.

Reilly prustete los. 2 Monate am Stück immer pünktlich zur Arbeit, und du bist drin.

3, vertrauenswürdigen Quellen zufolge.

Okay, dann eben 3 – aber wenn sie sehen, daß du dir Mühe gibst …

Leck mich mit deiner Mühe. Wie spät ist es?

Ungefähr 10.

10! Was soll das heißen? Ungefähr 10 war's schon vor einer halben Stunde.

Ich hab bloß 6 Wochen gebraucht, dann war ich dort.

Ja, ich weiß, du Kriecher du – ein paar Hände geschüttelt, Freimaurergriff und so. Als eingefleischter Atheist hat man keine Chance in diesem goldigen grauen Scheißhaufen von Stadt. Außerdem waren das damals andere Zeiten. Da hatten sie 'ne Schaffnerschwemme.

Reilly schnaubte verächtlich.

Hines sah ihn an.

Haben sie immer noch, du Blödmann.

Ja, gut, richtig. Hines nickte. Aber dann erklär mir mal eines, du Arschloch: wie kommt es, daß die Schleimer alle an ihren freien Tagen arbeiten?

Sprichst du von Schaffnern?

Klar sprech ich von den scheiß Schaffnern.

Es gibt keine Schaffner, die an ihren freien Tagen Arbeit kriegen.

Täusch dich mal nicht, Mann, das läuft, aber ganz genau – die machen das bloß inkognito.

Blödsinn.

Von wegen Blödsinn.

Na, das ist das erste, was ich höre.

Ha! Und deshalb kann es nicht stimmen?

Das glaub ich erst, wenn ich's seh.

Hines ächzte, schüttelte den Kopf und machte die Augen zu. Dann steckte er sich die Zeigefinger in die Ohren und begann unverständlich vor sich hinzusingen.

* * *

Eins zwei drei, eins zwei drei, komm, du Räuber, an die Hand. Sie blieben vor dem Eingang zum Kindergarten stehen, gingen dann die Stufen hoch in den Vorraum. Hines half dem Kleinen aus dem Mantel, hängte ihn in der Garderobe auf, aber Paul grinste, hob ihn wieder herunter und trug ihn zu dem Haken, über dem sein Name unter dem Bild eines U-Boots stand. Hines besah sich das Bild. Hast du das drangemacht? Ich meine, ist dir klar, daß das Großmachtsgetue ist?

Paul grinste wieder. In dem Moment kam eine Frau mit einem sehr kleinen Mädchen herein, das Hines unverwandt ansah, während ihm der Mantel und die Fausthandschuhe ausgezogen wurden.

Kalt heute, sagte er, richtiger Winter.

Die Frau lächelte.

Er folgte Paul in die große Spielecke und zu dem Bücherregal am anderen Ende des Raums, weit abseits von allen anderen Kindern. Er zog ein Buch heraus und blätterte die ersten Seiten durch. Sag bloß, du liest diesen Kinderquatsch.

Paul nickte. Seine Aufmerksamkeit wurde von einem langen Tisch gleich neben ihm geweckt, auf dem Spiele und Puzzles lagen. Paul ging hin.

Also dann, tschüß … Auf dem Rückweg in den Vorraum kam Hines im Korridor an der Leiterin des Kindergartens vorbei.

Mr. Hines. Oh … Ihre Frau – ist sie in der Spielecke?

Was? Nein.

Oh.

Er hatte den Gurt der Geldtasche um die Faust gewickelt, den Hut unter den rechten Arm geklemmt. Stimmt etwas nicht?

Nein – na ja … Sie runzelte die Stirn. Mir war so, als wär Mrs. Hines heute nachmittag zum Aufpassen eingeteilt. Könnten Sie bitte einen Augenblick warten …

Hines sah sie an.

Es dauert nur einen Moment.

Er nickte. Drehte sich unterdessen eine Zigarette, ging im Korridor hin und her und betrachtete die Bilder an den Wänden. Mit einer Aktenmappe in der Hand kam sie wieder.

Ja, sagte sie und zeigte auf eine Namensliste. Ihre Frau müßte eigentlich heute nachmittag hiersein.

Sie ist auf Arbeit.

Oh.

Sie arbeitet halbtags in einem Büro.

Hm. Die Leiterin des Kindergartens nickte. Ihre Frau hat gesagt, sie könne es einrichten, wenn sie dran ist. Sehen Sie, Mr. Hines, wir sind darauf angewiesen, daß die Eltern gelegentlich ihren Beitrag leisten – selbst wenn es nur ab und zu ist. Wir halten das für wichtig.

Hines nickte.

Sie schaute auf die Namen in der Liste, hielt sie so, daß er mitlesen konnte. Räusperte sich. Ob sie's vergessen hat, was meinen Sie?

Ich bin nicht sicher – vermutlich, ich meine, ich nehme es an.

Hm.

Er schwieg. Warf noch mal einen Blick auf die Namen und zog die Nase hoch.

Sie sehen die Einträge ... Sie zeigte darauf. Mrs. Semple hier, die ist für heute nachmittag mit Mrs. Hines eingetragen, und da, morgen vormittag Mrs. Bryce – die bleibt wahrscheinlich den ganzen Tag, es macht ihr sogar Spaß. So geht es vielen Eltern.

Er nickte.

Wirklich, wir finden, die Kinder profitieren sehr davon, wenn ihre eigenen Eltern sich beteiligen. Sie sind dann viel weniger gehemmt, vor allem in der Eingewöhnungsphase. Natürlich sind Kinder bei Neuem immer etwas mißtrauisch. Und sie spüren ganz genau, daß sie nicht einfach irgendwo abgegeben werden.

Hines zog an der Zigarette. Er ist schon ein paar Monate hier.

O ja, ich weiß. Ich hab nicht von Paul im besonderen gesprochen, überhaupt nicht. Es ist nur so, manche Eltern halten einen Kindergarten für so etwas wie eine Kinderverwahranstalt. Und das ist er nicht, wissen Sie, er ist viel mehr.

Hines sah sie an.

Sie nickte, den Kopf über ihre Liste gebeugt.

Kann ich dableiben? Ich meine, möchten Sie, daß ich dableibe. Ich kann, wenn Sie möchten.

Oh.

Wenn Sie möchten.

Könnten Sie? Das wäre wirklich eine Hilfe.

Ich müßte bloß mal Ihr Telefon benutzen – haben Sie eins?

Ja … wenn Sie sicher sind, daß das ginge?

Ja, mein Dienst beginnt zwar in einer Stunde, aber wenn ich vorher Bescheid sage, läßt es sich einrichten.

Wenn Sie wirklich meinen …

Hines lächelte. Er folgte ihr ins Büro. Sie wartete draußen im Flur, während er telefonierte, und als sie hereinkam, sagte er: Ist es okay, wenn ich meine Mütze und die Tasche hier laß?

Natürlich. Sie lachte leise. Obwohl, Mr. Hines, ich hätte da so eine Idee. Die Kinder würden die Tasche zu gern ansehen, vor allem die Jungs. Paul spricht ziemlich oft von Ihnen, wissen Sie. Ich bin sicher, es würde sie interessieren, wenn Sie den Kindern zeigen, wie man die Tasche trägt. Und die Mütze, Ihre Mütze besonders – Sie wissen doch, wie sie in dem Alter sind.

* * *

Er hatte heißes Wasser aus dem Kessel ins Spülbecken gegossen und stippte den Rasierpinsel auf die Rasierseife. Dann hielt er inne und sah über die Schulter zu Sandra. Meine Augen, sagte er, die reinsten Schlitze … Er begann sich Gesicht und Hals einzuseifen, hielt aber noch einmal inne und sah blinzelnd in den Spiegel. Ein graues Gesicht. Zwei Schlitze in einem grauen Gesicht. Und die Haare erst, Himmel! Ich muß unbedingt zum Friseur.

Hm.

Schrecklich … Er begann sich zu rasieren. Als er fertig war und sich abgetrocknet hatte, sprach er weiter: Gut zu wissen, daß ich in einer kleinen Weile von Punkt A nach Punkt B chauffiert werde und für dieses Privileg Geld kassieren kann. Könnte diese scheiß Welt nicht zur Abwechslung mal stillstehen? Ich sag's dir, Sandra: Ich überlege ernsthaft, ob ich mir nicht einen neuen Job suche.

Sie gab keine Antwort.

Nein, im Ernst. Ab und zu muß der Mensch mal an seine Zukunft denken.

Er befühlte die Teekanne und goß sich eine Tasse ein, tat Milch und Zucker dazu. Dafür reicht die Zeit gerade noch, sagte er und setzte sich in den Sessel. He, kleiner Mann! Wird's nicht langsam Zeit, daß du dieses wunderbare Essen aufißt, das deine Mum gemacht hat?

Laß ihn …

Hines sah zu ihr hinüber und zwinkerte ihr zu. Stand auf und ging zum Tisch und beugte sich über die Schulter des Jungen. Wenn du es nicht magst, nehm ich es mit auf die Arbeit!

Paul rutschte auf seinem Stuhl herum.

Hines schnitt Sandra ein Gesicht. Als er zu seinem Sessel zurückging, warf er einen Blick auf das Buch, das sie las. Gute Story, kann einen beeinflussen, wenn man noch in der Entwicklung ist … Er lächelte und setzte sich, langte dann zum Kaminsims nach seinem Tabak. Er trank einige Schlucke von seinem lauwarmen Tee, stellte die Tasse auf den Kaminsims und drehte sich eine Zigarette. Sah zur Uhr. Ja … ich muß wohl. Er sah zu Sandra, doch sie ging nicht drauf ein. Er zündete die Zigarette an.

Ich dachte, du fängst 5 vor 3 an? Sie sah nicht vom Buch hoch, während sie sprach.

Was? Ja, 14.57, um genau zu sein. Ich glaub, ich hab noch 10 Minuten. Reicht vielleicht noch für einen schnellen Kaffee.

Sandra sah immer noch auf ihr Buch, das jetzt aber auf ihrem Schoß lag, und hielt sich die linke Hand vors Gesicht, so daß es für ihn halb verdeckt war. Er starrte eine Weile auf die Kaminumrandung und drehte dann langsam den Kopf, bis er Paul im Blick hatte, der immer noch vor seinem Teller saß.

Ihre Schultern bebten, und sie hatte beide Hände vors Gesicht geschlagen. Hines räusperte sich leise, stand von seinem Sessel auf und trat zwischen sie und Paul. Als er ihre Schulter berührte, hörte das Beben kurz auf, ging dann aber weiter.

Er beugte sich zu ihr und legte die Arme um sie, drückte sie an sich, machte Anstalten, etwas zu sagen, sagte aber doch nichts, räusperte sich nur noch einmal. Schließlich versteifte sie sich, ließ den Kopf an seine Schulter sinken. Rückte dann von ihm ab, fischte ein Papiertaschentuch aus dem Ärmel und betupfte sich die Augen. O Gott, flüsterte sie.

Hines hielt sie immer noch, die Hände auf ihren Armen, kniete zwischen ihren Beinen hin.

Ich hasse Sonntage.

Ich weiß.

Sie putzte sich die Nase.

Er küßte sie auf den Mund.

Daddy! Paul drehte sich auf seinem Stuhl herum und zeigte einen fast leeren Teller.

Große Klasse, ganz prima, kannst aufhören, kannst aufhören.

Ich hab fast alles geschafft.

Das hast du wirklich prima gemacht.

Paul war schon von seinem Stuhl heruntergerutscht und kam auf sie zu. Dann aber schaltete er den Fernseher ein und ließ sich wie üblich ein paar Meter davor nieder.

Du gehst jetzt besser.

Ich geh besser gar nicht.

Natürlich gehst du.

Er überlegte. Ich kann in der Pause heimkommen.

Sei nicht dumm.

Doch, kann ich.

In der Spätschicht hast du doch nie genug Zeit – du kämst her und müßtest gleich wieder gehen.

Hines sah sie an.

Es geht schon wieder.

Herrgott. Er schüttelte den Kopf, reckte sich ein bißchen, damit er sich besser zu ihr beugen konnte, und sie küßten sich. Paul zupfte an ihm und rief: Schau mal!

Er zwinkerte Sandra zu und wandte sich zum Fernseher um. O ja, Mann! Wandte sich wieder ab und küßte sie noch einmal, und als sie sich voneinander lösten, sagte er: Warum werd ich bloß immer geküßt, wenn ich gehen muß?

Sie lächelte. Damit du wiederkommst.

Hines lachte. Warum geht ihr zwei nicht zu deiner Mum?

Sie schüttelte den Kopf.

Dann geht nach Drumchapel; meine Ma und mein Dad würden sich freuen.

Sie haben es lieber, wenn du kommst.

Er zuckte mit den Achseln.

Vielleicht geh ich ja.

Wär gut, wenn du's wirklich machen würdest – wir haben sie schon 'ne Weile nicht mehr besucht.

Sandra nickte. Du gehst jetzt besser.

Ja … Er beugte sich hinunter und küßte sie noch einmal.

2

Die Hand an Sandras Ellbogen, bahnte er sich einen Weg durch den überfüllten Saal, ging direkt an dem erhöhten Podium vorbei, auf dem die Musiker auftreten würden. In einer Art Nische ganz am Rand saß Reilly mit McCulloch, Colin und 2 anderen Männern; an dem Tisch direkt daneben saß Isobel mit McCullochs Frau und Colins Verlobter und 2 Frauen. Sandra bemerkte es, und er flüsterte: Entschuldige ... doch sie reagierte nicht. Ich seh zu, daß ich da was machen kann, murmelte er. Er sah ihr nach, als sie zu dem freien Platz am Frauentisch ging, und setzte sich dann auf den Platz, den die Männer für ihn freigehalten hatten. Die beiden Fremden wurden ihm als Stewart und Donnie vorgestellt, beides Fahrer, die ihren Dienst von einem Betriebshof im Süden der Stadt aus verrichteten.

McCulloch war für die gemeinsame Kasse verantwortlich; als die Kellnerin schließlich kam, reichte Hines ihm 5 Pfund und rief Sandra zu: Cognac und Champagner, Mrs. Hines?

Sie lächelte. Die anderen Frauen waren in ein Gespräch vertieft.

Nein, sagte er zu der Kellnerin, einen Martini und Limonade – trocken. Und ein Dunkles. Die anderen hatten gerade eine Runde bestellt. Hines zwinkerte Sandra zu und zog seine Tabakdose hervor.

He, Rob? McCulloch wandte sich an ihn, die anderen 4 sahen zu ihm herüber. Der Farquar, ein Fahrer, du erinnerst dich bestimmt, der, der an seinem ersten Tag auf der Straße 2 Busse zu Schrott gefahren hat.

In der ersten Woche, warf Reilly ein. Die Schaffner haben sich krank gemeldet, wenn sie wußten, daß sie mit ihm zusammen eingeteilt sind.

Ach ja, der. Hines gähnte. Grinste dann plötzlich Colin an. Mit dem zusammen, das war klasse, Mann, die Schicht war im Handumdrehen vorbei, ehrlich, Leute … Er verstummte, sah von Colin zu Reilly.

Nein, sagte einer der beiden anderen Männer, ich hab gerade erzählt, er ist tot – Frontalzusammenstoß, in der Nähe von Rutherglen.

Taxi, sagte McCulloch.

Privatfahrt, sagte der Mann. Ich glaub, er fuhr einen Cortina – hatte keine Fahrgäste im Wagen.

Hines schüttelte den Kopf.

Wann hatte er als Busfahrer aufgehört? fragte Reilly.

Ach, ist schon 'ne ganze Weile her, erwiderte der andere.

Schrecklich, murmelte Hines.

Ja, der wußte nicht, wie ihm geschah.

Auf der Stelle tot.

Tja, wir müssen alle mal gehen. Der Mann hob sein Bierglas und nippte daran. Ich könnt mir echt 'n schöneres Ende vorstellen.

Wenigstens hat er nichts gespürt, sagte Reilly. Stellt euch mal vor, man vegetiert bloß noch vor sich hin und so.

Hm, aber immer noch besser als tot.

Nu mach mal halblang, Rob.

Nein, im Ernst, was, wenn sie mit 'nem neuen Wundermittel rauskommen? Am Tag nach deiner Einäscherung? Dann biste ganz schön angeschmiert.

Ja, sagte einer der Männer.

Wo Leben ist und so weiter. Hines trank von seinem Bier und hob das Glas in Andeutung eines Trinkspruchs: Für euch Christen mag das ja gut und schön sein, aber was ist mit uns andern, Mann? Kein Leben nach dem Tode und nichts.

Richtig, sagte Colin Brown. Sense, aus.

Reilly zuckte mit den Achseln.

Aber bloß noch dahinsiechen ... fügte einer der anderen Männer hinzu, die Nase gerümpft, und griff nach seinem Glas.

Da seht ihr unsern Haufen! McCulloch lächelte und lehnte sich auf seinem Stuhl zurück. Ein herrliches Tischgespräch! An die beiden anderen Männer gewandt, sagte er: Das hat man davon, wenn man mit den Idioten aus unserem Betriebshof einen trinken geht!

Ach, ich weiß nicht, George, ein gutes Gespräch, ist doch nichts gegen zu sagen.

Kriegt man aber Durst von, sagte sein Freund grinsend.

Ja. Los, George, du sollst dich doch um die Getränke kümmern.

Von euch hab ich langsam die Nase voll ... McCulloch reckte sich zum Nachbartisch hinüber und fragte bei den Frauen nach.

Die beiden Musiker auf dem Podium – rote Hose, karierte Weste und rote Fliege – sangen ein Lied und begleiteten sich selbst auf dem Akkordeon und der Rhythmusgitarre. Am Nebentisch lachte Sandra über etwas, was McCullochs Frau gesagt hatte. Sie lächelte Hines zu, als sie merkte, daß er zu ihr herübersah. Er schob mit dem Daumen den Deckel von seiner Tabakdose. Die Kellnerin war wieder da, ihr Gesicht glänzte vor Schweiß; behende stellte sie die Getränke vom Tablett auf den Tisch und sammelte die leeren Gläser ein. Gehen Sie doch zur Fremdenlegion, sagte Hines grinsend. Entweder sie hatte es nicht gehört, oder sie achtete nicht auf ihn. Er griff nach dem Krug Wasser und tat sich etwas in seinen Whisky.

Reilly führte das Wort. Er sagte: Ohne Kampf lenken die nicht ein. Denkt mal dran, wieviel Ärger es letztes Mal wegen der Lohnerhöhung gab; ich meine, nach der Vereinbarung vom Herbst sollte das doch reine Formsache gewesen sein – und was war? Nichts war.

Ja, und auf die Nachzahlung warten wir immer noch, sagte Colin.

Die werden sie uns zu Weihnachten in den Rachen werfen, dann wird jeder Idiot denken, er hat ’n scheiß Bonus gekriegt!

Hines lachte mit den anderen.

McCulloch sah Stewart kopfschüttelnd an. Du ermutigst die noch.

Ach, um Politik kommst du nicht drum rum.

Hast ja recht, Stewart, aber dem da brauchst du das nicht zu sagen.

Laß dich mal spaßeshalber in unsern Betriebshof versetzen, sagte Hines, dann wirst du schon sehen: Lauter Houdinis gibt’s da.

Sie lachten wieder. Rob hat schon recht, fuhr Reilly fort. Es ist zum Kotzen. Brauchst bloß das Wort Streik auszusprechen, und ein halbes Jahr lang redet kein Schwanz mehr mit dir.

Kein Wunder. Gewerkschaft Gewerkschaft, murmelte McCulloch.

Seht ihr, was ich meine?

Ach, wenn ich anfangen würde, über die Arbeit zu reden, würdet ihr mich doch in der Luft zerreißen.

Hines runzelte die Stirn. Stimmt genau.

Brauchst du mir nicht zu sagen!

Und dieser Lange, der Stürmer, den wir hatten … sagte der Fahrer namens Donnie. Acht Tore in drei Spielen, und dann ist er mit einem Mal wie vom Erdboden verschluckt. Keine Ahnung, wo der abgeblieben ist. Den einen Tag ist er noch da, und am nächsten hat ihn kein Mensch mehr gesehen. Dasselbe ist mit einem anderen passiert, den wir hatten, einem Verteidiger – noch ein junger Kerl, aber auch so’n Langer, ein As beim Kopfball, mit dem war’s, als hätten wir bei Ecken einen Stürmer mehr auf dem Platz. Erwischt von einem in Zivil.

Ja, sprach Stewart weiter, zwei Haltestellen nach dem George Square steigt einer bei ihm in den Bus ein und sagt, er soll die Fahrkarte behalten. Und der Idiot macht das natürlich, und das war's; als er seine Einnahmen abgeliefert hat, hat der um 10 in der Schlange schon auf ihn gewartet. Den haben sie hochkant rausgeschmissen, ohne große Umstände.

He, Moment mal, sagte Colin Brown.

Agent provocateur, sagte Reilly. Du willst uns weismachen, der Zivile hat ihm gesagt, er soll die Fahrkarte behalten, und ihn dann wegen Unterschlagung angezeigt? Was hat euer Betriebsrat unternommen?

Der konnte gar nichts machen. Der Junge hatte keinem was davon gesagt. Und sein Fahrer war ein Paki – einer von denen, die mit einem Bleichgesicht kein Wort wechseln.

Aber er hat doch wohl auf Wiedereinstellung geklagt?

Stewart zuckte mit den Achseln. Einer von den Jungs ist zu ihm nach Hause gegangen, aber der Vermieter hat ihm gesagt, der wär in den Süden abgehauen.

War ein selten guter Fußballer. Donnie schüttelte den Kopf: Innerhalb von 3 Wochen haben wir gut die halbe Mannschaft verloren. Eh du dich versiehst, verlieren wir 5 Spiele hintereinander. Und dann im Pokal: In der ersten Runde sind wir rausgeflogen.

Ja, sagte Reilly, wenn so etwas passiert, muß man sofort was unternehmen.

Colin murmelte: Klingt, als wär's in euerm Betriebsteil genauso schlimm wie bei uns.

Das Salz der Erde. Unser Betriebsteil ist das Salz der Erde, vor allem während der langen heißen Sommer … Hines zündete sich eine Zigarette an, griff nach einem Glas.

Ich dachte, du schläfst, sagte McCulloch.

Schön wär's, Mann, aber das ist ja heute das Dumme: du gähnst und gähnst, und was passiert im Bett?

Keine Sorge, sagte Colin zu den beiden anderen Fahrern, der ist immer so.

Gut zu wissen, sagte Donnie.

Reilly rief zu Sandra hinüber: Ihr habt wohl schon was getrunken, ehe ihr von zu Hause los seid!

Sie lächelte. Hines zwinkerte ihr zu. Eine der Frauen sagte etwas zu Sandra, sie lächelte noch einmal und war dann am Nachbartisch in ein Gespräch verwickelt.

Die Männer hatten über etwas gelacht.

Donnie sagte gerade: Ich sag's euch – und wenn ich ein Omelett will, krieg ich ein hartgekochtes Ei!

Ich hab's gehört! rief seine Frau. Und fügte, an die anderen an ihrem Tisch gerichtet, hinzu: Bloß weil die da drüben sitzen, glauben sie, sie können sagen, was sie wollen.

Verzieht euch und gebt Ruhe! sagte Donnie grinsend.

Stewart zwinkerte: Ich wußte, es war verkehrt, sie mitzunehmen. Wir hätten sie irgendwo an der Straße aussetzen sollen.

Ja, sagte McCulloch, dann hätten wir uns in die Bar verdrücken und 'ne Runde Domino spielen können.

Colin schnaubte. Chauvinistische Mistkerle.

Wart's ab, bis du verheiratet bist, sagte Reilly lachend. Dann hast du auch was zu erzählen.

He, da fällt mir ein ... Stewart beugte sich nach vorn. Letzte Woche hatte ich Spätschicht, zweite Stoßzeit des Tages – Arbeiter einsammeln und so ...

Hines war aufgestanden. Entschuldige, das muß ich mir entgehen lassen. Mach dir Notizen, Willie, ich will die Pointe hören, wenn ich wiederkomme.

Irgendwas falsch an der Art, wie ich was erzähle? Stewart lächelte.

Nein, sagte McCulloch, hör einfach nicht auf den Spinner – der geht schon weg.

Hines grinste, schob seinen Stuhl zurück und stand auf.

Als es auf halb 11 zuging, räumte die Kellnerin die leeren Gläser vom Tisch ab, während McCulloch sich die nächste Runde ansagen ließ und allen den Rat gab, gleich 2 Runden zu bestellen, weil dann Ausschankschluß sei. Seit der letzten halben Stunde sangen verschiedene Leute aus dem Publikum mit dem Duo mit. Hines knöpfte den Kragen seines Hemds auf und stopfte seinen Schlips in die Innentasche seines Jacketts. Reilly zeigte auf ihn: Ja, ich sag's dir, ehrlich.

Wovon redet er? fragte Hines.

Du Arschloch du – beim Fußball, da hast du dich ins Zeug gelegt, als wir ein Team hatten. Ja, George, damals hättest du bei uns im Betriebshof sein müssen.

Der Fahrer namens Donnie sah Hines an und rief plötzlich: Jetzt erkenn ich dich wieder! Den ganzen Abend sitz ich schon hier und überleg, wo es war – ich hab vergessen, daß ihr ja auch eine Mannschaft hattet. Klar! Er lachte spöttisch auf. Ungefähr 6 Jahre muß das hersein, da haben wir euch 5:0 geschlagen. Und du hast mitgespielt.

Ich! Ganz schönes Blech, was du da redest.

In Queen's Park war das, sagte Donnie zu den anderen. Mitten in einem scheiß Schneesturm.

Du verwechselst mich. Ich war damals verletzt.

McCulloch und Colin johlten zusammen mit Reilly.

Du lügst, sagte Donnie. Du warst einer der Stürmer.

Blödsinn.

Was? brüllte Colin. Wißt ihr noch, was wir uns von dem blöden Hund alles anhören mußten!

Rennt den Flügel lang. Genau, ich wußte doch, daß ich dich kenne, rief Donnie.

Fiele mir nicht im Traum ein, an irgendwelchen Flügeln langzurennen. Außerdem, Reilly, wenn ich dabei war, warst du auch dabei, todsicher.

Ich? Nicht schuldig. Vor 6 Jahren? Nein.

Ja, lachte Donnie, kein Wunder, daß ihr die Mannschaft aufgelöst habt!

Vom Nachbartisch ermahnt, ruhig zu sein, verstummten die lachenden Männer. Im ganzen Saal kehrte Stille ein, während die Entertainer die Namen von Leuten aus dem Publikum ansagten, die etwas zu feiern hatten. Nachdem für irgend jemanden applaudiert wurde, reckte der Akkordeonspieler den Arm in die Höhe und sprach weiter: Besonders herzlich begrüßen möchte ich ein Paar, das seinen ... er hielt inne und warf einen Blick auf den Zettel in seiner Hand ... das seinen 20. Hochzeitstag mit uns feiert. So was findet man heute nur noch selten! Er schielte abermals auf seinen Zettel: Mr. und Mrs. Reilly – Willie und Isobel. Hoch mit euch und winkt mal, seid nicht so schüchtern!

Der Gitarrist klimperte *Hoch solln sie leben*, und mehrere aus dem Publikum sangen die Melodie mit. McCulloch stupste Reilly in die Seite: Das bist du, Mann! Hier sitzt einer von den beiden! rief er.

Jubelrufe und vereinzelter Beifall.

20 Jahre verheiratet, man glaubt es nicht! Hines schüttelte den Kopf.

Reilly sah ihn durchdringend an. Warf dann einen Blick zum Nebentisch, wo Colins Verlobte lachend versuchte, Isobels Arm hochzuziehen. Isobel wehrte sich, ihr Gesicht war flammend rot. Sandra hatte die Augen gesenkt. Von dem erhöhten Podium aus sagte der Akkordeonspieler noch ein paar Worte zum nächsten Lied, es war für alle, deren Namen er eben verlesen hatte. Das Lied begann. Eine der Frauen redete jetzt auf Isobel ein, und Sandra hörte zu, obwohl sie immer noch die Augen gesenkt hatte.

Reilly war rot im Gesicht; er trank von seinem Bier, warf Hines einen Blick zu und schüttelte den Kopf.

Du glaubst, ich war das, oder!

Klar warst du das, sagte McCulloch lachend.

Ach, das ist nicht fair, wieso bin immer ich an allem schuld. Hines lächelte. Er drückte den Deckel von der Tabakdose, um sich eine zu drehen, und trank einen Schluck Whisky. Sandra hängte sich den Mantel über die Schultern. Hines trank seinen Whisky aus. Er hatte die Zigarette fertiggedreht und zündete sie an. Also, sagte er, wir müssen … Er war aufgestanden.

Was?

Machst du Witze? sagte Colin.

Scheiß Babysitter, Mann, wir haben keinen für den ganzen Abend gekriegt.

Aber ich hab doch schon Zeug zum Mitnehmen gekauft, sagte McCulloch. Mensch, Rob, und sie hat Sandwiches gemacht, ich meine … ist alles schon fertig.

Hines schüttelte den Kopf. Nein, die Frau, die eigentlich kommen wollte, hat uns in letzter Minute versetzt, wir mußten uns mit einer Nachbarin behelfen, aber die bleibt bloß bis 11.

Das Gefühl kenn ich, sagte Donnie.

Ach Mist, sagte McCulloch.

Sandra stand schon, hielt aber noch einmal inne und sagte etwas zu Isobel. Als sie losging, sagte Hines: Also, bis dann, Leute. Er folgte ihr aus dem Saal. Auf der Straße winkte er nach einem Taxi, hielt ihr die Tür auf und nannte dem Fahrer die Adresse, bevor er neben ihr einstieg.

Sie sahen jeder zu seinem Fenster hinaus.

Er ging hinter ihr die Treppe hinauf, überholte sie erst kurz vor dem Treppenabsatz im zweiten Stock und schloß die Tür auf. In der Küche setzte er einen Kessel Teewasser auf. Sie war gleich ins vordere Zimmer gegangen. Er schaltete das Gasfeuer ein und zündete sich an der Flamme eine Zigarette an. Als sie hereinkam, ging er ins vordere Zimmer und zog seinen Anzug aus.

Er stand an der Spüle und pfiff leise, schaute durch die Schlitze der Jalousie in den Hof; gegenüber, oberhalb der Rückseite des

Mietshauses, das noch nicht abgerissen war, hatte der Himmel einen rötlichen Schimmer, das Licht spiegelte sich auf den kleinen Wellen der riesigen Pfütze, die von den Mülltonnen bis zum Hinterausgang reichte. Von irgendwoher kam der Geruch von schwelendem Müll, aber nur schwach.

Sandra hatte den Fernseher eingeschaltet, es sollte ein Spätfilm kommen.

Als der Tee fertig war, schenkte er 2 Tassen ein, brachte ihr eine, stellte sie neben dem Sessel auf den Boden. Wieder am Schränkchen, führte er seine Tasse zum Mund, doch als der Dampf seine Lippen berührte, senkte er die Tasse wieder, kippte sie ins Becken und ließ Wasser laufen, um den Tee fortzuspülen. Ich geh gleich ins Bett, murmelte er.

* * *

Seine Hände und sein Kopf sahen unter der Decke hervor. Er atmete tief, die Augen weit geöffnet. Zuerst starrte er in Richtung Spüle, dann, den Kopf auf dem Kissen, zur Decke. Sandra lag auf ihrer Seite, das Gesicht zur Wand gedreht, ihr Atem war kaum hörbar. Er drehte sich auf die Seite, rutschte rüber und drückte sich an ihren Rücken, legte die Stirn auf ihr Haar und den rechten Unterarm auf ihre Hüfte. Doch kurz darauf war er schon wieder zurückgerutscht, dann rückte er sogar noch weiter von ihr weg, bis an die Bettkante, und betrachtete den Mülleimer. Schließlich lag er wieder auf dem Rücken, den linken Arm hinausgeschoben, den rechten unter der Decke. Er sagte kein Wort. Dann wanderte sein linkes Bein in Richtung Sandra. Als er sie berührte, zog er es wieder zurück. Schließlich stand er ganz aus dem Bett auf; er hatte eine Erektion, ging aufs Klo. Als er zurückkam, sah er auf dem Wecker, wie spät es war. An der Spüle trank er gleich aus dem Hahn und ging anschließend wieder ins Bett.

* * *

Auf der Fußgängerbrücke blieb er stehen und schnipste den Zigarettenstummel ins Wasser. Er sah nach unten. Nicht sehr weit entfernt machte der Fluß eine Biegung, das Treibholz kam auf ihn zugeschwommen und trieb unter der Brücke hindurch. Er ging auf die andere Seite und sah es fortschwimmen. Kleine Regenpfützen lagen auf dem schmalen Geländer, auf dem seine Unterarme ruhten, die höheren Äste der Bäume raschelten im Wind. Am gegenüberliegenden Ufer wogte das Gras an der steilen Böschung zur Straße, schimmerte im Wind. Er zündete ein Streichholz an, aber die Flamme brannte nicht lange. Das Geräusch von Rädern, die geölt werden mußten. Ein hoher Kinderwagen, geschoben von einer jungen Frau, vielleicht in Sandras Alter, aber wahrscheinlich doch ein paar Jahre jünger. Sie hatte einen dicken Anorak, Jeans und dicke Stiefel an. Er räusperte sich und trat zur Seite, machte dem Kinderwagen Platz. Die Frau hatte langes Haar. Der Kinderwagen holperte die kurze Treppe hinunter und rollte den Weg entlang; hinter dem Baldachin waren Kopf und Schultern der jungen Frau über dem hohen Gras zu sehen.

* * *

Eine Zeitlang räumte er in der Wohnung auf, bevor er sich eine Scheibe Toast mit Käse und einen Kaffee machte. Er ging damit ins vordere Zimmer und stellte die Sachen neben dem Sofa auf den Fußboden. Legte sich eine LP auf und stellte den Plattenspieler auf Dauerbetrieb ein. Zog die Vorhänge zu. Als er saß, biß er von seinem Brot ab und schloß den Mund, beförderte den Bissen jedoch gleich wieder auf den Teller und streckte sich auf dem Sofa aus, die Fersen auf die Armlehne gestützt. Dann stand er noch einmal auf und machte das Licht aus. Hob die Tasse hoch, stellte sie aber wieder hin, ohne den Kaffee probiert zu haben. Drehte sich eine Zigarette. Als sie brannte, legte er sie im Aschenbecher auf dem Boden ab.

In der Zimmerecke an der Vorderseite des Gebäudes löste sich an der Seite, an der auch das Bett des Jungen stand, die Tapete. Unter dem losen Stück hatten sich mehrere Luftblasen gebildet. Er streckte den rechten Arm aus und drückte mit dem Zeigefinger auf eine der größeren Blasen, bis er die Wand spürte; als er sie spürte, drückte er weiter.

Wieder auf dem Sofa, führte er die Tasse zum Mund und ließ Kaffee in den Mund fließen, öffnete die Lippen jedoch bloß so weit, daß nur einige Tropfen durchkamen. Drückte mit dem Finger auf die Stelle unter der Unterlippe, an der er den Kaffee im Mund hielt. Herrgott! Er trank den Rest fast in einem Zug aus.

Spielsachen und Bücher lagen zwischen dem zerwühlten Bettzeug in Pauls Bett. Hines hatte dort nicht aufgeräumt. Er stand vom Sofa auf, ging aber in die Küche und holte sich die Bettdecke und deckte sich, als er sich wieder auf dem Sofa ausgestreckt hatte, damit zu, zog sie sich übers Gesicht und drehte sich zur Sofalehne. Er schloß die Lider und steckte sich die Zeigefinger in die Ohren.

* * *

Paul hopste auf der Sofakante und grinste ihn an. Hines setzte sich auf und schirmte seine Augen mit der Hand gegen das Licht. Die Musik spielte nicht mehr. Paul lachte: Opa hat mir 50 Pence gegeben, und wir haben uns Trifle und Pommes geholt.

Gut.

Sandra kam herein, den Mantel ausgezogen; sie ging zum Kinderbett und strich das Bettzeug glatt. Deine Schallplatte hat noch gespielt, sagte sie, ich begreif nicht, wie du dabei schlafen kannst. Ich bin überrascht, daß sich niemand beschwert hat.

Er nickte, nahm die ungerauchte Zigarette aus dem Aschenbecher am Boden und zündete sie an. Sandra zog an den Ärmeln von Pauls Mantel, half dem Jungen heraus und kniete sich hin, um ihm bei seinen anderen Sachen zu helfen, doch er zappelte herum, und sie sagte, er solle ruhig stehenbleiben. Aber Paul zappelte noch immer und ließ sich nicht weiter ausziehen.

Wie geht's deiner Mum und deinem Dad? Okay?

Herrgott noch mal, Paul. Ja. Sie zog ihm den Pullover über die Schultern und den Kopf, und dann riß er sich los, und sie gab ihm einen Klaps aufs Handgelenk. Jetzt steh mal einen Moment still!

Ich will nicht ins Bett.

Ach du meine Güte.

Ich will nicht!

Hines langte hinüber und gab ihm eine auf den Po. Pauls Knie knickten ein, und er sackte so vornüber, daß er beinahe mit dem Kinn auf dem Boden aufgeschlagen wäre. Er kam jedoch zuerst mit den Händen auf, so daß die Bewegung abgefangen wurde. Nach einem Moment der Bestürzung begann er zu weinen. Hines stand vom Sofa auf, und Sandra setzte sich. Er ist todmüde, sagte sie, er war den ganzen Abend auf den Beinen; Dad war nach dem Tee mit ihm im Garten.

Hines kniete auf einem Bein, setzte den Jungen auf das andere und zog ihn weiter aus, half ihm dann beim Anziehen des Schlafanzugs. Schickte ihn aufs Klo und legte Pauls Sachen zusammengefaltet auf den Stuhl neben seinem Bett. Als er wiederkam, weinte Paul nicht mehr. Hines brachte ihn ins Bett und zog ihm die Decke bis ans Kinn. Gute Nacht, mein Junge ... Er sah ihn an, beugte sich hinunter und küßte ihn auf die Stirn. Bis morgen, ja!

Er drehte sich um, lächelte Sandra zu und ging in die Küche, schaltete den Fernseher und den Gasofen ein.

Über eine Viertelstunde verging. Er sah die Stellenangebote in der *Evening Times* durch; als sie herüberkam, machte er eine Kopfbewegung in Richtung Fernseher. Ich glaub, heute kommt was.

Sie ging nicht darauf ein. Er machte Anstalten, noch etwas zu sagen, ließ es aber. Sie saß aufgerichtet auf der Sesselkante, die Hände auf die Außenkanten der Armlehnen gestützt. Ohne ihn anzusehen, sagte sie: Es ist sinnlos, Rob.

Sie sah ihn kurz an. Er wurde rot. Wovon sprichst du, Sandra?

Aber sie zuckte bloß mit den Achseln. Gleichmäßig atmend, ließ er den Blick durch die Küche schweifen. Bald war die Röte aus seinem Gesicht gewichen, und er wiederholte die Frage. Wieder zuckte sie mit den Achseln. Er schüttelte den Kopf, erst langsam, dann schneller, und errötete wieder. Ehrlich, ich weiß nicht …, sagte er, … ich weiß wirklich nicht, was du meinst, Sandra, ehrlich, ist es das Haus? Ich meine, falls es das Haus ist – Herrgott, wir werden schon eins kriegen. Er räusperte sich: Sogar in Knightswood, wenn wir den richtigen Augenblick abpassen.

Hm.

Seine Lider gingen zu und auf. Er suchte seine Tabakdose. Wir können uns gleich was suchen, wenn wir wollen …

Es hat keinen Sinn, diesen Streit wieder auszugraben.

Es ist kein Streit. Er zog die Nase hoch. Jedenfalls gibt's eine Menge guter Ecken in Drumchapel.

Ich behaupte ja nicht das Gegenteil.

Und wir müßten auch nicht gleich das erste Angebot annehmen. Und noch etwas, was du anscheinend vergißt: Wenn sie uns mit einer Kündigung wegen Baufälligkeit des Hauses kommen, müssen sie uns woanders was Gescheites geben. Und wenn nicht, können wir es aussitzen, bis sie es tun.

Du träumst.

Hines sah sie an.

Wir hätten uns gleich etwas Eigenes kaufen sollen. Von Anfang an.

Das hat dir wieder dein Dad eingeblasen.

Sie wandte ihm das Gesicht zu. Gar nichts hat mein Dad mir

eingeblasen. Es liegt doch auf der Hand. Wir hätten gar nicht erst hier einziehen dürfen. Wir hätten das Geld als Anzahlung verwenden sollen.

Nein, hätten wir nicht – es sei denn, wir hätten eine Bruchbude gekauft.

Aber in der hätten wir ja nicht bleiben müssen. Hast du mal gesehen, wie die Preise gestiegen sind? Wenn wir vor fünf Jahren gekauft hätten, hätten wir beim Wiederverkauf viel mehr gekriegt, als wir selber bezahlt haben, und könnten uns jetzt was Besseres leisten. Gott, wenn ich daran denke, was wir dafür ausgegeben haben, bloß den Schlüssel für diese scheiß Wohnung zu kriegen, für dieses Loch.

Damals war es kein Loch.

Aber jetzt ist es eins, Herrgott, wann hast du denn zum letzten Mal aus dem Fenster gesehen? Ich wußte, es war zuviel Geld. Ich hab es dir damals schon gesagt, aber nein, du hast dich von dieser Frau beschwatzen lassen.

Evelyn Donaldson, sie wollte doch nur behilflich sein.

Ach Rob, ich weiß, daß sie nur behilflich sein wollte, ich behaupte ja nicht das Gegenteil – aber das heißt doch nicht, daß wir die Wohnung auch nehmen mußten.

Die Möbel haben wir auch gekriegt.

Möbel?

Ja, Möbel. Was wir hatten, war absoluter Schrott, wenn ich mich recht entsinne. Und noch was: du vergißt offenbar, was wir für Raten hätten zahlen müssen – und Zinsen obendrein, vermutlich 5 oder 6 Mal soviel, wie wir an Miete und Abgaben gezahlt haben.

Rob, wir hätten es geschafft.

Hm.

Ja, hätten wir. Sie sah ihn an und sagte es ganz langsam: Ich meine, schlechter als jetzt können wir gar nicht dastehen.

Was?

Rob. Sie sah ihn an. Wir haben gar nichts – nein, entschuldige, wir haben 83 Pfund.

Er erwiderte ihren Blick, sah dann zum Gasofen hinüber, die Hände verschränkt. Ich hätte letztes Mal nicht wieder mit dem Bus anfangen sollen, es war ein Fehler, kein drittes Mal, dämlich, das war dämlich; ich hätte es besser wissen müssen – selbst stempeln, ich hätte weiter stempeln gehen sollen, Herrgott ... Er streckte die Finger, verschränkte sie wieder, sah zum Kaminsims hinauf, suchte den Boden rings um seinen Sessel ab.

Dein Tabak ist im Zimmer.

Ach ja. Er drehte den Kopf ein wenig von ihr weg. Sie war aufgestanden und kam auf ihn zu. Er brummte etwas Unverständliches. Sie kniete nieder, stützte das Kinn auf beide Hände und lächelte ihn an. Den Kopf schüttelnd, sagte er: Hör auf, mich anzusehen, als würde ich den Verstand verlieren.

Rob.

Möchtest du einen Tee?

Ich hab schon welchen gemacht.

Hab ich gar nicht gemerkt.

Als ich gekommen bin, der ist bestimmt schon kalt.

Ach so, Mist.

Rob!

Ich hab nichts ...

Du hättest schon was, wenn du bloß den Mund aufmachen würdest. Wenn du verdammt noch mal bloß den Mund aufmachen würdest! Sie umklammerte seine Handgelenke. Ich hasse das, wenn du dich aufführst, als könnte ich dich nicht verstehen.

Was?

Du weißt genau, was ich meine.

Nein.

Doch, verdammt noch mal ... Sie ließ seine Handgelenke los. Manchmal bist du wirklich anmaßend. Wirklich, weißt du. Dann nuschelst du bloß noch und erwartest, daß ich sofort auf alles reagiere, und das kann ich nicht – wie denn auch? Wie denn, wenn du mir nie was sagst?

Nach kurzem Schweigen sagte er: Es gibt nichts zu sagen.

Was?

Entschuldige, so hab ich's nicht gemeint.

Doch, hast du. Ich geh ins Bett.

Nicht.

Doch, laß meine Hand los.

Geh noch nicht, Sandra, bitte.

Gott, Rob, ich hab es satt, wirklich, wie du an mir rumnörgelst.

Was?

Ja, an mir rumnörgelst, die ganze Zeit. Diese dämliche Bemerkung in der Kneipe, die war doch auf mich gemünzt, bilde dir bloß nicht ein, ich hätte das nicht gemerkt.

Wieso?

Warum sind wir überhaupt hingegangen? Ich hasse solche Situationen. Das erste Mal seit Ewigkeiten, daß wir ausgehen, und was passiert? O Gott, diese verdammte Wohnung, ich hasse dieses Loch. Sandra war schon vor einer Weile aufgestanden, stand da, die Hände vors Gesicht geschlagen. Sie ließ die Hände sinken. Weißt du, was vor zwei Tagen war? Als du vor dem Fernseher eingeschlafen warst – weißt du, was da passiert ist? Ein Mann hat mich gefragt, ob ich mit ihm schlafen will, jawohl. Ich hatte Paul dabei, wir kamen gerade aus dem Milchladen. Ein alter Mann in einem roten Auto.

Großer Gott!

Ich kam vom Milchladen, eine Einkaufstüte in der einen Hand und Paul an der anderen.

Herrgott, Sandra. Warum hast du mich nicht geholt?

Weil es keinen Sinn gehabt hätte, sagte sie einen Moment darauf.

Was?

Er war bloß ein alter Mann, es hätte keinen Sinn gehabt. Und bis du unten gewesen wärst, wär er eh schon weg gewesen. Sie schüttelte den Kopf. Außerdem wollte ich nicht, daß du kommst.

Wieso nicht?

Ich wollte es einfach nicht.

Verdammt. Er schaute kurz zum Kaminsims und neben seinen Sessel. Dann stand er auf. Trat zu ihr und legte die Hände auf ihre Schultern.

Rob, ich möchte bloß raus aus dieser Wohnung.

Ich weiß, ich weiß.

* * *

Auf der anderen Seite des Platzes zwischen den in einer Reihe abgestellten Bussen war Reilly hervorgekommen, eine Gießkanne in der Hand, aus der er in den Kühler im Motorraum Wasser nachfüllte. Hines ging auf der Seite, die Reilly nicht einsehen konnte, zum Bus hinüber und setzte sich dort in die erste Sitzreihe. In 5 Minuten sollten sie vom Betriebshof abfahren. Reilly blieb bis zuletzt draußen, stieg dann in seine Kabine ein und ließ sofort den Motor an. Als sie an der ersten Endhaltestelle angekommen waren, ließ er den Motor laufen und tippte nur ab und zu mal das Gaspedal an. Es war noch dunkel, und in der Frontscheibe sah man Reillys Spiegelbild. Er las Zeitung. Hines saß in der hintersten Reihe und stand nur auf, wenn es wegen eines Fahrgasts nötig war. Auf dieser und der nächsten Tour war viel los, auf der übernächsten aber weniger, und Reilly schaltete den Motor an der Endhaltestelle aus.

Geh schon auf! rief Hines beim Öffnen der Tabakdose. Nach dem ersten Zug an der Zigarette stieß er eine dicke Rauchwolke aus und schrie: Der gute König Wenzeslaus ist ein blöder Hund.

Reilly steckte den Kopf hinter der Trennwand hervor und zog ihn sofort wieder ein; die Zeitung raschelte.

Tut mir leid, aber auch wieder nicht. Was nicht heißen soll, daß es nicht so gemeint war, weil es doch so gemeint war, unbedingt. Ich entschuldige mich und entschuldige mich auch nicht. Das Entschuldigen geht vor.

Das heißt, ich entschuldige mich, weil ich als erster den Mund aufgemacht hab, während unter normalen Umständen du doch seit 43 Jahren ununterbrochen quasselst, dich jetzt aber in der unnatürlichen Lage befindest, die Klappe halten zu müssen, koste es, was es wolle, aufgrund bestimmter unglücklicher Vorkommnisse, die sich während eines geselligen Beisammenseins in der hiesigen Gastronomie ereigneten, du Mistkerl du, es tut mir leid, ehrlich. Ehrlich. Hines setzte sich auf und sah zum Heckfenster hinaus. Hagel wehte über die Straße. Leck mich. Er stand auf und setzte sich wieder. Hör mal, du blöder Hund, wenn dir das hilft, rings um mich herum stürzt gerade die ganze Welt ein, Frau und 38 Kinderlein verlassen mich, das Haus, in dem ich wohne, fällt zusammen, ich bin nicht nach Australien ausgewandert, als ich's hätte tun sollen, und mein Arzt, der dämliche Glatzkopf, besitzt die Unverfrorenheit, eingetragenes Mitglied des Bath-Ordens zu sein. Was willst du denn noch?

Die Zeitung raschelte.

Hines fuhr auf dem Sitz herum und streckte sich lang aus, die Schuhe auf dem Rahmen der Sitzreihe davor. Dann brüllte er: Ach, leck mich doch.

Was erwartest du denn? schrie Reilly.

Was ich erwarte? Blöde Frage. Das ist das allerletzte Mal, das ich mich bei jemandem entschuldige.

Das war im Leben keine Entschuldigung.

Aber immer.

Von wegen.

Von wegen von wegen.

Scheiße.

Mach mal halblang, Mensch, was willst du denn noch? Daß

ich vor dir auf die Knie gehe? Schluß jetzt, gib Frieden, du blöder Fenier du.

Laß die Politik aus dem Spiel.

Hines setzte sich auf und grinste. Gut, du blöder Hund, los, lies mir was über die Ausbeutung in der Welt aus deinem scheiß *Star* vor, ich kann's vertragen.

Reilly setzte sich seitlich hin, so daß die Zeitung auf der Kabinentür lag.

Geht's aufwärts oder abwärts, das möchte ich wissen.

Auf.

Aha, im Parlament erhoben sich also Stimmen!

Und zwar von allen Seiten.

Mensch, Reilly, wie redest du denn! Vielleicht gibt es ja doch noch Hoffnung.

Halt die Klappe! He, ist dir der Inspektor an der zweiten Endhaltestelle aufgefallen? Ich bin 8 Minuten vor Fahrplan losgedüst, und der hat nicht mal mit der Wimper gezuckt. Wie deutest du das? Darüber ließe sich doch reden.

Durchaus. Schöne Bescherung.

Dasselbe hab ich auch gedacht.

Vielleicht hat er im Stehen geschlafen?

Er hat ein Pfeifchen geraucht.

Hat der Zeuge den Rauch mit eigenen Augen gesehen?

Nee, Euer Ehren.

Dann hat der Inspektor definitiv den Geist aufgegeben, kann man ihm ja auch nicht verdenken! Stell dir mal vor, in so unchristlichen Abständen draußen rumzuschleichen, bloß um den Fahrern beim Verlassen der Endhaltestelle auf die Uhr zu schauen.

Während dir Schneeklümpchen in den Kragen tropfen. Und alle 10 Minuten scheiß Busse an dir vorbeidonnern. Muß ein ziemlich mieser Job sein!

Hines lachte. Er stand auf und wechselte das Zielschild. Bist übrigens mit Pommesholen dran.

Das kann nicht sein.

Doch – so schlecht ist mein Gedächtnis nicht.

Muß es aber.

Machst du Witze?

Ist mein voller Ernst.

Ernst! Was soll das heißen: Ernst?

Daß letztes Mal ich bezahlt hab. Vergessen? Den durchgehenden Dienst, den wir hatten?

Hines schüttelte den Kopf. Neuerdings ist in meinem Kopf alles ein einziger Nebel. Echt, Mann, ich werd alle schriftlich befragen müssen. Außerdem bin ich wütend, daß Tunbrigde Drumchapel in den Sack gesteckt hat. Wie in Gottes Namen soll ein Mensch den Überblick behalten, wenn um ihn rum die ganze Welt einstürzt?

Reilly lachte, als er die Zeitung zusammenfaltete. Ich hab einen Riesenhunger, sagte er, ich glaub, ich hol mir was mit Fisch zum Abendbrot.

Au nee, das arme Portemonnaie.

* * *

Mitten im zweiten Teil der Schicht klopfte ein Inspektor an die Tür. Es war ein anderer Inspektor, und sie waren an einer anderen Endhaltestelle. Reilly hatte die Fahrerkabine verlassen und ging durch den Bus, um unter den Sitzen nach verlorenen Münzen Ausschau zu halten. Oh, Mist, murmelte er, während er zurückging, um die Tür aufzumachen. Hallo, Inspektor.

Fahrplanmäßig sollten Sie erst in 11 Minuten hiersein, Fahrer, ich muß Sie aufschreiben.

In der letzten Sitzreihe räusperte sich Hines. Nach einem kurzen Blick nach hinten sagte der Inspektor an Reilly gewandt: Hat Ihr Schaffner beim Sitzen immer die Schuhe auf dem Polster? Als Reilly nicht antwortete, fuhr der Mann fort: 11 Minuten vor Fahrplan, wie haben Sie das geschafft?

Ehrlich gesagt, hab ich erst hier bei der Ankunft gemerkt, daß wir zu früh dran sind. Seit Union Street sind bloß ein halbes Dutzend Fahrgäste zugestiegen.

Der Inspektor schnarrte. Er zog den zwischen seinem Ohr und der Mütze klemmenden Bleistift hervor, blätterte sein Notizbuch durch und wandte sich wieder Reilly zu.

Reilly, William, 6214.

Hines hüstelte. Der Inspektor sah ihn lange an. Ich hab es Ihnen schon einmal gesagt, Junge, die Füße runter vom Polster da – nur zur Information, da wollen sich Fahrgäste hinsetzen.

Hines fuhr herum, die Stiefel landeten dumpf auf dem Boden.

Kommen Sie her?

Meinen Sie mich?

Der Inspektor sah ihn an.

Hines stand auf, kam nach vorn, die Hände in den Hosentaschen, und baute sich dicht neben dem Inspektor auf.

Ihre Kontrolliste, Schaffner. Ich möchte sie sehen.

Steckt im Fach. Hines zeigte auf die Ablage. Und zog dann die Kontrolliste auf eine Kopfbewegung des Inspektors hin hervor.

Okay, mein Sohn, lesen Sie mir die Zahlen von Ihrem Fahrscheindrucker vor. Oder, noch besser, zeigen Sie mal her.

Reilly hüstelte, als Hines den Fahrscheindrucker hochhob, damit der Inspektor die angezeigten Zahlen mit dem letzten Eintrag in die Kontrolliste vergleichen konnte. Ich betrüge den Steuerzahler nicht, falls Sie das etwa denken.

Ich habe nichts dergleichen behauptet. Der Inspektor schniefte und nickte, ehe er ihm das Fahrtenbuch zurückreichte. Ich seh bei Ihnen keine Mütze.

Hm.

Wo ist sie?

Ich hab sie heute abend nicht dabei; mein Junge ist schuld, hat eine ganze Terrine Hühnercurry drübergekippt. Meine Frau mußte sie einweichen. Und als ich heute nachmittag zum Dienst kam, war sie noch nicht trocken. Überall hat's nach Curry gerochen, die Nachbarn haben sich schon beschwert.

Name und Nummer? Der Inspektor schlug eine Seite in seinem Notizbuch um.

Hines, Robert, 4729. Werd ich aufgeschrieben?

Unvollständige Uniform. Wie war der Name noch mal?

Hines, Robert.

Seine Freunde nennen ihn Bobby, sagte Reilly.

Aber manche sagen auch Robbie, echt; das hat mir mein alter Herr eingebrockt, Burns war einer seiner Hausgötter.

Ich mag Spaßvögel, sagte der Inspektor.

Freut mich zu hören.

Hört mal, mein Job ist genauso blöd wie eurer. Wenn ihr euren machen würdet, wie ihr sollt, bräuchte ich mein Buch nicht aufzuschlagen.

Das tut mir leid, murmelte Reilly.

Der Inspektor warf ihm einen Blick zu. Nicht der Rede wert ... Als er sich zum Aussteigen wendete, wies er mit einer Kopfbewegung auf das Zielschild und sagte zu Hines: Vergessen Sie nicht, es vor der Abfahrt zu wechseln, sonst muß ich Sie noch mal aufschreiben.

Als die Türen hinter ihm zu waren, lachte Reilly auf. Hol sie alle der Teufel.

Hines erwiderte nichts. Er ging kopfschüttelnd nach hinten durch. Setzte sich. Zog die Nase hoch. Nein, zum Teufel, nein, nicht jetzt, ein eindeutiges Nein, diese Arschlöcher, jetzt ist Schluß, und zwar ein für allemal, ha, ihr könnt mich alle mal, ihr Mistkerle, ihr und eure scheiß Beförderung, ich wollte doch bloß der Busfahrer Hines sein.

Gibst es also zu! sagte Reilly lachend von der Mitte des Gangs aus.

Hines schlug beide Hände vors Gesicht. Das ist zu schlimm,

um wahr zu sein, zu schlimm, im Ernst, Mann, zu schlimm, wirklich echt schlimm, Mann, ich sag's dir.

Die Tür ging auf. Der Inspektor. Noch mal dieses Arschloch, sagte Reilly.

Hines ließ die Hände sinken. Seine Handgelenke lagen jetzt auf der Sitzkante, und er sackte so weit nach hinten, daß sein Kopf die Verkleidung der Rückwand berührte.

He, Schaffner, ich möchte sehen, wie Sie jetzt gleich das Schild wechseln.

Ich mach's, sagte Reilly.

Sie sind nicht der Schaffner. He, Sie! Ich möchte Sie das Schild wechseln sehen, damit ich weiß, daß Sie's nicht vergessen.

Der Bus schaukelte ganz schön. Reilly fuhr manchmal zu schnell, andere Male jedoch nicht schnell genug. Jetzt bremste er für eine Schlange von Leuten, die sich aufs Oberdeck und Unterdeck verteilen würden. Hines stand von seinem Sitz auf und ging nach vorn, als der Bus von der Bordsteinkante abfuhr. Halt noch mal an, Mann, ich schmeiß hin. Fahr rechts ran. Es ist allerhöchste Zeit, wird ja langsam lächerlich. Mach schon, Willie, halt an.

Reilly runzelt die Stirn.

Herrgott noch mal, mach hin, Mann, ich will den Krempel hinschmeißen, und zwar jetzt gleich.

Prima, Arschloch.

Nichts ist prima, mach schon, fahr rechts ran.

Reilly warf ihm einen Blick zu.

Ich will den Job hinschmeißen, sag ich dir, mach.

Na, schmeiß halt hin, dafür brauch ich doch nicht den Bus anzuhalten.

Brauchst du doch, einmal muß Schluß sein, ich will, daß endlich Schluß ist.

Schön, jetzt hast du hingeschmissen.

Wie kann ich hingeschmissen haben, wenn ich noch hier stehe, das schäbige Grün der Verkehrsbetriebe am Leib und Fahrkartenmühle und Schaffnertasche um, verflucht noch mal!

Vorsicht, nicht mit dem Finger auf andere zeigen.

Oh, entschuldigen Sie bitte, Sir, ich zeig mit dem Finger. Hines zerrte sich den Fahrscheindrucker und die Schaffnertasche über die Schulter und legte sie so auf den Boden, daß sie an der Verkleidung der Fahrerkabine lehnten. Zog dann die Uniformjacke aus und drehte sich zu den auf dem Unterdeck sitzenden Fahrgästen um. Hat jemand von Ihnen zufällig ein Paar Hosen, das er entbehren kann?

Reilly prustete los.

Ehrlich, in diesen grünen Dingern hier kann ich mir nicht die Absolution erteilen. Los Leute, ein Paar Hosen, wer hat ein Paar Hosen übrig? Die äußerliche Erscheinung ist Nebensache. Frauenbeinkleider sind auch hervorragend geeignet. Eh, kommt schon, ich muß die Brocken hinschmeißen.

Ein Paar mittleren Alters stand von seinen Plätzen auf, der Mann ging voran, Geld in der ausgestreckten Hand. Zugestiegen, mein Sohn.

Tausch ich gegen Ihre Hose und leg noch 'nen Fahrscheinspender dazu, ist ein richtiger Geldvermehrungsapparat.

Mit einem Lächeln legte der Mann sein Geld in die Vertiefung der Kabinentür, wandte sich halb um und flüsterte: Behalten Sie's für sich – wir brauchen die Fahrkarten nicht.

Und die Frau sah sich grinsend zu den anderen Fahrgästen um.

Allmächtiger! Nein, ich bitte um Verzeihung, Sir, mir soll keiner was nachsagen können, Sir, ehrlich gesagt hab ich seit 4 Jahren keinen einzigen Pence beiseite geschafft, Sir, ehrlich, wer rechnet denn mit so was in seinen vorletzten schaffnernden Momenten!

Hast also doch nicht hingeschmissen! rief Reilly lachend. Hätt ich mir gleich denken können!

Der Bus wurde langsamer und hielt an. Das Paar stieg aus. Drei andere Fahrgäste stiegen ein. Die Türen gingen zu.

Du bist ein hinterhältiges Arschloch, Willie, hat dir das schon mal jemand gesagt?

Reilly lächelte. Rauf mit dir, geh eine rauchen.

Hines sah ihn an.

* * *

Der Tee war lauwarm, er stürzte ihn hinunter, stellte die Tasse auf dem Fernseher ab und schlüpfte wieder unter die Decke. Sandra kam aus dem Flur herein, schon im Bürokostüm. Sie lächelte. Ich dachte, du schläfst noch ein bißchen.

Nein.

Als sie merkte, daß er sie immer noch ansah, sagte sie: Denk dran, ich treff mich heute mit Mum in der Stadt – was einkaufen. Für Weihnachten, formte sie mit den Lippen.

O ja, ja.

Vergiß nicht, ihm was zu essen zu geben.

Hines nickte und stand aus dem Bett auf.

Nicht jetzt, Rob, bevor er in den Kindergarten geht. Sie lächelte. Bleib im Bett, wenn du möchtest … ich muß los, sonst komm ich zu spät.

Er zog sich weiter an, ging zur Kommode und holte sich ein Paar frische Socken und ein T-Shirt. Dann machte Paul die Tür mit dem Fuß auf, die Arme mit Spielsachen beladen. Hines sah ihn an und wollte gerade etwas sagen, schrie aber plötzlich auf und drückte das Kreuz durch. Sandra war hinter ihn getreten und hatte die Arme um ihn gelegt. Himmel!

O Rob, das wollte ich nicht.

Die blöden Knöpfe, Sandra, die sind eiskalt.

Sie lächelte.

Er schüttelte den Kopf. Lachte, zog sie an sich, hielt sie fest. Willst mich wohl umbringen, Frau. Herzanfall und so weiter – wart wenigstens, bis ich 'ne Lebensversicherung hab.

Sie lachte leise. Ich geh besser … Sie lief zu Paul und küßte ihn auf den Kopf.

Diese feministischen Karrierefrauen! Keine Zeit, ihren Sprößlingen einen ordentlichen Kuß zu geben! Mach dir nichts draus, kleiner Mann, sagst von jetzt an eben Mum zu mir.

Paul lachte. Hines zwinkerte ihm zu.

Ihr steckt unter einer Decke wie üblich, murmelte Sandra fröhlich.

Tja, wir müssen eben zusammenhalten, sagte Hines und folgte ihr in den Flur, die letzten Stufen hinab faßte er sie um die Schultern, und an der Tür küßte er sie noch einmal – bis Paul an seiner Hose zupfte. Eifersüchtiger Knirps … Er machte einen Schritt rückwärts und hob ihn hoch.

Die Tür war offen, und Sandra stand draußen auf dem Treppenabsatz. Vorsicht vor den Vertretern, rief er.

Rob!

Mum, rief Paul. Küßchen.

O Gott! Sie kam schnell zurück. Hines lachte, er küßte sie ebenfalls. Rein mit euch, und zieh dir Socken an, du holst dir eine Lungenentzündung.

Aye aye, Sir!

Paul war von Hines' Armen heruntergestiegen und rannte ins vordere Zimmer, bevor Hines die Tür zugemacht hatte. Er folgte ihm ans Fenster, sah sie auf den Gehweg kommen, die Straße überqueren und bis zur Ecke gehen, wo sie stehenblieb, sich umdrehte und winkte.

Das Kaffeewasser war aufgesetzt. Doch als er die Dose aufmachte, sah er, daß der Tabak bloß noch für zwei Zigaretten reichte; er drehte sich also eine dünne. Betrachtete sie sinnend.

Steckte sie sich hinters Ohr und schloß die Lider. Das hätte man sich denken können. Nein nein, Sohn, ist schon gut, kein Grund zur Panik, bestimmt nicht, dein alter Herr springt zwar gleich aus dem Fenster, aber sonst ist alles bestens, ehrlich … Er schoß vom Sessel hoch und ging mit großen Schritten zur Kommode, dann zum Küchenschrank und zum Abtropfbrett an der Spüle, zum Kaminsims und zum Fernseher und ins vordere Zimmer, überall dorthin, wo vielleicht Geld sein konnte, danach zur Garderobe im Flur, klopfte die Taschen der Kleider ab, die darin hingen.

Wieder in der Küche, sah Paul zu ihm herüber, als er zum zweiten Mal die oberste Lade der Kommode aufzog.

Nichts zu rauchen da und kein verdammtes Geld, was zu kaufen. Was soll ich bloß machen? Hat deine Mum dir das gesagt? Eh?

Paul hob den linken Arm.

Eine Zigarette, ich brauch 'ne Zigarette, und keine verfluchte Schaffnertasche da. Sag nicht, ich soll die Klappe halten. Was mach ich bloß? Die Nachbarn – nein, kommt nicht in Frage, ausgeschlossen, kleiner Mann, ausgeschlossen. Das Pfandhaus! Glänzende Idee – Herrgott, sehr reif für deine 4 Jahre, Junge, aber wirklich! Gut gemacht, kleines Paulchen. Hier, zieh den Mantel an.

Hines hatte sich bereits gesetzt und schnürte seine Schuhe zu. Paul aber kniete noch zwischen seinen Spielsachen auf dem Fußboden. Hines zog die Zigarette hinter seinem Ohr hervor und zündete sie an, griff nach seiner Uniformjacke. Paul!

Der Junge sprang auf und rannte ins vordere Zimmer, Hines ihm hinterher. Wenn ich dir was sage, tust du es auch, klar? Hörst du? In Ordnung?

Paul erwiderte nichts. Er war ganz rot geworden.

Okay?

Er nickte, wich Hines aus, als er seinen Mantel vom Sofa

holen ging. Hines machte ihm die Knöpfe zu und nahm dann den Anzug aus der Garderobe.

Die Treppe hinab trug er den Jungen auf der Schulter und übersprang 2, manchmal 3 Stufen. Als sie im Torweg angekommen waren, lachten beide. Auf dem Gehsteig ließ er den Kleinen herunter und nahm ihn beim Überqueren der Straße an die Hand. Beim Abbiegen und auf den ersten Metern der Seitenstraße blieb Paul immer wieder stehen und rieb sich die Ohren. Hines sagte, er solle damit aufhören, aber er tat es immer wieder. Ich hab gesagt, hör auf damit!

Paul sah zu Boden.

Nach ein paar Schritten blieb Hines stehen. Okay, was ist?

Sie tun weh, Daddy.

Wie – weh? Meinst du: kalt?

Paul antwortete nicht.

Oje, in der Arktis erst, da würden sie abfallen. Dort kriegt man Erfrierungen, dort ist es so kalt, daß einem die Ohren abfallen. Und die Zehen, wenn man nicht massenhaft Socken anzieht.

Er räusperte sich und spuckte den Schleim in den Rinnstein. Die Eskimos, Sohn, die haben viel Pelzsachen an und so, um die Kälte abzuhalten. Die wickeln sie sich um die Ohren und die Zehen. Denn wenn sie das nicht machen würden, wären sie erledigt, futsch, aus. Die müssen das ganze Jahr mit diesen Pelzen rumlaufen wegen des scheiß Wetters, in das sie geraten sind. Die Eskimos, die essen Wale und so. Für jedes Fitzelchen der Tiere haben die Verwendung – aus der Haut gewinnen sie Öl, und aus diesem Öl stellen sie verschiedene andere Sachen her, Brennstoff und so Zeug. Die Eskimos, die sind klein und haben kurze Beine, aber vielleicht liegt es ja an den Pelzen, daß sie aussehen, als wären sie zu kurz geraten, ich weiß auch nicht. Wenn die ihre Sachen alle mal ausziehen würden, wären sie drunter vielleicht ganz dürr. Richtig klapperdürr. Tja, so verhält sich das mit den

Ohren, Sohn, die müssen haufenweise Sachen übereinanderziehen. Die erkälten sich auch nie. Ich meine, stell dir mal vor, jemand von diesem scheiß Müllhaufen hier fährt dahin, wo die wohnen, Sohn, der wäre in Null Komma nichts tot – Lungenentzündung oder eine andere blöde Krankheit. Es sei denn, er macht es wie die Einheimischen. Und umgekehrt genauso. Wenn die Eskimos hierher kämen, würden die sich vermutlich auch eine Krankheit einfangen. Echt schlimm ist das. Die armen alten Eskimos, Sohn. Macht einen ganz krank.

* * *

1/2 Pfund Rindswürstchen, 1 Pfund Kartoffeln, 2 mittelgroße Zwiebeln und 1 Dose gebackene Bohnen. Und schon hast du Würstchen, Pommes und Bohnen plus die saftigen Zwiebeln – die sind gut fürs Blut, ob es dir gefällt oder nicht. Der große Topf mit dem grillartigen Einsatz ist für die Pommes, da können sie abtropfen, und das Fett fließt in den Topf darunter. Sehr praktisch. Und auch wenn deine Mum Pommes bis oben satt hat, ist die Sache doch die: sie ist heute nicht der Koch – mehr ist dazu nicht zu sagen, soll sie doch in ein blödes Café gehen. 2 Abende nacheinander ist okay, solange es nicht ausartet. Gut: so ein Essen sollte nicht öfter als 4 Mal pro Woche auf den Tisch kommen, und man sieht zu, daß man's ein bißchen verteilen kann, damit 1 Tag dazwischen Pause ist. 7 Tage hat die Woche. Hoppla, schwirrt da etwa irgendwo ein zusätzlicher Tag rum? So starre Dinge, Wochen und Monate und so, die ignoriert man am besten. Das ist das Zeitkorsett, in das man gezwängt wird. Denk einfach nur an die Tage. Das Minimum, um alles abzudecken, zum Beispiel Frühstück, Abendessen, Tee. Also: Pommes an Tag 1, Tag 3, Tag 5, Tag 7, keine Pommes an Tag 0, Tag 2, Tag 4, und Tag 6. Macht 8 Mal in 2 Wochen. Aber 7 Mal alle 14 Tage. Tja, da bleibt dir vielleicht doch nichts übrig als zweimal hintereinander welche zu essen, aber wenn du Pommes magst, kann dir das ja egal sein. Also, dann mal los: Montag ist Fischtag – Unsinn. Montag ist Gehacktes und Kartoffeln. Ganz einfach. Topf holen. Gut: ein Topf. Jetzt: 3/4 Pfund Gehacktes. 2 mittelgroße Zwiebeln, dann 1/2 Pfund Möhren und eine Dose Erbsen. Auf keinen Fall eine Bratpfanne verwenden. Das Hackfleisch leicht anbraten, gleich in dem Topf, in dem du auch kochst. Macht schon mal einen Topf weniger hinterher beim Spülen. So: das Hackfleisch in den Topf geben, dazu einen Tropfen Öl zum Braten oder Schmalz oder was immer – Margarine vielleicht. Zwiebeln schälen und hacken. Das Hackfleisch mit einem Holzlöffel zerkleinern. Den Topf auf kleine Hitze stellen, damit es nicht zu sehr spritzt. Währenddessen dauernd das Hackfleisch zerkleinern, damit es nicht zu klumpig wird. Zwiebeln dazutun. Pfeffer und Salz beim Zerkleinern beigeben. Als nächstes: Wasser zum Kochen bringen. 1/4 Liter zugießen, in den du vorher schon einen Soßenwürfel reingetan hast, so klein zerkrümelt wie möglich. Umrühren. Wenn das Hackfleisch bräunlich wird, die Soßenmischung dazugeben. Umrühren. Aufkochen lassen und Topf zudecken. Dann nur noch köcheln lassen, das heißt, wenn es gekocht hat, das Gas so weit runterdrehen, daß es nur noch kleine Bläschen macht, nicht mehr. Entschuldigung. Der 1/4 Liter Soßenwasser, den man reingetan hat, reicht vielleicht nicht und man braucht noch was extra. Deckel drauf. Henkel nach innen drehen, so ist die Unfallgefahr am geringsten. Dann für die nächste Stunde auf den Hintern setzen, abgesehen von gelegentlichem Kontrollieren und Umrühren. 30 Minuten vor Schluß Kartoffeln schälen und in geeignete Stücke zerteilen und den anderen Topf mit kochendem Wasser füllen, nachdem besagte Kartoffeln in den Topf gelegt wurden, als er noch leer war, weil man sich sonst naßspritzt. Auf große Flamme stellen. Für 15 bis 20 Minuten auf den Hintern setzen. Natürlich die Dose Erbsen aufmachen. Jetzt noch die blöden Möhren. Die schälen und in Stücke schneiden, währenddessen Gehacktes und Zwiebeln anbraten, dann dazutun. Die Erbsen in eine kleine Kasserolle geben. Sind im Handumdrehen heiß. Und wenn die Zeit um ist, hat man Gehacktes, Kartoffeln und Erbsen in dreierlei Töpfen, fertig zum Auftragen.

* * *

Er sah zwischen den Vorhängen hindurch über die Straße, sah den Frost in den Dachrinnen des Mietshauses glitzern. Auf dem Rückweg blieb er am Kinderbett stehen. Pauls Füße schauten hervor. Er zog die Decke darüber.

Selber im Bett, lag er auf dem Bauch, die Arme unter sich gezogen, den zur Seite gedrehten Kopf auf den Händen. Ein leiser Seufzer von Sandra; sie drehte sich, ihr Bein berührte seines. Er rutschte herüber und küßte sie auf die Nasenspitze. Ein Lächeln spielte auf ihrem Gesicht. Ihre Lider flackerten: Wie spät ist es?

Ach, ungefähr halb 2, glaub ich … Er sah sie eine Weile an, sie hatte nichts erwidert. Sie schlief tief und fest – so als könne sie nichts beunruhigen.

Nach einer Weile drehte er sich auf den Rücken, sah zur Seite, zu dem langen Streifen Licht an der Wand, der durch den Spalt zwischen Jalousie und Fensterrahmen hereinkam. Er lächelte.

* * *

Ehrlich, sagte er, ich kam gerade zur Tür rein und bums: Dienst Linie 63 – 2 Stunden Pause. Die beste Schicht seit Jahren!

Sie sah ihn eine kurze Weile an, lachte dann und küßte ihn.

He – hast du was im Topf?

Ach Gott, bloß Suppe. Ich könnte dir schnell ein Omelett machen?

Nee, Suppe reicht … Er folgte ihr in die Küche. Wo ist der Kleine?

Im Bett, ich hab ihn vor einer halben Stunde hingelegt.

Dann schläft er, oder?

Will ich doch hoffen.

Während sie zum Herd ging, zog er die Uniformjacke aus, nahm mit einem lauten Seufzer die *Evening Times* von ihrem Sessel und ließ sich in seinen plumpsen. Stand wieder auf und holte die Tabakdose und die Streichhölzer aus seiner Jacke, legte sie neben dem Sessel auf den Boden.

Himmel, sagte er, ist das herrlich.

Sandra lachte. Sie machte den Küchenschrank auf und holte 2 Scheiben Brot. Ich hab gerade überlegt, bevor du reingekommen bist, weißt du, Rob, die Tapete im vorderen Zimmer.

Nicht jetzt.

Ich wußte, ich hätt nicht davon anfangen sollen.

Zu spät! Er sah zu ihr rüber und grinste: War nur Spaß.

Nein, ich hab nur gerade überlegt.

Wart mal, bevor du weitersprichst: wenn wir die runtermachen, stürzt das verdammte Haus ein!

Ich dachte, genau das wollten wir!

Noch was: bei dem Pech, das wir haben, bekommen wir vermutlich genau dann Nachricht von einem neuen Haus, wenn wir die letzte neue Rolle drangeklebt haben!

Sie sah ihn an.

Nein, red nur weiter.

Nach einem Moment sagte sie: Ich würde es sogar allein machen – an den Abenden, an denen du Spätschicht hast.

Wie heute zum Beispiel, ja.

Sie lächelte. Ehrlich, Rob, ich hab dieses Muster bis obenhin satt. Ich finde, es wär die Sache wert – selbst wenn wir bloß noch ein halbes Jahr hier sind.

Aber bis dahin sind wir längst weg.

Ach ja?

Klar.

Trotzdem, man weiß ja nie. Und wenn wir bloß drüberstreichen. Egal was, bloß daß diese furchtbare Tapete weg ist. Ich bin überrascht, daß Paul keine Alpträume hat von dem Anblick. Stell dir doch mal vor: Nacht für Nacht da liegen!

Hines nickte.

Es würde doch nicht die Welt kosten ... Die Suppe war heiß. Sie drehte das Gas aus, schöpfte Suppe in eine Schüssel und bestrich das Brot schnell mit Margarine. Eine 2$^{1}/_{2}$-Liter-Dose würde doch reichen.

Ich schenk dir eine zu Weihnachten.

Oh, vielen Dank!

Er griente, nahm ihr die Schüssel ab und begann zu essen. Wieder am Ofen, griff sie nach dem Wasserkessel und lachte plötzlich. Rob – Gott – weißt du noch, was ich dir neulich über Doreen erzählt hab, die Putzfrau? Die mit den 3 Enkeln? Die so zum Schreien ist? Heute nachmittag, zur Teepause – du weißt ja, Mr. Buchanan ist gerade in London – o Gott. Sandra lachte. Jean hatte sie Creme-Doughnuts holen geschickt, für sich und mich und Mrs. Monaghan ...

Und Sandra fand kein Ende mit ihrer Geschichte von der Putzfrau, wie die mit den 4 Stück Kuchen vom Bäcker wiederkam, und immer noch war kein Ende mit diesem Kuchen, davon, daß sie wiederkam und irgendwelchen Kuchen anbrachte und nicht die Doughnuts, und immer noch fand sie kein Ende mit ihrer Geschichte von der Putzfrau, die sie Doughnuts holen geschickt hatten und nicht Kuchen, während der weiland bescheuerte Mr. Buchanan in London weilte, auf einer kurzen Geschäftsreise, und zwar, bewahre, nicht zum Vergnügen, nein, sondern natürlich gezwungenermaßen, viel lieber wäre er zu Hause geblieben in seinem hübschen Vorort, hatte absolut keine Lust, in der Weltgeschichte herumzugondeln, eins muß man dem alten Buchanan nämlich lassen: Er ist das Salz der Erde. Ich begreif nicht, was das bei dir ist, Sandra, ich meine ... Er schüttelte den Kopf. Hatte den Blick abgewendet. Stellte die Suppe und das Brot auf den Kaminsims. Drehte sich um: Eine Frau wie Doreen Doughnuts holen schicken, das stinkt doch. Eine Großmutter, Herrgott! Auf die Straße jagen für blöde Doughnuts; Herrgott noch mal! Er schleuderte die *Evening Times* von seinem Schoß und griff nach dem Tabak, bekam den Deckel ab, sah die Finger zittern, sah sie, als sie nach dem Deckel faßten, von der Dose abrutschen.

DER GESUNDHEITSMINISTER IHRER MAJESTÄT:
WER DAS RAUCHEN AUFGIBT, VERRINGERT
DAS RISIKO SCHWERER ERKRANKUNGEN

Die Tür war zu. Die Tür war zugemacht worden. Und zwar laut. Er hielt sich ein Nasenloch zu und stieß den Rauch durch das andere aus. Der Gasofen da hat drei Brennstellen, jeweils aus 24 schmalen Rechtecken bestehend, hinter denen mehrere 100 Partikel sozusagen auf dem Sprung sind, Partikel unbekannter Art, die allerdings bei Hitze weißlich glühen; dieser Gasofen kann auf unerklärliche Weise undicht sein. Dieser Geruch in der Luft als erstes frühmorgens: das ist das Gas. Das Einatmen der Dämpfe zerstört die weißen Blutkörperchen im menschlichen Blutkreislauf. Das ist die eigentliche Todesursache. Du kommst Abend für Abend heim und läßt dich in deinen Sessel plumpsen – einen Sessel, den du so dicht an die Gasleitung gerückt hast, wie es ohne aufzufallen geht – und so weiter, bis dein Organismus aufgrund der Abnahme von Weiß komplett mit Rot gefüllt ist und du schwarz wirst. Schließ eine Lebensversicherung ab, und schon bist du Gegenstand eines auf Treu und Glauben geschlossenen Vertrags, sind Frau und 38 Kinderlein versorgt. Ein paar kurze Zeilen, mehr ist nicht nötig: Liebe Sandra, wie ich dir in der Vergangenheit schon oft gesagt habe, wissen die meisten Leute, daß sie sterben müssen, wollen es aber nicht glauben, oder glauben, daß sie sterben müssen, und wissen, daß sie es nicht wollen, aber eigentlich möchte ich an dieser Stelle bloß eins sagen und nur das eine – und du kannst mit ja stimmen oder mit nein –, es geht um dich und den Kleinen, Paul, jawohl, bloß um euch 2, ich möchte einen Augenblick mit euch sprechen, mit dir und ihm, mit keinem von den anderen Ärschen, mit keinem, vergeßt die anderen, denn es geht nur um euch 2, um sonst keinen, niemand andern, die interessieren mich nicht die Bohne, die Mistkerle, die blöden Hunde, die sind Luft für mich, die jucken mich nicht, kein bißchen, die blöden Hunde …

Sandra stand in der Tür. Sie trug immer noch die helle Bluse, den hellbraunen Rock, die obersten drei Knöpfe der Bluse noch genauso offen. Stand da, die Arme unter der Brust verschränkt, so daß die Brustwarzen sich unter dem Stoff abzeichneten. Sagte, Hines habe kein Recht, zu sagen, was er gesagt hatte, kein Recht, er behandle sie wie eine, wie eine … Sie könne gar nicht sagen, wie was, könne gar nicht sagen, wie sie sich von ihm behandelt fühle, sondern nur, daß diese Behandlung ihr total unfair vorkomme, daß das nun wirklich nicht gerechtfertigt sei. Außerdem, nicht zu vergessen, habe die Putzfrau immer einen Teil ihrer Arbeit rechtzeitig bis zur Teepause erledigt und sich also mit den Angestellten zu einem kleinen Schwatz hinsetzen können, sie sage nämlich bei einem Stück Kuchen genausowenig nein wie jeder andere auch, und es gehe nicht darum, sie zu schicken, sondern sie biete sich ja an und habe schließlich nichts zu tun, bis sie mit der nächsten Arbeit anfange, diese … Doreen.

Hines wandte die Augen ab. Starrte auf die Suppe und begann sich eine Zigarette zu drehen.

Sah Sandra an und schüttelte den Kopf, schloß die Augen, machte sie auf und legte die gedrehte Zigarette in die Dose und machte sie zu. Ach Scheiße … Er rieb sich die Augen und schaute zum Ofen.

Rob. Sie war herübergekommen, schob seine Beine auseinander und stützte sich mit den Knien auf die Sesselkante. Faßte ihn an den Schultern und zwang ihn, sie anzusehen.

Er lachte; es war verächtlich und wurde zu einem leisen

schnaubenden Geräusch. Sie aber hielt ihn so, daß er sie ansehen mußte. Rüttelte ihn schließlich. Herrgott. Er schüttelte den Kopf. Entschuldige.

Halt den Mund. Sie verachtete ihn, wenn er sich entschuldigte. Sie beugte sich vor, um ihm ins Ohr zu flüstern, und er umarmte sie ungeschickt. Das Gesicht zur Seite gedreht, kam er mit dem Oberkörper vor, damit sie sich besser halten konnte, doch es half nichts, und sie kippte ihm entgegen. Beide lachten, und sie tat weiter so, als knabbere sie an seinem Ohr, bis er den Kopf wegdrehte. Ich möcht mal wissen, warum du das nicht magst, sagte sie leise lachend.

Es kitzelt zu sehr.

Lügner.

Was soll das heißen! Er küßte sie noch einmal, wollte es ein wenig in die Länge ziehen, konnte aber nicht, weil er keine Luft bekam, nicht richtig atmen konnte. Also mußte er aufhören und versuchen, regelmäßiger zu atmen, bevor er weitermachen konnte. Er zog die Bluse aus ihrem Rockbund und bekam den Haken am Verschluß ihres BHs auf. Wart mal, sagte sie, stand vom Sessel auf und ging, die Arme an den Körper gedrückt, zur Spüle und zog die Jalousie herunter.

Diese Hubschrauber überall.

Sie lächelte frech, es war ein freches Lächeln, das sie ihm schenkte, ein großartiger Anblick. Er grinste, als sie merkte, daß er zu ihr herübersah. Beim Strumpfhosenausziehen stützte sie sich mit der rechten Hand auf die Sessellehne, um nicht das Gleichgewicht zu verlieren. Streckte ihm die Zunge heraus und lächelte, als sie sich umdrehte und ins Bett ging. Dort zitterte sie. Zum Schein. Komm schon, sagte sie zitternd und zog sich die Decke bis ans Kinn.

Als er neben ihr lag, klammerte sie sich an ihn.

Ach, sagte er, ist noch massig Zeit.

Um so besser.

Dann küßten sie sich, und bald darauf drang er in sie ein. Als er den Höhepunkt erreicht hatte, sagte sie, es fühle sich gut an. Er keuchte noch zu sehr, um antworten zu können. Küßte sie aber und rollte sich schließlich auf den Rücken. Sie legte den Kopf auf seine Brust, sagte dann: Wie schade!

Er lachte leise.

Du bist noch hart.

Bin ich nicht.

Fühlt sich aber so an.

So, wie er jetzt ist, läßt er sich höchstens in zwei Richtungen biegen.

Rob!

Er lachte. Und du wolltest mal Krankenschwester werden!

Sie zitterte: zum Schein, so wie es unter den Umständen halt ging. Er hielt sie im Arm, an seine Brust gedrückt, streichelte ihr den Arm, ihr Haar auf seiner linken Wange.

Wann mußt du wieder?

Einen Moment hab ich noch.

Sicher?

Ja. Er schniefte leicht, sah an die Decke, machte die Augen zu. Machte sie wieder auf.

* * *

Der Mann auf dem Bordstein saß so, als ginge es ihm darum, Kontakt zwischen seinen Füßen und der geteerten Straße herzustellen. Wie das hinbekommen? Hier die Füße in den Socken und Schuhen und da die Straße, auf der sie stehen. Der Mann trägt Schuhe, keine Stiefel, ein Mann unbestimmten Alters, aber natürlich ein Stadtstreicher, der darauf wartet, daß die Kantine für Fremde öffnet, Fremde, die erst eingelassen werden, wenn die Angestellten des Betriebshofs ihr Frühstück beendet haben. Er betrachtet die Schuhe auf der Straße, sitzt starr da, obwohl seine Haltung den Eindruck von Entspanntheit vermitteln könnte, die

Ellbogen auf den angezogenen Knien aufgestützt. Hines schnipst die Zigarette, die er geraucht hat, so fort, daß sie keinen Meter vom linken Schuh des Mannes entfernt landet, doch der geht nicht aus sich heraus. Hines macht einen Schritt auf den Mann zu, als wolle er ihm auf die Schulter klopfen, tut es aber nicht, sondern geht weiter die Straße entlang.

Ein Fahrer kam um die Ecke, nickte ihm im Vorübergehen etwas zu und rief dann etwas, was Hines jedoch ignorierte.

Er ging die Hauptdurchgangsstraße entlang, schwenkte seinen Fahrscheindrucker beim Gehen über dem Bürgersteig. Es begann zu schneien. Der Bus stand an der Haltestelle, daneben ein anderer Fahrer und ein bebrillter Inspektor namens Mackie. Dann trat ein Busschaffner aus einem Ladeneingang, dem Erleichterung und Frust zugleich anzumerken waren, wobei der Frust jetzt die Überhand gewann; der Mann kam auf Hines zu. Mensch, Rob, was ist denn los?

Hab verschlafen, sagte Hines lächelnd. Er hielt sich den Ärmelaufschlag seiner Uniformjacke unter die Nase und schniefte. Lächelte dem Inspektor zu. Doch tiefer Zorn furchte des Inspektors Stirn, und er wollte wissen, warum er erst jetzt eintrudle. Hines lachte leise. Im Bus hoben sich die Gesichter der Fahrgäste. Der Fahrer, schon in seiner Kabine, stellte sich gerade Sitz und Rückspiegel ein. Hines war kaum eingestiegen, da schlossen sich die automatischen Türen, und binnen Sekunden lief alles wie am Schnürchen. Hines schneuzte sich die Nase in ein Stück Toilettenpapier, bevor er seinen Fahrscheindrucker und die Schaffnertasche auf der Schulter zurechtzog. Einige Fahrgäste sahen zu. Er schüttelte lächelnd den Kopf und begann bald darauf, das Fahrgeld zu kassieren. Schon tropfte seine Nase wieder, ein Tropfen fiel ihm aufs Handgelenk, ein zweiter auf den Fahrschein, den er gerade einem älteren männlichen Fahrgast aushändigte. Der arme Mensch! Er hielt den Fahrschein mit spitzen Fingern am äußersten Rand und legte ihn mit enormer Gelassenheit auf das freie Eckchen des Sitzes neben sich. Mir blüht die Nase, sagte Hines, geht schon seit Monaten so.

Er ging weiter durch die Reihen, kassierte bei den restlichen zugestiegenen Fahrgästen.

Bald darauf bat er den Fahrer, bei nächster Gelegenheit an einem Gemischtwarenladen zu halten. Er stieg aus, kaufte ein Päckchen Papiertaschentücher und eine 1/2 Unze Tabak, die er aus der Schaffnertasche bezahlte. Als er aus dem Laden trat, stand da Inspektor Mackie – er mußte in dem Bus gewesen sein, der direkt hinter Hines' Bus fuhr. Mit strengem Blick sagte er: Name und Nummer?

Hines grinste. Er antwortete und gähnte, stieg wieder in seinen Bus ein, gefolgt von dem Inspektor. Hines riß das Päckchen mit den Taschentüchern auf, zog eines heraus und schnaubte geräuschvoll hinein. Das Schneuzen war kraftvoll gewesen, und er spürte die Befreiung. Bin ich aufgeschrieben? sagte er.

Klar bist du aufgeschrieben, flüsterte der Inspektor, schielte über den Rand seiner Brille zu den Fahrgästen und begann in sein Notizbuch zu kritzeln.

Hines nickte. Das Taschentuch über den kleinen Finger gestülpt, schob er ihn in sein rechtes Nasenloch und bewegte ihn leicht hin und her. Deswegen bin ich in den Laden, die Taschentücher kaufen. Mir läuft die Nase! Furchtbar ist das.

Nun fahren Sie schon, wies der Inspektor den Fahrer an.

Ist das kein echter Grund?

Ein Schaffner darf seinen Bus unter keinen Umständen verlassen, wie du weißt. Mackie senkte die Stimme. Und versuch ja nicht, mich nachzuäffen, Hines, ich warne dich.

Hines schniefte und sah ihn an.

Der Bus fuhr. Kurz vor der nächsten Haltestelle nickte der Inspektor dem Fahrer zu, und als der Bus gleich drauf hielt, stieg Mackie aus und blieb auf dem Gehsteig stehen, die Hände auf dem Rücken verschränkt, das Gesicht vom Bus abgewandt.

Dann fuhr der Bus wieder ab, der Fahrer ganz bei der Sache, die Fahrgäste in den Anblick verschiedener interessanter Dinge vertieft, die mit der Situation nichts zu tun hatten. Es war auf eine Art sehr seltsam, und Hines hob den linken Arm, ließ ihn aber gleich wieder sinken. Brummelte etwas.

Was? sagte der Fahrer, dessen Kopf zur Seite und wieder nach vorn fuhr. Was hast du gesagt, Rob?

Mackie.

Hm. Der Fahrer schüttelte den Kopf. Ich kenn ihn noch aus der Zeit, ehe er Inspektor war.

Ich auch. Ich bin ziemlich oft mit ihm gefahren.

Ach? Der Fahrer schaute nach hinten.

Ja. Hines schniefte. Ich war damals noch nicht lange dabei.

Der Fahrer nickte, blickte nach hinten, drehte den Kopf aber sofort wieder nach vorn und trat auf die Bremse ... Ich wußte, daß er das macht, Mist ... Er schüttelte den Kopf und warf Hines über die Schulter hinweg einen Blick zu.

Ja, ziemlich oft.

Hm. Der Fahrer langte hinter seinen Sitz und holte eine zweite Flasche Milch hervor, trank einen großen Schluck und stellte die Flasche zurück, griff nach einem Päckchen Filterzigaretten auf der Ablage über dem Armaturenbrett und nahm eine Zigarette heraus, während er Hines und die Frontscheibe gleichzeitig im Blick behielt.

Ja, ich war damals noch nicht lange dabei, echt.

Der Fahrer nestelte mit hochgezogenen Augenbrauen an der Schachtel Streichhölzer. Hines wandte sich ab und begann an den Rädchen seiner Maschine den Fahrpreis für die neue Zone einzustellen; er zuckte mit den Achseln und ging die Treppe hoch. Oben war nicht viel Betrieb. Er setzte sich im hinteren Teil auf einen Platz und drehte sich eine Zigarette.

* * *

Als sie zur Arbeit gegangen war, legte er sich wieder hin und versuchte zu schlafen, doch daraus sollte nichts werden, denn der Junge spielte mit seinen Sachen und sah zugleich fern. Hines stand auf. Sah ebenfalls fern, trank Tee, rauchte Zigaretten, ging dann mit der Bettdecke ins vordere Zimmer, legte eine Schallplatte auf und streckte sich auf dem Sofa aus. Paul kam herein. Hines stand auf, ging zu den Fenstern. Tja, sagte er, richtiger Winter heute. Und sah mißbilligend zum Himmel.

Paul stand immer noch vor dem Sofa. Hines schniefte, nickte ihm zu und ging wieder in die Küche. Schleier hingen in der Luft, der ganze Zigarettenrauch. Hines beugte sich über die Spüle, wollte das Fenster ein Stück hochschieben. Es hatte sich jedoch auf einer Seite verklemmt. Er zog zuerst an der anderen Seite, drückte dann mit beiden Händen gegen die verklemmte Seite, doch das Fenster bewegte sich nicht von der Stelle. Also nahm er einen kleinen Hammer aus der Werkzeugkiste unter der Spüle, schlug ein paarmal leicht dagegen, bis es sich mit der Hand schieben ließ. Paul sah ihm zu. Hines nickte. Liegt an den alten Bergwerken, Junge, dadurch senkt sich der Boden. Er zuckte mit den Achseln, füllte sich einen Kessel mit Wasser für Tee oder vielleicht Kaffee. Und du? sagte er, möchte du was, Milch oder was anderes?

Ja.

Milch möchtest du?

Der Kleine nickte.

Und vielleicht ein Brot? Mit Marmelade drauf oder so?

Paul grinste.

Gott. Hines schüttelte lächelnd den Kopf.

* * *

Die Rückseiten der Gebäude bilden ein Rechteck – womöglich ist es sogar ein Quadrat. Das Quadrat: 4 Seiten von gleicher Länge, von denen je 2 in einem Winkel von 90° zueinander stehen. Gut, weiter: dieser Hinterhof ist quadratisch, und den Mietsparteien eines Eingangs stehen jeweils 1/3 der Mülltonnen zu, also 2. Alle 3 Hauseingänge zusammen verfügen über 1 Müllplatz mit 6 Tonnen. Aber dann gibt es noch die Müllmänner, die machen ihre Runde, wenn alle Leute noch schlafen. Die gehen herum und tauschen die kaputten Mülltonnen gegen neue aus. Kaputte Mülltonnen: der Boden ist nur noch teilweise vorhanden, so daß der Abfall auf der Erde liegenbleibt, wenn besagte Tonnen angehoben werden. Schöner Mist. Eine Mülltonne hochzuheben, zu merken, wie leicht die sich anfühlt, und danach festzustellen, daß der ganze Abfall in einem Haufen auf der Erde liegt – und dann rausrennen zu müssen zum Müllauto und eine Schaufel holen und wieder rein und alles wegräumen, bevor die Tiere den Geruch wahrnehmen und aus ihren Löchern gekrochen kommen und sich darüber hermachen. Tiere fressen alles. Egal was, die fressen es einfach. Sie haben eben Hunger. Dabei sollen sie sich nirgendwo dauerhaft einrichten. Sie versuchen den Männern von der Abbruchkolonne immer einen Sprung voraus zu sein. Ein Gebäude wird abgerissen, und dann werden die Geräte und Maschinen ums Eck herum in die Querstraße geschafft und so immer weiter, die ganze Häuserzeile entlang, immer näher an dieses Fenster heran. Und die ganze Zeit über nehmen die armen Viecher Reißaus und suchen Deckung, sausen unter den Dielenbrettern herum, rennen das ganze Treppenhaus rauf und runter hinter den vielen Lagen Tapete, die von wer weiß wann stammt, Sohn. Muß an die hundert Jahre sein, daß diese Bruchbude hier steht, macht ein Jahrhundert Dreck von Nagern plus die verwesten Kadaver, die da und dort und überall in den Spalten klemmen; für das leibliche Wohl der Kinder geringerer Wesen ist bei Gott sicher gesorgt, so daß die kommenden Generationen, die plötzlich ins Leben treten, und sogar die Evolution … Verdammt noch mal, wie geht's weiter?

Der Stadtteil D.

Die Sommer in D., die können lang und heiß sein. Laß dir von niemandem was anderes weismachen. Und es kann schön sein da in den langen heißen Sommern. Sogar die scheiß Busse, früh am Morgen, bevor die Arschlöcher alle unterwegs sind und bei dir aufspringen. Großartig, dieses Morgengrauen, der Wekker klingelt und es ist schon hell und du bist da, bist da – bist da. Ein echtes Rätsel. Es ist ein Rätsel und auch wieder nicht. Hier: eine Familie, Mann, Frau und Kind, deren erstaunliche Lebensumstände merkwürdig normal sind. Dieses Trio ist wie eins. Aber der Mann schmeißt seinen Job hin, ganz bestimmt, und sucht sich einen neuen. Der Grund liegt auf der Hand: er hat es auch im dritten Anlauf zu nichts gebracht. Er ist der festen Überzeugung, daß ihm demnächst bestimmt die Tür gewiesen wird, weil er ein schlechter Busschaffner ist. Und auf lange Sicht könnte es sich erweisen, daß einfach Busschaffner sein Grund genug ist, denn Ein-Mann-Busse sind die öffentlichen Verkehrsmittel der nicht allzu fernen Zukunft. Eingedenk dessen hätte er Busfahrer werden, sich darauf einstellen müssen. Aber jetzt besteht keine Hoffnung mehr, daß aus ihm noch ein Busfahrer wird. Okay: also entweder geht er von selber oder er fliegt raus. Schön. Und Stempelngehen scheint eh das Gegebene. Das weiß er doch nicht erst seit heute. Aber was soll's, okay, solange man weiß, wie's weitergeht, ist es doch egal, wie man sich früher die Zukunft vorgestellt hat. Weg mit dem ganzen Mist, weg. Ist doch eine klare Sache: einfach einen Schlußstrich ziehen, darum geht's. Die Produktionsmittel, freilich, die sind wichtig, aber die sind nicht alles. Und natürlich wäre da noch die Sache mit dem scheiß Haus.

Und das ist ein Ding für sich, wie hier vielleicht zu erwähnen wäre. Ist eine ganz komische blöde Sache. Du hockst in einem Haus – eigentlich ja bloß einer Wohnung in einem Mietshaus mit mehreren Eingängen. So: Dieses Ding mit dem Wohnen hat viele verschiedene Seiten. Außerdem ist es ein Problem, an dem du nicht vorbeikommst. Das erfordert einen wachen Geist. Da müssen Vergangenheit und Gegenwart mitbedacht werden. Zumal die unmittelbare Vergangenheit nicht bloß das Heute, sondern auch das Morgen ist. Ach, zum Teufel. Das Zeitkorsett, in das man gezwängt wird. 5 Jahre lassen sich nicht schildern wie 10 Minuten. Das wäre lächerlich. 5 Jahre sind ein Haufen Zeit; da kommst du für je 1 Tag dann auf 3. Selbst wenn du bloß den 1 willst, kriegst du 2 dazu. Am besten achtest du nicht darauf. Machst einfach weiter. Einfach weitermachen, das geht. Es kann sogar sein, daß du gut vorankommst, wenn du einfach weitermachst – kann sein, aber dann kommt das Wohnen zum Job noch dazu, oder vielleicht schon vorher, die Wohnung, die soll abgerissen werden, also Umzug von hier nach woanders, wo erst mal Platz geschaffen, ein Platz freigeräumt werden muß, weg mit den Backsteinmauern und dem Beton, dem Schutt, den kriegst du hingehauen, karrst ihn dann weg mit deiner Schubkarre, die Rampe rauf und ab in den Container mit dem Schutt. Dir wird schwindlig. Du kannst zusehen und drauf warten. Das ist eine ganz komische Sache, denn dann stehst du da. Und kannst nicht mehr richtig aus den Augen gucken.

* * *

Sie hatte etwas gesagt. Er sah zu ihr hin, antwortete, und sie nickte. Am Ofen angekommen, drehte sie das Gas ab und goß das kochende Wasser aus dem Kessel in die beiden Becher und tat Milch und Zucker dazu, brachte einen ihm und ging mit dem anderen wieder zu ihrem Sessel, setzte sich und las weiter. Etwa 8 Zentimeter Unterarm schauten aus den Ärmeln ihres Pullovers hervor; ihr Kinn ruhte auf ihrer linken Hand, Haar verdeckte den Großteil ihres Gesichts. Er sagte, der Kaffee sei gut, und sie fragte, ob er etwas dazu wolle, es seien Kekse in der Dose. Und die Bewegung des Buches, als sie sich richtig hinsetzte, ihre Konzentration, das linke Bein angezogen, der Fuß auf der Mitte des rechten Oberschenkels liegend; sie kratzte sich am Knöchel. Als sie zum Ofen gegangen war, hatten ihre Schritte ausgesehen wie abgemessen.

Sie fragte, ob er den Fernseher anmachen wolle, es störe sie nicht, doch er verneinte, bloß wenn sie wolle. Sie sah ihn an. Einen Moment darauf wandte er den Blick ab, zuckte mit den Achseln, griff nach der Dose, bekam den Deckel ab und drehte sich eine Zigarette.

Sie gähnte. Klappte ihr Buch zu, stand auf und ging in die Küche. Die Klotür knarrte; kurz danach die gezogene Spülung und das Rauschen des sich leerenden Spülkastens. Dann ihre Schritte aus dem vorderen Zimmer; sie hatte sich inzwischen ausgezogen und ging ins Bett, das Gesicht zur Wand gedreht.

Schließlich drehte er das Gasfeuer auf die niedrigste Stufe und stellte die Füße auf das Kamingitter, nahm die Zigarette aus dem Aschenbecher, legte sie jedoch wieder ab und lehnte sich im Sessel zurück, sah zur Decke und lächelte, schüttelte kurz den Kopf. Es kam ihm vor, als gäbe es nichts zu sagen. Was zu sagen wäre, hätte längst gesagt worden sein müssen. Sie lag im Bett und sah zur Wand, der Atem nicht hörbar, die Augen aber womöglich offen, die Antenne ausgefahren – wartend, ob von ihm etwas kam, vielleicht bloß, daß ein Streichholz angezündet wurde. Weitere 10 Minuten, bis das Licht ausging und er neben ihr lag. Sie hatten einander angesehen. Was konnte trauriger sein als das? Nichts konnte trauriger sein als das. Es ist schrecklich. Nichts war je schrecklicher. In 10 Minuten würde sie schlafen. Es war ihr zwar nicht recht, so schnell einzuschlafen, doch so würde es kommen. Sie kann stehenden Fußes schlafen. Dann der nächste Tag: bald ist Weihnachten, und als nächstes das neue Jahr und das Haus, das zusammenfällt, und die Lagen Tapete, das dumme Pochen des Schnees ans Fenster, arme Eskimos, jawohl. Hines muß weg, weg; er muß weg. Da das Rot und da das Weiß, beide rein, unvermischt, das ist nämlich heute das Dumme: es geht nicht um die 5 Jahre oder gar 6, es geht nicht um die 6, sondern um heute, darum, daß sie heute nacht das Gesicht von ihm weg zur Wand gedreht hat, daß sie nicht miteinander sprechen können, er, der nichts zu sagen hat, und sie, die das so genau spürt, daß sie auch kein Wort mehr herausbringt. Er ist da, und sie sind da, die Einheit, das Trio. Und das geht schon so lange so, so verdammt lange, und trotzdem ist er da, ist immer noch da und tut, unternimmt nichts, rein gar nichts, ist noch bei den Bussen, zum dritten Mal. Und wenn der Faden jetzt reißt, gibt es kein Zurück. Es ist sein drittes Mal bei den Verkehrsbetrieben, und von einem vierten Mal hat man noch nie gehört. Schon dritte Male sind sehr unwahrscheinlich, aber vierte sind ganz ausgeschlossen. Er hatte schon Glück, daß er letztes Mal wieder eingestellt wurde, und hätte die ganze Zeit über eigentlich ein vorbildliches Verhalten an den Tag legen müssen. Mehr ist dazu nicht zu sagen. Er hätte eben nie dorthin zurückgehen dürfen. Schlimm, daß er wieder da ist. Sandra hat gesagt, er sei dumm, dahin zurückzugehen sei ein Rückschritt, und Rückschritte stünden nicht zur Debatte. Aber wenn er dumm war, war er es wiederum auch nicht. Als er das vorige Mal arbeitslos war, hatte er zuletzt gewisse Dinge nicht mehr gesehen. Diese Dinge sind nicht immer offensichtlich. Das Stempelngehen war nicht gut gewesen, hatte ihm nichts gebracht. Und so waren ihm diese gewissen Dinge aus dem Blick geraten.

Diese Dinge, die manches Mal so wichtig sind, sind andere Male wieder gar nicht so wichtig.

* * *

Er schlitterte die letzten Meter bis zur Ecke durch den Schnee und ging dann weiter bis zur Haltestelle. Ein paar Augenblicke vergingen, bis der Personalbus angedonnert kam. Lautes Knirschen, als der Fahrer nacheinander die Gänge herunterschaltete, anstatt auf die Bremse zu treten. Hines hatte sich hinter der Haltestelle postiert, damit er aufspringen und nach der Haltestange greifen konnte, und als die Türen in diesem Moment hinter der Haltestelle aufgingen, war er mit einem Satz drin und faßte nach der Haltestange. Die Türen gingen zu und der Fahrer lachte johlend, während er den Schalthebel so vom ersten in den zweiten Gang rammte, daß Hines durch den Gang geschleudert wurde. Es gelang ihm jedoch, sich an der Stange neben dem Gepäckfach festzuhalten. Er schwang sich herum und ließ sich dort auf den Sitz plumpsen. Beim Blick in den Rückspiegel sah er, daß der Fahrer über ihn lachte, und runzelte die Stirn.

He, rief der Fahrer, sag jetzt nichts, Rob, ich mein, es ist ein verdammt wackliger Bus, den die mir da gegeben haben. Kann ich doch nichts dafür! Mach dir nichts draus, werden die Ärsche wenigstens alle wach, was?

Hines achtete nicht auf ihn, sondern öffnete den Deckel der Tabakdose. Der Fahrer lachte immer noch und sah in den Rückspiegel. Komm her, bißchen quatschen. He, ich weiß nicht mal, was gestern beim Fußball los war. He, hast du Hunger? Ich hab noch paar Bissen von meinem Abendbrot übrig, möchtest du die? Rob, willst du die, mir ist nicht danach, Mann, bist eingeladen.

Hines hatte beim ersten Zug an der Zigarette einen kurzen Hustenanfall. Er stand auf, schob das kleine Fenster über dem großen auf und spuckte den Schleim hinaus.

He, was sagst du dazu? Ich erzähl dir mal was. Steigt da gestern abend eine Nutte in meinen Bus ein. Ich muß oben in der St. Vincent Street an der Ampel anhalten und mach die Tür auf – dachte, sie will mich bloß fragen, wie spät es ist oder so, aber nein, sie steigt ein. Nach Yoker, sagt sie, aber ich hab kein Geld. Oh oh, denk ich. Total pleite. Und weißt du, was sie macht? Ich sag's dir, ehrlich, die war an die 50, mindestens, wenn nicht noch drüber. Weiß du, was sie macht? Die hebt ihren Rock. Hebt ihren Rock! Ungelogen. Ich hab kein Geld, sagt sie. Ich: Laß den Quatsch, du dicke, stinkige Schnalle. Willst du mich verarschen? Außerdem, sag ich, ist das ein Personalbus, der ist bloß für Angestellte. Sie: Was redest du da? Und ich wieder: Der ist nicht für Fahrgäste, kapiert. Warum hast du dann erst angehalten, du blöder Clown du. Ich mein ... Verdammte Scheiße, so spricht nicht mal meine Frau mit mir, geschweige denn eine klapprige alte Möhre wie die, Mann, ich mein ... He, sag ich, aussteigen, los, bevor ich dir eins auf die Nase geb. Und sie: Na, das versuch mal, und sieht aus, ohne Scheiß, als ob sie jeden Moment ihren Mantel ausziehen und zu boxen anfangen will. He Rob, weißt du, was ich gemacht hab? Wart, bis du das hörst, Rob: Weißt du, was ich gemacht hab? Bin direkt zum Polizeirevier mit ihr gefahren!

Hines sah zu Boden.

Jawoll, in die Elliot Street – ich gleich reingefahren, und kaum mach ich die Tür auf, sie raus wie nichts und rennt, so schnell sie kann, hättest sie mal sehen sollen – die Meile unter 4 Minuten war bei der nicht drin ... Der Fahrer schaltete plötzlich vom vierten in den dritten Gang, und Hines fiel die Zigarette aus der Hand und landete in einer Pfütze auf dem Boden.

He Rob, hast du eine Woche Winterurlaub gemacht oder was? Ich hab dich ewig nicht gesehen. Wo hast du denn gesteckt? He, ich hab gehört, dieses Arschloch Reilly will als Vertrauensmann kandidieren, stimmt das?

Hm. Hines schüttelte den Kopf und erwiderte, er sei im Begriff, sich eine Waffe zu besorgen. Er bekam den Deckel von der Tabakdose ab und ordnete den Tabak auf der Mitte eines Reispapierblättchens an. Eine Waffe.

Eine Waffe? Wovon redest du? Von einer scheiß Knarre?

Ja.

Der Fahrer lachte. Willst du jemanden umbringen?

Das hab ich vor.

Der Fahrer brüllte etwas Unverständliches. Hines grinste.

Das Grinsen verging ihm jedoch, als er die durchgeweichte Zigarette auf dem Boden sah.

Nach dem Frühstück brach er auf zu einem seiner gelegentlichen Streifzüge am Rande des Betriebshofs und ging anschließend zur Haltestelle. Ein Inspektor stand dort und notierte sich die Zeiten der vorbeikommenden Busse, wechselte aber schon bald auf die andere Straßenseite und setzte seine Arbeit fort. Hines lehnte sich an das Schaufenster eines gleich neben der Haltestelle gelegenen Ladens. Die wenigen Leute, die auf einen Bus warteten, waren von der Bordsteinkante zurückgetreten. Schneematsch spritzte von den vorbeifahrenden Fahrzeugen auf den Gehweg. Eine junge Frau kam angelaufen, als er sich gerade eine Zigarette drehte. Sie wurde von einem großen Lastwagen bespritzt. Sie blieb stehen und sah an sich herunter. Der Matsch tropfte von ihren Sachen. Die junge Frau schien überrascht, aber nicht erstaunt. Sie war rot geworden. Nach links und rechts sehend, machte sie kehrt und ging in die Richtung zurück, aus der sie gekommen war, weder übermäßig schnell noch übermäßig langsam, aber man merkte, daß irgend etwas sie beunruhigte. Hines leckte den gummierten Rand des Reispapiers an, warf die Zigarette zu Boden, zog die Dose hervor, um sich eine neue zu drehen, hielt inne und wischte sich die Nase am Aufschlag seines rechten Uniformärmels ab.

Eigentlich sollte er sofort heimgehen.

Auf der anderen Straßenseite schlenderte der Inspektor, die Hände hinterm Rücken verschränkt, zu einem anderen Beobachtungsposten. Als er das nächste Mal herübersah, überlegte Hines gerade, ob er sich fallen lassen sollte. Wenn er es richtig hinbekam, würden die Münzen aus seiner Schaffnertasche rollen, seine Uniformhose würde naß werden, vielleicht würde er sich sogar ein Knie aufschürfen. Das alles war die Sache wert, wenn er nur heimgehen konnte. Sandra war da und würde noch

2 Stunden lang da sein. Nicht daß ein Hines nicht arbeiten sollte. Ein Hines sollte natürlich unbedingt arbeiten. Hines ist immer für Arbeiten. Er hält Arbeiten für eine prima Sache.

Das Vorhaben wurde verworfen.

Sich krankmelden, damit man gleich wieder heimgehen kann, ist nichts anderes als ein Rückschritt und gehört als solcher zur Vergangenheit und nicht zur Gegenwart. Und daß heute gestern sei, sollte man wirklich nicht sagen. Das ist einer der faszinierendsten Züge von Angehörigen niedrigerer Arten: ihre bescheuerten Vorstellungen von Zeit und Bewegung. Dafür war der Busschaffner Hines immer das leibhaftige Beispiel. Seiner Vorstellung nach befand sich die Welt im Zustand des Flusses. Alles in der Welt befindet sich ständig in Bewegung. Klingeling. Ich, ein Teil der Welt, bin ja wirklich dauernd auf Achse. Als Überlebenstechnik ist das wunderbar. Hines ist zum Staunen fähig. Er kann den Leuten ins Gesicht sehen oder kann es auch lassen. Sie betreten den Einstieg einzeln oder zu zweit oder zu mehreren, sprechen oder sprechen nicht. Sie sind Heuchler, die Männer und die Frauen und die Kinder. Nicht daß bloß er das wüßte, nein, alle wissen das, und alle wissen auch, daß alle anderen es wissen. So was läßt sich nicht verbergen. Jeder hat seine eigene Maske, aber diese Maske ist schäbig, man kann sie durchschauen. Gesicht um Gesicht die Müden, die Mißmutigen, die Reizbaren, die Ängstlichen, die Munteren und so weiter. In den Fenstern sah er ihre Spiegelbilder, das seltsame Stirnrunzeln ab und zu. Diese Konzentration.

Es schneite. Er schlug Kragen und Revers seiner Uniformjacke hoch, kroch in sich, die Mütze gerade auf dem Kopf, die Hände tief in den Taschen seiner Uniformhose. Die schöne Zigarette verdampfte. Auf der anderen Straßenseite stampfte der Inspektor mit den Füßen auf, schlug die Hände gegeneinander, drehte den Kopf nach rechts und links in seiner unablässigen Suche nach Pünktlichkeit.

Auch Reilly war inzwischen gekommen und stellte sich sofort in die Ladentür, ohne darauf zu reagieren, daß sein Schaffner auch da war.

Der Bus hatte Verspätung.

Eine dünne Schicht Schnee lag inzwischen auf Hines' Mütze und den exponierten Teilen seines Körpers. Seine Stiefel aber, spürte er, waren gut in Schuß. Demnächst war wieder eine Zigarette fällig. Zu Dienstschluß würde er das Geld für eine weitere 1/2 Unze Tabak einbehalten. Für das Rauchen ging zuviel drauf. Er durfte Sandra nicht merken lassen, wieviel. Aber er verbrauchte mehr als 3/4 seines Taschengelds dafür, und trotzdem langte es nicht. Er würde aufhören müssen. Aufhören ist aber nicht einfach. Als eine Art Geste hatte er vor ein paar Wochen sein Taschengeld von sich aus reduziert, aber dadurch war er jetzt knapp bei Kasse und mußte etwas vom Haushaltsgeld abzweigen oder sich anderweitig behelfen – häufig nahm er etwas von den Einnahmen aus der Schaffnertasche, aber dieser Betrag wurde in der Folgewoche an der Quelle abgezogen, von seinem Lohn, und trug ihm zusätzliche Minuspunkte in seiner Akte ein. Manche Schaffner verdienen sich durch ausgebuffte Tricks was dazu. Ein solcher Schaffner war Hines während seiner ersten Anstellung bei den Verkehrsbetrieben gewesen. Heute müssen die Umstände schon sehr außergewöhnlich sein, ehe er Handlungen dieser Art in Erwägung zieht. Momentan ist die Lage kritisch, aber die Umstände sind nicht außergewöhnlich. Sie sind verblüffend. Sie sind verblüffend und auch wieder nicht. Hines sieht sich selbst in die Gesichter sehen. Vielleicht vertut er bloß seine Zeit. Darüber darf er nicht nachdenken. Aber das Warten auf den Bus könnte ihn verrückt machen. Seit er hier herumsteht, hat er 3 Zigaretten geraucht. Und Reilly in der Tür macht alles noch viel schlimmer. Er hat darüber nachgedacht, warum sie nicht reden. Er redet gern mit Hines, der nicht ungern mit Reilly redet. Aber welchen Sinn hat dieses Gequassel. Sie tun es nun schon seit Jahren. Und Jahre sind keine Minuten. Im Betriebshof wird endlos geredet. Über das Gequassel im Betriebshof zu debattieren ist sinnlos. Solche Debatten sind unter den uniformierten Angestellten an der Tagesordnung, sie gehören einfach dazu. Ohne solche Debatten würde es das Gequassel im Betriebshof vielleicht gar nicht geben. Hines hat versucht, sich aus dem Gequassel und den Debatten über das Gequassel herauszuhalten, und selbst das stets lächerlich gefunden. Zur Zeit schweigt er. Er ist sich nicht sicher, ob die Sprache des Todes die Sprache der Leblosen ist. Er hofft bloß, daß bald ein Bus kommt und daß es seiner ist.

* * *

Die letzte Mahnung für die Gasrechnung lehnt auf dem Kaminsims an der Wand. Er sah sie nicht genauer an, sondern ging ins vordere Zimmer, legte sich eine Schallplatte auf und begann sauberzumachen. Unter dem Bett des Jungen fand er, mit einem Pullover zugedeckt, ein ordentliches Häufchen ausgespucktes Essen. Er saugte gründlich den Teppich, fegte den Flur und die Toilette aus, suchte nach weiteren Essensresten, hielt die Augen offen nach etwaigen Spuren von Mäusen. Hines haßt Mäuse. Sie jagen ihm einen Schrecken ein, für den die Bezeichnung irrational nicht falsch wäre. Wenn Sandra oder Paul da sind, wird er damit fertig. Er tut so, als seien sie ihm gleichgültig, und kann dann ganz normal auf sie losgehen. Sich über Mäuse aufzuregen ist sinnlos, weil sie nicht viel machen. Ratten hingegen können Kinder töten. Aber das ist nicht ihre Schuld. Es sind Ratten. Eine Ratte ist ein Wesen, das Nahrung sucht, und da sie größer und stärker ist als eine Maus, kann sie schwerere Aufgaben lösen. Kann einem Kleinkind in den Hals beißen. Das Kleine liegt in seinem Kinderwagen und schläft, und die Ratte klettert sachte daran hoch, krabbelt über die Decke und knabbert neugierig an dem fleischigen Ding. Während der langen heißen Sommer sitzen die Frauen unten im Hof, ihre Stühle vor dem Mietshaus aufgereiht, ein sonniges Fleckchen, die Stimmen sind weit zu hören, es sind die friedlichen Stunden am Nachmittag, wenn die älteren Kinder in der Schule sind. Sandra ist auch immer runtergegangen, als Paul noch kleiner war. Da saßen sie alle beisammen und unterhielten sich, und zwischen den Mülltonnen wurde eine Ratte aufgescheucht, groß wie ein Hund, und es geschah weniger in Panik als im Zorn, daß ein paar Frauen aufsprangen, um sie in die Enge zu treiben. Eine Frau namens Joanne Hughes schlug die Ratte mit einer Schaufel tot, die den Arbeitern von der Abrißfirma gehörte.

Mrs. Montgomery putzte die Treppe, als er aus dem Haus ging. Er machte eine Bemerkung über das Wetter, doch sie antwortete einsilbig. Manchmal unterhielt sie sich mit ihm, im allgemeinen aber nicht. Sandra ist ihr lieber. Vor ein paar Jahren ist er einmal zu Silvester heruntergegangen und hat ihr alles Gute zum neuen Jahr gewünscht, geriet aber mit ihr aus irgendeinem Grund in einen Streit über Religion. Er war zwar nicht ganz nüchtern, aber sicherlich nicht allein daran schuld. Mrs. Montgomerys Ansichten sind schlicht und ergreifend völlig daneben.

Der Schnee.

Wegen eines Mantels ging er trotzdem nicht zurück. Besaß er überhaupt einen? Ja. Er besaß auch einen guten Anzug und ein paar andere Sachen, hatte aber wegen des ekelhaften Grüns gar keine Zeit, die anzuziehen. Wann hatte er es das letzte Mal nicht am Leib gehabt? An seinem letzten freien Tag. Manchmal trug er die Uniform sogar tagsüber. Deswegen sah sie so schäbig aus, besonders die Hose, wie zwei beschissene Akkordeons. Und wenn er von einer Schicht heimkam, dachte er gar nicht daran, sich umzuziehen, es sei denn, Sandra erwähnte es. Und wenn er erst zur Spätschicht rausmußte, zog er die Uniform in der Regel gleich morgens an, dann brauchte er es später nicht mehr zu tun.

Paul stand schon in der Garderobe, den Mantel an und die Mütze in der Hand, wollte endlich weg. Das bedeutete normalerweise, daß er bei den Leiterinnen schlecht angeschrieben war. Seine Fausthandschuhe hatte er nicht an, sie steckten in den Manteltaschen. Während Hines ihn fertig anzog, versuchte er zu ergründen, was los war, konnte Paul aber nichts entlocken. Manchmal bekam er ihn nur schwer zum Reden. Sandra amüsierte sich darüber. Es war so klar, nach wem er geraten war, dabei war Hines als Junge ganz anders gewesen.

Sie trotteten heim, wobei Hines so ging, daß der Junge durch den frischen Schnee auf dem Gehsteig laufen konnte, und er schien sich auch tatsächlich für die Abdrücke zu interessieren, die er hinterließ, aber nicht lange. Hines setzte seine Mütze ab und wollte sie gegen die des Jungen tauschen, aber Paul machte sich steif, und so setzte er sie sich wieder auf. Er schob eine Handvoll Schnee vom Kofferraum eines parkenden Autos und gab Paul den Schneeball, der aber ließ ihn bald fallen. Es war hoffnungslos. Wie kann man ein richtiger Vater sein? Er war ja ein richtiger Vater. Aber andere Väter bekamen vielleicht heraus, was los war, ob wirklich etwas passiert war oder ob ihn etwas geärgert hatte. Was konnte ihn geärgert haben?

Sie gingen zum Fleischer. Der Mann hinter der Theke kriegte sich gar nicht wieder ein bei Kindern und schäkerte manchmal auch mit Erwachsenen – Sandra lächelte oft darüber. Dann in den Gemüseladen, wo Hines seinen Einkäufen einen Apfel hinzufügte, den er dem Jungen auf dem letzten Stück des Heimwegs gab. Zum Glück mochte Paul Obst. Obst ist gut für Kinder. Sandra arbeitet, damit sie sich so etwas leisten können. Sie arbeitet halbtags, hofft aber, ganztags gehen zu können. Ihr Chef heißt Buchanan. Man stelle sich vor: jemand, der Buchanan heißt. Ein Arsch namens Buchanan, das ist der Chef, und der hat immer große Stücke von deiner Frau gehalten, würde sie jederzeit wieder einstellen, ihre Arbeit: ganz ausgezeichnet, und das von

Anfang an, gleich als sie nach der Sekretärinnenschule bei ihm anfing. Die ideale Angestellte. Nie auch nur einen Tag krank, es sei denn, sie war es wirklich. Ein Vorbild für jedermann, äh, entschuldigen Sie, Madam, könnte es sein, daß Sie auf informeller Basis bei den Spitzen des monarchischen Staats angestellt sind? Eine einfache Frage. Antworten Sie mit Ja oder mit Nein.

Er beobachtete den Jungen, der, wie üblich knieend, den Daumen im Mund, auf den Fernsehschirm starrte: diese unglaubliche Konzentration. Kinder können nicht unrecht tun. Was für eine Kraft: knien bloß und starren auf den Fernsehschirm. Hatte ihn allerdings jemand gestört – vielleicht, wenn er gerade mitten in einem Puzzle war oder ein Bild malte –, dann war es okay, dann durfte er verärgert sein, durfte aufbrausen, gar der Kindergartenleiterin eine freche Antwort geben.

Er schien auch keine Freunde zu haben. Anfangs hatte er welche, und das war eine beruhigende Vorstellung, denn er war ja ein Einzelkind. Vielleicht stellte sich heraus, daß er ein Genie war. Viele Genies hatten eine einsame Kindheit. Nenne ein Beispiel. Jesus. Das ist geschummelt. Dürfen Fußballer darunter sein?

Der Tabak, Sohn, hast du meinen Tabak gesehen?

Paul stand, den Daumen weiter im Mund, vom Fußboden auf, sein Blick suchte einen Moment lang und fing dann die Tabakdose ein. Paul reichte sie Hines ohne das leiseste Anzeichen von Groll. Bloß eine Sache, die gemacht wurde: Man reicht seinem alten Herrn die Tabakdose.

He, kleiner Mann, was war denn im Kindergarten los? Hast du einer der Frauen einen Tritt verpaßt oder was?

Paul warf ihm einen Blick zu, aber das war auch alles, kein Lächeln, nichts, woran sich etwas ablesen ließ – nicht einmal, daß er in irgendwas vertieft war.

Daß er eine richtige Ausbildung bekam, darauf mußten sie

achten. Milch und Äpfel in ihn reinstopfen. Ihn mit Proteinen mästen, dafür sorgen, daß er kräftiger wurde. Und Schluß damit, sich Großer nennen zu lassen, bloß weil er popelige einsachtundsiebzig mißt. Aus dem kleinen Mann konnte mal ein richtig großer, kräftiger Mann werden mit breiter Brust und einem Körper wie ein Faß, einem klugen Kopf, einem Kopf, angefüllt mit dem, was sein alter Herr ihm beigebracht hatte. Komm mit mir, Sohn, und ich weih dich ein in alles. Wie wär's mit einem kurzen Abriß der Geschichte unserer goldigen grauen Stadt, einst eine mächtige Bastion Ihrer königlichen britischen Majestät, Sohn, Mittelpunkt weltumspannender Geschäfte. Dein alter Herr kann dir alles darüber erzählen. In die Bibliotheken werdet ihr gehen. Und ihr werdet es ausgraben, das Wissen, auf das es ankommt, Sohn, auf das es wirklich ankommt, dann in die Kunstgalerien und Museen, Sohn, die Paläste des Volkes, in die U-Bahnen und auf die Friedhöfe und in die Totenstädte, die Fußballstadien, dann Sonntag vormittags zu den Hügelgräbern, ihr werdet sie ausgraben, die alten Schriften und Kleider, nicht zu vergessen Paddy's Market, Sohn, holen uns Toffees vom vorigen Jahr und ein Paar gebrauchte Dritte, genau, kann man immer gebrauchen, das mit den Fähren, das ist natürlich schade, er wäre gern mal mit dir auf einer gefahren, Sohn, bevor sie außer Dienst gestellt werden, aber dafür ist es jetzt zu spät, obwohl dir das gefallen hätte, Sohn, dieses Hin und Her von einer Küste zur anderen, aber egal, mach dir nichts draus, du hast ja deine Parks mit den Paddelbooten und die Schwimmbäder, Herrgott, dauernd will er mit dir hin und vergißt es jedesmal wieder, Sohn, dauernd verspricht er was, das liegt an diesen blöden Schichten, die machen einen ganz kaputt, schwimmen gehen ist nämlich auch gut, für die Schultern und so, die werden breit davon und stark wie sonstwas, dann kommst du klar, Sohn, immer und überall, dann kann dir keiner was, du schaffst das, Sohn, dein eigener Herr sein, Herr der Lage, drüberzustehen, durchzublicken, genau zu sehen, was ist, den Dingen auf den Grund zu gehen, nicht bloß die Oberfläche zu sehen, sondern bis auf den Grund, weil du schon begriffen hast, daß alles, was geschieht, Ausdruck der vorgefundenen Umstände ist. Einen anderen Weg gibt es nicht, du wirst wissen, was zu tun ist, und losgehen und es verdammt noch mal tun, ohne dieses scheiß Herumlavieren. Dieses Herumlavieren, dafür kann es natürlich Gründe geben. Nicht immer ist alles so klar, wie es scheint. Manchmal meint man, den Dingen in einem gewissen Sinne voraus sein zu müssen, aber dann passiert aus irgendeinem Grund, irgendeinem Grund nichts, rein gar nichts, und du stehst da, bist Teil seltsamer geometrischer Strukturen, in denen ein paar Dinge festgelegt sind, festgelegt worden sind, an denen was deutlich wird, seltsam ist das, obwohl es dir immer irgendwie bekannt vorkommt, was immer das heißen mag, aber genauso sieht es aus, das Hin und Her, vorwärts und rückwärts, zur Arbeit jeden Morgen, so früh, daß es noch Nacht ist, die Straßenkehrer haben erst 3/4 ihres Pensums hinter sich und machen vielleicht eine Pause, unterhalten sich leise und rauchen eine, wenn sie sicher sind, daß die Luft rein ist und ihr Vorarbeiter nicht in der Nähe, sie nicht erwischen kann, das Rauchen, das kleine Wölkchen, das da hinzieht, Sohn, das bedeutet mir wirklich was. Als dein alter Herr während seiner zweiten Anstellung die Busschaffnerschule besucht hat, war da ein Ex-Vaterlandsverteidiger als Lehrer und hat ihn eines Morgens beim Rauchen erwischt, wer weiß wie alt er war, dieser Ex-Vaterlandsverteidiger mit seinem schütteren Schnurrbart, dem ausrasierten Nacken und den Koteletten und seinem Sie da, Hines Robert 4729, ich hoffe ja, daß Sie sich zu Schlips und Kragen bequemen, wenn Sie hier fertig sind, und Verantwortung für einen verflixten Bus übernehmen, blödes Arschloch, in Nordafrika mit Monty, Sohn, so wird dein Dad nie werden – diese blöden Bücher, Sohn, eingetrichtert das ganze Zeug. Er wird dir zeigen, was Sache ist, das ganze ABC, die ganze Weltkarte, vom Anbeginn der Zeiten, Sohn, deine Vorfahren und das ganze Drum und Dran, die haben sich einen Weg durchs Flußbett gebahnt, lange bevor Wallace an den eisernen Toren von Alt-London festsaß, die Mistkerle, gingen schon damals aufeinander los und haben schon lange, lange davor alle beschissen im Namen des Vaters und des Sohnes, haben wahllos alles geplündert mit ihren Königen und ihren Königinnen und den übrigen Scheißern, den Chiefs der Clans und so weiter, so sind die nach oben gekommen mit ihrem königlichen Unternehmertum, Sohn, die haben dir den Bissen Brot noch aus dem Mund gestohlen, und wenn sie ihn nicht zu fassen kriegten, hast du den Mund weiter aufgemacht, Sohn, und die Augen zu, um sie nicht zu beleidigen, Sohn, um nichts zu sehen, Sohn, falls du trotzdem gesehen hast, daß du eigentlich hättest kotzen müssen, denn kotzen, genau das wolltest du ja nicht, Sohn, deshalb Augen zu und Mund vor und den Kopf runter und noch ein kleines bißchen vorgebeugt oder einen Diener gemacht und Zeigefinger an die Augenbrauen, das Zeichen der Unterwürfigkeit, wir flehen Sie an, Sir, wir flehen Sie an um eine übriggebliebene Krume des Brots, das wir buken, alleruntertänigsten Dank, Euer Gnaden, wir hoffen bloß, daß wir Ihnen nächstens noch Süßeres backen können, falls Euer Gnaden uns das Privileg erweisen wollen, uns noch einmal auszurauben, Sir, bitte, Sir, geben Sie uns einen Tritt in den Arsch, Sir, verbindlichsten Dank, ihr Bande von schwachsinnigen idiotischen Schwachköpfen.

He, hast du die Mädchen geküßt? Ist es das?

Herr im Himmel, vielleicht hat er ja die Jungen geküßt. Hines stand auf und schnappte ihn, hob ihn so hoch über den Kopf, wie er konnte und lachte. Du kleiner Hosenscheißer, du und ich, wir gehen morgen in das scheiß Schwimmbad – ob es dir paßt oder nicht.

Paul grinste, war aber froh, als er wieder heruntergelassen

wurde, und ihm war sichtlich unbehaglich, als er wieder auf den Knien saß. Das Unberechenbare, das war die Ursache seines Unbehagens. Hines spürte es genau.

6 durch und das Essen fertig, aber noch keine Sandra da. Er mußte den Gasherd ausschalten. Womöglich kam sie später. Sie kam später. Manchmal kam sie später heim aus dem Büro, mußte etwas länger bleiben – was Büroarbeiter aus irgendeinem Grund hinnehmen, obwohl Sandra dafür kein zusätzliches Geld erhält, soviel Hines weiß. Büroarbeiter glauben vielleicht, unbezahlte Arbeitsstunden seien der Eintrittspreis für die große Karriere. Sandra zuckt mit den Achseln. Sie sagt, Mr. Buchanan verliere nie ein Wort, wenn sie morgens ein paar Minuten später komme, und gebe ihr immer frei, sollte mit Paul etwas sein, warum sollte sie da etwas dagegen haben, Überstunden zu machen, wenn ein Eilauftrag erledigt werden muß. Das ist vernünftig. Und wenn sie wegen Krankheit fehlt, wird sie bezahlt, so als fehle sie gar nicht wegen Krankheit, sondern sei im Büro, wo sie aber gar nicht ist. Gut, so ein Verhältnis zwischen Chef und Angestelltem. Hines mag solchen Quatsch. So etwas ist wirklich zu schön. Und das in ihrem Büro geht schon ewig so, schon seit der Zeit vor ihrer Heirat. Er tut sich immer noch schwer zu begreifen, wie das geht, daß ein Büro existiert, wenn nichts anderes existiert. Es gibt ein Büro und die Angestellten dieses Büros, und die machen Büroarbeit, für die sie Bürogehälter nebst den üblichen Bürovergünstigungen bekommen. Aber das Geld. Das scheiß Geld. Wo kommt das her? Gerüchten zufolge aus der privaten Wirtschaft, aber kann das sein? Vielleicht verdanken sie es den Gönnern des Volkes? Der Laden ist ein Geheimbund, sehr schlau, diese Gründung, ein Ableger des Geheimdienstes? Sandra rekrutiert, weil sie Geschlechtsverkehr hat mit einem latent Militanten – sie haben seinen Schwanz angezapft, sich in seine Phantasien eingeklinkt – bei der ersten sexuellen Regung ...

'tschuldigung. 'tschuldigung, 'tschuldigung. Aufrichtig und ehrlich. Wie kann man so etwas überhaupt nur denken! War nicht so gemeint, bestimmt, überhaupt nicht, ehrlich, nein, er hat nur ein loses Mundwerk, sagt manchmal Sachen, wirklich, Sir, Entschuldigung, Sir, bitte – obwohl das schon ein Problem ist, der Körper gewöhnt sich mit den Jahren, den letzten 5, Sir, durch dick und dünn, verstehen Sie, Sir, er und Sandra, sein Schatz, und Paul – das ist der Kleine –, sie 3, das Trio, Sir, die 1, die Einheit, der Antrieb dafür, immer wieder durchzukommen samt dem Braten im Topf, weiland besser bekannt als die Laibe Brot und die Fische, Sir, die armen, hungernden Massen, verstehen Sie, versammeln sich um die Fleischtöpfe, Sir, ich meine Ihre Miezen. Was soll man machen, was soll man bloß machen, verstehen Sie? Sollen sie das Haus nur abreißen, Sir, ihm direkt über dem Kopf, es fällt ringsherum eh alles zusammen, Sir, die Ziegel, der Mörtel, die unzähligen Tapetenschichten, immer drauf auf ihre Köpfe, Sir, die ehrbaren Klassen, Sir, ich bitte um Verzeihung, obwohl in diesem Stadium des Spiels schon gesagt werden müßte, daß, ja, daß ...

Obwohl zu rein theoretischen Grübeleien neigend, kann man nicht sagen, daß der Busschaffner Hines ein Träumer wäre. Bestimmte Dinge nimmt er manchmal gar nicht wahr. Dieses Kratzen zum Beispiel: der Stoff der Standarduniformhose ist dick und erinnert an Wolle, ist zwar keine reine Wolle, sieht aber aus, als könne es gar nichts anderes sein, eben weil er so kratzt – das grobe Material läßt einen manchmal an das flauschige Fell eines Lamms denken, die Fäden, die an Stacheldrahtzäunen hängenbleiben: wenn man sich damit über die Haut fährt, kratzt das bestimmt auch teuflisch. Also: als ein gewisser Gatte und Vater das letzte Mal arbeitslos war, führte seine ausgesprochene Abneigung gegen die Leere zu einer, wie man zu Recht sagen könnte, pragmatischen Lebenseinschätzung, deren Ergebnis seine neuerliche Entschlossenheit war, der Busfahrer Hines zu werden.

Bei Vorliegen bestimmter Voraussetzungen gestattet das Verkehrsministerium dem Busschaffner/der Busschaffnerin, einen Platz in ihrer Ausbildungsstätte für Busfahrer zu belegen. Hines Robert hatte die Absicht, diese Bedingungen zu erfüllen. Neben dem Erwerb des Busführerscheins erwartete er ferner, einen bestimmten Geldbetrag zu realisieren, dessen Höhe ihm zwar noch unbekannt war, aber insofern bereits feststand, als er offenbar meinte, er werde die Summe schon erkennen, wenn sie erst einmal aufgelaufen war.

Dahinter lag eine Zukunft. Trotzdem kehrten verschwommene Visionen einer weiten Reise immer wieder. Nach Erlangung seines zweifachen Ziels könnte er abdampfen in die Wilde Blaue Ferne, an die von der Sonne ausgedörrten Küsten Australiens vielleicht, wo die Sicht frei ist auf helle Landschaften, wo man, auf Zehenspitzen stehend, einen weiten Blick hat, anders als in beschissenen Löchern, wo man froh sein muß, wenn man vom Oberdeck eines Omnibusses überhaupt was sieht. Nimm zum Beispiel Kinder: Verpflanz sie nach da drüben, und du wirst sehen, wie sie wachsen und gedeihen, viel Milch und Äpfel, kräftige Knochen und stämmige Körper, dort kannst du sie zum Spielen ins Freie schicken und alles andere vergessen, anders als an gewissen Orten, an denen man gezwungen ist, sich das zweimal zu überlegen aufgrund schrecklichster Vorstellungen, die man kaum aussprechen kann, weil einem sonst der Schädel zerspränge.

So verwundert es kaum, daß manche Mütter standhaft bleiben in ihrer Abneigung, die Kinder allein aus dem Haus zu lassen – obwohl die eigene Herkunft, viel Rasen und so weiter, ein wesentlicher Faktor dabei sein kann. Das Viertel D. war schlimm genug, vor allem bei wärmerem Wetter, man sah die grünen Hügel in der Ferne und wußte, man konnte zu einem längeren Spaziergang dorthin aufbrechen, an den sich vielleicht ein belebender Sprung in einen See anschloß. Hines kennt das Viertel wie seine Westentasche. In seinen prägenden Jahren wohnte er dort mit seiner goldigen grauen Familie. Es ist ein Viertel, in dem es in den meisten Ecken durchaus mal zu Wohnungsleerstand kommen kann, wohingegen dies in anderen Ecken an der Tagesordnung ist. Aber Hines würde sofort dahin ziehen. Er würde sofort überallhin ziehen. Doch das wird er Sandra nicht stecken, zumindest nicht direkt, denn für sie ist es wichtig, wo sie sofort hinziehen. Sie glaubt steif und fest an bestimmte unerwartete Wechselfälle. Ihre Eltern haben eine Menge auf dem Gewissen.

Sie hatten erwartet, Sandra werde ihren Meister dereinst in den höheren Ständen finden. Ihr einziger Sohn hat sich erst eine hübsche Position in einer alteingesessenen Gruppe von Hoch- und Tiefbauingenieuren gesichert und eine höhere Tochter geehelicht und sich mittlerweile diverse hübsche Grundstücke zugelegt. Kein Wunder, daß sie sprachlos waren, als sie von der merkwürdigen Vernarrtheit ihrer einzigen Tochter in ein kleines Rädchen im Transportgewerbe erfuhren. Da hatten sie nun ein hübsches Mädchen mit goldblondem Haar, einen richtigen Schatz, dessen Lebensweg sie sich logischerweise als zweiten Aufstieg auf einer am Boden festgenagelten Leiter vorstellten. Doch sie kam nicht nur nicht voran, sie fiel sogar zurück in die gierigen Arme eines uniformierten Tunichtguts.

Diskussionen gab es reichlich.

Rettung kam schließlich von dem jungen Manne selbst, der sie bald freien sollte. Und das Mädchen glaubte daran. Sie wußte, es würde geschehen! Wie in Gottes Namen konnten ihre Eltern so ein Glück einfach abtun! Hatte er nicht eine tolle Art mit den Gestirnen? Erweiterte sich nicht ständig sein Begriff vom Universum und war er nicht von geradezu technicolorhafter Eindringlichkeit?

Um der Wahrheit die Ehre zu geben, legte er die vielfältigen Wesenszüge des nicht lange fackelnden Tatmenschen an den Tag. Zu Themen metaphysischer Art bot er der Familie einige anregende Abende. Sandra hatte sie bereits davon unterrichtet, welche Fülle von Büchern sich in seinem Eck befand. Daher nimmt es nicht wunder, daß sie bald den Eindruck gewannen, es handele sich um einen jungen Mann, der die Welt höherer Bildung fest im Blick hat. Hatte sich sein jugendlicher Überschwang erst einmal gelegt, würde er sich zweifellos dahinterklemmen und ernsthaft studieren und infolgedessen eine Sprosse der Leiter, nicht unähnlich der eines Bauingenieurs, erklimmen. Es würde noch alles gut werden. Bildung war schließlich der schottische Weg. Die vormalige Nation war weiland ja ein frühes Beispiel für den Gedanken der Chancengleichheit auf geistiger Ebene. Und schloß diese geistige Einebnung nicht die Möglichkeit sozialen Aufstiegs ein? Klingeling. Freundeten sich etwa nicht über die ganze Länge und Breite des Landes Gutsherrensöhne mit kleinen Habenichtsen an, die sich zu Dorfpotentaten mit stählernem Blick oder zu bärbeißigen, aber freundlichen Angehörigen der medizinischen Zunft oder gar zu Predigern des Evangeliums in entfernten Besitzungen des britischen Reiches mausern sollten?

So fand die Verlobung statt, gingen die Hochzeitsvorbereitungen weiter, und schon bald sollte ein Kind geboren werden – obwohl die Zeichen für ein Vorwärtskommen bei dem jungen Mann sich erst noch zeigen mußten. Und wurde er nicht langsam ein bißchen alt, um noch als junger Mann zu gelten? In seinem Alter hatte der Vater des Mädchens (und sein eigener nicht anders) als Ihrer Majestät Vaterlandsverteidiger Dienst getan. Kein Wunder daher auch, daß Spannungen auftraten, daß die Sonntagsbesuche zum Tee eine Belastung wurden. Und um gerecht zu sein: War ein Wohnschlafzimmer das ideale Umfeld für die Aufzucht des Erstgeborenen? Verdammte Scheiße! Das junge Paar räumte es ein, war momentan aber außerstande, Abhilfe zu schaffen. Doch auf längere Sicht ward dank der Umtriebe einer gewissen Busschaffnerin in mittleren Jahren (jetzt pensioniert) eine ihren Bedürfnissen entsprechende Wohnung gefunden. Es war, man gebe sich keiner Illusion hin, eine »Wohnung ohne Schlafzimmer«, wie ein Vater (seiner) lakonisch bemerkte, doch für den Augenblick war sie prima. Die beiden kamen dadurch heraus aus einem Loch. Und Evelyn hätte sich die viele Mühe nicht machen müssen, die sie sich gemacht hatte. Es eilte ihnen auch sonst niemand zu Hilfe. Damals war es keine Bruchbude. Man konnte noch vom Fenster aus den Kindern beim Spielen im Hof zusehen. Richtig gut war die Wohnung jedoch nicht. Als gut konnte man sie eigentlich nicht bezeichnen verglichen mit gewissen Gegenden, wo es Rasen gab, nein, ganz und gar nicht als gut. Aber damals ... damals war es toll. Die Tür hinter sich zumachen, und damit hatte es sich. Von der Spätschicht nach Hause kommen, die Küche bullig warm, Sandra war da und es gab was zu essen auf dem Herd und manchmal sogar eine Flasche Bier, diese wunderschöne Unschuld, die Geste an sie beide, um ihrer beider willen – ihrer 3 willen, der Einheit, der Jungverheirateten und dem Kind.

Als das Essen warm war, holte er Paul und setzte ihn an den Tisch, sagte, er solle sich keine Gedanken machen, wenn er nicht alles aufesse. Die Abwesenheit seiner Mutter kümmerte ihn nicht sonderlich. Kleine Kinder bleiben zuweilen bei den erstaunlichsten Dingen ungerührt, während die leiseste Übertreibung sie furchtbar ängstigen kann. Hines sagte, sie habe sich verspätet, und das nahm Paul als natürlich hin. Und als die Mahlzeit beendet war, ging er wieder zu ihrem Sessel und war schon bald vertieft in eine Fernsehsendung, in der es um die konkreten Manifestationen von Gut und Böse in einer amerikanischen Großstadt ging.

Das Geschirr gespült, ließ er es auf dem Abtropfbrett trocknen, hob Paul auf seine Knie und setzte sich in ihren Sessel. Es war sinnlos, sich über Dummheiten aufzuregen. Sie war bloß einkaufen gegangen und hatte vergessen, es ihm vorher zu sagen.

Sie hätte Mrs. Montgomery anrufen können. Sie hätte es aber auch in der Eile des Einkaufens vergessen haben können. Wieso Einkaufen? Vielleicht hatte sie zu ihren Eltern gehen müssen. Oder gar zu seinen – wegen Silvester vielleicht. Oder hatte einfach eine Freundin besucht. Hatte sie Freundinnen? Natürlich hatte sie welche. Mehr als er Freunde hatte. Stimmt das? Das stimmt genau. Was Freunde angeht, hat er einen ungünstigen Charakter.

Er stand vom Sessel auf und schenkte sich noch einen Tee ein, schaute dann durch die Jalousie; die Parallelstraße zwischen den Mietshäusern deutlich erkennbar. Bis vor kurzem waren hier 2 Milchläden, eine Wäscherei und ein gar nicht so übler Zeitungsladen zu Fuß erreichbar. Nicht bloß der eine Milchladen, dessen Inhaber nur noch verderbliche Waren nachbestellte. Ein Skandal. Was gedachte Hines dagegen zu unternehmen? Wollte er überhaupt etwas unternehmen? Natürlich. Er würde in Tränen ausbrechen. Tränen sind eine gute Reaktion. Der Schleier wird weggewischt.

Der Verlust Sandras ist eine so gewagte Vorstellung, daß er sie gar nicht zulassen kann, denn er bekäme sofort ein schlechtes Gewissen ob der Lust, das Außerordentliche zu denken.

Die Uhr ticken hören.

Wenn sie nicht heimkommt, sind die Aussichten vollkommen düster. Wenn sie heimkommt, sind die Aussichten von einer Düsterkeit, mit der er klarkommen kann.

Hines versteht es, Probleme anzugehen. Mit vielen wird er fertig und wiederum nicht fertig, doch bei manchen geht das mit dem Fertigwerden vor. Zum Beispiel sie beide, das junge Ehepaar, wie sollen sie es angehen: das alles, was noch vor ihnen liegt. Eine verdammt knifflige Frage. Die verlangt nach einem wachen Geist. Und wenn man bedenkt, wie er …

Moment. Hier ist erstmal der Busschaffner Hines. Der ist offenbar in Trance durch die Welt gegangen. Früher hat er immer – nicht gemacht, was er machen wollte. Hatte eine Vorstellung. Verhielt sich so, daß seine Lebensführung bestimmten Faktoren entsprach. Offenbar waren bestimmte Faktoren ausschlaggebend für das, was er tat. Wir wissen eigentlich nur das Übliche. Sein Ziel war ein zweifaches: die Berechtigung zum Führen eines Fahrzeugs im öffentlichen Personennahverkehr zu erwerben und zu einem bestimmten Geldbetrag zu kommen – einem Geldbetrag zwar von unbekannter Größe, nichtsdestotrotz aber als selbstverständliche Voraussetzung genauso im Oberstübchen nistend wie beispielsweise das Streben nach einem Ziel, das zwischen den Zeilen steht, während die Zeilen selbst das Streben sind und scheinbar aus sich heraus zum Ziel führen, aber im Grunde nicht aus sich heraus, da das Ziel ja dazwischen liegt, und obwohl ein paar Blödmänner keinen Schimmer davon haben, setzen sie die Existenz des Ziels gleich mit der Existenz der Zeilen. Das ist natürlich purer Unsinn, denn es muß kein wie immer geartetes Dazwischen geben, vielleicht ist da bloß – nichts. Genau das nämlich widerfuhr Hines. Ein klassischer Fall: Streben nach einem beschissenen Ziel, das es gar nicht gibt. Ein seltsames Ding. Das durch Sandra noch seltsamer wird – sie war immer ein schlaues Kerlchen, und sensibel. Was macht sie? Das ist ein harter Brocken.

Das Problem ist die Umgebung, z.B. das Abhauen von hier nach da. Vielleicht steht es gar nicht so schlimm.

Sie bleiben die, die sie waren. Was ist nicht, wie es war? Wichtige Nebenfragen. Er braucht einfach Hilfe. Hines braucht wirklich Hilfe.

Also: gehen wir es mal langsam an, langsam und ruhig. Man könnte mit zu spät ist eben zu spät anfangen, verdammt noch mal zu spät, es ist zu spät für den Scheiß, für dieses hirnlose Weitermachen. Das ist das Problem: es ist zu spät. 5 Jahre sind nicht 10 Minuten. Hines weiß das jetzt endlich, er ist sich dessen voll bewußt, war es schon vorher, das muß an dieser Stelle zugegeben werden, daß … daß er das schon vorher wußte. Er wußte es. Das gibt ihm einen Ruck. Hines wird durchgerüttelt. Bestimmte Dinge werden klar. Es ist nur so, er kann ihre Hand berühren, die weichen Stellen zwischen den Fingergelenken – sie hat 3 solche weichen Stellen an jedem Finger und 2 am Daumen, und er drückt mit den Fingerspitzen auf die weichen Stellen und sieht, daß die Haut sich wieder aufrichtet und weiß und glatt wird. O Gott; Hines. Er ist wirklich eine arme Sau. Da geht er: seht ihn nur. Er ist im Begriff, etwas zu unternehmen. Er will sich eine Waffe besorgen. Er hat Verbindungen zu Waffenbeschaffern. Er kann die Probleme aus der Welt schaffen. Gebt ihm ein A und gebt ihm ein B. Peng.

Dabei ist das vorherrschende Klima nicht bloß ungesund, sondern auch noch beständig. Holen wir etwas weiter aus:

Die Lage, in der er sich befindet, ist nicht schlimmer als die zahlloser anderer, deren Mühen nicht mehr gefragt sind, dabei hätte es sich, das, diese Lage, noch beruhigen können, da ihre Zahl ja noch viel größer werden konnte und da ja auch Hines schließlich noch werden konnte, was er …

Er wollte dieses Werden.

Genau darum geht es. Na also: Dann denk doch mal daran, wie sie auf den Bus aufgesprungen ist. Sie wußte so gut wie er, daß sie und der kleine Mann, sie beide, und er dazu – obwohl, um ehrlich zu sein, es ging wohl nur um sie beide, sie und Paul, nur um sie beide. Und doch konnte sich die Anwesenheit eines Hines Robert noch als Segen für alle erweisen; es sah zwar so aus, als habe die derzeitige Lage endgültig einen Keil zwischen sie getrieben, als habe er ihnen, Paul und ihr, Sandra …

Eine Tasse Kaffee käme jetzt gelegen, wenn sie ihn machte, eine hübsche Tasse Kaffee und ein Doughnut. Sandra mag Doughnuts. Hines auch, vor allem, wenn sie nicht glasiert oder sonstwie bestreut sind, denn das kann alles verderben, und Spielverderber, die wollen wir nicht, wir müssen versuchen weiterzumachen, müssen es durchstehen, denk doch nur an ihre Brüste, wie weich die sind, wie üppig, wie schön es ist, wenn er mit den Lippen darüber hinwegstreicht.

Es entgleitet ihm. Bestimmte Faktoren müssen ans Licht gebracht werden. Diese Faktoren dürfen nicht vernachlässigt werden. Aber wie, auf welche Art und Weise wird eine Waffe aktiv. Nach allem, was man hört, in betäubender Schwärze, der Schuß geht zu einem Ohr hinein und zum anderen heraus. Schnell schnell schnell, Reines auf Reines; eine Frage und nur eine Frage. Ja oder nein – denn ein Mittelding gibt es nicht mehr in einem Weltbild, an dem Hines, wenn man so sagen könnte, in einem intentionalen Sinn teilhat. Falls überhaupt. Mehr hat er eigentlich nicht zu sagen. Die letzten Finitos und so weiter. Das heißt, wenn er ehrlich ist, ich meine, wenn sie wirklich ein bißchen Ehrlichkeit möchte von ihrem Hines, dem Gatten und Vater des Kleinen, wenn sie wirklich eine Antwort hören will. Das ist nämlich eine Antwort, eine echte Antwort, kein Blödsinn, bloß eine echte Antwort auf eine echte Frage, gestellt von der ganzen Welt. Der ganzen Welt. Kein Blödsinn. Hines ist nicht Reilly, ist er nie gewesen. Sandra hat das nicht immer verstanden. Oder vielleicht doch. Aber falls doch, warum hat sie ihn dann immer bloß mit diesem feinen Lächeln angesehen, auf die winzige Chance gesetzt, daß er schon verstand, was sie damit sagen wollte, es verstand, obwohl das alles von Zufällen abhängig war. Scheiß Zufälle – sich darauf verlassen, daß alles mögliche passieren kann, auch wenn das unwahrscheinlich ist. Hines existierte unter bestimmten Bedingungen und existierte nicht unter anderen. Hätte sich ergeben, daß es im großen und ganzen diese bestimmten

Bedingungen waren, dann hätte er existiert. Unter diesen Bedingungen hätte er existiert. Sie erkennen – diese Bedingungen. Denken wir mal an fehlende …

Eine Waffe, genau. Es liegt auf der Hand – Himmel, er hat gespielt, er hat gespielt.

Moment. Momentchen mal. Damit wir uns richtig verstehen – bloß damit wir uns richtig verstehen. Also gut: Er befindet sich in einer Lage, einer bestimmten Lage, deren erstaunliche Umstände ihn – o Gott, o Gott, laß nicht zu, daß es ihm entgleitet, nicht, er existiert, existiert unter bestimmten Bedingungen, wenn sie sich ergeben hätten, im großen und ganzen zumindest. Er ist abhängig. Er ist ein Ding, das unter bestimmten Bedingungen auf die Welt kommt, denn wenn die nicht gegeben sind, kann er ja wohl nicht existieren, d.h. am Leben sein. Dann wäre er ein lebloser Mistkerl und der Tod für ihn vermutlich der nächste Schritt.

Das hat er doch gewußt, der Busschaffner Hines, das hat er immer schon gewußt, seit Jahren; Jahre sind keine Minuten.

Er hatte sich aufgeregt, und es ist dumm, sich aufzuregen. Man sitzt da, und es wird immer schlimmer. Das Unsagbare, was ist das? Das, was man nicht aussprechen kann. Manche Dinge kann man nicht aussprechen. Panische Angst vor Nagern, das läßt sich aussprechen. Aber die Dinge, die nicht ungesagt bleiben können. Was ist mit denen? Die sind nicht gut. Die sind nicht gut, müssen aber gut sein.

Ein Taxi kam angefahren. Er hörte es, als er vom Klo kam, ging aber wieder in die Küche, statt ans Fenster im vorderen Zimmer zu rennen. Wenn es vor dem Hausflur hielt, hielt es eben dort. Er machte die Tür sachte zu, Paul schlief im Sessel. Den Fernseher so leise gestellt wie möglich, kniete er auf dem Boden, betrachtete die flackernden Bilder, eine Sendung zum Thema der derzeitigen Interessenlage in den Korridoren der planetarischen Finanzwelt. Wenn er allein war, erfreute er sich oft an Lippen, einem Kinn, dem Fleisch eines Halses. Einer Debatte. Jeder der Beteiligten ist Repräsentant einer individuellen Methode: es gibt die Kraftvollen, die Ironischen, die Ernsthaften. Ein interessanter Anblick. Offenen Mundes, mit großen Augen rückte er näher heran, raufte sich das Haar, bis es zerwühlt war, ballte die Finger zur Faust, packte zu. Da das eine und dort das andere. Die Repräsentanten. Sie sahen alle miteinander so aus, als bekämen sie keine Luft.

Seine Augen wurden sogar noch größer, die Zungenspitze lugte hervor. Dann drehte er lauter, strich sich die Haare glatt und setzte sich in seinen Sessel. Stand jedoch gleich wieder auf und ging ins vordere Zimmer und legte eine Platte auf, bevor er ans Fenster ging, die Vorhänge aufzog und die Reifenspuren im Schnee betrachtete. Die Platte bekam ihm nicht, er stellte den Plattenspieler aus und ging wieder in die Küche. Manchmal spielte Musik, aber die Töne ergaben keinen Zusammenhang. Das änderte sich auch nicht, wenn er den Kopf unter der Decke vergrub, nicht mal bei voll aufgedrehter Lautstärke. Kräftigere Töne waren nicht vonnöten. Die Linien waren zerbrochen. Die Linien, die Töne zu einem Sinn verbinden. Wenn der Sinn fehlt, entsteht ein Tohuwabohu. Wirklich wissen möchte er, wie es sich mit einem Problem verhält. Wenn er auf ein echtes Problem stößt, kann er keine Antwort geben. Mit Büchern hat er es schon probiert. Bücher sind hoffnungslos. Vielleicht hat er die falschen gelesen. Keineswegs. Er hat bestimmte Bücher in einer bestimmten Art und Weise gelesen. Und diese Art und Weise, die ist von Belang, sie ist von Belang für äh, o Himmel, Himmel, wie lang dauert die Reise noch, Sir, sie ist doch fast vorbei, Sir, oder fängt gerade erst an, ich meine, der jüngere Hines, der kleine Mann, der wächst und gedeiht, Sir, das läßt sich nicht anhalten, er bleibt am Ball mit dem Wachsen, er hat schon daran gedacht, seine Milch mit Wasser zu strecken – Hines –, er hat tausenderlei überlegt, wird wahrscheinlich aber der Natur ihren Lauf lassen, dem Kleinen ein paar Brocken hinschmeißen und ihn weitermachen lassen. Da hast du was, Sohn, das bringt dich zur Vernunft, bringt dich auf den Weg nach oben, rauf mit dir auf die soziale Leiter. Klingeling, noch jemand zugestiegen bitte, scheiß Eskimos. Die Eskimos. Die armen Eskimos, bei Gott, es macht einen krank, wie alles läuft, einen Augenblick hast du den Ball, und im nächsten bist du angeschissen. Hines hat 3 Mal geschmissen, wenn er es diesmal wieder vermasselt, sieht die Gegenwart alles andere als rosig aus. Stempelngehen ist nicht das Gegebene. Was war denn letztes Mal? Nichts. Er hat einfach keinen anderen Job gefunden, mußte also wieder zurück und hatte verdammtes Schwein, daß er wiederkommen durfte. Auf allen vieren. Hines Robert möchte seinen Job wiederhaben. *Seinen* Job! Was soll das heißen: *seinen* Job? Er meint: seinen alten Job wiederhaben, Sir, er hat schon einmal hier gearbeitet, Sir, bevor er aufgehört hat, letztes Mal, nach dem einen Mal zuvor, als er das erste Mal aufgehört hatte, und jetzt meldet er sich wieder zurück, Sir, soll ich ihm sagen, er soll sich zum Teufel scheren oder was?

Großer Gott!

Die Frage ist doch, Sir, wenn es dich gibt, Jesus, hätte er ein vorbildliches Verhalten an den Tag legen müssen bei diesem dritten Mal, Sir, verstehst du, er brauchte deinen Beistand, Sir, er brauchte Hilfe, die Diensteinteiler, Sir, haben ihn nicht mehr gefragt, ob er Überstunden machen kann, und haben nicht mehr guten Morgen zu ihm gesagt, die haben gar nichts gesagt, außer, wenn er sie ansprach, und manchmal nicht mal dann, Sir, um Gottes willen, Sir, er befindet sich in einer ernsten Notlage, ehrlich, und hat es sich abgeschminkt, noch in die Busfahrerschule zu kommen, ein kindischer Traum, eine romantische Schwärmerei, eine, für die im Reich der Realität kein Platz mehr ist – der Realität, Sir. Hau ab. Zieh bloß Leine, bitte, bitte geh.

So denkt Hines nicht mehr, und was gesagt worden ist, alles, das ganze Gerede darüber, wie es läuft, der ganze Scheiß, der geht bei ihm zu einem Ohr rein und zum anderen wieder raus, macht ihn krank, hat ihn krank gemacht. Und fertig. Die Linien waren zerbrochen, und die Kurven verloren sich irgendwo. Ein Haufen Linien liegt noch herum. Griffbereit. Man sucht sich eine aus – wie Hines. Hines hat sich eine ausgesucht, und diese eine führt vielleicht bis in den Himmel und zu dem Sinn da oben, der Sinn ist irgendwo da oben, verstehst du, und es gibt kein Zurück, denn die Linie ist immer gekrümmt, die Würfel sind gefallen; entweder du gehst oder du gehst nicht. Begreif die Lage. Hines hat nachdenken müssen. Die Krümmung wurde wahrgenommen. Und er, er macht sich krumm, und zwar so, daß es nur noch eines gibt, vorwärts, kein Zurück mehr und kein Abbiegen, kein Ablenken, nur den einen Weg: vorwärts, angreifen, und dann den einen Hieb ausführen, Reines auf Reines, das Rote gegen das Weiße; ein Spektakel auf einem abgelegenen Platz, einmal freie Bahn für einen Hieb, herrlich, die Anwendung einer gerechten Kriegslist, ah, auf Sie, Mr. Malthus, die frische Luft und die grünen Weiden.

Paul gähnte und sah sich um, war vielleicht überrascht, sich dort wiederzufinden, wo er sich befand. Es war weit nach seiner Schlafenszeit. Hines half ihm beim Ausziehen, sie führten ein munteres Gespräch über die Freuden des Schnees.

Dabei kann D. schön sein bei kaltem Wetter. Hines wohnte auf einem Berg, und seine Clique hielt die Clique von unten in Schach. Ein Riesenspaß war das. Schnee kann wirklich aufregend sein, wenn er da, wo man wohnt, liegen bleibt. Man baut seine Schneemänner, kann gut schlittern. Sogar der Schulweg ist ein Spaß, die Mädchen mit Schneebällen bewerfen, heftige Kämpfe auf dem Schulhof, Schnee, den man mit ins Klassenzimmer nimmt und unter dem Stuhl schmelzen läßt, man sagt aus Spaß, man hätte in die Hose gepinkelt, bloß um das Gesicht des Lehrers zu sehen. Toll, und immer jede Menge anderer Kinder zum Spielen, das ist gut, ein guter Ort. Drumchapel ist ein guter Ort.

Paul ähnelt beiden Elternteilen, je nachdem, von welcher Seite man schaut. Hines hatte ihn bei der Geburt beschneiden lassen wollen, es sich aber von verschiedenen Seiten ausreden lassen. Warum hatte er es eigentlich gewollt? Er wollte, daß Paul anders ist. Wollte, daß er nicht gedankenlos lebt. Und es hätte eine gute Gedächtnisstütze sein können. Jedesmal, wenn er zur Toilette ging, hätte er sich vielleicht an das erinnert, was sein alter Herr ihm beigebracht hat. Aber jetzt ist es zu spät. Das ist das Dumme an der Gegenwart. Was soll's.

Auf den ersten Blick hat seine Lage etwas Bestürzendes. Sie ist nicht bestürzend. Er hat die Vollmacht, sich der Dinge anzunehmen. Sein Zutun als Vater soll sich darauf beschränken, daß die Welt Paul schon in frühem Alter offensteht. Das kann dazu beitragen, daß die Leute aufhören, um den Müllhaufen herumzujagen wie eine Bande von Irren – arme alte Irre! Wär trotzdem besser gewesen, man hätte das Sandra nicht extra sagen müssen! Sie wartete darauf, daß er etwas unternahm. Aber wenn sie selber nachgedacht hätte, hätte sie erkannt, welche Möglichkeiten sie hatten. Sandra dachte nicht nach. Sie pflichtete ihm bei in seiner Ablehnung, sah das Ergebnis aber nicht als endgültig an.

Irgendwo tickt eine Uhr.

Manchmal versteift sie sich richtig auf etwas. Ein Mensch wie Sandra überlegt vorher und handelt erst nach langem Nachdenken. Ein Mensch wie sie tut nichts, bis er nicht alles bedacht hat, was in dem Zusammenhang wichtig scheint. Dann geht sie los und tut es, peng, kein Problem. So ist sie auch von zu Hause fort und hat ihn geheiratet. Keiner hat sie gezwungen. Sie hat die Entscheidung getroffen. Ihre Eltern waren dagegen. Und zu Recht.

Hines schwirrt langsam der Kopf.

Sandra handelte nicht, wie es sich gehört. Sie war geistesabwesend, sprach nicht richtig mit ihm. Worüber sprach sie denn? Über die Weihnachtszeit, Heiligabend mit ihren Eltern, Silvester mit seinen, das Übliche – obwohl Reilly und Isobel sie zu sich eingeladen hatten, nach dem Glockenläuten; sie konnten Paul in Drumchapel lassen und dann probieren, ein Taxi zu kriegen oder so, schön, wär toll, zu …

Gut kann man die momentane Situation nicht nennen. Es ist weder eine unüberwindliche Katastrophe noch absolut erbärmlich. Auswege lassen sich bestimmt finden – obwohl die Mistkerle es so schlau eingerichtet haben, daß du manchmal nicht weißt, ob du kommst oder gehst, Mann: Dienstbeginn, ganz früh, wenn du zum Torweg hinausmarschierst, ist es noch dunkel, die scheiß Straßenkehrer, Mann, der schludrige Busschaffner, die Schultern tun ihm weh; sein Lebtag vornübergebeugt über seine schöne Maschine, händigt er Fahrscheine aus. Was kann man machen? Den Fahrschein aus der schönen Maschine aushändigen, der Anzug an klaren Tagen ein sattes Flaschengrün. Wo er sich so nach Elementarem sehnt. Das Rot, es soll auch vorkommen, und wo ist das Blau?

Es geht darum, Abstriche zu machen.

Das Magenta, das Gelbe, das Cyan. Das Schwarz. Das Schwarz muß her. Weg mit dem Weiß, das taugt nichts. Es soll ja was dabei herauskommen.

Immer mit der Ruhe. Nur her mit dem Kreuz. Die Köpfe, sie fahren hoch. Peng. Es war ein windgepeitschter Wintervormittag, und die gebeugte Gestalt, sie kauert sich ins Morgen.

Nein, Sohn, nein, nee, Unsinn. Entschuldige. Hines hatte eine Idee. In einem bestimmten Stadium würde er – nein, er heckte nichts aus. Hätte er längst müssen. Er hatte es im Griff. Was immer es war, Sohn, er umging es mit ein paar steifen Quicksteps. Ein lustiger Kerl eben. Er bekam etwas zu fassen. Er würde sich an das halten, was als erwiesen galt, an Dinge, die man nicht in Frage stellte. Er bekam sie zu fassen, und sein Kopf, der …

Sein Kopf, der stellte Zusammenhänge her. Ohne sein Zutun gerieten da Dinge hinein und vagabundierten darin herum, bis sie an andere Dinge andockten. Und das Ergebnis: er wollte, hm, ein Sammelsurium von Dingen sein. Das sieht ihm ähnlich. Ein Sammelsurium – stinkend und nicht stinkend. Eine Mumie also, eine Mumie. Es sieht echt schwarz aus. Soviel steht inzwischen fest. Diese Schwärze. Du nimmst deine 3 Farben und rührst. Sie vermischen sich, und dann das Schwarz. Dieses Schwarz ist vielleicht sogar ganz hübsch. Dieses Schwarz bringt womöglich das Transparente zum Verschwinden. Wenn dieses Schwarz deinen Kopf füllt, kommt etwas Klares und Deutliches dabei heraus. Nimm 3 Farben und tu sie dir in den Kopf: die vermischen sich, und was dann herauskommt, ist kohlrabenschwarz. An dieses Schwarz dockt anderes Schwarz an, ungewöhnliche Varianten von Schwarz klammern sich aneinander, als verschmölzen sie, bis schließlich das Transparente herausschießt. Augen zum Beispiel sind aus feinem Material und auf solche Sachen eingerichtet.

Außerdem: einmal da, immer da. Das Magenta, das Gelb, das Cyan. Wenn die Verbindung existiert, müssen sie herein. Einmal hereingelassen, können sie nur noch zurück. Eine andere Möglichkeit gibt es nicht. Anfangs nur sporadisch, dann häufiger, und schließlich wird es – Gott im Himmel! – zum Dauerzustand: Alles, was hereinkommt, wird zu diesem Schwarz.

Ganz ähnlich mit dem Weiß. Lange kommt Grün rein, Rot, Blau. Die kommen rein, damit Weiß entsteht. Dieses Weiß aber ist nicht die Transparenz. Es ist farbig, damit man kein Schwarz sieht. Damit es so aussehen kann, als gäbe es kein Schwarz. Das ist schon alles: die ganze Geschichte, wie Farben reingehen und rauskommen. Das hat Hines vor Augen, diesen Strang, das – Gott, ja –, dann siehst du es, siehst es geschehen, siehst, daß es jetzt geschieht, immer schon geschieht, schon immer geschehen ist. Du siehst es dank der Transparenz ganz deutlich, das, was dabei herauskommt, transparent, so daß die Welt klar und deutlich geworden ist, und das Schwarz verwandelt sich in das Klarste, Reinste, wird zur Reinheit.

Das Weiß macht bloß alles opak. Und so gehen die meisten Idioten auch durch die Welt, den Kopf so gestopft voll mit dem elementaren Schwachsinn, daß sie von dem, was sie aufnehmen, nur das begreifen, was ihnen eingetrichtert wird. Und haben so zu kauen an diesem Schwachsinn, daß sie nie, nie und nimmer hoffen dürfen, das Schwarz zu verstehen, diese Tiefe: von da zur Transparenz. Keine Chance, kein Stück, null Hoffnung.

Und dann mußt du etwas unternehmen. Und zwar deshalb, weil du siehst, was Sache ist, unbeschönigt. Manchmal dauert das eine Weile. Manchmal rumort das ewig, mal so, mal so, aber das Ergebnis ist okay, es ist okay, wenn es nur geschehen darf. Es rumort und gewinnt an Stärke, wallt dann auf und schwappt über als – was immer, ist doch egal, ist scheißegal, die können mich alle mal, nur rein damit, rein, damit alles verschwindet.

3

Sie hatte die Wohnungstür selbst aufgeschlossen, und danach verging ein Weilchen: sie zog wohl ihren Mantel aus und so weiter, schaute nach, ob mit Paul im Bett alles okay war, ob er auch schlief. Dann war sie im Vorraum und, wie es schien, ewig auf dem Klo; als sie fertig war, hatte sie offenbar eine Weile im Vorraum gestanden, ehe sie die Küchentür aufmachte. Die Tür ging wieder zu, und sie hielt abermals inne, bevor sie durch den Raum ging und einen Wasserkessel aufsetzte. Auf eine Art war das alles überlegt. Sie hatte bei allen Handgriffen ihre besonderen Eigenheiten, und so hatte Hines nichts geplant, sondern sich vorgenommen, einfach nichts zu sagen. Dann war sie soweit, das Schweigen zu brechen, und er machte den Mund auf. Sagte, sie müsse verstehen, daß es definitiv besser werden würde mit ihm und daher auch mit ihr und Paul, mit der Einheit. Und es sei eigentlich sinnlos, darüber zu sprechen, denn es sei viel besser, etwas einfach zu tun, statt über das Tunwollen zu reden. Ein bißchen Vertrauen, das war nötig – im Grunde nicht Vertrauen, sondern Einsatz, sie mußten sich einsetzen, für alle drei, die Einheit. Die Lage, in der sie sich befanden, war schlimm, aber kein Unglück. Sie war nicht unabänderlich. Vieles mußte gemacht werden, praktische Dinge; Hines wußte das. Doch sie wußte genausogut wie er, daß er sie, wenn es hart auf hart kam, nie im Stich gelassen hatte. Würden sie sich gerade jetzt trennen, dann geschähe das doch aus einer Laune heraus, und das war ein scheiß Spiel, das war dämlich, wirklich. Er machte sich keine Gedanken wegen dieses Abends. Ihm war schon klar, warum es dazu gekommen war und so weiter. Er fand, es spiele eigentlich keine Rolle, solange sie sich nichts vormachten. Er wollte bloß, daß sie ihn verstand.

Sandra saß jetzt in ihrem Sessel, hatte die Beine übereinandergeschlagen und sah ihn an. Sie entspannte sich ein wenig, als er lächelte. Er ging zu ihr, blieb zwischen der Wand und ihrem Sessel stehen und strich ihr die Haare im Nacken glatt; sie drehte nicht den Kopf. Es war das erste Mal, daß sie auf diese Weise weggeblieben war, und er verstand, wie sie sich fühlte, verstand, daß es, im Pub mit ihren Freundinnen aus dem Büro, Momente gegeben hatte, in denen ihr ein paar Dinge bewußt geworden waren. Er beugte sich hinunter, um sie zu küssen, und küßte sie auch, auf die Stirn; doch sie sah ihn nur an mit diesem starren Blick, den sie manchmal hatte. Er schüttelte den Kopf, ging zur Spüle und wartete darauf, daß das Wasser kochte. Es war Essen im Topf, das sich aufwärmen ließ, doch sie wollte nichts. Sie hatte zwar nichts gegessen, aber keinen Hunger. Die anderen waren zum Chinesen gegangen, aber ihr war nicht danach gewesen.

Er drehte sich zum Herd, als er das Gefühl hatte, sie wolle noch mehr sagen.

Er mußte ja auch den Kaffee in die Tassen füllen, ihn mit dem kochenden Wasser aufbrühen, Milch aus der Flasche reintun. Seine Zigarette brannte nicht, er zündete sie an der Gasflamme an. Dann reichte er ihr die Tasse Kaffee und fing an zu erzählen, wie mies ihm gewesen war, fast sei er durchgedreht, sie könne sich nicht vorstellen, nein, im Grunde nicht, wie schlimm die letzten Stunden gewesen waren – fast sei er durchgedreht, so schlimm sei es gewesen, wirklich echt schlimm. Er saß jetzt in seinem Sessel und redete nervös mit Händen und Füßen und sogar mit dem Kopf, rauchte hektisch, hinderte sie am Hinausgehen, ließ sie nicht zu Wort kommen; er mußte jetzt selbst sprechen, konnte nicht schweigen; doch dann war schließlich nichts mehr zu sagen. Er entschuldigte sich. Sie fragte nach der Laune. Was war das mit der Laune? Er hatte doch so etwas gesagt. Was hatte er damit sagen wollen? Wenn sie sich trennten? Aus einer Laune heraus.

Du mußt doch irgend etwas damit gemeint haben.

Was?

Als du das gesagt hast, vorhin.

Er nickte, betrachtete seine Zigarette, die er zwischen Zeige- und Mittelfinger hielt, und die Nikotinflecken. Sah zur Decke, zum Kaminsims. Wie konnte die Gasrechnung nur immer so hoch sein. 1 Gasofen und 2 Gasflammen, 1 davon kaum benutzt.

Du hast davon gesprochen, daß wir uns trennen, Rob.

Was – nein, nein, Sandra, ich hab gesagt: es wäre nicht richtig, wenn wir uns jetzt trennen würden, gerade jetzt nicht, ich meine, Herrgott, das wär aus einer Laune heraus, wirklich, wenn wir uns trennen würden, das wäre nicht fair, wär einfach nicht fair, nicht wir zwei. Und Paul. Aber lassen wir Paul mal beiseite.

Ach, Rob.

Nein, Sandra, wirklich, Herrgott, wir drehen uns im Kreise, bitte … ich meine, ein bißchen Ehrlichkeit.

Was?

Ein bißchen Ehrlichkeit, sind wir doch mal ehrlich, du und ich, verdammt, es ist mir egal, wo du heute abend warst – es spielt keine Rolle, es spielt keine Rolle, Sandra, ehrlich.

Sie sah ihn an. Ein paar Augenblicke später sah er ins Feuer, zog an der Zigarette. Die tickende Uhr. Ich geh ins Bett, sagte er. Und sie nickte kurz, ohne etwas zu erwidern. Sie blieben sitzen, bis er schließlich aufstand.

Geh noch nicht, Rob …

Er zuckte mit den Achseln. Muß morgen früh raus.

Ich dachte, du hättest deinen freien Tag.

Nein.

Sicher?

Ja.

Sie wandte den Blick ab; ich hab dich noch nie ernsthaft darüber sprechen hören, daß wir uns trennen sollen.

Eine Komödie. Er machte Anstalten, etwas zu sagen, blieb aber still. Sie sah zu Boden. Er hatte das Gefühl, zusammenzubrechen, sah sie weiter an, und als sie seinen Blick schließlich erwiderte, lächelten beide nicht; er setzte sich wieder in den Sessel.

Sie sahen einander weiter an, er mit halbem Lächeln, sie aber ohne Lächeln im Gesicht. Es war schrecklich, und er stand sofort auf und ging zu ihr hinüber, während auch sie aufstand, und sie klammerten sich aneinander, ihr Kopf an seiner Schulter. Ich bin nicht Teil des Systems der britischen Größen, murmelte er. Und spürte etwas in ihr, daß sie das Weinen zu unterdrücken versuchte vielleicht – sie haßte Weinen. Er mußte die Augen sehr weit aufreißen, damit ihm nicht die Tränen kamen.

Es war ein leises Lachen. Sie lachte leise. Er lächelte. Das System der britischen Größen ist weder Fisch noch Fleisch, ehrlich. Er küßte sie auf den Mund. Deine Nase ist saukalt.

Sie prustete los.

Ach, Herrgott. Er lachte. Ich könnt glatt den Kleinen aufwecken zur Feier des Tages.

Sie küßte ihn.

Er beendete den Kuß. Herrje, das Schwimmbad – ich hab ihm versprochen, daß wir morgen hingehen.

Geht doch nachmittags, hol ihn einfach früher aus dem Kindergarten ab.

Ich bin nicht rechtzeitig da, ich fahr raus nach Drumchapel, wenn ich fertig bin.

Sie trat ein wenig zurück und sah ihn an.

Das ist das Dumme an Müttern und Vätern, man muß ab und zu hin.

Ihr Blick wurde für einen Moment zu einem Stirnrunzeln.

Ich hab sie seit Ewigkeiten nicht besucht, sagte er. Ich kann bei ihnen Tee trinken und vielleicht mit dem alten Herrn auf ein Bier gehen – deswegen dachte ich, es wär das beste, wenn ich selber hingeh, statt … Er zuckte mit den Achseln. Ist wohl keine gute Idee?

Doch, ja. Ich glaub schon.

Er zog sie an sich, und sie küßten sich noch einmal, doch sie war mit den Gedanken jetzt woanders. Himmel, sprach er weiter, was mir alles durch den Kopf gegangen ist! Du und Buchanan, ab auf die Bahamas für eine Winterwoche in der Sonne! Ich sag's dir, Sandra, ehrlich.

Ich wünschte, du könntest ihn mal sehen.

Er schnaubte.

Nein, im Ernst. Komm doch dieses Jahr zur Weihnachtsfeier.

Haha.

Könntest ihnen mal ein paar Lichter aufstecken – wäre eine ideale Gelegenheit.

Er warf ihr einen Blick zu, ging zu seinem Sessel und nahm die Tabakdose, legte sie jedoch wieder weg; er schniefte und griff nach dem Wecker und stellte ihn auf 4.45 Uhr. War ein Fehler, Kaffee zu machen, sagte er, ich werd bestimmt nicht schlafen können … Er trank noch einen kleinen Schluck, kippte den Rest in den Abfluß, spülte die Tasse aus und stellte sie aufs Abtropfbrett.

Sie sah ihn weiter an.

Ich muß ins Bett, sagte er und ging schon zur Nische hinüber und zog sich den Pullover über die Schultern und den Kopf. Schon gut.

Was ist gut?

Was?

Was ist gut, Rob … Sie sagte, es ist überhaupt nicht gut, Rob, wirklich. Er hatte die Lider geschlossen. Doch in ihrem bestimmten Ton sagte sie weiter zu ihm, es sei ganz und gar nicht gut, so als habe sie schon vor langer Zeit den Entschluß gefaßt, daß dies heute abend gesagt werden mußte, und als sei es ihr aber erst in diesem Moment wieder eingefallen oder als habe sie eben erst den richtigen Zeitpunkt gefunden. Seit sie heimgekommen war, hatte sie es sagen wollen; er hatte sie abgelenkt. Sie sagte: Wir können so, wie es jetzt ist, nicht weitermachen, Rob, es geht einfach nicht.

Ich weiß.

Ja dann …

Ja dann wird etwas passieren, das ist das ja dann, irgendwas wird passieren.

O Gott. Sie lächelte, schüttelte den Kopf.

Danke, vielen Dank, ist ja umwerfend. Er setzte sich auf die Bettkante und zog die Socken aus. Wie du immer fein ironisch lächelst.

Ich hab es nicht ironisch gemeint.

Nein, entschuldige, das war ein richtig freundliches Lächeln, hab ich bloß mißverstanden.

Deinen blöden Sarkasmus kannst du ruhig für dich behalten.

Gut, ist in Ordnung. Er hatte sich ausgezogen und lag inzwischen im Bett, zog die Bettdecke hoch und sah zur Zimmerdecke.

Das war's dann, nehme ich an.

War was?

O Gott.

Schau, ich bin todmüde, Sandra, deswegen lieg ich im Bett – ich hab den ganzen Abend rumgesessen und mir deinetwegen Sorgen gemacht.

Jetzt gib nicht so an.

Angeben!

Ja, angeben, wie oft bist du denn nicht nach Hause gekommen, ist doch eine Frechheit, aber bei mir ist das natürlich was anderes.

Ist bei mir ewig nicht mehr vorgekommen, Herrgott.

Nein, du gehst bloß nicht zur Arbeit und sagst mir nichts davon, und wenn ich dich danach frage, tischst du mir einen Haufen Lügen auf, einen Haufen verdammter Lügen.

Lügen. Was faselte sie da von Lügen. Doch bloß, weil ich dich nicht beunruhigen möchte.

Wieso? Wofür hältst du mich, daß du mich nicht beunruhigen möchtest, Rob? Ich bin seit 5 verdammten Jahren mit dir verheiratet.

Himmel. Er stand mit einem Ruck aus dem Bett auf, ging aufs Klo und wieder ins Bett, zog sich die Decke bis ans Kinn und drehte sich mit dem Gesicht zur Wand.

Ihr Sessel stand anders, und sie setzte sich so, daß sie ins Feuer hätte sehen können – obwohl eine Zeitschrift auf ihrem Schoß lag.

* * *

Es schleppte sich so dahin. Alles mögliche. Er bildete sich ein, etwas Ähnliches erlebten Menschen unmittelbar vor dem Sterben. Ein richtiges scheiß Durcheinander und trotzdem irgendwie schlüssig. Er hätte am liebsten laut losgelacht, und darüber mußte er lächeln. Die Uhr. Er richtete sich auf, um zu sehen, wie spät es war: anscheinend waren seit dem Weckerklingeln 20 Minuten vergangen. Ihm kamen sie wie 20 Sekunden vor. Zu spät allerdings, um sich noch Frühstück zu machen, nicht mal Zeit für einen Kaffee, und Kaffee wäre jetzt herrlich. Wie wäre Kaffee jetzt? Herrlich. Und Sandra: mit ihr zu kuscheln, wie wäre es, jetzt mit ihr zu kuscheln? Ein Körper, warm und weich, die Frau, die du liebst und mit der du schläfst; mit der du schlafen willst, auch weiterhin, sie liegt neben dir und merkt nichts davon. Und nicht an gestern abend denken, falls sie plötzlich aufwacht, so daß es möglich bleibt, die Kluft durch körperliche Erregung, eine flüchtige Berührung ihrer Schulter zu überwinden und zu ihr hinüberzurutschen.

Er war auf, wollte eine rauchen. Rauchen half ihm an schlimmen Morgen beim Wachwerden. Ohne Zigaretten, auf die er sich freuen konnte, käme er noch öfters zu spät. Dabei war er in punkto Unpünktlichkeit nicht mal der Schlimmste, denn die Unpünktlichsten hatte man längt vor die Tür gesetzt. Das blühte dem Busschaffner Hines noch. Daran sollte er immer denken. Genauso wie an folgende These: Je länger man einen Job hat, desto schwieriger wird es, entlassen zu werden. Sie behalten ihn als Busschaffner. Vielleicht haben sie sich ja damit abgefunden, daß es Hines gibt; er gehört bereits zum Inventar. Wenn in der Zukunft Ein-Mann-Busse an der Tagesordnung sind, werden sie einen Gipsabguß von ihm machen und über dem Eingang zum Betriebshof aufstellen: der leibhaftige Busschaffner.

Vor dem Gehen berührte er Sandra an der Schulter, entschied sich aber dagegen, einen Blick auf Paul zu werfen – zu sentimental. Das Leben ist nicht leicht.

Knirsch knirsch knirsch. Der Schnee wurde zu Matsch und zu Eis. Was für eine Verwandlung! Und das alles das Werk dieser selbst so wandelbaren Natur! Das gibt einem schon zu denken. Zum Beispiel das wie ein Uhrwerk funktionierende All, ja, nehmen Sie es nur in die Hand, setzen Sie das Räderwerk in Bewegung, tick-tack und so weiter, jetzt wieder hinlegen, ja, genau, breite Schultern werden sich der Last schon annehmen.

Der flotte Marsch durch die winterlichen Straßen der Stadt kurz nach 5. Die verschwiegenen Mietshäuser auf beiden Seiten, ein sehr einträgliches Unternehmen, und direkt darüber verdutzte graue Wolken, fest und dauerhaft am Himmel hängend.

Eine Unterbrechung.

Dieser Mensch dreht sich eine Zigarette. Der Pfuscher nahm Haus resp. Wohnung nicht hin als gerechten Lohn, sondern benutzte sie dazu, sich seiner Wirkungsstätte zu nähern. Und wo er schon so weit gekommen ist, gibt es offenbar kein Zurück.

Glasgower Durchgangsstraßen können seltsam ruhig sein, nicht das kleinste Lüftchen scheint sich zu regen. Als erstes den Geruch von frischem Tabak in der Nase zu haben ist eine erstaunliche Sache. Kennst du den von der Frau mit den grünen Lippen? Ein widerlicher Spaß. Für solche Streiche haben wir jetzt keine Zeit, mach hin, Hines! Sieh zu, daß du an deinen scheiß Arbeitsplatz kommst, die armen Fahrgäste warten, stehen an trübseligen Außenposten und bibbern, jämmerliche Versuche, nicht auszukühlen, während der verflixte Bus nicht kommt. Verdammte Scheiße, eine Eiseskälte ist das, Mann, kannst du dir das vorstellen, pennst 'ne Runde, Frühstück im Bett und so, serviert von dieser erstaunlichen Blonden mit den dicken Glocken, die keinen Schlüpfer anhat.

Halt die Fresse, ich geh zur Arbeit.

Nee, stell dir doch mal vor, Mann, du liegst da, schläfst tief und fest, bist total weg, dann ein kleiner Stups an deiner Schulter, he, Darling, he, Darling, bist du wach, kannst kassieren, zugestiegen, hier ist deine Zeitung, ein Becher kochendheißer Kaffee, damit du in die Gänge kommst, dein Tabak liegt neben dem Bett, ja, lang nur ruhig rüber, während sie sich auszieht. Unsinn: Sieh zu, daß du zur Arbeit kommst, Blödmann.

Wie er ausschreitet! Daß ihm in Gottes Namen nur nicht die Beine abfallen! Nee, er geht einfach gern zu Fuß – ist mal 'ne Abwechslung! Haha. Klingeling. He, du da, Bürschchen, mit den dunkelgrauen Stiefeln und der braunen ledernen Geldtasche; heb die Füße, hoppla, für König und Vaterland, Bürschchen, für König und Vaterland, eins zwei drei, eins zwei drei, she'll be coming round the mountains when she comes, she'll be coming round the mountains when she comes, she'll be coming round the mountains, coming round the mountains …

Das Leben ist einfach zu ernst.

Schultern hochziehen und marschieren. Die verdächtig schnelle Gestalt. Eines schönen Morgens wurde Hines R. verhaftet. Krk krk. Wir haben gerade so 'nen Spinner in der Leitung, Sir, sollen wir mitschneiden oder es gegen ihn verwenden oder was? Nein, im Ernst, Sir, ist bloß so 'n kleines Rädchen im Transportgewerbe, hat verschlafen und muß notgedrungen zu Fuß zur Arbeit gehen, hat den blöden Personalbus verpaßt. Eine gewisse Ironie, zugegeben, aber mehr auch nicht, keine Anzeichen für einen Unruhestifter.

Er lachte leise, als er den Stuhl zurückschob. Seine Kontrolliste blieb leer. Er hatte versäumt, bei Dienstantritt Zahlen und Namen und Daten einzutragen – es würde so aussehen, als hätte er das von Anfang an geplant. Er lächelte, trank den Rest des lauwarmen Tees aus, bedankte sich bei dem Schaffner, der ihm seinen gebrauchten Teebeutel gegeben hatte.

Der Aufenthaltsraum war voller Leute, die redeten und nicht redeten; ein großartiger Anblick. Er suchte seinen Krempel zusammen, erwiderte die Grüße und ging zur Tür. Doch die wurde genau in diesem Augenblick geöffnet, und er mußte seine Hand zurückziehen, um sie nicht abzukriegen. McCulloch und Colin Brown. Sie wollten kurz mit ihm reden. Man erzählte sich, daß er den Job hinschmeiße. Er ging mit ihnen zum Tisch zurück und setzte sich und wollte den von der Frau mit den grünen Lippen erzählen, aber den hatten sie schon von Reilly gehört. Er verließ den Raum also, ging durch den Korridor und die Treppe hinunter, wo er stehenblieb und sich eine Zigarette drehte. Aber konnte er es sich leisten, beim Rauchen gesehen zu werden? Konnte eine Krankmeldung wegen Magenschmerzen noch das Gütesiegel der Wahrheit erhalten, wenn der Betreffende seine Sache von blauen Wolken umnebelt vortrug? Das Gelächter würde ihn doch aus dem Betriebshof treiben. In den Waschraum und in eine Toilettenkabine, wo eine uralte *Sun* hinter einem Leitungsrohr klemmte. Dabei war haufenweise Klopapier da. Glaubte man dem pensionierten Busschaffner, der die Toiletten saubermachte, summierte sich die im Wochendurchschnitt gestohlene Menge innerhalb von ein bis zwei Monaten manchmal auf zwanzig Rollen. Diesen merkwürdigen Vorgang erklären zu müssen gehörte zu den weniger angenehmen Seiten seines Jobs, und Hines hatte öfters Gelegenheit, den Kollegen dadurch aufzumuntern, daß er ihn auf die angenehmeren Seiten hinwies, die zahlreich waren, verglichen mit dem Herumhampeln auf den Decks von Straßenfahrzeugen im Dienste der Bevölkerung.

Die Tür zum Toilettenraum ging auf. Jemand rief ihn beim Namen.

Er hatte die Schrammen auf seinen Knien betrachtet, alte Narben vom Fußballspielen, richtige Dellen in der Haut, die Oberfläche irgendwie prall, glatt; an eine Narbe erinnerte er sich besonders gut, der Arzt oder die Arzthelferin hatte kräftig mit einer Bürste schrubben müssen, um das Fleisch zu säubern, Schmutz und Steinchen rauszubekommen, und hatte eine rote Flüssigkeit aufgetragen, so daß der Patient nicht unterscheiden konnte, was Blut und was Flüssigkeit war. Ein schöner Mist für die Fußballmannschaft des Betriebshofs.

Der Fahrer rief nach ihm. Entschuldige, erwiderte er. Er sei nicht in der Lage, dem Tagwerk nachzugehen, er habe solche Schmerzen. Solle das ein Witz sein? Nein. Und der Fahrer solle dem Diensteinteiler mitteilen, daß Hines sich krankmelden müsse. Solle der Fahrer nicht lieber einen Moment warten, um zu sehen, ob es Hines dann wieder besserging? Nein. Ausgeschlossen, daß er eine Schicht durchstand, in dem Zustand, in dem er sich befand. In welchem Zustand befand er sich denn? Einem beschissenen, fürchterlichen Zustand. Er hatte deswegen schon die ganze Nacht kein Auge zugetan. Der Diensteinteiler mußte einen Reserveschaffner einsetzen. Hines würde nachher selbst rübergehen und es dem Diensteinteiler sagen, sobald er von dem scheiß Klo runterkam.

Als die Tür zuschlug, machte er Anstalten zu gehen; wie

dumm – es war noch zu früh; er setzte sich also wieder und wollte schon die *Sun* auseinanderfalten, aber die faßte man lieber nicht an. Er drehte sich noch eine Zigarette. Schließlich kamen McCulloch und Colin Brown herein, bauten sich auf der anderen Seite seiner Tür auf und schrien, ob er da drin sei. Wir riechen doch deinen billigen Tabak, du Arsch. He, wie kannst du dich krankmelden, wenn du noch nicht mal angefangen hast! Ihr Lachen. Wart nur, bis Reilly das erfährt. He, hast du wirklich Durchfall? Wie gut, daß er keinen hatte – verdammt, kann man nicht mal in Ruhe scheißen! Als sie fort waren, wartete er einige Minuten; beim Betreten des Büros rieb er sich den Bauch.

Der Diensteinteiler sah ihn kurz an und kehrte ihm den Rücken zu.

Hines schniefte und ging wieder nach oben, um seinen Fahrscheindrucker zurückzubringen. Die Stimmen im Aufenthaltsraum waren schon im Korridor zu hören. Die Kantine öffnete erst 7.30, und noch eine Stunde später wurde erst das Billardzimmer aufgeschlossen. Das einzig Richtige war natürlich, den Betriebshof sofort zu verlassen.

Auf dem Hof herrschte reges Treiben. Zwischen 6.15 und 7.00 fuhren so viele Busse ab wie zu keiner anderen Zeit des Tages. Die Fahrer überprüften die Kühler, die Schaffner Zielschilder und Kontrollisten, und anschließend standen sie mit Leuten von der schwarzen Truppe beisammen, die nach der Nachtschicht jetzt den Heimweg antraten. McCulloch saß am Steuer eines Busses. Hines wartete, bis der Motor aufheulte, trottete dann hinüber und stieg ein. Er lächelte über sie beide. Kurzer Abriß der Zukunft gefällig? Dann bist du Großvater und Gott sei Dank tot. Er schüttelte den Kopf.

Von Yoker aus verläuft eine Straße am Forth & Clyde Canal entlang und führt direkt nach Drumchapel – über die Great Western Road, die eine erstaunliche Straße ist und zu den schönsten

Sehenswürdigkeiten führt: im Glasgower Stadtzentrum fängt sie an und verläuft so, daß man einem Touristen, der wissen will, wo es hier zum Loch Lomond, ins Glen-Coe-Tal, nach Fort William, zum Loch Ness oder zu den Shetlandinseln geht, sagen kann, er oder sie soll nur einfach immer weiter geradeaus fahren, dann kommt er schon hin.

Er rauchte nicht, als Colin Brown nach oben kam, fing aber an, sich eine zu drehen, als bereite er sich auf einen freundlichen Plausch vor. Colin führt gern ernste Gespräche mit ihm. Er betrachtet ihn als potentielle Kraft bei der Interessenvertretung der Betriebshofmitarbeiter. Kürzlich hat er darauf angespielt, daß Hines doch gemeinsam mit Reilly kandidieren solle: der eine als Vertrauensmann, der andere als Berufsgruppensprecher, genau das, was sich nicht erreichen lassen wird.

Besagter Brown C. hat etwas schon erreicht, was besagtem Hines R. bisher nicht vergönnt war. Er hat die Busfahrerschule besucht. Der Blödmann ist zwar durchgefallen, wird aber sicher demnächst seine zweite Chance erhalten. Und dann besteht er bestimmt. McCulloch übt mit ihm an abgelegenen Endhaltestellen zu bestimmten Zeiten spätabends oder frühmorgens, und sein Zutrauen wächst ins Unermeßliche. Reilly hat Hines das früher ebenfalls angeboten, aber Hines konnte es nicht annehmen. Warum das? Einen Versuch wär's doch wert gewesen.

Mit dem Busführerschein steht und fällt für manche vieles. Offenbar sind Colin und seine Verlobte sich darin einig, den Hochzeitstag erst festzusetzen, wenn Colin seinen eigenen kleinen Bus fährt. Unglaublich, wie das die Leute beeinflußt. Colin strahlte regelrecht. Das war der Busführerschein. Selbst wenn Colin davon sprach, ging ein Funkeln von ihm aus.

Dann hörte er auf. Hatte plötzlich Hemmungen. Er sah zum Fenster hinaus, der Bus hatte am Bordstein gehalten, um einen Fahrgast aufzunehmen. Er stellte die neue Tarifzone ein. Er hatte an Hines' Zukunft gedacht und bekam ein furchtbar schlechtes Gewissen. Armer Rob, der Pechvogel mit seiner Frau und den 38 Kinderlein! Falls er sich nicht damit abfindet, für den Rest seines Lebens im Betriebshof Busschaffner zu bleiben, fährt er definitiv doch am besten, wenn er den Job gleich hinschmeißt. Dann hat er es hinter sich. Scheiß drauf.

Hines grinste und tätschelte ihm den Arm. Ein Mann mittleren Alters saß ein paar Reihen hinter der Fahrerkabine; er hatte seine Mütze abgenommen und kratzte sich am Hinterkopf. Ein erstaunlicher Vorgang und zweifellos mit Symbolkraft. Hines lachte leise. Der Mann stieg in Yoker aus.

Zuerst war er ungleichmäßig geschlendert, doch nach und nach schritt er schneller aus, behielt denselben Rhythmus bei. Wäre er an einer früheren Stelle in einen anderen Bus umgestiegen, hätte er das Problem vermieden, aber es war kein Problem. Es war angenehm zu gehen. Ziemlich frisch war es, aber der Wind war nicht stark – eher eine steife Brise, die einem nichtsdestotrotz bis an die Knochen kroch und heftig in den Ohren zwickte. Eine Mütze wäre ideal gewesen. Für Paul hatte seine Mutter eine gestrickt, für ihn aber nicht. Diese mütterliche Vernachlässigung hatte ihn nicht verärgert. Dennoch sind Ohren den Elementen ausgesetzt, und außerdem wichtig. Man hätte vielleicht erwartet, das Verkehrsministerium nähme sich eines solchen Details an. Taube Schaffner waren doch wohl ein Fall für die Haftpflicht. Uniformmützen mögen ja zum Spazierentragen sehr schön sein, halten bei Arktiswanderungen aber wenig ab. Vielleicht könnte man Ohrenklappen mit Druckknöpfen erfinden, die der Schaffner bei wärmerem Wetter abmacht und bei kälterem Wetter anbringt. Eine ganz simple Idee, die eines Erfinders harrte und deren Patentierung schließlich einen Geldrückfluß in unendlicher Höhe zeitigen würde.

Hines könnte dieser Erfinder sein. Gott weiß, daß er das Geld braucht. Der diese Woche ausgezahlte Lohn für die Arbeit der letzten Woche geht gegen Null, und der nächste Woche ausgezahlte Lohn für die Arbeit dieser Woche ist ein schlagendes Beispiel für selbigen Schlamassel. In Gottes Namen. Und doch sind gewisse, die künftigen Wochen betreffende Möglichkeiten nicht ausgeschlossen. Gerüchte über Überstunden gehören dazu und breiten sich aus trotz hartnäckiger Leugnung durch deren Empfänger, Kriecher, die sie sind. Mit viel Glück könnte man ein Vermögen machen. In einer Spätschichtwoche mit Dienstbeginn 16.00 Uhr kann man täglich 11 Überstunden machen. Wird einem zusätzlich eine zweite Schicht in den Morgenstunden gewährt, kann man den doppelten Lohn kassieren – sogar mehr als den doppelten Lohn, da noch Überstundenzuschläge hinzukommen. Mit den 5 Extraschichten pro Woche hat man mindestens 40 Stunden mehr plus 1/2 dieser 40 Extrastunden als Überstundenzuschläge. Macht Lohn für runde 100 Stunden. Wenn außerdem 2 dieser Tage auf ein Wochenende fallen, gibt das noch mal Kohle extra, da Sonntagsarbeit sowieso mit anderthalbfachem Stundensatz bezahlt wird. Dasselbe gilt für Samstage nach 13.00 Uhr – macht 12 Stunden extra, die zu den 100 addiert werden, plus natürlich die zusätzliche Möglichkeit, an beiden freien Tagen arbeiten zu dürfen, wodurch mit Grundlohn und Zuschlägen zu den bereits angesammelten 112 Stunden noch mal 24 hinzukommen, macht insgesamt 136, dazu kommt – falls die freien Tage zufällig Samstage sind und es nach 13.00 Uhr ist –, daß der Grundlohn um das Doppelte, also aufs Dreifache aufgestockt wird, ergo 24 Stunden für 8 gearbeitete, wodurch noch mal 12 zu den 136 draufkommen, so daß – verflucht noch mal – wir jetzt bei fast 148 Stunden Lohn sind – einhundertachtundvierzig Stunden –, alles hübsch zusammengerollt in der Lohntüte für die eine Woche steckend, und die Zukunft mehr als finster.

Hines war langsamer geworden, beschleunigte jetzt aber seinen Schritt. Neue Kräfte trieben ihn an. Die uniformierten

Angestellten und Mechaniker, die schwarze Truppe – sogar die Bürohengste: sie alle waren unausgesprochen Teil eines Bündnisses, das ihn bis an den Rand und darüber hinaus trieb. Sie hatten die Vergeblichkeit bestimmter Methoden des Vorwärtskommens erkannt und ihn zu ihrem Repräsentanten – Führer ginge zu weit – erkoren. Er sollte sie vertreten. Dadurch, daß er sich weiter durchs Leben kämpfte, wies er den Weg. Das gibt es doch gar nicht! Besaß er etwas, das sie nicht besaßen? Schon in jungen Jahren hatte er die Extreme absorbiert. Hatte die ausgeprägte Fähigkeit erkennen lassen, einer speziellen Variante konventionellen Verhaltens aus dem Weg zu gehen. Nichts sollte, so schien es, dem Zufall überlassen werden. Sogar die derzeitigen äußeren Umstände waren ein integraler Bestandteil des Ganzen. Alles trug dazu bei, daß der eine Punkt unausweichlich wurde, der Abgang, so daß Spekulationen über das Wann irrelevant waren. Beiseite gelassen werden konnten. Es gibt keinen bestimmten Moment, vielmehr eine Masse von Momenten; daher kann man eine Menge als selbstverständlich ansehen.

Vielleicht würde sein Vater ihm auf die Schulter klopfen, Indiz dafür, daß man mit seiner Reise hierher gerechnet hatte, und ihn ins *Glen* führen auf ein Bier und über den heftigen Streit vom letzten Mal lachen. Hines hatte das ja wohl nicht ernst genommen! Ja? Tja, Sohn, eine komische Sache. Hast nicht mal kapiert, daß das ein Teil des Ganzen ist! Mann, Mann, Mann, ehrlich. Mach dir nichts draus, ist alles nur zum Besten, nur zum Besten. Hatten wir aber genauso geplant, denn es bestand ja keine Aussicht, daß du zu früh kommst. Du mußtest bereit sein, in der richtigen Verfassung. Und jetzt paßt alles zusammen. Steht fest seit der Stunde deiner Geburt. Deine Ma hat das Meer immer geliebt, Junge, jetzt weißt du, warum – und nun denk dir mal den Ausblick dazu, den ich vom Fenster hab, und schon hast du's: A und B verbinden sich zu C, und das ergibt das fertige Bild.

Ist ja schön, daß Mr. Hines erkannt hat, sein Sohn ist der Repräsentant, wirklich, aber was ist mit dem Kleinen, mit Paul?

Ist bloß ein Sohn, bloß ein Sohn, eines anderen Morgens könnte es für ihn noch mühseliger werden, da Hines nicht über den Augenblick hinauskommt; durch dieses Nicht-über-den-Augenblick-Hinauskommen würde Paul vieles von dem, was noch folgte, erklären müssen – obwohl Sandra ihm schon beistehen würde. Es ist an ihr, ihm den Weg zu zeigen. Während sie was machen wird? Mit allem weitermachen eben. Was allem? Sie wird ergründen, was zu tun ist, und hergehen und es tun. Schön. Gar nicht schön. In Zeiten wie diesen darf man sich mit 1, 2 Dingen nicht befassen. Vor allem nicht, wenn man gerade von Y nach D kommt, weil der Weg einen nach K führt, in den Außenbezirk mit hoher Wohnqualität. Nach 20 Minuten Fußmarsch hätte er ins Wohnzimmerfenster seiner Schwiegereltern schauen können. Das wär eine nette Begrüßung gewesen. Verzeihung, drückt sich da der eigene Schwiegersohn die Nase an der Scheibe platt? Verschwinde.

Ein Waldgebiet. In dieser Gegend bleibt der Schnee in tieferen Lagen länger liegen. Das Gras in den Gärten ist bedeckt, kleine Vertiefungen markieren Fußtritte, Bäume erwecken in dir den Wunsch, Äste herunterzuziehen, damit du den Schnee herabregnen siehst. Hines haßt diesen Ort. Das kann nicht verwundern. Er war schon immer froh, daß so etwas immer jenseits seiner Möglichkeit liegen wird. Er ist ein schwacher Mensch. Platz haben zum Beispiel, so etwas hätte ihn zerstören können. Gut möglich, daß er sich einem Leben der Muße hingegeben hätte, alt geworden wär über dem Streben nach Gemüse.

Aber Gemüse wächst auch in D. Viele Leute da sind ebenfalls stolz auf ihre Gärten, vor allem während der langen heißen Sommer, in denen D. das Paradies ist. In den Schulferien sausen die Kleinen tagtäglich los und haben Spaß, wenn nichts vom Himmel fällt und es angenehm ist, barhaupt im Freien herumzurennen.

Als er am Einkaufszentrum ankam, war es noch früh, nur die Zeitungsläden hatten schon geöffnet. Er kaufte eine Zeitung und stellte sich in einen Ladeneingang, um allem aus dem Weg zu sein.

Seine Finger waren sehr kalt geworden. Er drückte sie an die Scheibe, um ein bißchen Wärme von der Weihnachtsbeleuchtung im Geschäft abzubekommen. Das Schaufenster war massenhaft mit Reif und Glitzerschmuck beklebt, und auf den Fensterbrettern und dem Boden im Laden waren jede Menge Waren um ein Bildnis herum aufgebaut, darunter die eindrucksvollen Quasten des Zukünftigen Oberhaupts der Britonen. Er zwinkerte. Die Zeitung zusammengefaltet, steckte er die Hände in die Hosentaschen.

Kinder tauchten auf, diverse Hunde strichen herum und nötigten einen mit ihrer nicht unauffälligen Art, auszuweichen und sie vorbeizulassen; laut waren auch sie nicht. Überhaupt war wenig Lärm zu hören. Hines erkannte ein Gesicht, eine Frau, die in der Nähe seiner Eltern wohnte. Sie war Putzfrau in einem großen Warenhaus, hatte gerade die große Glastür des Seiteneingangs aufgemacht und wischte die breite gekachelte Fläche unmittelbar vor der Tür. Dampf stieg aus dem Eimer mit heißem Wasser auf, den sie beim Wischen mit dem Mop weiterschob. Diese Methode zeugte von einer langen Berufserfahrung; so brauchte sie weniger Kraft aufzuwenden als andere und kam schneller voran. Ihre Kollegen mochten in anderen Abteilungen des Hauses beschäftigt sein. Schon bald würden sie Pause machen, schnell einen Tee trinken, ein gebuttertes Scone essen und einen munteren Schwatz halten, bevor sie ihre Aufgaben für den Tag beendeten. Es war ein großartiger Anblick. Die Frau hatte einen Sohn, 2 oder 3 Jahre älter als Hines, der zwar eine Niete als Fußballer gewesen war, aber in einer Kapelle der Boys' Brigade Dudelsack gespielt hatte; Jüngere hatte er kaum eines Wortes gewürdigt, Hines aber hatte er gelegentlich zugenickt, weil ihre Mütter sich kannten. Was er wohl jetzt machte. Hines hatte ihn seit 10 Jahren nicht gesehen. Vielleicht war er verheiratet und lebte in Südafrika. Oder war nach England gezogen, nach London vielleicht, ganz in die Nähe von Hines' jüngerer Schwester.

Zuerst sah die Frau ihn nicht. Er hatte die Tabakdose herausgezogen und leckte das gummierte Ende eines Blättchens Reispapier an. Als er die Tabakdose in die Schaffnertasche steckte und die Zigarette anzündete, sagte er: Hallo, Mrs. Noonan.

Sie erschrak, runzelte die Stirn, trat einen Schritt zurück, um besser sehen zu können, obwohl sie keine Brille trug. Du hast mich erschreckt, sagte sie.

Oh, Entschuldigung.

Wie geht's deiner Mum?

Gut. Ich hab sie gerade erst gesehen. Er schniefte. Kalt heute morgen, was?

Ja ... Sie schwang wieder ihren Wischmop, hatte ihm aber nicht bedeutet, daß das Gespräch zu Ende war, und bekundete lächelnd, er solle weitersprechen, doch er wanderte davon, ohne sich umzusehen. Er ging zur Vorderseite des Komplexes und blieb an einer Stelle stehen, wo ein paar Leute für den Bus anstanden, ein gutes Stück hinter der Bordsteinkante, obwohl es nicht matschig war. Dann zog er weiter, bevor ihn jemand nach den Fahrplänen der städtischen Verkehrsbetriebe fragen konnte. Sollte jemand etwas Abschätziges brummeln, würde er zurückgehen und sofort den Kräftigsten zum Kampf herausfordern. Was, wenn das eine Frau war? Er könnte sie mit einem Schlag zu Boden befördern und ihr einen Fußtritt verpassen. Das wäre denen eine Lehre.

Er faßte nach der Schaffnertasche, wurde lockerer. Dabei war er gar nicht zornig gewesen – nur angespannt. Vielleicht lag es daran, daß er die Frau dort gesehen hatte. Abgesehen davon ... abgesehen davon, daß nichts wirklich von Bedeutung war. Das Leben ist manchmal einfach zu mies, um wahr zu sein, es nimmt einfach kein Ende.

Schon wollte er zum Einkaufszentrum zurückgehen, machte sich aber doch in die Gegenrichtung auf, überquerte die Straße und ging weiter bis zu deren Ende. Natürlich vertrautes Gelände, ausgenommen die Gesichter, aber es war zweifelhaft, daß er jemanden erkannt hätte, abgesehen von Altersgenossen, was komisch gewesen wäre – dieser Teil des Viertels war früher Feindgebiet. Ein Bus kam. Er bedeutete ihm anzuhalten. Es war ein Ein-Mann-Gefährt. Er ging wortlos an dem Menschen vorbei und ließ sich im hinteren Teil nieder, blieb bis zur Endhaltestelle und wieder den Berg herunter sitzen, stieg dann aus und ging zu Fuß weiter.

Ein Junge kam aus einem Hausflur geflitzt, sprang die paar Stufen mit einem Satz herunter, glitt auf einem vereisten Stück aus, fiel hin, war aber gleich wieder auf den Beinen und rannte weg. Ein älterer Junge verfolgte ihn, erst hundert Meter weiter blieb der erste stehen und sah an sich herunter, rieb sich die Ellbogen und den Rücken. Der ältere Junge blieb ebenfalls stehen, überlegte vermutlich, ob er dem anderen weiter folgen sollte, was er schließlich auch tat.

Hines beschleunigte seinen Schritt, holte ihn bald ein und sagte im Vorübergehen: Rühr ihn ja nicht an, sonst kriegst du es mit mir zu tun, Sohn, ich warne dich.

Er ging im selben Tempo weiter, unterdrückte mühsam ein Lachen, war sich aber auch bewußt, daß er Schneebälle oder einen Ziegelstein an den Kopf bekommen konnte. Der Jüngere hatte die Straße überquert. Es war Andy, sein kleiner Bruder, ein lustiger kleiner Vogel, der sich dauernd produzierte und von dem besonneneren großen Bruder eine runtergehauen bekam. Er blickte mehrmals über die Schulter zurück, hohles Draufgängergehabe, während Hines einfach weiterging. Zu diesem Zeitpunkt war er schon nicht mehr sicher, ob er tatsächlich eine Drohung gehört oder das Ganze bloß geträumt hatte: die unbekannte Stimme der Vergeltung vielleicht, wild entschlossen, den letzten Jahren des Erwachsenwerdens einen Arschtritt zu geben; gütiger Himmel. Kein Entrinnen vor der Dresche. Der Jüngere wurde eingeholt, und damit hatte es sich. Der arme Ältere mußte ihn zu fassen kriegen. Unbedingt. Damit hatte es sich. Hines hatte seinen jüngeren Bruder oft geschlagen, aber nicht bis in die Teenagerzeit. In der Teenagerzeit hatte er ihn nur ein paarmal abgekanzelt. Einmal jedoch so schlimm, daß der Kleine bloß noch ein weinendes Häufchen Elend war. Ein bemerkenswertes Vorkommnis. Da hätte einem schon das Herz stehenbleiben können. Schrecklich. Solche Macht, einen anderen

Sag bloß, ihr seid im Bummelstreik!

Ein Rentnerexemplar stand am grasbewachsenen Seitenstreifen neben einer Bushaltestelle. Offenbar erwartete es eine Antwort. Das griesgrämige rote Gesicht ereiferte sich aber über die Fahrpläne in einem Ton, der unmißverständlich mitteilte, daß der Mann die Antwort gar nicht hören wollte.

Aber vereiste Straßen zählen nie in dieser scheiß Stadt. Dito der permanente Mangel an gesundem Personal. Der Mann hatte Hines mit einem wilden Ausdruck im Gesicht angesehen. Ihn beschimpfen kam nicht in Frage. Was hätte das auch bezwecken sollen: der Alte stand klappernd und mit tropfender Nase an einem zugigen Eck, die paar dünnen Bäume in Formation, und wartete auf einen scheiß Bus.

Erstaunlich trotzdem, daß die Leute fälschlicherweise glauben, hohe Arbeitslosigkeit bedeute, es bestehe keine Nachfrage nach Pastinak. Das ist das Dumme an den unteren Schichten: es ist ein Haufen blöder Irrer. Wie um diesen Punkt zu unterstreichen, spuckte ein Hausflur gerade ein Mädchen aus, hinausgeschoben von einer jüngeren Frau – der Mutter –, die das Mädchen durch diverse Schläge ins Kreuz nötigte, ihr vorauszugehen, ihren Sündenbock für die katastrophale Situation der Stahlindustrie vorführte. Diese Stelle am Rücken hat er bei

Sandra am liebsten, das kleine Stück direkt am Beginn des Rückgrats, das immer so warm ist. Die Mutter trug Hausschuhe, eine richtige Geistesgestörte. Sie trieb das Mädchen weiter zu der kleinen Ansammlung von Geschäften. Wahrscheinlich hatte das Mädchen vorher etwas holen sollen und war von dem Gauner, dem der Zeitungsladen gehörte, beim Wechselgeld betrogen worden, oder sie hatte das Falsche gekauft. Ein richtiger Auftritt! Die Frau ziemlich klein und mit langem schwarzem Haar, der Mantel offen.

Alles in allem eine Szene, die nicht mitanzusehen war.

Hines folgte den beiden in den Zeitungsladen. Das reinste Pandämonium. Überall Kinder, dazwischen ein paar verstimmte Erwachsene – letztere mit erstaunlichen Gesichtern, denen die außerordentliche Beherrschung anzusehen war, mit denen sie das Treiben der Zwerge verfolgten, die sich vor der Ladentheke herumschubsten, in den Schachteln mit den Süßigkeiten wühlten und insgesamt alle bekannten Regeln bezüglich eines gesitteten Benehmens ignorierten. Doch das Angestelltentrio des Gauners vollführte wahre Wunder und bediente mindestens je 2 Erwachsene pro Kind.

Er hatte sich 1/2 Unze Tabak, Zigarettenpapier und Streichhölzer gekauft und drehte sich in der Ladentür des Geschäfts eine.

Aus einem Fenster im 1. Stock plärrte Musik, ein Mädchen im Teenageralter beugte sich heraus und unterhielt sich mit 3 anderen im Eingang zum Hausflur. Weiter hinten rief jemand seinen Namen. Ein Mann, den er kannte. Er grüßte zurück und ging weiter den Berg hinauf, wo auf der Straße dicker Schotter liegen sollte. Er kam an dem Haus vorbei, in dem er einmal gewohnt hatte.

Eine von Griffs Töchtern machte die Haustür auf. Sie ließ ihn stehen und kam mit ihrer Mutter wieder. Er lächelte und machte

Anstalten, etwas zu sagen, doch sie hatte sich schon umgedreht und führte ihn ins Wohnzimmer. Als sie hinausgegangen war, kam die Tochter herein und blieb eine ganze Weile, warf ihm nur ab und zu einen Blick zu, tat, als sei sie mit den Gegenständen in der Vitrine beschäftigt. Dann wurde nach ihr gerufen. Hines nahm eine Zeitung vom Kaffeetisch.

Mehrere Minuten vergingen, ehe Griff erschien. Hines hatte gehört, daß man ihn geweckt hatte. Beim Hereinkommen zog er eine Zigarette aus einer zerdrückten Schachtel auf dem Kaminsims und beugte sich, Hines den Rücken zukehrend, zum Anschalten des elektrischen Feuers vornüber. Dann kam seine Frau mit zwei Tassen Tee herein. Die Dose Lager, sagte er.

Was für eine Dose Lager?

Ich hab mir gestern abend eine mitgebracht.

Nicht in dieses Haus. Sie ging hinaus, machte die Tür zu. Griff sah Hines kurz an, schürzte die Lippen, dann wurde die Tür wieder geöffnet: Denk dran, daß du dich heute morgen meldest … Sofort ging die Tür wieder zu.

Griff starrte auf die Tür. Wie kann ich mich melden, wenn du mir das blöde Fahrgeld für den Bus nicht gibst! Er beugte sich wieder über das Feuer, rieb sich die Hände, zog an der Zigarette und zwinkerte, als ihm der Rauch in die Augen stieg. Sind die Kinder immer noch nicht in die Schule! rief er. Sah Hines an, schüttelte kurz den Kopf.

Hines schniefte; er hatte den Deckel von der Dose abgemacht und hielt inne, trank von seinem Tee. Als er ein Reispapier aus dem Päckchen Rizla zog, ging die Tür wieder auf: Nee, die sind noch nicht weg.

Griff war zum nächsten Sessel gegangen und nahm die Teetasse vom Kaffeetisch.

Hines sagte: Wie geht's deiner Ma?

Sie haben sie wieder ins Krankenhaus gebracht.

Ja, hab ich gehört.

Ach, so schlimm ist es nicht, als ich das letzte Mal oben war, hat sie gesprochen, ein kleines bißchen – man konnte verstehen, was sie gesagt hat.

Gut.

Griff gähnte, schauderte, schüttelte den Kopf. Scheiß Kälte, was! Für den Berg bräuchte man ein Rudel Huskies. Hättest mal sehen sollen, wie sie gestern abend aus dem Pub gekommen sind! Ein richtiger Tanz auf dem Eis. Ach, übrigens, dein Name ist gefallen.

Hines sah ihn an.

Milligan.

Ach ja.

Er hat gesagt, er hätt dich letztens irgendwo getroffen.

Ja – geht's ihm gut?

Hatte ganz schön einen in der Krone, das Arschloch – diese Bohrinseln, wenn man ihn hört, die reinsten 5-Sterne-Hotels – was die da zu futtern kriegen. T-Bone-Steaks, Mann, und die Idioten lassen die Hälfte auf dem Teller. Man glaubt es nicht, das wird alles ins Meer gekippt.

Ach ja, wenigstens haben wir dann dicke Fische.

Griff prustete los.

Die Tür ging auf, und das Mädchen kam mit seiner jüngeren Schwester herein; sie gaben Griff einen Kuß und sagten tschüß. Als sie wieder gingen, bat er sie, nachzusehen, ob sein Toast schon fertig war. Die Tür zu, sagte er: Du bist also immer noch auf'm Bus.

Hm-hm, brummelte Hines und warf seine Mütze vom Sofa auf den Boden, reckte sich und trat dagegen.

Wenigstens ist es ein Job, Mann. Ist bei euch was frei?

Klar, vierhundertsiebenundzwanzig freie Stellen. Nee. Hines zuckte mit den Achseln. Nicht für Schaffner. Wenn du fahren könntest …

Ach, ich kann diese blöden Schichten sowieso nicht leiden.

Griff gähnte und trank seinen Tee. Und, wie geht's Ma und Dad jetzt so?

Geh hoch und sieh selber nach.

Scheiße, Mann, man muß doch fragen, das nennt sich Höflichkeit oder so, ich mein, mußt du zur unmöglichsten Zeit vormittags an die Tür trommeln, wenn jeder Idiot versucht, 'ne Mütze Schlaf zu kriegen!

Gott, ich bin schon seit Tagen auf.

Aber du wirst wenigstens dafür bezahlt.

Von wegen, das ist reine Propaganda.

Griff zog die Augenbrauen hoch und seufzte, warf dann einen Blick zur Decke. An der Wand zu seiner Linken hing ein kleines Bild, das King Billy auf seinem Schimmel bei der Überquerung des Boyne River zeigte. Hines lächelte und machte eine Kopfbewegung in Richtung Bild: Stehst immer noch auf Cowboys, was, Griffin.

Er stieß den Rauch aus und lächelte einen Moment. Dann sah er kurz zur Tür, und schon ging sie auf. Seine Frau und seine jüngste Tochter – noch sehr klein; sie hielt sich ein Stück Stoff an den Mund, kam herübergewackelt und quetschte sich neben Griff in den Sessel. Der Teller mit Toast steht auf dem Kaffeetisch.

Kein Käse?

Im Kühlschrank. Ich geh in den Laden, sagte seine Frau noch. Sie hielt inne, sah dann Hines an und zeigte auf den Toast.

Danke, Rita.

Sie nickte. Wie geht's der Familie?

Ganz gut.

Wir brauchen Fluppen, sagte Griff.

Arbeitet dein Vater noch?

Ja.

Und, hast du immer noch bloß eins?

Einen kleinen Jungen – viereinhalb.

Ach ja, richtig ... Kurz darauf nickte sie und ging zur Tür.

Denk an die Fluppen, sagte Griff, als sie die Tür schloß.

Wortlos aßen sie den Toast. Die Kleine drehte sich ab und zu herum, berührte Griff am Kopf und sah dann Hines an. Als dieser sich schließlich eine Zigarette drehte, verfolgte sie seine Handgriffe; er drehte ganz langsam, rutschte nach vorn, damit sie ihn besser sehen konnte. Griff sagte: Das könnte ich nicht – keine Geduld.

Geduld brauchst du dafür keine – bloß Fingerfertigkeit.

Griff lachte.

Das ist eine Kunst.

Griff zog die Augenbrauen hoch, griff nach der letzten Scheibe Toast und sagte dann: Wie geht's deiner Frau? Wie heißt sie noch mal – Sandra?

Ja, ganz gut.

Immer noch den kleinen Job?

Hines nickte.

Gut.

Ja, ist 'ne echte Hilfe ... Er hatte mit dem Anzünden des Streichholzes gewartet, bis Griff sich eine neue Zigarette aus dem Päckchen auf dem Kaminsims genommen hatte. Nachdem er seine eigene angesteckt hatte, reichte Hines das brennende Streichholz herüber. He, wie geht's eigentlich dem kleinen Frank? Siehst du ihn manchmal?

Hm. Griff legte das Streichholz in den Aschenbecher, runzelte die Stirn: Wenn ich's vermeiden kann, nicht. Ist ein richtiger Peter Pan.

Aber immer noch hier in der Gegend?

Ja, leider. Springt mit einer Bande von Jungs im *Glen* herum. Wenn du den siehst, gehst du in die andere Richtung. Nee, Rob, ein Geistesgestörter, schlimmer geht's nicht ... Er schniefte und machte Anstalten aufzustehen. Wieso? Du willst ihn doch nicht etwa besuchen?

Ach was, nein.

Griff war vom Sessel aufgestanden und hielt das Mädchen auf einem Arm. Er nahm die Tassen, ging zur Kitchenette und kam mit frischem Tee wieder. Die Kleine stieg vor ihm auf den Sessel. Kopfschüttelnd setzte er sich. Als er das letzte Mal geschnappt wurde, hatten sie irgendeinen mit einem Messer … völlig grundlos.

Aber das war nicht er, soviel ich gehört hab.

Ach, Rob, Herrgott.

Hines zuckte mit den Achseln.

Ich meine, du weißt nicht, wie er jetzt ist, Mann; er ist nicht mehr so wie damals in der Schule.

Das behaupte ich doch auch gar nicht, ich sage nur, das mit dem Messer, das war er nicht.

Ach! Griff schnaubte und schüttelte den Kopf. Er ist durchgedreht, Rob, total durchgedreht. Ein Kindskopf. Gibt vor den Jungs an und so, macht einen … ganz krank.

Hines lächelte einen Moment lang. 'tschuldige, 'tschuldige! Er streckte die Hände aus, die Handflächen nach vorn.

Nein, diese … Griff schüttelte den Kopf. Er hob die Kleine hoch und setzte sie sich aufs Knie, ließ sie ein paarmal hopsen, schnüffelte, hob sie hoch und roch an ihrer Windel. Los, hol dein Töpfchen. Er ließ sie herunter, stand auf und machte ihr die Tür auf.

Mensch, für ihr Alter, klasse!

Ja. Griff lächelte.

Wie alt ist sie übrigens?

Gerade zwei geworden.

Was!

Ja, und plappert auch schon wie verrückt – man kann sich richtig mit ihr unterhalten. Er setzte sich lächelnd.

Ist ja toll, Mann.

Klar, du hast ja bloß den einen und … er zuckte mit den Achseln. Die anderen beiden reden mit ihr, da schnappt sie alles auf –

könnte jetzt schon in den Kindergarten gehen. Die lassen sie ihre Rechenaufgaben machen. Frag sie, wieviel 2 und 2 ist, und sie sagt dir 4. Sie weiß nicht, ob es stimmt, aber sie sagt es. Griff lachte leise. Zog die Nase hoch. Ich schau mal nach, ob bei ihr alles in Ordnung ist.

Als er wiederkam, ließ er die Tür offen.

Hines hatte ein Buch unter dem Kaffeetisch hervorgezogen und las den Klappentext.

Kannst du mitnehmen, wenn du möchtest. Ich hab's gestern ausgelesen. Nicht schlecht, ist über einen, der beim Geheimdienst war und jetzt in Pension ist, aber wieder zurückgeht, als er erfährt, daß sein alter Boß umgebracht worden ist. Er will den finden, der es getan hat.

Hines nickte. Einen Moment später streckte er den Arm aus, um das Buch zurückzulegen, lehnte sich damit aber wieder im Sessel zurück, blätterte darin und lächelte. Und, sind mal wieder diese verteufelten Kommunisten schuld?

Griff sah zur Decke. Du gibst wohl nie Ruhe!

Wie kann ich denn, wenn Arschlöcher wie du immer noch die Tories wählen!

Ach, halt den Mund und gib Frieden.

Hines grinste.

Griff lachte. Der Schlauberger der 3c. Er lachte wieder. He, erinnerst du dich noch an unseren Erdkundelehrer, den mit der Glatze?

O Gott. Ein Dings war er ja nicht gerade, aber sein Dings hat er gedingst, was?

Die beiden lachten eine Weile. Schließlich kam die Kleine hereingerannt, außer ihrer Decke jetzt noch ein paar Puppen im Arm. Hines sah auf die Uhr an der Wand, und Griff nickte.

Na ja, sagte Hines und nahm seine Mütze. Ich dachte, ich geh mal rauf, wenn ich schon hier vorbeikomme.

Griff nickte.

Das ist das Dumme heute, alle Jubeljahre muß man die Eltern mal besuchen ... Er stand auf, knöpfte sich die Uniformjacke zu. He, hättest du Lust, später auf ein Bier zu gehen?

Nein, geht nicht, ich komm dann vom Arbeitsamt wieder und so. Er drückte die Zigarette im Aschenbecher aus und stand von seinem Sessel auf.

Ach, übrigens, entschuldige, daß ich dich zu einer so unchristlichen Zeit aus dem Bett geholt hab.

Ach, ich mußte eh aufstehen. Na dann ... Griff verstummte und sah Hines an.

Hines zuckte mit den Achseln.

Komm doch mal sonnabends rüber ins Einkaufszentrum, ich und Hammy und ein paar andere von den Jungs, um die Mittagszeit sind wir immer da – sehen uns die Rennen im Fernsehen an. Wenn wir nicht im Pub sind, sind wir im Wettbüro, unsern Gewinn abholen!

Hines grinste und lachte dann auf. Ich weiß nicht mal, wie ein Sonnabend aussieht.

Griff lachte leise. Wär's da nicht Zeit, daß du die Brocken hinschmeißt, Mann? Ich meine, Herrgott, wie lange geht das denn schon so?

Ach, so lange nun auch wieder nicht, bloß 38 elende Jahre. Hines zog eine 10-Pence-Münze aus der Hosentasche und gab sie der Kleinen. Aber paß auf, daß dein alter Herr es nicht für Bier ausgibt.

* * *

Nur weil er sowieso in der Gegend war, saß er zu Hause bei seinen Eltern. Geplant hatte er den Besuch nicht. Und wenn sein alter Herr dagewesen wäre, hätte es sowieso keinen Sinn gehabt. Mit der Mutter war es schon schlimm genug. Wie sollte man mit ihr reden? Eine wichtige Frage in bezug auf die eigene Mutter. Du hast die Kinder, und die haben alles noch vor sich. So weit, so gut. Drei, die dir Sorgen machen können. Das jüngste ein Mädchen, arbeitet in England, ruft regelmäßig an, Daddys Liebling; vollkommen natürlich – sie und Hines waren sich als Kinder nahe, aber bei ihrem letzten Besuch zu Hause war sie sehr aufgebracht, letztes Silvester, als sie mit ihrem Freund da war. Das Gespräch drehte sich zuerst um Allgemeines, doch zum Schluß sprachen bloß noch sie und Hines. Sandra, der Freund und Mutter saßen nur dabei – Vater hatte zuviel getrunken und sich schon ins Bett zurückgezogen. Es war insgesamt eine seltsame Stimmung, und niemand fühlte sich so richtig wohl. Anscheinend hat Hines sich schlecht benommen, bereuen tut er aber nichts. Der Freund hat einen guten Job, wofür er nichts kann, und stammt aus dem englischen Kernland, wofür er auch nichts kann, und sprach mit diesem scheiß englischen Akzent, für den er vermutlich auch nichts kann, aber wer weiß – um das zu entscheiden, müßte man wissen, wie die Familie, die Freunde und die Nachbarn dieses Arschlochs reden. Aber das war eigentlich unwichtig. Eine Rolle allerdings spielte das Gehalt (und zwar Barbaras Gehalt). Das war eine außerordentliche Sache. Wie Hines sich dabei fühlte, zeigt sich daran, daß er sagte, er müsse gleich kotzen, als er sah, daß der Freund nett zu Paul war. Es war natürlich nichts verkehrt daran, nett zu kleinen Kindern zu sein, sein Teil zu tun und so weiter, wenn ihnen im Beisein Erwachsener langweilig wird und sie ermüden. Es war bloß ein starker Ekel. Er wollte einfach nicht, daß der Idiot mit Paul spielte – schlimm genug, mit ihm reden zu müssen, aber man stelle sich vor: das eigene Kind von diesem Arschloch antatschen, wirklich und wahrhaftig antatschen lassen zu müssen, das war zuviel. Das ging nicht gegen ihn persönlich. Hines hatte erläutert, daß das nicht das geringste mit einzelnen Personen als solchen zu tun hatte. Und um ehrlich zu sein, so ein Arschloch war der Freund auch wieder nicht. Das ist immer die scheiß Falle. Hines brachte es über sich, beim Glockenläuten mit ihm anzustoßen und ihm die Hand zu schütteln, doch das Übliche sagen konnte er nicht. Das wäre zu peinlich gewesen.

Seine Mutter war in seinem Beisein befangen. Das machte ihm zu schaffen und auch wieder nicht. Wenn er mit ihr sprach, mußte er immer alles mit beißendem Spott überziehen. Es war furchtbar. Er konnte es nicht lassen. Sogar jetzt, als sie sich nach Paul erkundigte, mußte er sie spüren lassen, daß er die Existenz des Jungen als totale Zeitverschwendung ansah. Ein Schweigen entstand und dauerte an. Ihm wurde es peinlich, er ärgerte sich über sich selbst, daß er sie in diese Situation gebracht hatte. Er stand auf und ging ans Fenster, sah zu den Hochhäusern gegenüber. Bevor sie gebaut worden waren, saß sein alter Herr abends am Fenster, das Deckenlicht ausgeschaltet, und betrachtete die Schattierungen von Grau. Hines mußte, am Ellbogen festgehalten, auch dort stehen: der verzweifelte Versuch seines Vaters, etwas Ruhe in ihn einkehren zu lassen. Offenbar glaubte er, die Aussicht könne Wunder bewirken, sende an den langen Sommerabenden bei Sonnenuntergang beruhigende Strahlen aus; ein Blick ins Unendliche, so dringend benötigt von denen, die auf dem Berg wohnten.

Die Berührung war peinlich. Doch Hines ist gar nicht sicher, ob sein alter Herr es ganz ernst meinte – er hatte immer einen besonderen Humor –, wenn er dort saß, die Vorhänge zurückgezogen, und dieses Schauen und Schweigen zu etwas Großem, Metaphysischem aufbauschte.

Mit diesem abendlichen Am-Fenster-Sitzen ging die Mutter wie folgt um: Sie gab den Kindern zu verstehen, daß ihr Daddy täglich seinen Moment der Besinnung haben mußte, damit er in seiner gewohnten Art weitermachen konnte, die sie von ihm erwarteten.

Was für ein Mann, der alte Herr! Hines könnte direkt aus dem Fenster springen vor Freude. Ging statt dessen aber zu seinem Stuhl zurück und wartete auf den Tee. Als sie ihn gebracht hatte, ging sie weiter im Zimmer herum, räumte hier und dort etwas auf, konnte nicht still sein aus Angst, das Gespräch könne Wesentliches berühren. Hines erwähnte das bevorstehende Weihnachten, bestätigte, daß er und seine Familie in der Nacht auf Neujahr, zum silvesterlichen Glockenläuten, dasein würden. Mensch, Mensch, Mensch, er freute sich wirklich auf die Feiertagsbräuche. Wie geht's, Mutter. Gib uns für morgen einen Kuß mit.

Ein Sandwich lauerte auf einem Teller. Er hatte gesagt, sie solle sich keine Mühe machen, doch da lag es nun, und er sollte es essen als eines unter vielen, als etwas, wozu es, wie die Dinge lagen, eine Alternative gab und auch wieder nicht. Er biß ein großes Stück von dem Käsebrot ab, als zwinge die Blockierung von Mund und Atmung seinen Verdauungsapparat, in Aktion zu treten; unterstützend trank er noch den Tee. O Gott, ihm war wirklich danach, den Krempel hinzuschmeißen. Sich mal richtig auszuweinen war die Lösung. Sie würde seinen Kopf an ihre Brust legen, ihm den Rücken tätscheln, eine alte schottische Weise singen, bis er von der Klippe stürzte und auf den zerklüfteten Felsen unten zerschellte. Mutterliebe ist vonnöten. Hol mich von der Straße rein, ich muß mich verstecken, verstecken. Wie sie ihn manchmal ansah – es war schrecklich. Schwer zu sagen, ob sie ihn sehen ließ, was sie sah – vielleicht konnte er sie ja ertappen. Oder vielleicht machte sie ja gar nichts, schaute bloß versonnen vor sich hin, und ihr Blick fiel nur zufällig auf ihn, als er über nichts Besonderes hinwegstrich. Nein: Sie sah ihn an und wußte: er würde es jetzt nicht mehr bis nach oben schaffen. Zu spät. Sogar Mutterträume verblassen einmal.

Und als ob er etwas gesagt hätte: diese Anspannung in ihrem Gesicht.

Eins tiefer dröhnte ein Staubsauger. Neue Mieter. In den letzten zehn Jahren ist nur eine Familie aus diesem Haus ausgezogen. Das ist ein Grund, stolz zu sein. In anderen Häusern ein dauerndes Rein und Raus, allgemeine Unruhe, aber nicht hier; hier sind die Leute beständig, sind gute Mieter. Er hatte Griffs Mutter zu Anfang erwähnt, aber das Gespräch war Griffs wegen verstummt, den Mrs. Hines oder vielmehr Hines' Vater nicht mochte; sie konnte Griff nicht leiden, weil sie schon seinen Vater nicht hatte leiden können, der vor ungefähr 15 Jahren hier Stadtgespräch gewesen war.

Sie hatte ihn gefragt, wo er hinzog. Hatte sich schließlich doch gesetzt, vermutlich einen Entschluß gefaßt – manchmal konnte sie bestimmt sein. Diese Abwehr. Hines sah ihr voll in die Augen, als er sagte: Ich weiß nicht, Mama, Sandra hofft, nach Knightswood oder so, aber ...

Eine scheiß Lüge! Sandra hofft überhaupt nichts Derartiges. Sie würde nach K. ziehen statt nach D., aber im Grunde hat sie nie dorthin ziehen wollen. Sie würde hinziehen, wenn sie dort was angeboten bekämen, weil es in der Situation das beste wäre, aber eigentlich hat sie sich um so was nie Gedanken gemacht. Sie wollte bloß weg.

Knightswood ist hübsch, sagte Mrs. Hines, die neueren Viertel aber nicht so sehr.

Ja.

Meinst du, daß ihr große Chancen habt?

Ha! Er drehte sich eine Zigarette, wußte, daß sie sein Hantieren mit dem Reispapier und dem Tabak verfolgte. Ihre Traurigkeit. Nicht weil er rauchte. Im Grunde war sie felsenfest davon überzeugt, daß er bloß aus Eigensinn rauchte. Die Traurigkeit rührte daher, daß die Lage sich so zugespitzt hatte. Heute eine Frau mittleren Alters, folglich damals ein nett aussehendes Mädchen mit geheimnisvollen Träumen, das immer gern am Meer gewesen war. Sie heiratet einen jungen Mann. Sie landen im Viertel D. Das erste Kind kommt, danach die nächsten zwei, dann kommen alle aus der Schule, und jetzt ist sie Großmutter, der älteste Sohn sitzt ihr gegenüber und zündet sich eine Zigarette an.

In Knightswood ein Haus zu kriegen ist nicht gerade einfach.

Herrgott, Mum.

Ist doch so, Rob, erwiderte sie, so als habe er ihr widersprochen. Offensichtlich wußte sie, wußten beide, daß es so gut wie unmöglich war, daß er dorthin zog. Sinnlos, darüber zu reden. Er blies den Rauch in Richtung Decke, machte den nächsten Zug. Sandras Eltern hatten Glück, sagte sie. Als sie heirateten, war es leichter, nicht wie damals, als ich und Dad es probiert haben. Du weißt ja, wir wohnten damals bei seiner Schwester, und es war fürchterlich eng, weil du ja unterwegs warst. Irgendwo mußten wir was Eigenes finden – wir hatten Glück, daß wir hier gelandet sind.

Hines nickte höflich, als sie vom Thema ablenkte.

Warum um alles in der Welt war er bloß hergekommen? Er hätte den Berg hinuntergehen können. Hätte warten und vielleicht mit Griff zum Arbeitsamt gehen können. Nein. Er mußte unbedingt hierher kommen und bleiben und sich Gerüchte über die Glasgower Wohnungssituation vor mehr als einem Vierteljahrhundert anhören.

Los, Mum, komm wieder in die Gegenwart. Aber nein. Sie muß weiterschwafeln. Menschen müssen ihre Erfahrungen dauernd wiederkäuen. Dadurch fühlen sie sich als Herolde eines festgelegten Weltbilds, dessen Durchblick von allen und jedem anerkannt wird. Und dann geht's weiter, dein kleiner Erstgeborener lauscht eifrig, und der Glaube an deine ungebrochene Integrität wird immer größer. Nein.

Schluß mit dem Scheiß.

Wer weiß, woran sie glaubt. Höchstwahrscheinlich glaubt sie an gar nichts, wünscht sich insgeheim den Tod als einen ewigen

Schlaf. Vollkommen vernünftig. Alles andere wäre Unsinn. Es stimmt, sie traut Äußerlichkeiten nicht, und kämen sie als Verkörperung der Güte daher. Nur an absolute Gerechtigkeit glaubt sie vielleicht immer noch. Was totaler Blödsinn ist. Als intelligenter Mensch weiß sie, daß die Welt ist, wie sie ist, und glaubt, weil die Gerechtigkeit nirgends zu finden ist, sei sie einfach bloß nicht zu sehen.

Komm schon, Mum, weg mit diesen merkwürdigen Träumen, sofort.

Dabei eine gutaussehende Frau. Sie macht nicht viel Aufhebens um ihre Erscheinung, sieht aber immer klasse aus. Sandra ist auch ein bißchen so. Söhne und ihre 08/15-Mütter.

Hines grinste sie an. Sie war verstummt. Er beugte sich vor und rieb sich die Hände über dem Feuer. Was von Andy gehört?

Seit letztes Mal nicht.

Ja, ist ja noch nicht so lange her.

Fast 6 Monate, Juli.

Ja, schon, trotzdem …

Du hast auch nichts gehört?

Ich! Ich hab seit 43 Jahren keinen Brief von ihm gekriegt, Brüder zählen heute nicht mehr.

Sie lächelte flüchtig.

Macht dir etwas Sorgen?

Sie lächelte.

Ich hätte es genauso machen sollen wie er. Australien ist ein großes Land, Mum, ich meine, wirklich gewaltig: was für ein Land! Du hast doch nicht etwa geglaubt, er bleibt sein ganzes Leben lang bei Onkel Vic?

Schreiben hätte er wenigstens können.

Ha!

Sie lächelte wieder.

Noch Tee da?

Sie sprang sofort vom Sessel auf. Er hatte nicht gemeint, sie solle welchen holen. Aber er hätte wissen müssen, daß sie es tun würde. So war sie einfach. Vielleicht hatte er gewußt, daß sie gehen würde, und ihr einen Ausweg eröffnet. Himmel, es bricht einem das Herz, wie sie manchmal redet und redet. Gibt überhaupt keinen Grund dafür. Gar keinen. Er stand halb auf und nahm ihr die Tasse ab. Wie geht's Dad?

Oh, ich glaube, Paul fehlt ihm.

Stimmt, ist eine Weile her, daß wir alle hier waren.

Sie erwiderte nichts, was ungewöhnlich war, aber kein schlechtes Gewissen erzeugte. Es gab keinen Grund, ein schlechtes Gewissen zu haben. Sie glaubte das offenbar, doch es bestand nicht der leiseste Grund dafür. Er schwieg, wie um anzudeuten, daß er derselben Meinung war. Der arme alte Mann, da geht er, schleppt sich mühselig durchs Leben mit seinem ältesten Sohn, der mit dem einen und einzigen kleinen Enkel nicht regelmäßig zu Besuch kommt.

Sitzt er immer noch am Fenster?

Ach, verdammt, warum hat er das gesagt! Das hätte er sie nicht fragen sollen. Möge Gott dir verzeihen, Hines.

Er drückte den Deckel von der Dose. Sah zu ihr hinüber. Mit den Hochhäusern ist es nicht dasselbe, was? Verderben die Aussicht.

Oh, man gewöhnt sich daran, und wenn man an der Seite steht, sieht man mitten durch. Anfangs war es schrecklich, aber manchmal denke ich, es ist besser, der Wind ist jetzt nicht mehr so schlimm – weiß du noch, wie stark er immer war … Sie hatte sich ein Plätzchen genommen, zerbrach es in zwei Hälften und aß die eine.

Ach ja, ich hoffe, wir kriegen was mit Aussicht.

Danach hatte sie ihn gefragt, wann er am Nachmittag anfing. Er hängte an die erste Lüge noch ein paar weitere dran. Es störte sie vermutlich nicht besonders, wenn er sich mal einen Tag frei nahm, es sei denn, sein Job geriet dadurch in Gefahr. Sie hatte nur Sorge, daß er aus der Arbeitslosigkeit nicht mehr herauskam wie zum Beispiel dieser Mr. Griffin von weiter unten. Sie dachte Dinge nicht bis zu Ende, sonst hätte sie peinlichere Fragen gestellt. Dabei stellte sie gar keine Fragen, die sie für peinlich hielt. So etwas machte sie nicht. Außerdem hätte er sie sowieso bloß weiter angelogen.

Sie erkundigte sich jetzt nach Sandras Eltern, so als bestünde ein Band zwischen den beiden Seiten. Was natürlich Unsinn war. Sie kam gut mit ihnen aus, aber sein alter Herr konnte sie nicht leiden. Auch egal. Über solche Nebensächlichkeiten regte man sich nicht auf. Dafür ist das Leben zu kurz. Dieses unbekümmerte Mädchen mit den merkwürdigen Träumen. Und seht sie euch jetzt an: enttäuscht, wie ihre eigenen Eltern. Was ist die Antwort? Nicht die Kinder. Das traf für sie nie zu. Es hat eine Weile gedauert, bis Hines das begriffen hatte, aber jetzt weiß er es. Sie hatte nie ihr Leben für die nächste Generation opfern wollen. Sie wollte leben. Der alte Herr, der hat alles vermasselt.

Wie geht's bei der Arbeit? fragte er.

Viel zu tun. Ich soll im Weihnachtsbetrieb voll arbeiten.

Laß dich bloß nicht darauf ein.

Sie lächelte.

Ach, übrigens, ich hab Mrs. Noonan im Einkaufszentrum getroffen. Sie hat gut ausgesehen. Wie hieß der Junge noch mal? Der, der in der Band der Boys' Brigade Dudelsack gespielt hat? Hines grinste.

Donald.

Klar, Donald.

Donald Noonan. Und dann lachte sie das ihr eigene Lachen, fast erstickt, kaum hörbar für andere.

Es war ein alter Witz. Zu einer bestimmten Zeit hatte er geglaubt, es sein bloß ein Witz zwischen seiner Mutter und seinem Vater, doch da irrte er; in fast allen protestantischen Familien der

Gegend wurde darüber gelacht. Mr. Noonan war ein irischer Katholik, der eine schottische Protestantin geheiratet hatte, doch ihre Sprößlinge hatten Namen wie Donald, Angus, Morag oder Fiona und besuchten die protestantische Schule und wurden in die protestantische Kirche mitgenommen.

Mr. Noonan war Katholik?

Ist er immer noch, sagte sie freundlich. War ein netter Junge, dieser Donald, die anderen auch.

Hines schüttelte den Kopf und gähnte. Dies brachte sie auf die Frage, ob er genügend Schlaf bekam bei seinem Schichtdienst, und führte weiter zu der Kleidung, die bei winterlichem Dezemberwetter eigentlich angebracht war. Schließlich ging sie hinaus und kam mit einem in braunes Papier eingeschlagenen Päckchen wieder, das sie ihm gab. Deinem Dad sind sie zu klein.

Er schüttelte den Kopf.

Nein, Rob, wirklich, er hat ein bißchen zugelegt; kannst sie ruhig nehmen und tragen – sind bloß zwei Unterhemden.

Er schniefte. Danke ... Legte das Päckchen auf den Fußboden, griff zur Tabakdose und öffnete sie, schloß sie aber gleich wieder, machte Anstalten, vom Sessel aufzustehen.

Wie kommt Paul im Kindergarten zurecht?

Gut.

Er ist ein aufgeweckter Junge.

Ja, er kann sich sehr gut konzentrieren.

Trotzdem ist er ein aufgeweckter Junge.

Er ist viel allein. Hines zuckte mit den Achseln. Das heißt, er findet es bißchen einfacher, sich zu konzentrieren.

Die Mutter erwiderte nichts, sah auf den Teppich. Das zumindest wußte sie besser als Hines. Sie würde einfach kein Wort mehr darüber verlieren. Wußte es aber besser. Sie setzte sich anders hin: Wie immer, wenn sie versuchte, etwas zu unterdrücken, was sie doch würde aussprechen und was Hines sich würde anhören müssen.

Ich war anders, sagte er, ich konnte nie stillsitzen.

Sie hörte ihn nicht. Vielleicht hatte er gar nicht laut gesprochen. Hätte er doch laut gesprochen! Herrgott, vielleicht merkte er gar nicht mehr, wann er sprach und wann er bloß nachdachte. Sie sprach natürlich selber, davon, daß noch etwas kommen konnte, er hatte schon während der Schulzeit gute Anlagen gezeigt. Er hätte nur zuzugreifen brauchen. Er hatte es schleifen lassen. Hatte sich nie Mühe gegeben! Warum hatte er sich bloß nie Mühe gegeben!

Was? Womit hab ich mir nie Mühe gegeben?

Ihr Lächeln.

Hines schüttelte den Kopf, drückte den Deckel auf.

Kurz darauf mußte sie weiterreden. Deine Zeugnisse, und der eine Lehrer da, der gesagt hat, du nimmst alles auf die leichte Schulter.

War doch Blödsinn.

Sie lächelte wieder.

Nein, wirklich. Das hat doch nicht gestimmt.

Er hat es jedenfalls so gesagt.

Ich weiß, aber da lag er falsch. Vielleicht hat er ja gedacht, er hat recht, hatte er aber nicht. Ich hab vieles einfach nicht kapiert. Und dann hab ich so getan, als interessiert es mich nicht.

Sie schüttelte den Kopf.

Mum, es … Er seufzte.

Sie sah ihn nicht an, als sie sagte: Du hättest in der Schule bleiben können, wenn du gewollt hättest.

Nein.

Doch. Hättest du, wenn du dir Mühe gegeben hättest. Und das weißt du auch, Rob, du weißt, daß du Abitur hättest machen können.

Herrgott.

Sie sah auf den Teppich.

Als er rauchte, sagte er: Mein Fahrer, der, mit dem ich Dienst hab, der macht es in der Abendschule nach. In Englisch und Geschichte. Außerdem will er Vertrauensmann werden. Der will es in der Welt noch zu was bringen.

Dein Fahrer?

Ja, Willie, Willie Reilly – weißt du nicht mehr, ich hab ihn vor ein paar Jahren mal zu Neujahr mitgebracht.

Oh … Sie nickte unbestimmt; entweder hatte sie gerade auf Durchzug geschaltet oder es schon ein paar Sätze zuvor getan.

Seine Frau ist an der Pädagogischen Hochschule. Eine rosige, lichte Zukunft. Die haben ja auch keine Kinder. Ehrlich gesagt, Mum, ich hab überlegt, ob ich eine Revolution anzetteln soll: Kirilow. Ein Schuß, und nur einer. Was meinst du?

Sie atmete durch die Nase, ihre Methode, eine rhetorische Frage unbeantwortet zu lassen. Und er mußte das Im Ernst unterdrücken, das ihm schon auf der Zunge lag, und fing von etwas ganz anderem an. Er zog an seiner Zigarette, warf einen Blick auf die Uhr, die auf dem Schränkchen unter dem Boiler stand. So schwierig ist das Leben nicht. Er lachte leise. He! Weißt du noch, wie Grandpa sich immer hinter der Tür versteckt und uns seine Mütze zugeworfen hat?

Sie lächelte.

Und das eine Mal, Andy duckt sich und sie fliegt Dad an den Kopf, als er gerade eine Teller Suppe ißt!

Ihr blieb nichts übrig, als laut loszulachen. Hines schüttelte den Kopf, lachte ebenfalls. Er hatte einen gräßlichen Humor, fügte sie hinzu. Ein richtiger Highlander.

Er hat Grannie sicher in Verlegenheit gebracht.

Oh … Sie lachte auf.

Komisch, sehr komisch. Wie man eine solche Kraft haben konnte, darüber hatte er sich schon bei verschiedenen Gelegenheiten gewundert. Hier: ein manisch-depressiver Mistkerl, der andere mehr oder weniger nach Belieben zum Lachen bringen kann. Gehört natürlich eine gehörige Portion Hochmut dazu, unbedingt. Blanke Erleichterung ihrerseits: Gott sei Dank brauchen sie nichts Niederträchtiges zu tun. So ein Theater.

Beim Gehen hatte seine Mutter ihm noch eine zweite Tasche aufgedrängt, eine vom Typ Plastiktragetasche. Er verabscheute es, von ihr mit Tüten behängt zu werden, aber Methoden, es abzuschlagen, waren nicht immer zur Hand. Als er die Treppe hinunterging, spähte er hinein: eine Dose kalter Schinken, ein Ingwerkuchen, ein Päckchen Kekse aus Roggenmehl und ein Umschlag mit 2 £ darin.

Gäbe es eine Gerechtigkeit auf der Welt, hätte er das alles Griff gebracht. Und der wäre auf der Stelle umgefallen. Hätte ihm die Sachen um die Ohren gehauen, steck dir deine milden Gaben sonstwohin, du Arsch. Nein, hätte er nicht, er hätte mit den Achseln gezuckt und Rita gerufen. Nein, hätte er nicht. Hines hätte das sowieso nicht gemacht, ist also nach allen Regeln der Vernunft kompletter Unsinn.

Ein Mann schüttete, wie's aussah, kochendes Wasser auf die Frontscheibe seines Autos. Bestimmt brach das Glas. Es brach natürlich nicht, die Eisklümpchen waren bloß weggeschmolzen. Den Kopf über Hines schüttelnd, schaute der Mann zum weißen Himmel hinauf, reckte die geballte Faust in die Höhe und lächelte gutmütig.

Die Parzen, sagte Hines. Vorsicht!

Der Mann nickte. He, sagte er, haben Sie zufällig Feuer?

Hines reichte ihm die Streichholzschachtel und wartete, bis er sich die Zigarette angezündet hatte.

Ich hab mein Feuerzeug oben vergessen, sagte er, als er die Schachtel zurückgab. Danke.

Ein Stück weiter hatten Kinder auf dem Gehweg eine Rutschbahn angelegt. Nun war sie zwar mit Sand bestreut, aber immer noch brauchbar. Sie sah gefährlich aus – wenn ein Kind sich verschätzte, konnte es beim Schlittern leicht bis auf die

Straße geraten, die so steil war, daß Autos nicht mehr anhalten konnten. Hines stopfte seine Schaffnertasche in die Tragetüte, zog die Mütze auf seinem Kopf fest und schlitterte nach kurzem Anlauf bergab, wurde ein ganzes Stück weit getragen, blieb aber im Gleichgewicht. Nicht gerade aufregend, aber befriedigend – es war ja schließlich nur eine Kinderbahn. Trotzdem, der leichte Kitzel, dieser sorglose Leichtsinn und so weiter.

Den Berg halb hinab, erhaschte er einen Blick auf den bleichen Himmel über den Old Kilpatricks, deren Spitzen weiß bestäubt waren. Wenn das die Schweizer Alpen wären, wäre Drumchapel sein Gewicht in Gold wert.

Der Kerl ist ja ganz aus dem Häuschen.

Das läßt sich leicht erklären. Die kurze Reminiszenz an den Großvater hat ihn und seine Mutter aufgeheitert, so daß das Abschiednehmen unter gedämpften Bekundungen gegenseitigen Verstehens vonstatten ging. Versteht sie ihn wirklich? Klar doch. Sie weiß ganz genau, warum aus ihm nichts werden kann in der Welt, in der sie beide leben. Sie kann ihm bloß nicht darin beipflichten, daß es für ihn keine anderen Möglichkeiten geben soll. Sie versteht zwar nicht das geringste davon, aber sie kennt ihn gut genug, um zu wissen, wenn er schließlich etwas unternimmt, könnte das etwas Bestürzendes sein.

Er lächelte über eine ältere Frau; sie kämpfte sich auf dem grasbewachsenen Streifen neben dem Pflaster vorwärts, zwei Einkaufstüten als Ballast, den Blick beim Vorübergehen zu Boden geheftet. Vermutlich wohnte sie im 19. Stock des scheiß Hochhauses. Aber es ist nicht ihre Schuld, daß sie eine blöde Geistesgestörte ist. Sie mußte mit 13 von der Schule abgehen und in einer schlecht beleuchteten Wäscherei schuften, hat sich den Hals verrenkt beim Lesen im schwachen gelben Schein der Abendstunden, der Vater ganz geschafft in einem dieser Arbeitslager, die es in den 30ern in Ayrshire gab, die Mutter im Armenhaus. Mach dir nichts draus, Alte, Gott wird's schon richten, das verheißene Land der ewigen Seligkeit gleich hier hinter den Bergen. Im Winter zwar erbärmlich feucht, aber das kommt von den tiefhängenden Wolken. He, kennst du den über den dreibeinigen Priester in Ballymurphy? Sehr seltsam. Die Erde muß aber kein trostloses Ding sein. Zieh die 54. Zwiebelschale ab, ein Recke wird die Aufgabe schultern. Es gibt ein Lied. Es gibt ein Lied, dessen Titel Hines im Moment nicht einfällt, obwohl es zweifellos genau dazu paßt. Ehrlich gesagt müßte sein Gedächtnis mal kräftig durchgeschüttelt werden. Andere Leute haben die entlegensten Einzelheiten sofort glasklar parat. Vielleicht stimmt mit dem Kerl ja etwas nicht. Selbst belanglose Kleinigkeiten, Bezeichnungen zum Beispiel, sind bei ihm bei den unpassendsten Gelegenheiten auf einmal wie weggeblasen. Aber daß er mit Rita getanzt hat, lange bevor Sandra in seinen Bus einstieg, daran erinnert er sich gut. Sie und Griff haben jung geheiratet und waren in der Lage, ein paar Partys zu geben, ohne sich darum scheren zu müssen, daß ihren Eltern das womöglich nicht gefiel. Sie hatte sich an ihn geschmiegt. Es war umwerfend. Armer Griff, die Jungs standen Schlange, wie üblich schrecklicher Frauenmangel.

Aber jetzt ist nicht die Zeit für Brüste.

Und ergeben sich solche Gedanken zwangsläufig, wenn man gerade von der eigenen Mutter kommt? Ja. Nein. Keine Ahnung. In Momenten der Freude hüpft einem Manne halt das Herz im Leibe.

Laß den Quatsch.

Die Stimmung düster, als er kam, dann gleichmäßig den ersten Teil des Besuchs hindurch, dann irgendwie weniger düster, bis – bums – Auftritt des anderen Leuten grundlos Mützen an den Kopf werfenden Großvaters.

Na bitte. War er also doch kein elender Mistkerl. Zuletzt ein bißchen kindisch, aber ganz in Ordnung, man hatte es nicht leicht in diesem goldigen grauen Scheißhaufen von Stadt, wenn man aus den freiheitsliebenden Highlands oder von den Inseln hierher kommen mußte.

Er ging in das Einkaufszentrum und auf der anderen Seite wieder hinaus in Richtung Bibliothek. Aber das war in Ordnung. Er ging sogar hinein. Die Wände waren gestrichen. Die gesamte Einrichtung hatte sich verändert. Er fand einen freien Stuhl, auf dem stellte er die Tragetüte ab und ging sich etwas zu lesen suchen.

Die Tüte stand auf dem Boden, als er wiederkam. Er sah sich um, doch niemand gab sich als Täter zu erkennen. Er schob die Tüte unter den Stuhl und setzte sich, las die Wörter auf dem Schutzumschlag seines großen Buchs. Setzte die Mütze ab und legte sie auf die Tüte. Sein Kopf machte sich bemerkbar, er spürte einen gewissen Druck im oberen Nasenbereich und in den Augenhöhlen und ein leichtes Ziehen in den Schläfen, ihm juckten auch die Füße – sicherlich eine Reaktion auf den plötzlichen Temperaturumschwung. Hier war es heiß und stickig, seine Stiefel waren durchgeweicht. Jetzt lief ihm auch noch die Nase. Außerdem brauchte er eine Zigarette. Er mußte eine rauchen. Er hatte seit dem Verlassen des Hauses nicht geraucht, und jetzt konnte er nicht. Gerade jetzt kein Taschentuch zu haben! Er mußte dauernd die Nase hochziehen. Er legte eine Pause ein, es war unmöglich. Blieb reglos sitzen, widerstand allen möglichen Impulsen, das Wasser sammelte sich, er hob den Arm, um die Tropfen mit dem Aufschlag des Uniformärmels aufzufangen, bevor sie auf das Buch fielen. Hätte er doch bloß ein Glas Milch! Milch wirkt Wunder bei laufenden Nasen, sie sorgt dafür, daß sich die wäßrige Flüssigkeit zu Schleim verdickt, so verstopft die Nase und läuft nicht mehr. Er langte unter den Stuhl und zog das Päckchen in dem braunen Papier hervor. Er würde bloß das Papier verwenden. Ein Sakrileg, bloß an die Unterhemden zu denken – die würde er nie anziehen. Nein, diese Unterhemden blieben definitiv ungetragen – zumindest bis zu dem Zeitpunkt, an dem keine T-Shirts mehr in der Kommode lagen. Und das ließ Sandra nur selten zu – obwohl es manchmal den Anschein hatte, als rangiere sein Wäschebedarf im Hinesschen Haushalt erst an dritter Stelle. Zu spät, um nach Hause zu gehen. Bis er dort war, ging sie und steckte Paul in den Kindergarten. Bevor sie in ihr Büro weiterhastete. Sinnlos, daran zu denken.

Sie würden alle einen schweren Kopf haben, mit etwas Glück Durchfall. Das Mädchen, das Geburtstag hatte, stand im Mittelpunkt. Du bist schuld, daß wir alle einen Brummschädel und einen roten heißen Arsch haben, du Idiot. Offenbar kam alles so, wie sie es gesagt hatte. Wenn Sandra gehen wollte, würde sie gehen. Lieber Rob, unser bisheriges Leben war nicht die reine Freude. So empfinde ich das, und deshalb hab ich den Jungen genommen und bin abgehauen. Aber sie ist so ehrlich, daß sie Paul dalassen müßte. Dann wäre er gezwungen, bei den Bussen aufzuhören, um sich richtig um ihn kümmern zu können, zumindest bis er in die Schule kam. Und danach: alles offen. Ein unermeßlicher Raum. Nach Australien emigrieren. Onkel Vic würde ihn die ersten Monate bei sich aufnehmen, bis er etwas Geld zusammenhatte, und dann ab ins Outback und sich mit Andy zusammentun, eine dieser kleinen Schafscherer-Stationen.

Blödsinn.

Er putzte sich die Nase an einem Stück von dem braunen Einschlagpapier und stopfte es in die Jackentasche, zog dann die Jacke aus und hängte sie über den Stuhl. Eine Frau hatte ihm einen Blick zugeworfen – die Bibliothekarin vielleicht. Wahrscheinlich hatte sie die Tüte vom Stuhl genommen. Sie trug ein Kleid aus einem weichen Stoff, das ihr am Körper klebte.

Er besah sich das Buch. Große illustrierte Bilder anthropologischer Art. Es war ein Fehler, das aus dem Regal gezogen zu haben, er würde sicher einen Ständer kriegen, und sie würde es sehen und ihn anzeigen. Komm her, du, du wartest in meinem

Büro, bis die grüne Minna kommt, so eine Frechheit, einen Ständer kriegen in meiner Bibliothek, verzieh dich zu deinen Bussen, da wo du hingehörst! Aber Busse sind genauso schlecht. Du sitzt da, kümmerst dich bloß um deine Angelegenheiten, und mit einemmal – rumms. So war es mit Sandra gewesen. In einem alten Stadtbus – einer von denen, die hinten einen Einstieg ohne Tür haben. Im Winter saukalt, aber im Sommer herrlich. Der Bus war fast leer, und Hines saß da und paffte gemütlich eine Players' Plain – denn damals war die Idee mit den Selbstgedrehten noch nicht geboren. Er saß auf dem Notsitz, eine Stufe über dem Einstieg – der Schaffner hatte in Habacht zu sitzen, damit er sich drehen und mit minimalem Aufwand an der Strippe ziehen konnte, wenn nötig – klingeling; der große Nachteil bestand darin, daß die Fahrgäste nach Lust und Laune einfach aufspringen konnten. Und Sandra wußte so gut wie jeder andere, daß von allem, was ein/e Busschaffner/in gar nicht gern sah, das unaufgeforderte Aufspringen auf den Einstieg dem Faß den Boden ausschlug. Das erklärt auch, warum sie sich sofort auf den seitlichen Sitz ihm direkt gegenüber pflanzte. Sie schämte sich zu sehr, um weiterzugehen. Ihr Gesicht war gerötet, Folge des Aufspringens an einer Ampel. Dann errötete Hines. Wie sah sie überhaupt aus? Das weiß nur Gott. Das gerötete Gesicht, dieser bestimmte Ausdruck; Sandra, wie sie leibt und lebt. Sie hatte ihr Portemonnaie aus der Handtasche gezogen und pusselte mit den Münzen herum. Aber Hines war hin und weg. Er konnte nicht mal das Fahrgeld kassieren. Er mußte sitzen bleiben und aus dem Fenster glotzen, dann das Zucken, die Enge in der Kehle, keinen Millimeter mehr breit, und sein Gesicht natürlich, das wurde dunkelrot. Und zu merken, wie sehr er sie in Verlegenheit brachte: ihre Hand wanderte zu ihrem Hals, nestelte am Kragen des Dings, das sie anhatte, prüfte, ob er richtig lag oder so, während der Bus vibrierend in das berühmte K. hinausrollte. Bis zu dem Zeitpunkt hatte sie ein behütetes Leben geführt. Das hat man davon, wenn man aus so einer scheiß Gegend mit hoher Wohnqualität kommt.

Er zog das braune Papier aus der Tragetüte, um sich noch einmal die Nase zu befreien, und steckte den Fetzen in die Hosentasche. Die Feuchtigkeit ging durch den Stoff hindurch. Wär vielleicht eine Idee, Strumpfhosen anzuziehen. Etliche männliche Grünträger taten es bereits – hauptsächlich Fahrer, um der durch die Kabinentür pfeifenden Zugluft ein Schnippchen zu schlagen. Oder lange Unterhosen. Die wurden offenbar noch hergestellt – obwohl Hines sich nicht erinnern konnte, in Geschäften je welche gesehen zu haben. Das ist das Dumme heutzutage. Aber bei 3 bevorstehenden Wintermonaten waren 2 Paar sicher eine lohnende Anschaffung.

Die scheiß Busse mit den defekten Heizungen, mit anderen Worten: 60% der gesamten Flotte. Ach, was gäbe er für einen Sandstrand, auf den die Sonne niederbrennt, für abgeschiedene Dünen; einmal waren sie, er, Sandra, ihr dämlicher Bruder und seine Frau, mit dem scharfen Cortina zum East Neuk of Fife rübergefahren: dann, als sie irgendwo angehalten hatten, das herrliche Vögeln, langsam und gemächlich, ferne Geräusche durch das hohe Schilf, man wollte nur die Augen zumachen und lauschen, das leicht Klebrige der Berührung, Haut an Haut.

Das Buch war nun zu. Er hob es ein wenig an. Die Frau versteckte sich vermutlich irgendwo und beobachtete ihn. Er betrachtete den Fußboden. Aus irgendeinem Grund waren seine Schultern verspannt. Woher kommt so was bloß? Den einen Moment geht's dir noch gut, und im nächsten ist es so, als gäbe es einen bestimmten Grund, warum es dir nicht gutgehen soll, obwohl du diesen Grund nicht erkennst. Er war jetzt auf den Beinen, nahm die Uniformjacke vom Stuhl, stopfte die Schaffnertasche wieder in die Tragetüte zu den zusammengefalteten Unterhemden und den Fressalien und ging zurück, um das Buch wieder ins Regal zu stellen. Er nickte der Person am Schalter zu und war schon die Treppe hinunter und draußen – Himmel, es war herrlich, aber jetzt mußte er sich beeilen, blieb ihm nichts anderes übrig. Aber es war herrlich, Leute beim Einkaufen und das alles, zweifellos auch bekannte Gesichter darunter.

Auf dem Weg hinüber zum Pub verfiel er mitten im Gehen in eine Art langsamen Quickstep; ihm war danach, ganz stehenzubleiben, um sich zu vergewissern, ob er okay war, brach er jetzt zusammen oder was, irgend etwas stimmte nicht, nicht mal die Gehsteigplatten, als verschöben sie sich gegeneinander, kippten aber nicht hoch, seine Stiefel drückten sie nach unten. Seine Nase in der Bibliothek, gut möglich, daß er wirklich eine Erkältung bekam, das waren die ersten Anzeichen – die schnellen Temperaturumschwünge, und er keine richtigen Wintersachen an, immer dieselben, ob Sommer Winter Frühling oder scheiß Herbst, immer dieselben Klamotten, gut möglich, daß der Organismus zu guter Letzt doch schlappmachte, und kein Wunder, kein Wunder. Die Tür. Was jetzt? Rein.

Er paßte so gut dazu. Er hatte sein Glas an einem guten Platz in der Nähe der hinteren Wand abgestellt und ging wieder nach vorn und holte die heiße Pastete mit den Bohnen ab. Während er ihn bediente, setzte der Barkeeper sein Gespräch mit einem anderen Gast fort, so als würde er Hines kennen. Und der brauchte bloß seinen Namen zu nennen, und schon kam jemand zu ihm: Ach, ja, Bobby Hines' Junge. Keine Sorge, er spricht immer von dir.

O Gott.

Es ist herrlich. Und so einfach. Frank! Wie geht's, Mann! Lange nicht gesehen. Hier trinkst du also dein Bier, hm. Die Welt ist doch ein Dorf, echt. Wenn der Barkeeper das nächste Mal in seine Richtung sah, müßte Hines sein Glas Dunkles fallen lassen: Es schlägt auf dem Boden auf, Bier, das sofort breitläuft, und zerbrochenes Glas. Du da, du Mistkerl ohne Hände, sieh zu, daß du rauskommst, und laß dich hier nie wieder blicken! He du, wart mal, he, langsam, das ist der Sohn von Bobby Hines, den kannst du nicht einfach vor die Tür setzen. So eine Frechheit. Komm, Sohn, zurück auf deinen Platz – trinkst du noch eins? Setz dich, dann geht's dir gleich besser. Ein bißchen benommen, der Kopf und so, wird schwer. Ich weiß, Sohn, ich weiß, wie es ist, gehen einem Sachen durch den Kopf und so weiter, nein, nein, setz dich mal für 'n Augenblick ruhig hin, bringt nichts, was zu überstürzen.

Bei dem vielen Geld, das die einnehmen, sollten die Brauereien wenigstens 'ne anständige Heizung einbauen lassen. Mit dieser Einsparung stellen sie sich doch selbst ein Bein: je wärmer dir wird, desto mehr Durst kriegst du.

Er berührte die Pastete mit dem Finger, ob sie vielleicht noch zu heiß zum Essen war? Eigentlich wollte er sie gar nicht essen. Ihm klapperten die Zähne. Er unterdrückte es. Fast nach Lust und Laune kann er sie klappern lassen. Ist eine komische Sache, der er schon oft auf den Grund gehen wollte. Können alle Leute mit den Zähnen klappern, oder ist er eine Ausnahme? Dann gähnte er, was wohl bedeutete, daß er ruhiger wurde. Sein Geld reichte für einen Whisky. Er stand auf und ging an die Bar, um sich einen zu holen, bekam ihn und das Wechselgeld von 1 £, der Mann am Tresen nickte, als er fragte, ob eine Limonade inbegriffen sei. Die Flüssigkeit schwappte im Glas, als er sich setzte und es auf dem Tisch festhielt. Waren das die Nerven oder bibberte er so? Und falls letzteres, waren vermutlich eher die Nerven schuld als die fehlende Heizung. Sah so aus, als wäre er in einer fürchterlichen Verfassung. Er drehte sich eine Zigarette. Trank jedoch erst einen Schluck Whisky, bevor er sie anzündete. Er hätte kotzen können von dem Geruch. Obwohl er das Zittern anscheinend nicht unterdrücken konnte, fühlte er sich jetzt eindeutig besser. Er zitterte hörbar und trank vom Bier, das fad geworden war nach dem Schnaps, aber auf angenehme Art, und leckte sich die

Lippen, bereit, die Zigarette zu genießen, vielleicht sogar die Pastete. Er biß ein Stück ab. Nicht so gut. Schottische Pastete wird überschätzt. Der Whisky jedoch nicht. Das können wir wirklich, ihr Ärsche. Himmel, er mußte scheißen. Ausgerechnet jetzt.

Und das ganze Zeug in der Tragetüte? Er könnte sie mitnehmen, aber so was sieht lächerlich aus, als vertraue er Fremden nicht.

Unglaublich: der Drang wird unwiderstehlich. Woher kommt das in Gottes Namen. Das Verkehrsministerium muß sich einen Großteil der Schuld anrechnen lassen, so wie es die innere Uhr des gemeinen Grünträgers durcheinanderbringt. Für den ist Stuhlgang nämlich tagtäglich ein Abenteuer, denn er gehört nicht zu den von 9 bis 5 Arbeitenden, die eine hierfür vorgesehene Einrichtung vorfinden; ganz im Gegenteil, es kann passieren, daß man um 3.30 Schwerstarbeit an der Toilettenschüssel vollbringt, sofern man eine scheiß Toilettenschüssel unter dem Arsch hat; zum Mobiliar und Inventar eines Busses gehört die nämlich nicht. Ein paar Fahrgäste wissen um die Existenz dieses Problems, daher der amüsierte Blick – oder das ungläubige Staunen –, wenn der Bus, in dem man sitzt, vor einer öffentlichen Einrichtung parkt, sofern man überhaupt das Glück hat, eine offene zu finden. Sie begreifen auch nicht, daß das Eintreffen eines Inspektors die Sache nicht zu beschleunigen vermag, sondern höchstens einen verlegenen Wortwechsel zwischen besagtem Vorgesetzten und glücklosem grün Uniformierten zeitigt.

Vielleicht ist Hines ja verrückt geworden. Die Gefahr besteht immer. In letzter Zeit beobachtet er sich selbst und sieht alles, was er tut, im Zusammenhang mit Gesichtern, eine Ergänzung zu der in früheren Jahren praktizierten Methode, durchs Leben zu kommen. Erreicht hat er damit, daß er jetzt lächerlich geworden ist. Aber auf ganz eigene Weise. Vielleicht ist er bloß erbärmlich. Erbärmlich und ein bißchen lächerlich.

Wahnsinn. Es ist wirklich Wahnsinn. Es ist absolut lächerlich, es ist dumm, verrückt, er ist ein verrücktes Arschloch, und der nächste Schritt ist, nicht gerade jetzt aufzuhören, sich klar abzugrenzen, ist, nicht mehr ein integraler Bestandteil zu sein von ...

Reillys Reaktion wäre totale Ungläubigkeit. Reilly würde sagen: Ich glaub's nicht. Und dann wäre der Unterschied zwischen ihm und Hines endlich greifbar, dann wäre klar, daß letzterem auf seinem Weg durchaus das eine oder andere Schlimme widerfahren kann und auch wieder nicht.

Blödsinn.

Er behielt die Tür im Auge und spielte mit seinem leeren Bierglas herum, der Whisky war auch alle, die Pastete zur Seite geschoben, eingetrocknet. Das Geld reichte noch für mehr als ein drittes Glas, aber er holte es sich nicht. 3 Bier und 1 Whisky waren vielleicht zuviel. Manchmal war er dann halb betrunken und manchmal nicht. Es hat Zeiten gegeben, da hat er in der Mittagspause bloß 2 Bier getrunken und ist später auf seiner letzten Reihe eingepennt, die Füße auf dem Sitz davor, und kein Mensch weiß, was dann war, wie die Fahrgäste damit zurechtkamen, allerdings mußte er auch nie im Büro des Bereichsleiters antanzen und sich dafür rechtfertigen.

Der Alkohol hatte gewirkt. Er merkte es daran, wie er sich fühlte. Außerdem hatte er Bauchschmerzen. Beim Scheißen hatte sich gezeigt, daß es schon fast Durchfall war. Vielleicht hatte er wirklich irgendeine Krankheit. Er lief in 6 Jahre alten Stiefeln rum, war allen möglichen Temperaturumstürzen ausgesetzt, dabei waren seine Batterien sowieso schon leer, er brauchte eine echte Auszeit, wenn irgendein scheiß Arzt das bloß mal kapieren würde, aber nein, wohingegen Arschlöcher wie Reilly bloß in ein Sprechzimmer hineinzuspazieren brauchen und schon die Krankschreibung für eine Woche oder gar für 14 Tage in die Hand gedrückt kriegen, diese Ungleichheit im Gesundheitswesen, wirklich verblüffend, die Ärzte, diese Wichser, behandeln gerade diese Frage jeder wie er will. Seit Pauls Geburt hatten sie keinen richtigen Urlaub mehr gehabt. Bloß ein paar Tage fort von alledem, mehr war nicht nötig, mal was anderes sehen, die Möglichkeit, zusammen und allein zu sein, am Meer, still, sich einfach nur treiben lassen, und hinterher irgendwohin schlendern, ein nettes Kohlefeuer brennt, Paul für die Nacht im Bett und sie beide bei ihm, Karten spielen oder so, das Radio so leise gedreht, wie es geht, und Brot rösten mit einer langen Gabel und dann nach oben auf den Dachboden ins Bett, und morgens beim Aufwachen als erstes die Überraschung, daß das alles wahr ist, daß sie hier sind, ein Hauch von Seetang in der Luft, und mit einem Satz raus aus dem Bett und runter ans Wasser. Sandras Traum. Das wünscht sie sich mehr als alles andere. Mal ganz raus aus Glasgow. Sie will nicht in Glasgow sein, weder in Drumchapel noch in scheiß Knightswood, sie will weg, richtig weg, will raus hier, sich keine Sorgen machen müssen um die Dinge, bei denen einem der Schädel zerspringt, die Enge im Kopf, der Schmerz, wenn er sich zusammenzieht und einen ganz schwach macht. Hines spürt etwas – einen Brechreiz vielleicht, vielleicht ist er krank, er fühlt sich krank. Der scheiß Bauch. Die Nerven natürlich. Er sollte lockerlassen. Die Schultern waren so beschissen verspannt, sind sie immer noch. Nach dem Lockerlassen verspannen sie sich gleich wieder. Er kann sie nicht mal richtig lockern. Jedesmal, wenn er es probiert, muß er es noch mal probieren, so als ließen sie sich einfach nicht lockern, nicht im Moment jedenfalls.

An den Tischen ringsum das Reden und Nicht-Reden, an einem wird eine Runde Domino gespielt. All die alten Säcke da spielen Turnier, um Himmels willen nicht stören, wir könnten aufwachen, Tür zu und laß die scheiß Kälte draußen, wir haben keine Zeit für solche wie dich, du Arsch, ja dich mein ich, was glaubst du, was du hier machst, reinkommen und dein scheiß Bier trinken und die Grundherren zum Kampf herausfordern.

Erstaunlich, wie sie da sitzen, als wär's auf ewig, wie hingepflanzt, das Leben, das sie sich anmaßen mit der Festigkeit dieses Sitzens, während ringsherum überall Feuer lodern und der Gestank alles unter der Sonne erfüllt, das Weinen und Schreien der Gefolterten, die Bäuche der scheiß Kinder da und ihrer Großeltern, ihre scheiß Rippen, Gott, seht euch das an, wie die Rippen vorstehen. Was macht die Individualität aus? Ihm ist es einerlei, was sich in dem Punkt über ihn sagen ließe, das ist alles zu durchsichtig. Die Sonne geht doch unter, und der weißlich-graue Himmel. Man kann aufsteigen auf der Leiter und dem alten Herrn von oben zuwinken, da ist er, der gesunde 50-jährige am geteilten Vorhang, wenn das Licht aus ist, gute Reise, Captain. Hines stand von seinem Platz auf und sammelte sein Hab und Gut zusammen; falls Frank irgendwo war, dann nicht hier. Erleichtert war er nicht, wenn es nicht jetzt sein sollte, dann eben nächstes Mal.

* * *

Auf dem Heimweg vom Kindergarten tat Hines so, als seien ihnen garstige Ungeheuer auf den Fersen, und das gefiel Paul. Dann überredete er ihn zum Saubermachen und Aufräumen, bevor er das Essen kochte, und als Sandra kam, war alles fertig. Er ging lässig über das meiste hinweg, doch sie war still. Sichtlich müde, offenbar überrascht über den Zustand der Wohnung, froh, zu sehen, daß das Essen auf den Tisch gestellt werden konnte. Er verschwieg ihr, daß er nicht zur Arbeit gegangen war, doch da sie selbst keine Lust zum Reden hatte, brauchte er auch nicht viel zu sagen.

Sie setzten sich zum Essen.

Wenn Hines nicht Hunger gehabt hätte, wäre ihm gar nicht nach Essen zumute gewesen. Paul ging es anscheinend ähnlich, er saß bloß da und drückte mit der Gabel auf den Kartoffeln herum.

Dann war es auf einmal so, als hätte sie schon längere Zeit nichts gesagt, und das Kratzen des Bestecks auf dem Geschirr war lauter als sonst, so als stünde die Mitteilung einer schrecklichen Nachricht unmittelbar bevor. Oft redete sie während des ganzen Abendessens hindurch. Die lächerlichen Dinge, die die Leute bei der Arbeit machten, amüsierten sie. Sie konnte Hines zum Lachen bringen, wenn sie davon erzählte. Ab und zu merkte sie, was sie sagte, und hielt sich zurück; betonte, das, worüber er lachte, hätte nicht mit ihr zu tun, sondern lag an den komischen Eigenheiten der Leute. Sie war sehr beliebt im Büro. Und offenbar machte sie ihren Job sehr gut, sonst würde Mr. Buchanan nicht so viel von ihr halten. Wenn sie wollte, konnte sie vollzeit anfangen. Das hieß, wenn Hines wollte. Wenn er ihr keine Steine in den Weg legte. Wenn er es ihr nicht schwermachte, würde sie vollzeit anfangen, nach Neujahr vielleicht. Eines kommt zum anderen; die Traurigkeit, die macht alles so schrecklich. Sandra war früher nie traurig, aber jetzt ist sie es schon seit ewigen Zeiten. Das war ihm nicht entgangen. Warum war er nur so machtlos dagegen? Früher hat er sie zum Lachen gebracht. Mühelos. Es gelingt ihm immer noch, aber nicht mehr so oft. Dabei ist genau das das Rezept einer guten Ehe. Wer hat das gesagt? Einer ihrer Onkel, bei der Hochzeit. Das war Lex McLeans Geheimnis, nur Frauen unter seinen Zuhörern, und alle brüllten vor Lachen. Das ist der Trick, Sohn, so macht man das. Sieh dir Sandras Ma an, würde einem zwar nicht im Traum einfallen, sie anzusehen, aber das Mädchen hat immer gern gelacht.

Es stand schlecht. Sie war definitiv wortkarg. Beim Hereinkommen hatte sie etwas gesagt – leise, aber immerhin. Wovon hatte sie gesprochen? Drumchapel. Sie hatte es erwähnt, als sie von gestern abend sprach, aber so, als sei's heute gewesen, als sei das ein interessanter Zusammenhang mit dem Tag davor. An dem Punkt war das Gespräch versiegt. Was sagte er dazu? Drumchapel. Er nahm Paul nicht mit, weil er allein hingehen wollte. Er hatte mit ihm ins Schwimmbad gehen wollen, konnte aber nicht, weil er nach Drumchapel ging. Er hatte das Schwimmengehen verschoben, weil er seine Eltern besuchen wollte, allein, vielleicht mit dem alten Herrn ein Bier trinken gehen. Er konnte Paul auch nicht vom Kindergarten abholen, so daß sie mit einer der anderen Mütter etwas ausmachen mußte. Und als sie zu der anderen Mutter ging, war Paul nicht dort, weil Hines ihn vom Kindergarten abgeholt hatte, statt draußen in Drumchapel zu sein. Also, sie saß jetzt hier, ihm gegenüber.

Er zwinkerte Paul zu. Was würde aus ihm werden? Es war bestimmt am besten, daß er nicht extrovertiert war, die in sich gekehrte Seite half ihm vielleicht, dies leichter zu überstehen.

Er stand vom Tisch auf und goß den Tee ein. Er stellte ihr die Tasse neben den Teller und setzte sich in seinen Sessel.

Sie sprach mit Paul.

Er sollte aufstehen und ihr die Schultern massieren, ihr das Haar glattstreichen. Allein schon, wie sie neuerdings lächelte. Und dann gestern abend.

An der hinteren Wand in der Nische zeichnete sich ein Rechteck ab. Dort hatte ein Bild gehangen. Hines hatte es vor ein paar Tagen abgenommen. Das Bild gefiel ihm. Er nahm es ab und zerknüllte es und warf es in den Mülleimer. Warum hatte er das getan? Das war dumm. Er hatte sich damit bestrafen wollen, aber vielleicht dachte sie, er habe sie bestrafen wollen. Ihr gefiel das Bild auch.

Warum hatte sie nichts dazu gesagt, daß das Bild nicht mehr da war? Er wollte doch um Himmels willen nicht sie bestrafen, nur sich selbst. Er widerte sich selber an. Weil er etwas zu ihr gesagt hatte, das nicht stimmte. Er hatte das Bild von der Wand genommen, um sich dafür zu bestrafen, daß er ihr Unsinn erzählt hatte. Er hatte sich während einer abends beginnenden Spätschicht krank gemeldet, um nach Hause gehen zu können.

Hatte ihr aber etwas anderes weisgemacht. Nämlich daß man

ihm eine Schicht mit einer langen Essenspause aufgehalst hatte. Warum hatte er das getan, es war dämlich. Er wollte nach Hause. Er hatte sich krank gemeldet, um sofort nach Hause gehen zu können, weil er einfach nicht mehr in der Arbeit bleiben konnte.

Aber das hätte er ihr sagen sollen, statt ihr diesen Unsinn aufzutischen, sie anzulügen. Warum hatte er ihr etwas vorgemacht? Es wäre doch in Ordnung gewesen. Mehr als das. Sie haßt diese abends beginnenden Spätschichten noch mehr als er selbst, sie hätte nichts dagegen gehabt, daß er sich krank meldete, um nach Hause gehen, bei ihr sein zu können.

Er nahm die Hände herunter, die er vors Gesicht geschlagen hatte, die Fingerspitzen in die Augenwinkel gedrückt, die Lider geschlossen. Zuerst hatte er sie ganz mit den Fingern bedeckt und mit voller Kraft gedrückt, doch dann hatte er nachgelassen, und die Finger wanderten langsam herunter, so als riebe er sich bloß das Gesicht, und dann nahm er die Hände ganz weg.

Willie hat gesagt, äh … Er faßte nach der auf dem Aschenbecher abgelegten Zigarette, steckte sie in den Mund, zündete sie mit einem Streichholz an … wenn wir Lust hätten, zu ihnen zu kommen, zum Essen, eine Party, nehme ich an, er und Isobel und so – falls sie wieder mit mir redet –, ich glaub, sie haben ein paar Leute aus ihrem College eingeladen oder so, ich weiß nicht genau. Er hat gesagt, wir können Paul mitbringen, wenn wir wollen, falls wir keinen Babysitter kriegen, sollen wir ihn einfach mitbringen.

Oh … Sie nickte. Wann denn?

Samstag, glaub ich. Nächste Woche Samstag. Ich frag ihn morgen noch mal.

Ist morgen nicht dein freier Tag?

Nee. Er schniefte und griff nach der *Evening Times*, hielt inne, bevor er sie aufschlug. Sah hinüber, als sie vom Tisch aufstand, ihren Stuhl zurückschob und zu Paul sagte, er brauche nicht zu essen, wenn er keinen Hunger habe.

In Gottes Namen.

Er rückte im Sessel so weit herum, daß er ins Feuer sehen, die Formen der Flammen betrachten konnte. Ihre Stimmen im Hintergrund. Es war schlimm, es war wie etwas Schlimmes.

Die Uhr auf dem Kaminsims. Und die beschissene Tapete: so schäbig – schon ein Farbanstrich hätte etwas bewirkt, hätte die ganze Sache ein bißchen freundlicher gemacht. Er stand auf und schaltete den Fernseher ein.

Irgendwann in der Zukunft, wenn Paul längst woanders war und Teil von etwas, was mit dem allem hier nichts mehr zu tun hatte, würde ihm plötzlich aus heiterem Himmel einfallen, wie er als Kind gebadet worden war. In Drumchapel gibt es Badezimmer; Hines war nie vor einem Feuer gebadet worden. Diese Erinnerung bleibt dem Jungen für den Rest seines Lebens. Vielleicht an just diesen Abend: Mutter und Vater sitzen da, und diese Stille – die Stille der Mietshäuser, in der manchmal ein diffuses Klopfen und Rauschen ertönt, wenn Spülkästen sich leeren und wieder füllen –, und vielleicht fragt er sich, woher sie kam. Hatte es wirklich Streit gegeben? Er erinnerte sich nicht. Falls nicht, was dann? Und war das die gewöhnliche Stimmung? Nein, denn so war es nicht immer. In vieler Hinsicht war es doch ein glückliches Zuhause. Ist das wahr? Es ist nicht falsch. Hines ist vielleicht manchmal die Hand ein bißchen zu schnell ausgerutscht, war ab und zu schlecht gelaunt und vermutlich unbeständig. Aber alles in allem nicht so übel.

Und bestimmt nicht schlimmer als sein eigener Vater, letzten Endes vielleicht sogar ein bißchen besser, ein bißchen ehrlicher in vielen Dingen, sehr vielen.

Die Flammen sind bläulich-grau. Jede der 3 Brennstellen wird von 24 winzigen Rechtecken gebildet, hinter denen Aberhunderte winzig kleiner Partikel der Farbe Weiß auf dem Sprung sind, und von diesem toxischen Gas strömt immer etwas aus.

Sandra sah ihn an. Er ließ locker und lächelte, lächelte aufmunternd. Kurz darauf nahm er das Buch hoch.

Für ihn war es Zeit, schlafen zu gehen. Er mußte früh raus. Er mußte morgen in aller Herrgottsfrühe zur Arbeit. Sie könnte stolpern mit dem großen Suppentopf. Sie stolpert aber nicht; wenn sie baden möchte, während er auf Spätschicht ist, muß sie auch allein zurechtkommen und stolpert nie. Er kann warten, bis die Wanne voll ist. Dann kann er ins Bett gehen. Großer Gott. Die Wörter auf der Seite, richtig hübsch, die kleinen Schwänzchen an manchen Buchstaben, ein reizender Anblick.

4

Dieser Moment, unmittelbar bevor der Wecker losrasselt: du hast dir das Ding gegriffen, schaffst es, den Knopf genau beim Einsetzen des Klingeltons herunterzudrücken, weißt, du bist quietschvergnügt und tatendurstig, springst aus dem Bett und ziehst dich im Dunkeln schnell an, und alles haut hin – besonders der Pullover, er scheint sich von selbst auf deinen Leib zu schieben, legt sich um deinen Körper, ohne daß du auch nur einmal ziehen mußt. Was essen – sinnlos, besser gleich raus auf die Straße und gehen. Und das rasche Lippen-auf-Lippen-Drücken, was hat das um Himmels willen zu bedeuten …

… daß du deine Frau sacht auf die Lippen küßt natürlich. Du stürzt einen halben Liter Milch hinunter vor dem stillen Abschied: ein nie dagewesener Moment wunderbarer Zusammengehörigkeit. Arme Sandra. Die Lippen in diesem Moment nicht gespürt zu haben. Geschieht ihr recht, was schläft sie auch tief und fest! Frauen sollten nicht schlafen, das verdirbt den Spaß, und das wollen wir nicht, wir wollen, daß aromatischer Duft und weiches Fleisch uns einhüllen, wollen wieder unter die Decke gezogen werden. Komm schon, ich will zur Arbeit gehen, hör auf, Schluß damit! Laß mich hinaus in die harsche winterliche Herrgottsfrühe, in mein nächstes Verderben, in das Schwarz Schwarz Schwarz des …

Verdammte Scheiße!

Aber er hatte schon den halben Weg zum Betriebshof hinter sich, als der Personalbus kam, so schnell war er gegangen.

Der Fahrer war ein Geistesgestörter. Mit einem solchen Wesen zu sprechen ist Hines oft nicht gegeben. Und trotzdem: ein

Wunder, daß er schon da war, als er bremste, wenngleich etliche Meter hinter der Stelle, an der Hines sich befand, so daß er einen kurzen Sprint einlegen und aufspringen mußte, um überhaupt mitzukommen. Das öffentliche Verkehrsmittel Omnibus ist ein erstaunliches Ding. Ein solches Fahrzeug zu lenken ist in seiner Seltsamkeit sicher ein Novum. Hines hätte es auch gern mal probiert. Wäre sein Benehmen insgesamt weniger verheerend gewesen, hätte er die Funktion genausogut erfüllt wie jeder andere auch.

Er setzte sich.

Andere Grünträger waren auch da. Er grüßte sie herzlich, obgleich er insgeheim hochnäsig lächeln mußte bei dem Gedanken daran, daß er sich in diesem Moment der ewigen Weltordnung genau hier befand. Das gereichte ihm zum Trost, wenngleich er ihn aus der Erfahrung schöpfte, oftmals an zahllosen anderen Morgen bestätigt, an denen das Rasen düsterer Gedanken tatsächlich einer ruhigen und unerschütterlichen Gleichgültigkeit gewichen war. Hätte er einen Spiegel zur Hand gehabt, hätte er sein Gesicht betrachten können. Wär interessant gewesen zu sehen, wie es sich von außen ausnahm.

Der Personalbus fuhr in den Betriebshof ein, und die Grünen schlenderten ins Büro, während Hines die Nachhut anführte mit einem Kollegen namens Davis, der den schönen Zug hatte, ganze Schichten am Stück nicht den Mund aufzumachen. Erstaunlich, wie schnell sich der Raum mit Rauch füllen konnte; Hines hatte schon den Deckel von der Tabakdose schieben wollen, steckte sie aber wieder ein. Interessante Beobachtung: Räume, in denen regelmäßig geraucht wird, füllen sich schneller mit Rauch als andere. Das Oberdeck eines scheiß Busses zum Beispiel, wo einem wirklich die Augen brennen – obwohl man da natürlich zusätzlich zum Rauch noch die Dieseldämpfe einatmet plus die außerordentlichen Gerüche der furzenden Ärsche, 'tschuldigung, Kumpel, war gestern auf 'n paar Guinness. Rauchen ist eine schlechte Angewohnheit. Denk mal an den kleinen Paul, in seinen Lungen sieht es jede Wette aus wie in einem Schornstein, und dabei ist er erst 4 1/2. Schrecklich. Dito bei der besseren Hälfte. Obwohl sie von seiner Angewohnheit schon wußte, als sie ja sagte zum goldenen Band der Ehe, muß die Freiheit des Individuums, in Autonomie echte Entscheidungen zu treffen, hier mit berücksichtigt werden. Der Diensteinteiler.

Davis hatte sich gerade ins Buch eingetragen und trat vor den an der Wand aufgehängten Dienstplan. Das Büro war fast leer. Hines hatte schon den Stift in der Hand, um sich für seinen Dienst einzutragen, aber das Buch noch nicht zu sich herangezogen; schließlich sah er den Diensteinteiler an. Was ist?

Der Diensteinteiler lächelte freundlich.

Hines grinste.

Ach, ich frag mich bloß, weshalb du hier bist.

Wie?

Warum du dich eintragen willst? Du hast heute frei.

Hines schiefte, hob die Hand und kratzte sich am Haaransatz, wo neuerdings eine riesige Menge loser Hautschuppen herumzuliegen schien. Der Diensteinteiler lächelte immer noch. Er hörte auf zu kratzen und strich sich sacht über die Stirn, um die Haut, falls sie ebenfalls schuppte, nicht zu reizen.

Ehrlich, Rob, dafür sind doch Kalender erfunden worden; damit man sich seinen Dienstplan eintragen kann.

Hm.

Aber du hast Glück, es hat sich gerade herausgestellt, daß mir heute morgen ein paar Schaffner fehlen; wenn du willst, kannst du den freien Tag tauschen.

Herrgott, Harry, ja.

Dienst 16, okay?

Toll, ja, vielen Dank, du.

Der Diensteinteiler schob das Buch zu ihm hinüber und sagte, während Hines sich eintrug: Wie geht's übrigens dem Magen?

Besser.

Der Diensteinteiler nickte, schniefte dann. Ich hab's erst später erfahren. Bist 'ne ganze Stunde nicht vom Klo runtergekommen deswegen?

Na ja, nicht ganz … sagte Hines grinsend.

Hör mal … Ich dachte gestern, du hast das getrickst. Darum hab ich … Er schniefte. Ich mein, ich wußte nicht, daß es echt war, als du reinkamst und dich krank gemeldet hast, sonst hätte ich doch nicht …

Schon gut, Harry.

Der Diensteinteiler nickte. In Ordnung, frei also morgen – oder Sonnabend? Ehrlich gesagt, Rob, es würde mir besser passen, wenn du Sonnabend frei machst, du weißt ja, was freitags hier los ist.

Katerstimmung!

Beide lächelten.

He … Hines drehte sich eine Zigarette.

Ja?

Nein, hab nur überlegt, ich mein, gestern und so, tauschen, das geht wohl nicht, ich mein, gegen den freien Tag.

Was?

Nein, ich mein, gestern und so, wo ich mich krank melden mußte, ich hab nur überlegt, wenn ich das gegen den freien Tag tauschen könnte, könnt ich Sonnabend auch arbeiten …

Himmel, nein, Rob, ist nicht drin, leider, ich mein, das geht einfach nicht, das ist schon im Dienstplan drin, das kann man hinterher nicht mehr ändern.

Ach.

Tut mir leid.

Nein, nein, Harry, schon gut, ehrlich, ich mein, ich wollte bloß … Er schniefte, trug sich in die Spalte für Dienst 16 ein, zündete sich die Zigarette an, mußte husten und sagte: Danke noch mal, Harry.

Schon gut … Der Diensteinteiler blickte auf das Blatt Papier, das vor ihm auf dem Schalter lag, hob kurz den Kopf und nickte.

Den Grips anzustrengen ist nicht unbedingt nötig. Hines steigt in den Bus ein, und alles ergibt sich. Er braucht auch dem Fahrer nicht zu erklären, wie ein Bus gelenkt werden muß. Genausowenig muß er auf die Straße hinausspringen und Fahrgäste zum Einsteigen nötigen. Alles geschieht von selbst. Nicht nur die Fahrgäste sind zu beglückwünschen, sondern auch die Erfinder und derzeitigen Organisatoren des Öffentlichen Personennahverkehrssystems. Es funktioniert vorzüglich. Hines braucht sich bloß mit dem Rücken zur Absperrung hinter der Frontscheibe zu postieren und darauf zu warten, daß ein ruckartiges Schalten oder Bremsen seinen Abmarsch in den Gang bewirkt, Fahrscheindrucker einsatzbereit und die rechte Hand nach vorn gestreckt, um das Geld entgegenzunehmen, woraufhin die linke einen Fahrschein aus der Maschine zieht und ihn der lächelnden Person übergibt. Und selbst bei Hochbetrieb ist zwischendurch immer mal kurz eine Flaute, während derer er wieder nach vorn gehen kann auf einen Zug von der entspannenden Selbstgedrehten und, falls er dazu aufgelegt ist, einen Reilly in ein Gespräch verwickeln. Doch manchmal fährt einer, der seinen Busführerschein gerade erst gemacht hat. Jungfahrer sind ein Problem. Man sollte Vorsicht walten lassen beim Quatschen mit einem solchen Wesen, damit ein Aussetzen der Konzentration keine Busunfälle verursacht. Hines bekommt mehr Jungfahrer, als ihm gerechterweise zustehen. Es ist, als sähen die Höhergestellten ihn als Wasser an, in das sie alle verfügbaren Jungfahrer hineinschmeißen. Sie sagen sich: Dieser Busschaffner Hines ist ein schwieriger Fall; wenn der Jungfahrer eine Schicht mit dem überlebt, ist er für uns wirklich der richtige Mann. Hines zeigt ihnen, wo's langgeht. Er erklärt ihnen, was Sache ist. Sorgen wir auch weiter dafür, daß er im Bus der Schaffner ist und eben nicht der

Fahrer, damit wir ihm weiter die Neulinge schicken können, wenn er und sein Stammfahrer nicht zusammen Dienst haben. Und Gentlemen, achten wir doch auch ein bißchen darauf, daß er und sein eigener Fahrer nicht immer zusammen fahren.

Verdammte Scheiße.

Schon komisch, daß er immer die Arschlöcher aufgehalst kriegt, wenn Reilly krankmacht oder sonstwas. Außerdem sind es alles blöde Idioten, das ist das Dumme. 90% ihrer Naivität hat nichts damit zu tun, daß sie Jungfahrer sind, sondern damit, daß sie Menschen sind. Hines begreift nicht, wie die es bis jetzt geschafft haben zu überleben. Er trägt sich für eine Schicht ein und riecht die Nähe eines gestärkten Kragens und eines fest geknoteten schwarzen Schlipses, und da steht er schon in einem stillen Eckchen des Büros, der Absolvent, wippt auf den Fersen hin und her und markiert den vom Dienstplan Hingerissenen. Was hat man von einem solchen Getue? Sinnlos, darüber zu reden. Hines läßt sie einfach gewähren – zweifellos schickt man sie auch deshalb zu ihm in den Bus. Manche von ihnen sind lustig, manche nicht, sie quatschen und auch wieder nicht, doch im Verlaufe des Tages kommt letzteres immer öfter vor. Weil Hines nämlich nicht mitquatscht! Er will doch nicht sterben, Himmelherrgott!

Jungfahrer immer schön in Ruhe lassen.

Selbst langgediente Fahrer sollte man in Ruhe lassen. Während seiner ersten Anstellung bei den Verkehrsbetrieben war Hines gefürchtet dafür, Fahrer unvermittelt anzusehen, weil er dachte, er hätte einen Luftzug verursacht, der sich womöglich auf das Getriebe auswirkte. Aboluter Unsinn. Doch der schnelle Blick in die Kabine hätte den Fahrer zu einer hastigen Reaktion verleiten und die Möglichkeit der Katastrophe Wirklichkeit werden lassen können. Hines gibt sich Mühe, nie etwas zu sagen, ehe er sich nicht bemerkbar gemacht hat. Es kommt vor, daß Menschen tief in Gedanken sind. Manche Fahrer haben manchmal keine Ahnung, wo sie sich gerade befinden. Sie sagen: Himmel, ich erinnere mich gar nicht, daß ich die letzten 2 Meilen gefahren bin. Und manchmal fallen diese Meilen auf Innenstadtstraßen zur Stoßzeit an. Wird einem ganz schon mulmig, wenn man daran denkt. Man stelle sich mal vor: ein Bus, gerammelt voll, oben und unten nur noch Stehplätze, die Fahrgäste alle ganz friedlich in der fälschlichen Annahme, sich in guten Händen zu befinden. Nun kann es aber sein, daß diese Hände erst 2 Tage raus sind aus der Busfahrerschule, und manche saßen nie in ihrem Leben hinter einem Lenkrad, bevor sie dort hineinkamen. Hines hängt das zum Hals raus. Klar, die Jungfahrer selbst trifft keine Schuld. Aber die armen Schaffner müssen die Last tragen. Kein Wunder, daß manche Schultern nicht mehr so recht wollen. Die Verantwortung sollte nicht auf einem Schulternpaar ruhen.

Kinder sind die größte Gefahr. Jungfahrer meinen, mit denen kommen sie schon klar. Irrtum. Kinder treiben einen zum Wahnsinn. Jungfahrer schätzen die Situation einfach falsch ein. Kinder muß man vermeiden, koste es, was es wolle. Die haarsträubendsten Fahrten sind die mit Kindern an Bord. Steigen ein, vielleicht 6 oder 8 auf einmal, so daß sie schließlich in der Tür klemmen und man hingehen und hier drücken und dort ziehen muß. Und schon sind sie wieder draußen und verleiten einen dazu, die Nerven zu verlieren. Man muß Vorsicht walten lassen. Vor 3 Jahren geriet ein Schaffner namens McManus in eine Schlägerei mit einer ganzen Meute von solchen Kindern, die auf der letzten Bank des Oberdecks Wein tranken. Ganz aufgeklärt wurde die Sache nie – obwohl Hines den leisen Verdacht hat, daß es um moralischen Mut ging. McManus war Alkoholiker. Er hatte immer, im Fahrscheindrucker verstaut, einen in Toilettenpapier eingewickelten Flachmann bei sich. Auf dem Betriebshof erzählte man sich, er habe die Beherrschung verloren, weil sie ihm einen Schluck abgeschlagen hatten, dabei war McManus Whiskytrinker, und die Kinder hatten eine Flasche Wein dabei. Viel wahrscheinlicher ist, daß er sie dazu anhielt, von ihrem falschen Weg abzukehren. Egal, er hatte ihnen jedenfalls nichts zu sagen, und die Kinder widersprachen ihm zu Recht. Der arme McManus mußte also Schläge einstecken und verlor obendrein noch seinen Job. Das Verkehrsministerium ist gegen Boxwettkämpfe, an denen grün Uniformierte beteiligt sind. Da gibt es kein Pardon. Umstände können nicht so außergewöhnlich sein, daß man zu einem solchen Handeln befugt wäre. Aber eigentlich hätten die Schläge gereicht, er hätte nicht obendrein auch noch seinen Job verlieren müssen. Er wollte nicht, daß die Gewerkschaft das klärte. Die Gewerkschaft ist kein Debattierklub. Hines kann auch nicht über die Gewerkschaft diskutieren. Doch, kann er. Nein, kann er nicht. So was überläßt man am besten solchen Leuten wie Reilly, der zu Versammlungen gehen kann und sogar in den Lauf der Dinge eingreift. Das Leben ist zu lang.

Da: eine Straße, und auf der viel Verkehr.

Er fuhr mit dem Omnibus heim, nachdem er die vergangene Stunde damit verbracht hatte, beim Billardspielen zuzusehen. Die grün Uniformierten spielen um Geld. Hines nicht, er hat kein Geld, um damit Billard zu spielen. Er bringt kaum die scheiß Kugeln vom Tisch. Er hat das Spiel schon während seiner früheren Anstellungen nicht gemeistert, und dabei ist es geblieben. Gewöhnlich bekommt er nur Gelegenheit zu spielen, wenn Reilly nichts Besseres zu tun hat. Reilly ist gut und spielt lieber mit anderen, die ebenfalls gut sind. Er kann Geld gewinnen. Wie macht er das? Er spielt, und dann geben die Leute ihm Geld. Und schon geht er los und kauft Zigaretten oder Brötchen mit Spiegelei – oder vielleicht heim und wiegt es mit Isobel, die dann alles in die Bausparkasse steckt.

Die Sonne ist untergegangen, die Straßenlaternen sind schon eine Weile an, der Schneematsch ist schon fast von den Straßen verschwunden.

Hines sitzt in einem feuchten Bus, in Ermangelung dessen, was nötig wäre, damit er nach oben geht, auf dem Unterdeck. Ein Idiot von Schaffner, der offenbar gestern früh angefangen hat, schaut ihn mit Verschwörermiene an – verärgert, weil er einen vollen Bus hat. Einen vollen Bus, den hat jeder. Das ist nichts Besonderes, außer vielleicht für ihn. Hines fühlt sich verpflichtet, ab und zu die Augenbrauen hochzuziehen und Interesse zu bekunden, er möchte ja nicht, daß der Arsch einen Nervenzusammenbruch kriegt, dann muß nämlich er sich aushilfsweise den Fahrscheindrucker umhängen, bis ein Inspektor und ein Krankenwagen herbeigeschafft sind. Ein Theater! Einmal ließ der Schaffner sich auf den Platz neben ihm plumpsen und begann, sich lauthals über die Passagiere zu beschweren, die bei ihm zustiegen. In dieser Lautstärke ging es ewig weiter, er zählte offenbar Namen und Geburtsdaten einzelner Personen auf, und das mit einer Stimme, die allen auf die Nerven ging – die Köpfe der Fahrgäste zuckten leicht, was bedeutete, daß sie sehr wohl hörten, worüber da gesprochen wurde.

Hines hatte die Schnauze voll. Aber zu manchen Leuten dringt man einfach nicht durch. Viele Fahrer genauso, blubber blubber blubber über die Plagen und Anfechtungen des Bussefahrens. Wer will das schon wissen? Hines hat immer Arschlöcher am Hals, die ihre Kümmernisse vor ihm ausbreiten. Wütende Kundschaft am Hillington Estate, wer will das wissen? Man beendet seine Arbeit und erwartet ein bißchen Frieden, keinen Idioten, der einem die Ohren vollheult. Aber genau das passiert, wenn man im *Vale* sitzt, alle fangen sie an, über die Gemeinheiten von morgen zu jammern.

Der Wind war stark, drückte ihn beim Gehen immer wieder zur Seite, und er mußte oft anhalten und nach seiner Mütze fassen, damit der Wind sie ihm nicht vom Kopf wehte; einmal setzte er sie ab, mußte sie aber wieder aufsetzen, weil ihm die Ohren weh taten. Dann die Hitze im Vorraum des Kindergartens, wie in einem Krankenhaus. Es roch sogar so. Nachdem er sich die Stiefel auf den verschiedenen Fußmatten abgeputzt hatte, wanderte er durch den Korridor, sah die an die Wand gepinnten Arbeiten der Kleinen. Das Stimmengesumm aus dem Spielzimmer. Er war zu früh dran.

Die Kindergartenleiterin erschien, ihre Titten sahen aus, als fühlten sie sich unwohl, zusammengequetscht in dem Ding, das sie anhatte. Hines nickte, trat zur Seite, als sie vorüberging, aber sie zog die Stirn kraus und nahm ihn kaum wahr. Damit war das Wesentliche über den Kindergarten gesagt. In der Bruchbude Kind zu sein war sicher kein Spaß. Armer Paul.

Neben der Tür zum Spielzimmer blieb er vor einem Druck stehen, der das Oberhaupt aller Britonen zeigte. Er war prachtvoll. An der gegenüberliegenden Wand hingen noch mehr Drucke, ebenfalls prachtvoll, von langen Hunden mit kurzen Beinen, ideale Kinderträume. Die Leiterin wieder. Sie zögerte. Hines zog die Augenbrauen hoch, wies auf die Drucke. Dann sagte sie: Paul ist heute nicht da …

Keine echte Feststellung, aber doch eher das als eine Frage. Und sie sah ihn weiter an. Hines nickte. Ach ja, hm. Er grinste. Wie dumm …

Als sie sich ins Spielzimmer drängte, hörte er noch, ehe die Tür zuging, wie sie ein Kind oder einen Erwachsenen ermahnte.

Durch den Korridor, in den Vorraum, und raus.

Das Gesagte warf Probleme auf, aber vielleicht auch nicht. Anderes – Menschen zum Beispiel, aber auch verschiedene Dinge – mußte berücksichtigt werden. Plus sein Erlebnis: dies war wirklich geschehen. Außerdem der Gehweg, trockene Stellen und feuchte Stellen, kaum noch was von Schnee zu sehen, und der Dunst, beschlagene Scheiben an Häusern und Bussen und anderen Fahrzeugen – die freien Flecken, hinter denen die Herausschauenden herausschauten. Diese unheimlichen Hauseingänge! Manche sind wirklich übel. Seltsame Tropfgeräusche. Ist das ein Rohrbruch? Eine kaputte Dachrinne? Oder doch bloß eine defekte Dichtung an einem Wasserhahn? Und die vielen Risse im Beton – lauter Fußangeln. Die Alten da, die müssen aufpassen, wo sie hintreten, das Licht in den Hausfluren dämmrig oder nur periodisch brennend, und die Hundehaufen in den dunklen Ecken – wo der Boden gerade erst gefegt wurde und plötzlich übersät ist mit einer geheimnisvollen schwarzen Masse, die aufgehoben und geprüft wird. Ach Gott, ist das weich, was immer es auch ist: Scheiße! Du kriegst die Tür nicht zu. Kein Wunder, wenn die Alten durchdrehen. Das halbe Leben lang die Platten geschrubbt und weiß getüncht, nur um schließlich zugeben zu müssen, daß hinter ihrem krummen Rücken Dinge vorgehen, gegen die kein Kraut gewachsen ist. Es ist ein Jammer.

Zwei Mädchen im Teenageralter an der Ecke, vermutlich auf der Jagd, so wie sie da standen, schweigend ins Gespräch vertieft, die Äuglein überall – sogar auf Hines. Zu zeitig: die beiden haben sicher vergessen, daß heute erst Mittwoch ist, morgen ist der Tag, an dem Vertreter der Niedrigkeit einen Blick wert sein können. Wahrscheinlich waren es gar keine Prostituierten, sondern bloß Mädchen, die einen Schwatz hielten, bevor sie die Treppe hochgingen zum Tee. Aber mit dem Viertel geht es definitiv bergab, und das schnell, und nicht einmal ein in der Wolle gefärbter Ureinwohner dieses Müllhaufens könnte das Gegenteil behaupten. Hines ist kein in der Wolle gefärbter Ureinwohner, er ist ein scheiß Zugezogener.

Er erkennt deutlich Kerzenlicht in manchen Fenstern und Frauen, die, Ellbogen auf dem Fenstersims, Passanten beobachten. Die eigenen Sprößlinge sollten nicht in einem solchen Loch aufwachsen müssen. Dabei war das hier, erzählt man sich, mal eine begehrte Gegend, grünes Gras in einigen Hinterhöfen, dazu die kleinen Läden überall, der reinste Bienenkorb emsiger, harmloser Betätigung. Evelyn Donaldsons Mutter ist hier geboren und aufgewachsen. Und wenn es für sie gut genug war etc., war es sicher nicht gut genug für Einwohner dieser Stadt, die ihren Verstand noch beisammen haben.

An der Ampel blieb er stehen, stand ganz still, so als wolle er unberührt bleiben von den scharfen Windstößen und Wirbeln der vorüberfahrenden Autos. Den einen Moment fährt man noch harmlos die Straße entlang, und im nächsten ist man wie üblich angeschissen, muß höllisch aufpassen. Erwischt die armen Tiere, die mit gebrochenen Schultern und Hinterläufen herumhoppeln, und die Fahrgäste brüllen, die Schaffner sollen sie doch von ihrem Elend erlösen. Was sollen sie denn machen? Ihnen mit dem scheiß Fahrscheindrucker die Köpfe einschlagen?

Mit einem Satz losrennend, schaffte er es bis auf die andere Seite, als das Grün gerade auf Gelb umsprang. Ist eine Angewohnheit, die er sich von ihnen, den Katzen und den Hunden, abgeschaut hat. Hunde können es besser. Die überqueren die belebtesten Durchgangsstraßen mit größter Zuversicht, trotten ganz normal, als müsse der Raum, den sie einnehmen, ewig gleich bleiben. Nicht so die Katzen. Die wissen genau, daß es so was wie einen ewig gleichbleibenden Raum nicht gibt, und schon sausen sie los mit dem todsicheren Wissen, daß der Weg, den sie sich ausgesucht haben, mit 90%iger Garantie der falsche ist. Erstaunlich ist, daß keiner von beiden, Hund oder Katze, ist er oder sie einmal sicher drüben, anhält und über die Schulter zurückblickt. Diese fatalistische Lebenseinstellung, nein, die ist nicht so gut. Mindestens einmal pro Monat sieht Hines einen Toten, ob Mensch oder Tier. Da sie der beste Freund des Menschen sind, werden tote Hunde der Polizei gemeldet, so daß der Abdecker kommen und sie fortkarren kann. Aber Katzen gelten soviel wie Ratten. Auf der ersten Tour wird eine überfahren und getötet, und bei der Rückkehr von der Endhaltestelle ist der Körper noch deutlich zu sehen. Auf der nächsten Tour kann man die Gestalt noch ausmachen, doch bei der Rückfahrt schon weniger, und so weiter, bis es mit etwas Glück zu regnen anfängt.

Er ignorierte den Zeitungsladen vor dem Pub. Noch ein Spitzbube. Er gibt blinden Kunden falsch heraus.

Ließ den Metzger und den Gemüseladen links liegen.

Alles ein einziger Haufen Mist. Haha.

Nein, im Ernst, die zusammengepferchten Rechtecke vermitteln manchmal sogar etwas Unnahbares. Irgendwo hämmern Preßluftbohrer. An der einen Ecke ist dies und an der anderen das. Und was macht der Kopf? Dem geht's gut, gut. Der Kopf ist fein justiert, bloß momentan etwas eingeschränkt. Der Anblick heikler Baulücken bleibt einem erspart; vor hundert Jahren war das ein funkelnagelneues Viertel, der leuchtendweiße Sandstein vielleicht in Aberdeen gebrochen, auf dem Schienenwege herbeigeschafft, die Arbeiter und Steinmetze sangen aus voller Kehle, verliehen der Ernsthaftigkeit ihres Tuns mit einem traditionellen schottischen Arbeiterlied Ausdruck, während sie die Waren anlieferten und zusammenbauten, und nahmen bei Auslaufen des Vertrags ihren Lohn und die religiösen Traktate von der Tochter des Bauherrn in Empfang, einem knospenden Frauenzimmer von sittsamer und lieblicher Erscheinung, das zunächst Erfahrungen mit den Unterklassen sammelte, bevor es in den afrikanischen Dschungel abdampfte und den Bekehrten zeigte, wo's langging, hübsch, diese Bagage mit den Spitzenmiedern und so, sehr nett.

Schwer zu sagen, worauf er hinauswollte. Der Lautstärkeregler an der Stereoanlage gehörte vielleicht zurückgedreht, nicht anders das Gasfeuer. Er hatte noch die Uniform an, stand am Fenster im vorderen Zimmer, die Vorhänge offen, als müsse es erst noch Nacht werden. Seine Lippen bewegten sich. Denkbar, daß er den Text des Songs mitsprach, aber falls der Song zu Ende war, spräche er vor sich hin – wenn er das nicht jetzt schon tat, vielleicht gar sang. Die Schaffnertasche hing über seiner linken Schulter. Obwohl Rechtshänder, trug er sie immer so. Darüber läßt sich streiten: Tragen Schaffner, die Linkshänder sind, die Schaffnertasche auf der rechten Seite? Oder trifft das nur auf die Raucher unter ihnen zu? Nur wenige aus dem Betriebshof rauchen nicht. Hines hätte fast alle namentlich aufzählen können – zumindest diejenigen, die Schaffner waren wie er. Mag sein, solche Menschen haben einen stärkeren Charakter als die anderen, aber vielleicht sind sie auch bloß dickköpfiger. Es fällt auch auf, daß Nichtraucher es viel weniger darauf anlegen, ihren Lohn zum Fenster hinauszuwerfen. Oder tut Hines das bloß aus Jux und Tollerei? Anders gesagt: Ist er ein schlechter Verlierer? Schließlich raucht er immer noch – wider besseres Wissen. Eine im Aufenthaltsraum durchgeführte Erhebung erbrächte womöglich, daß prozentual mehr Nichtraucher mit hausgemachten Frühstücksbroten zur Arbeit kommen als Raucher. Wohingegen sich bestimmt nur sehr wenige Nichtraucher das Essen in der Kantine holen. Insgesamt käme also heraus, daß die Nichtraucher unter den Grünträgern weniger dazu neigen, Geld zum Fenster hinauszuwerfen.

Er blieb weiter am Fenster stehen, als die LP zu Ende war. Runzelte dann die Stirn und ging in die Küche und dort zum Fenster. Draußen lag irgendwelches Abrißgerät herum. Das überrascht. Vermutlich handelte es sich um wertlosen Krempel, denn sonst würde er gestohlen werden. Die Abrißleute könnten ihn sogar selbst stehlen und behaupten, Langfinger hätten nachts ihr Unwesen getrieben. Sie könnten ihn immer wieder stehlen, bis dem ein Riegel vorgeschoben würde. Schließlich müßte die Firma einen Wachmann einstellen, der nachts aufpaßt, und vielleicht sogar einen zweiten für tagsüber. Denn was könnte sie davon abhalten, am hellichten Tage zu stehlen? Der Wachmann war ihnen während der Arbeit auf den Fersen und sorgte dafür, daß das Zeug auf der Baustelle blieb.

Hines schaltete den Fernseher an, drehte das Gasfeuer auf, ging wieder ins vordere Zimmer und legte eine neue LP auf, drehte das Gasfeuer dort ab. Bevor er in die Küche zurückging, hörte er sich den Anfang des ersten Songs an. Er schob seinen Sessel näher an den Kamin, beugte sich darüber, ging in die Hocke, wie Griff es getan hatte. Mit 3 Töchtern, wie wäre das? Gäbe ein Quintett. Eine Einheit aus 5 – plus seine Mutter, wenn sie aus dem Krankenhaus kam. Falls überhaupt. Aus dem Krankenhaus kommt man nur selten raus. Sie behalten die Leute dort. Die haben da ihren eigenen kleinen Verbrennungsofen im Keller.

Erstaunlich.

Hines sieht sie vor sich, die Doppelkinns, die herabhängenden Kinnladen, die Augen in Tränen schwimmend, die Leiber, die sich tastend aufeinander zubewegen, etwas fühlen wollen. Sind das Adern da? Fließt tatsächlich Blut hinter diesen gräulichen Schatten? Sind das lebende, denkende Wesen? He, Vorsicht, Mann, ein Fleck auf dem Flanellanzug, der Scheißer hat sich eingepinkelt, schnell ab mit ihm in den Keller, oder wir sind nicht mehr die, die wir mal waren.

Hines kommt näher heran, wenn er sich hinkniet, wie Paul es gewöhnlich tut. Es ist schön, wenn man eine Nadel durch Fleisch zieht, durch die dünne Blutbahn, ihnen die Kleider auszieht und sie ordentlich aufreiht, die Größeren rechts, die Kleineren links, nur ein Kriterium: Größe! Bloß damit wir sie richtig ansehen können – siehst du: hier ist der eine und da der andere. Das Wesentliche: das ist das Wesen von diesem, und das ist das Wesen von jenem. Das Ganze ergibt die Einzelnen, die die Taten vollbringen. Stups sie an, dann siehst du sie zittern. Sie mögen es allerdings nicht, wenn man sie anstupst. Außerdem mögen sie es nicht, wenn andere sie zittern sehen. Und sieh nur, wie unruhig sie werden, wenn man ihre Brillen zerbricht, die Luft, die da plötzlich heranströmt, die Augen weiten sich vor Entsetzen, die Straßen springen auf sie zu – brems, Mann! Bloß weg hier.

Oder einfach Fragen stellen, deren Beantwortung für jemanden wie den heranwachsenden Paul von soziologischem Interesse ist. Und, hast du ganz naiv gehandelt? Oder mit böser Absicht? Oder bloß als echter Mittler, der davon ausgeht, daß ein vernünftiger Verzicht auf dauerndes Hin und Her für alle am besten ist, wie zwischen zwei Industriekapitänen – ein einziger Vertrag für beiderseitiges Vorankommen (und falls die Sonne morgen nicht aufgeht, kann die Waage schon mal in Schieflage geraten, was). Und wie war's da oben? Rutschig. Keine Zeit, auszuruhen. In ästhetischer Hinsicht ärgerlich, aber ein bestimmtes Maß an Zugeständnissen ist immer nötig, wenn man eine sichere Position finden will, wenn man eine sichere Position für wichtig hält und sie behalten möchte.

Die Uniform aus, ging er ins Bett. Er hatte Fernseher und Stereoanlage ausgemacht. Er hätte die Jeans und einen anderen Pullover anziehen können, hat er aber nicht. Er saß unter der Decke, auf Sandras Seite, den Rücken zur Wand. Von der Nische aus kann die Küche eine seltsame Erfahrung sein, da das Subjekt, ist man drin, zugleich draußen ist. Sollte es ihm je widerfahren, daß er einen zweiten Hines eintreten und seinen Dingen nachgehen sieht, so wäre das wirklich beängstigend und doch vielleicht auch beruhigend. Vor allem dann, wenn sich dies während einer langen Hochsommerphase zutrüge und er schnurstracks zum Ausguß ginge und sich kaltes Wasser ins Gesicht und auf den Hals schaufelte, den Schweiß abwischte.

Dampf stieg aus dem Kessel auf. Das Wasser war für seine Füße. Er wollte sich die Füße waschen. Er badet nie in der Kinderbadewanne. Die ist zu klein für ihn. Einmal ist er beinahe darin steckengeblieben. Trotzdem war es ein guter Kauf, keine Frage. Ein andermal, Sandra saß gerade drin, hat er eine Maus gesehen. Er saß in seinem Sessel, hat mit einem Auge in sein Buch geguckt, mit dem anderen ihr beim Einseifen zugesehen – war da plötzlich eine Maus, wohl unter der Tür durchgekommen und trippelte auf die Kommode zu, blieb dann aber stehen, wo sie war, bevor sie zur Tür zurücktrippelte und verschwand. Das war schlimm, wirklich schlimm. Er hat Sandra nichts gesagt, auch später nicht, ausgeschlossen.

Er goß das heiße Wasser in die Schüssel, gab kaltes aus der Leitung dazu. Es ging gleichermaßen ums Waschen wie ums Wärmen, nachdem er die vergangenen 12 Stunden ziemlich an den Füßen gefroren hatte. Ist es 12 Stunden her, daß er das Haus verlassen hat? Muß wohl. Die Zeit rast. Das ist das Dumme heutzutage; als Hines noch Kind war …

Das Wasser war nicht kalt genug, um die Füße gleich hineinzustecken, er mußte sie mindestens noch 10 Minuten auf den Rand stellen, über den Dampf, konnte sich in der Zeit aber schon darauf freuen, sie wirklich einzutauchen. Er setzte sich in den Sessel und begann zu weinen. Es war seltsam. Sein Gesicht verzog sich nicht, auch seine Augen wurden nicht rot, und er hörte gleich wieder auf, die Füße auf dem Rand der Schüssel, das Wasser viel zu heiß. Er läßt immer das Wasser in der Schüssel abkühlen, anstatt gleich von Anfang an mehr kaltes reinzutun. Er sitzt gern so, die Fußsohlen auf dem Schüsselrand, manchmal hat er einen zweiten heißen Wasserkessel am Kamin, aus dem er was nachgießen und die Sache in die Länge ziehen kann. Er hat den Sessel ein Stück zur Seite gedreht, seine Schienbeine sind schon rot von der Hitze des Gasfeuers. O Gott, sagte er und schlug ein Buch auf.

Hines ist der Meinung, Männer haben jedes Recht zu weinen, obwohl er das öffentlich noch nicht demonstrieren konnte. Zu seinen bis dato bemerkenswertesten Heulanfällen kam es, als sein letzter noch lebender Großvater starb und als sein jüngerer Bruder nach Australien abgehauen war. An den jeweiligen Tagen selbst war Hines derjenige gewesen, der Leben in die Bude brachte; geweint hat er erst Tage später.

Er hatte sich drei Bücher aus dem vorderen Zimmer mitgenommen, sie umfaßten eine Zeitraum von 2500 Jahren und umspannten drei Kontinente. Die in die Schüssel plumpsen zu lassen, würde für ungewöhnlich befunden werden, ja seine Lektüremethode insgesamt für mindestens ungewöhnlich, wenn nicht gar für sehr eigen. Er hatte eine Methode, die er als sachdienlich, als geeignet ansah. Er legte das Buch auf den Boden neben die Schüssel und las die Titelseite, während er mit dem kleinen Finger sacht durchs Wasser fuhr. Wenn er eine Brille trüge, hätte er sie unter das Buch legen können.

Hines ist ein Ehrenmann; wenn seine Frau erklärt, nicht bei ihm sein zu können, ist sie berechtigt, einen solchen Entschluß zu fassen, auch wenn man es wörtlich nehmen muß, daß ein solcher Entschluß unauflöslich mit entsprechendem Handeln verknüpft ist. Aber sie haben auch schon früher schlechte Zeiten durchgestanden. Und obwohl er vermutlich sagen würde, das ist die bisher schlimmste, ist es keinesfalls gewiß, daß Sandra das genauso sieht. Auch deutet nichts darauf hin, daß die derzeitige Lage so etwas wie ein Höhepunkt ist, denn sie kann sich noch als weitere schlechte Zeit in einer sich entwickelnden Beziehung erweisen. Zugegeben, es haben sich bestimmte Dinge, bisher nie dagewesene Dinge ereignet. Vor neulich abend ist Sandra nie weggeblieben, ohne vorher Bescheid zu sagen. Das war das allererste Mal. Warum hat sie das getan? Sie wußte, er würde sich Sorgen machen, es war wirklich seltsam, sah ihr gar nicht ähnlich. Heute abend, das sah ihr ähnlich. Nein, sah es nicht. Sah es eher nicht, es war, als ob es ihr ähnlich sähe, und war trotzdem mit Absicht.

Der Zettel lehnte an der Wand auf dem Kaminsims neben der Gasrechnung. Seine Füße steckten im Wasser, und er zog sie ruckartig heraus. Sie waren rot bis zu den Knöcheln.

Er mußte den Zettel nicht in die Hand nehmen, denn er hatte ihn schon aus der Entfernung gelesen. Sie hatte oben 11 Uhr vermerkt, so als sei dies die Information, die er unbedingt benötigte.

Vielleicht war es ja so. Was sagte ihm die Zeitangabe? Sie sagte ihm, daß sie es vermutlich nicht geschafft hätte, nach Knightswood raus und wieder rechtzeitig in die Stadt zur Arbeit zu kommen. War das wichtig? Sie hätte doch später gehen können.

Seine Fußsohlen berührten das Wasser, und er ließ sie dort, die Hornhaut und so weiter. Er griff nach der Tabakdose und drückte den Deckel hoch. Nicht mehr viel Tabak drin, aber er hatte das Geld für neuen aus der Schaffnertasche einbehalten. Außerdem hatte Sandra 3 £ neben den Zettel gelegt. Die waren für ihn.

Eine solche Eskapade – nicht zu glauben. Sollte das ernst genommen werden? Natürlich, rief eine Stimme. Wessen Stimme war das? Komisch, auf einmal tauchen Stimmen auf und rufen, so als wären sie irgendwas, gut unterrichtete Teilnehmer vielleicht, die wissen, worum es hier geht. Denn Hines weiß es nicht. Er blickt nicht durch. Das ist ein Witz. Es ist nicht zu sagen. Ein offensichtlicher Faktor aber untermauert die These, daß es sich um Sandra handelt, die abgehauen ist.

Dieser scheiß Faktor ist der Mittwoch. Andere Frauen hätten bis zum Zahltag gewartet. Sandra nicht. Nur an einem Tag von den jeweils sieben kann sie gehen, und das kann nie ein Donnerstag sein. Sie kann nur so gehen, daß er noch klarkommt. Er ist ein solcher Idiot, daß man ihm das nur zutrauen kann, wenn er einen vollen Wochenlohn in der Tasche hat. Sie und Paul brauchen das Geld nicht. Er ist derjenige, der es braucht.

Er hatte das Handtuch in der Hand, hob die Fußsohlen aus dem Wasser. Ließ das Handtuch zu Boden fallen. Seine Füße mußten noch einweichen. Aber das hatte er gemerkt. Gedankenlos war er im Moment nicht. Er trocknet sich ziemlich oft die Füße ab, ohne sie vorher gewaschen zu haben. Sandra krittelt an ihm herum, was kein Wunder ist. Man stelle sich mal vor: zu faul, sich die Füße zu waschen, obwohl man alles dafür hergeräumt und eine geschlagene Viertelstunde dagesessen hat, die

Dinger über der Schüssel in der Luft, und bloß die untere Partie abzutrocknen und sehen zu müssen, wie die arme Haut sich ablöst und ins Wasser rieselt, weil man sich nicht richtig gewaschen hat. Schrecklich.

Die Uhr tickt; wär sie nicht aufgezogen worden, gäb's kein Ticken, würde nichts passieren. Außerdem hat er eh die Seife vergessen, hat also einen echten Grund, sich nicht zu waschen. Oft vergißt er die frischen Socken mitzunehmen und manchmal das Handtuch und manchmal nicht bloß eines, sondern gleich alles zusammen, so daß Sandra ihm das Vergessene holen muß. Herrgott. Es ist ihm unangenehm, sie bitten zu müssen, wenn er was vergessen hat, er ist es so leid, dieses Vergessen und die Abhängigkeit. Was war gestern abend? Er kam heim. Und alles war anders. Er kommt heim, und alles ist anders. Das, was eigentlich okay sein sollte. Klar ist er nicht rausgefahren nach Drumchapel, da war er ja vorher schon gewesen, Herrgott, obwohl er ihr gesagt hatte, er würde abends fahren, weshalb er nicht mit dem Kleinen ins Schwimmbad gehen konnte wie versprochen, immer macht er Versprechungen, er hatte es versprochen, mit ihm zu gehen, konnte dann aber nicht, weil er rausfahren mußte nach Drumchapel und den kleinen Frank treffen. Der kleine Frank, das war der Grund. Er mußte ihn treffen, aber Frank war nicht gekommen, und das war – eigentlich doch gut, denn nächstes Mal würde er abends fahren, bestimmt, und er konnte ihm gehörig den Marsch blasen. Nicht dem kleinen Frank, einfach Frank.

Was geht in seinem Kopf vor? Wo wir gerade von Köpfen reden. Er hat sie angelogen, wieder, hat nicht die Wahrheit gesagt, nichts erklärt, nicht einmal den Versuch unternommen, wenigstens ungefähr zu sagen, wie es wirklich war, die Wahrheit zu sagen.

Es war aber doch einmal, da lebten …

Nicht vergessen werden darf, daß Robert Hines nichts zustande gebracht hat. Sogar die derzeitigen Umstände ließen sich angenehmer gestalten. Etwas frische Farbe zum Beispiel, um die schreckliche Tapete zu verstecken, ein bißchen Polyfilla an die Fußleiste. Er hätte die Mäuse loswerden können. Hätte die Kammerjäger bestellen können. Die hätten ihr Zeug versprüht. Und während er auf sie wartete, hätte er die Risse zuschmieren können. Das letzte Mal kamen ein junges Mädchen und ein Mann mittleren Alters. Das junge Mädchen war die Verantwortliche. Sie sprach mit Autorität und verfügte wohl über Kenntnisse in der Nagetierbekämpfung. Im vorderen Zimmer schielte sie die ganze Zeit auf die Unmengen von Büchern. Vielleicht kam sie ja allein wieder: Kaffee und Doughnuts, ein ruhiges Gespräch, ein kurzer Abriß des derzeitigen Problems, nämlich, daß nicht immer alles richtig läuft, daß manchmal etwas übermächtig wird. Man kommt gerade so durch, hält sich über Wasser, tut nichts, macht alles auf kleiner Flamme, geht zur Arbeit und so weiter, bis man eine aufs Maul kriegt. Das ist nichts Neues. Das passiert jedem mal, du hast den Verbrennungsofen unten an der Treppe, ein Ding, auf das man dauernd stößt. Das Mädchen ist vermutlich dieselbe. Sie muß bei Fremden anklopfen, denen die Nager vom Hals schaffen und so weiter.

Komisch, daß sie Paul so einfach mitgenommen hat.

Es ist schon ein Hammer. Man hätte doch gedacht, so was ist es wert, daß man darüber ein paar Worte wechselt.

Warum ist gestern abend nicht heute abend. Sie geht nicht gestern abend und ist heute abend nicht da, wenn der Anlaß, der Anstoß, der gestrige Abend war. Sie geht heute morgen, fast als erstes – um 11. Fährt nach Knightswood, zu ihren Eltern. Zu den eigenen Eltern – man stelle sich vor! Sie muß außer sich gewesen sein, wär sie sonst zu ihren Eltern gegangen?

Sie geht zu ihren Eltern und nimmt ihren kleinen Sohn mit, überläßt es ihrem Mann, zu tun, was er in der momentanen Situation für notwendig erachtet, deren Umstände zwar erstaunlich sind, aber nicht zu erstaunlich, wenn man einen Moment innehält und über die verschiedenen Eventualitäten nachdenkt. Sie sind nämlich bedenkenswert. Man kann darüber nachdenken. Kann sich hinsetzen, die unteren Extremitäten über dem heißen Wasser, den Tabak neben sich, die drei Bücher, das Handtuch, die Socken. Es gibt 'ne Menge Dinge. Ein gewisses Vergnügen läßt sich finden an der Welt und ihren Dingen, eins hat man hier, ein paar andere dort. Obwohl zu rein theoretischen Grübeleien neigend, ist man versucht, das zu sagen, vor allem, wenn man an früher denkt. Man betrachte den Busschaffner, Hines: da haben wir einen aus einem gepflegten Viertel.

Wie kann sie gehen! Wie kann sie so etwas auch nur denken! Wie kommt sie bloß auf so eine scheiß Idee! Man stelle sich das vor. Herrgott!

Es ist nicht zu glauben. Es ist wirklich nicht zu glauben. Sandra macht alles noch schlimmer. Das sieht ihr gar nicht ähnlich. Sie muß die Schnauze wirklich voll gehabt haben, außer sich gewesen sein. So wie sie im Grunde genommen ist, so bestimmt, entschlossen, erst über alles nachdenkt. Anders als er. Hines ist ein Idiot, sie aber nicht, sie handelt überlegt. Deshalb ist es so lächerlich. Sich einfach Paul zu schnappen. Schon alleine das. Dieser Egoismus, das ist nicht Sandra. Herrgott.

Hines hatte gelächelt. Und wieder damit aufgehört, es war nicht recht. Dann trocknete er sich die Ferse des linken Fußes ab. Starrte ein Weilchen darauf. Sah hoch zur Uhr und trocknete sich beide Füße ab, sah zur Kommode, zog die Schubladen mit ihren Sachen auf, aber sie waren immer so voll, daß es schwierig war zu erkennen, ob sie etwas herausgenommen hatte, und wenn ja, konnte es nicht viel gewesen sein.

Er war angezogen und steckte die Tabakdose und die Streichhölzer in die Jackentaschen. Vor dem Gehen nahm er die 3 £ vom Kaminsims und stopfte den Schein in den Mülleimer, zog ihn wieder heraus und legte ihn mit der Vorderseite nach unten auf den Kaminsims.

Und den Wohnungsschlüssel.

* * *

Anzurufen hatte keinen Sinn. Du gehst und rufst an, und es gibt nichts zu sagen. Am besten, du trinkst ein paar Bier und gehst dann wieder heim. Du stehst da und hast Mühe, das erste leerzukriegen, nickst hin und wieder dem Alten zu, der neben dir steht und dauernd Bemerkungen über das Wetter macht. Das eine austrinken und sich ein neues bestellen ist das Normalste von der Welt. Von wegen. Du packst ihn am Schlafittchen: He, Alter, meine Frau ist abgehauen, was soll das blöde Gequatsche, laß uns in Ruhe, du Arsch. Nicht Hines sagt das. Sondern eine Stimme. Es ist eine Stimme, die das Reden übernimmt, er hört zu. Er denkt gar nicht wie sie. Wie denkt er denn? Ach Scheiße. Er denkt wie alle anderen, wie jeder unter diesen Umständen, Umständen, die seltsam normal sind. Hier: ein Busschaffner namens Hines, Robert, dessen Nummer 4729 ist, und dessen Familienstand. Hat doch keinen Sinn, einfach abzuhauen. Du läßt das halbe Glas stehen und verziehst dich.

Glasgow ist eine große Stadt, das ganze Leben und so. Räudige Mischlingsköter drücken sich an den Hauswänden entlang, wechseln dann zum Bordstein und überqueren vielleicht gar die Straße, um mal was Neues zu beschnüffeln. In dieser Ecke ist das Viertel ein Konglomerat von Gerüchen. Unzählige Dinge steigen einem in die Nase. Dies hier riecht verrottet, jenes dort vergammelt. Ein Straßenzug mit Mietshäusern, die plattgemacht werden. Jetzt stell dir vor, du bist eines Abends betrunken und das, was nicht angezweifelt werden kann, stünde in hohem Ansehen, ja du müßtest davon ausgehen, daß es existiert, und dein Körper wäre verpflichtet, diese Annahme zu bestätigen, schön, und du schleichst dich in einen verfallenen Block, um zu pissen, was verboten ist, und stolperst über einen Betonklotz, schlägst dir auf dem Boden den Kopf auf, nicht schlimm, bloß so, daß du für eine Stunde oder so das Bewußtsein verlierst, frühmorgens aufwachst, daliegst, im Dunkeln, umgeben von Gerüchen, die dich überwältigen, je deutlicher du sie wahrnimmst, möchtest dich aber nicht bewegen, damit deine Geräusche nicht andere Geräusche aus einem anderen Zimmer oder gar demselben auslösen; dieses dunkle Etwas in der Ecke – das ist dein Bewußtsein, das alles in Gang setzt, denn diese scheiß Geräusche, Mann, die waren immer da, du hast es bloß nicht gemerkt, und jetzt brechen sie über dich herein, ein unbeschreiblicher Lärm; wie entfliehen, wie entfliehen, ohne daß deine Regungen andere Regungen auslösen? Besser, das ganze Ding dem Erdboden gleichzumachen. Und ein Dampfwalzengeschwader zu mieten, das den Müllhaufen richtig plattwalzt, die Erde und das, was auf ihr ist und in ihr, zusammendrückt, noch die kleinste Pore zusammendrückt und das letzte Quentchen Gas herauspreßt, bis schließlich alles eine rechteckige Masse ist, fertig zum Umpflügen. Das letzte Jahrhundert gehört zu Grabe getragen; das wird immer vergessen.

Der Gehweg hat ein paar Meter vom Hausflur entfernt einen Riß; von außen sieht er tapfer aus, ein lustiger kleiner Kerl, an anderen Rissen kann die Platte wackeln, hier aber nicht. Hines wird sie künftig mit Dan anreden. Hallo, Dan! Wie geht's? Kalt heute abend, was? Scheiß Wetter, Kleiner, oder? Mach dir nichts draus, das Eis und so, das hilft dir beim Ausdehnen. Arme Risse müssen ohne Mütze auskommen, was! Ein Gutes haben diese alten Mietshäuser aber doch, was, die lassen es nicht zu, daß der Schnee liegenbleibt. Ganz schön harte Burschen, was? Da gibt's nichts. Mit diesem blöden Guter-König-Wenzeslaus-Mist kann man denen nicht kommen. Je mehr Dreck, desto besser; Gestank in der Luft, der Horizont nicht zu sehen, die Hinterhöfe von krasser Obszönität, die beschissenen, überflüssig gewordenen Waschhäuser, deren Ziegelmauern jeden Moment einstürzen können, den Sprößlingen auf den Kopf. Leckt mich.

Hines möchte keine Witzfigur sein. Die Männer, mit denen er arbeitet, sind Witzfiguren. Er ist eine Witzfigur. Sie sind welche. Eine Witzfigur sein ist manchmal so, als sei man gar nicht auf der Welt. Manchmal liegt er nachts wach, und in seinem Kopf geht es drunter und drüber. Seltsam, daß es ihnen nichts ausmacht, immer die Zielscheibe von Verachtung zu bleiben. Hines sieht die Gesichter vor sich. Hat im Ohr, wie sie über ihre Kinder sprechen. Er macht es doch genauso. Er macht vieles. Es wird langsam ein bißchen viel. Bleibt kaum noch Zeit übrig. Er hat keine Zeit, viel zu schaffen. Muß viel geschafft werden, ist die Zeit geschrumpft. Braucht nur wenig geschafft zu werden, wird die Welt größer. Um das wenige zu schaffen, braucht man einen besonderen Kopf. Hines hat keinen besonderen Kopf. Das, was er im Kopf hat, scheuert an der Außenwand. Manchmal liegt er nachts wach und atmet tief und gleichmäßig, damit das Scheuern nachläßt.

Sandra war in der Küche. Das ändert gar nichts. Wenn er eine Waffe besitzt, kriegt die Sache mehr Tempo. Das Hauptproblem ist das Geld. Hines verließ sich darauf, daß er es lösen konnte, weil er Frank Sinclair kannte. Für eine Waffe mußte man wahrscheinlich 2 oder 3 Wochenlöhne hinblättern, vielleicht auch 4. Eine solche Summe konnte Hines nicht auftreiben. Es lag zwar ein Betrag von 80 £ auf der Bank, aber den konnte er nicht abheben. Einen echten Grund dafür gab es nicht. Das Geld gehört ihm genauso wie Sandra und Paul. Er hatte bloß das Gefühl, es nicht für egoistische Zwecke abheben zu dürfen. Für 80 £ bekam man sicher leicht eine Waffe, wenn der Restbetrag später nachgezahlt wurde. Frank kriegte das schon hin.

Dabei lag es auf der Hand, daß dieses Geld für die Waffe ausgegeben werden mußte. Es gehörte der Einheit. Als Symbol für die Einheit sollte das Geld einem guten Zweck zugeführt werden. Wenn Paul alt genug war, würde er das verstehen. Er konnte es schon jetzt verstehen. Wenn der Bruch der eigenen Familie die einzige Alternative war, wüßte der Junge genau, was zu tun war, das war kaum eine Frage des Verstehens oder so, sondern einfach die natürliche Ordnung der Dinge, es war das, was ein Erwachsener tun muß.

Natürlich sah Sandra toll aus, die Jeans, der Pullover, genauso sah sie aus, als sie den Kinderwagen vor sich herschob; sie ging am Fluß entlang, kam ihm auf dem Heimweg vom Frühdienst entgegen. Wenn schönes Wetter war, hielten sie es so, statt daß er einfach mit dem Bus heimfuhr. Er rannte die Straße hoch, den ganzen Weg vom Betriebshof, und dann runter durch den Park. Es war immer noch eine Überraschung, ihre Gestalt zu sehen, ihren flachen Bauch, der wieder in die alten Sachen paßte. Sie sah wirklich gut aus, und manchmal kam er sich ein bißchen blöd vor, ihr in Uniform gegenüberzutreten, schämte sich mit der dämlichen Schaffnertasche und der Mütze, während sie halt aussah, wie sie aussah, und der Kleine brabbelte vor sich hin. Sie gingen nach Hause, an der alten Flintsteinmühle vorbei, an den Bäumen und Büschen, dem Gras, mitten in der Stadt hatte sie diese Stelle gefunden, ein erstaunliches Fleckchen, wo man in einem Tal am Fluß entlanggehen konnte, eine Enklave, Straßenüberführungen hoch über ihnen, keinerlei Verkehrsgeräusche.

Hines riß sie an sich. Umschlang sie noch fester, lachte unvermittelt, lockerte den Griff und schlang die Arme wieder fester um ihren Körper, lachte wieder, und dann begann auch sie zu lachen, machte dieses glucksende, aus tiefer Kehle kommende Geräusch. Er küßte sie auf den Mund, seine Zunge an ihrer unteren Zahnreihe, spürte, wie sie nachgab, den Kuß mit echter Aggression erwiderte, der Kuß war ihr wichtig. Sie küßte ihn gern. Das war großartig und erklärte vielleicht, warum ihre Lippen immer so gut zusammenpaßten – ein Kuß kann wirklich erotisch sein, ein Kuß, mehr ist nicht nötig, wenn dieser Kuß richtig ist, um sofort etwas in Gang zu setzen. Ihre Haut durch den Pullover, das Material dieses Pullovers, reine Wolle vielleicht oder etwas Ähnliches, die Größe eine Nummer zu groß für sie, ihr Oberkörper schmal, ihre Titten darunter so, als hätte sie den BH weggelassen, aber vermutlich bloß, weil sie gute BHs kauft, die sich anfühlen wie Haut oder so dünn sind, daß die Haut darunter spürbar ist. Sie konnte ihn von einer Minute zur nächsten erregen: sie brauchten bloß nebeneinanderzusitzen und gleich veränderte sich etwas, eine gegenseitige Anziehung fand statt, ausgelöst durch Strahlung oder durch das, was von ihnen beiden ausging, so wie sich eine Hand auf die andere zubewegt, dieses Aufeinander-zu, die Reaktion, dann das genaue Zusammenpassen. Mit ihrem ganzen Körper. Wenn sie früher manchmal getanzt haben, war auch das spürbar, sie haben gespielt, aufeinander zu, wieder weg, sich umkreist, eine gelegentliche Berührung, ein Zittern, dann ein anderes Lied, und wenn es ein langsames war und sie zusammen getanzt haben, bekam er einen Steifen, und sie mußten die Tanzfläche verlassen, sie vor ihm gehend.

Paul …

Schlief, total fertig.

Sie küßten sich noch einmal. Über ihre Schulter hinweg sah er die Gasflamme gleichmäßig brennen; die Sachen auf dem Kaminsims kamen ihm anders vor, der Zettel war entweder nicht da oder lag so, daß er ihn nicht sah, und die Jalousie vor dem Fenster war heruntergezogen. Vielleicht hatte sie überall aufgeräumt. Sie bewegte sich, und er nahm wieder ihren Pullover wahr, ihr Körper so schmal oder vielleicht bloß der Pullover ein bißchen zu groß. Aber er meinte, er erreichte, wenn er die Arme um sie schloß, trotzdem die Seiten seines eigenen Körpers, so als äße sie nicht genug – mager, nicht dünn. Er hob die Augen und sah sie an, und sie lächelten beide. Er schüttelte den Kopf. Ach, Sandra.

Entschuldige, Rob.

Herrgott. Er klammerte sich jetzt an sie, sein Kinn auf ihrer Schulter, die Lider geschlossen; sie drehte sich und küßte ihn, sie war schön; seine Hände unter ihrem Pullover, leicht auf ihrer Haut, die Fingerspitzen an der bewußten Stelle am unteren Ende ihres Rückgrats, bewegten sich dort entlang aufwärts bis unter den Verschluß ihres BHs, dann wieder hervor, und schließlich zog er die Hände ganz unter dem Pullover heraus. Hast du Lust, ins Bett zu gehen?

Sie lächelte.

Was ist?

Oh ... Kopfschüttelnd ging sie zum Sessel und begann sich auszuziehen.

Wie machst du das, daß du so schön bist?

Sie streckte ihm die Zunge heraus, lachte leise, als sie den Verschluß ihres BHs aufhakte. Ihre Brüste standen hervor, als sie sich umdrehte und den BH über die Sessellehne legte.

Er zog sich aus und schaltete das Deckenlicht aus, sie schaltete die Nachttischlampe an. Er legte sich auf seine Seite, das Kinn auf die linke Hand gestützt, sah sie an, bis sie näherkam, rutschte ein Stück, damit sie sich auf seinen linken Arm legen konnte, der direkt unterhalb des Kissens lag, zwischen ihrem Kopf und ihrer rechten Schulter, bequem für sie. Sie sah ihn an, bevor sie sich küßten. Sehr seltsam war er manchmal, dieser Blick. Prüfend – so als sei sie nicht hundertprozentig sicher, wer er ist. Und als er den Kuß unterbrach, sah sie ihn genauso an, bevor es weiterging, zog ihn jetzt fester an sich. Manchmal war er unsicher, ob er sie nicht zu fest umarmte, ihre Brüste nicht quetschte mit seiner Brust – einmal, aber das liegt Jahre zurück, verpaßte sie ihm einen leichten Hieb auf die Brust und zuckte zusammen und rieb sich die Knöchel, sie hatte nicht gewußt, wie hart eine Männerbrust sein kann. Er drehte sie auf den Rücken, und sie sahen sich an. Er küßte sie auf den Hals und rutschte herunter, um ihre Brustwarzen zu küssen, griff dann nach unten und zog ihr die Hose aus; den rechten Arm über seinem Rücken, hob sie den Kopf ein wenig, um an seinem Ohrläppchen zu knabbern; sie lachte und ließ den Kopf aufs Kissen zurücksinken. Sie öffnete die Beine, als er sich so hinlegte, daß er in sie eindringen konnte. Die Öffnung fühlte sich so eng an.

Gott, Rob, du bist riesig.

Hm.

Liegt daran, daß es schon 'ne Weile her ist.

Tu ich dir weh?

Nein.

Bist du sicher ... Gott ... Er atmete aus und hielt einen Moment inne, glitt langsam tiefer hinein. Er öffnete die Augen, aber ihre waren zu; er küßte sie auf die Nasenspitze und legte sich auf sie, stützte sich aber auf beiden Ellbogen ab. Grinste. Beweg dich nicht, sonst komm ich.

Oh.

Leise.

Sie machte Anstalten, etwas zu sagen.

Leise ... Er mußte das Lachen unterdrücken. Legte seinen Kopf über ihrer linken Schulter aufs Kissen. Denk an Kirchen. Die alte Frau mit dem blauen Rock, die den Weg entlanggeht – Auvers, irgendwo in Frankreich, wo die Sonne scheint. Sie in irgendeiner Rue, früher Abend, kein Mensch sonst auf der Straße, die beiden wollen etwas essen gehen, dann weiter in ein Café, sich unterhalten, und hinterher zum Tanzen oder irgendwas, Pariser Lebensart, junge Mädchen beim Cancan, der kleine Toulouse mit Skizzenblock, die Seine im Mondlicht, erkennbar nur an den kleinen Wellen. Vorsicht.

Was ist?

Nichts – du hast gezuckt.
Entschuldigung.
Er unterdrückte das Lachen.
Entschuldigung! Auch sie begann leise zu lachen.
Sie küßten sich jetzt, und er bewegte sich und konnte nicht aufhören, Gott, und mußte stoßen und beinahe ohne Orgasmus kommen und mußte trotzdem schreien.
Er lag auf ihr, das Gewicht immer noch auf beide Ellbogen gestützt. Schon gut, sagte sie, doch er blieb so. Nach einer Weile ächzte er, und sie sagte: Komm noch nicht raus.
Okay.
Gott, Rob, es fühlt sich an wie die Niagarafälle.
Er lächelte und küßte sie.
Ich hab die Papiertaschentücher vergessen.
Nimm das Laken.
…
Nein, nimm nur. Sonst mußt du im Handstand aufs Klo laufen.
O Gott.
Sie fingen beide an zu lachen, bis sie rief: Er rutscht raus, du rutschst raus. Und er fühlte, wie er herausglitt, war dann unsicher, ob er vielleicht doch noch drin war. Er drehte sich auf die Seite und stand sofort aus dem Bett auf, rannte zur Kommode, zog die Schachtel mit den Papiertaschentüchern aus der obersten Schublade. Sie nahm ein paar. Ohne Eile. Ist jetzt auch schon egal, sagte sie. War sowieso Zeit, die Betten abzuziehen.
Aaah!
Sie sah ihn an.
Es ist herrlich zu leben.
Sie lächelte.
Er reckte sich, die Hände zur Decke gestreckt, stand auf den Zehenspitzen, die Muskeln mit aller Kraft gespannt. Ließ soweit locker, daß er tief ausatmen konnte, zog es in die Länge, atmete

noch mal aus, die letzte alte Luft, bevor er die neue einatmete. Ah, Himmel. Möchtest du einen Kaffee?

Sie nickte. In meiner Tasche da drüben …

Er ging zum Küchenschrank. Auf der herausgezogenen Arbeitsfläche lag die Papiertüte, darin zwei Doughnuts mit Schokoladenguß. Absolut eklig. Ich begreife nicht, wie du dieses Zeug kaufen kannst, Sandra, wirklich nicht.

Ist billiger als Tabak.

Ja, aber trotzdem, Herrgott! Als das Wasser kochte, brühte er den Kaffee auf und stellte die Doughnuts und die Tassen auf den Fernseher neben das Bett. Wieder unter der Decke, betrachtete er seinen Doughnut und zog die Stirn in Falten. Ich habe Grund zu der Annahme, daß man sich in bestimmten Gegenden Amerikas die erogenen Zonen mit Honig beschmiert, und der Partner leckt sie ab.

Klingt interessant.

Ja, komische Gegend, dieses scheiß Amerika, offensichtlich eine doughnutbegeisterte Nation.

Das hast du von mir.

Bitte vielmals um Entschuldigung.

Gewöhnlichen Kuchen haben die gar nicht, bloß verschiedene Sorten Doughnuts.

Monopoly-Land, was erwartest du.

Aber komisch ist das schon … Sie betrachtete ihren Doughnut, bevor sie das erste Mal abbiß. Sie sah, daß er sie beobachtete, aß aber weiter, als sei ihr das egal, und schaffte es sogar, keine Schokolade ins Gesicht zu kriegen, bloß auf ihrer Oberlippe klebte ein kleiner Krümel, und sie schob die Zunge heraus und leckte ihn ab. Schmeckt wirklich gut, sagte sie. Als er grinste, schnitt sie ihm eine Grimasse.

Wieviel haben die gekostet?

Verrat ich dir nicht.

Teuer, was?

Ja.

Einen Moment Stille, dann lachte er, und sie lächelte. Ach ja, sagte er, das Leben kann manchmal verblüffend sein – hab ich neulich auch zu einer alten Schachtel gesagt, die bei mir eingestiegen ist. Entschuldigen Sie, Mrs., sag ich, ich weiß sehr wohl, daß Ihre Klagen berechtigt sind, aber in Anbetracht dessen, wie verblüffend die Welt ist, Gestirne gehen auf und so weiter … Er grinste und aß den letzten Bissen von seinem Doughnut. Stand aus dem Bett auf, holte den Tabak aus der Jackentasche, blieb stehen und schlug sich auf die Fußsohlen. Schön, dich zu sehen.

Hines hatte es gesagt, während er den Deckel hochschob. Und fügte hinzu: Soll heißen, damit hab ich nicht gerechnet.

Sie reichte ihm ihre Tasse, und während er sich hinüberbeugte und sie auf den Fernseher stellte, schlang sie den Arm um seinen Rücken; er machte die Dose wieder zu und legte sie neben die Tassen. Wie machst du das, daß du so schön bist?

Du bist ein furchtbarer Schmeichler, Hines.

He, kann man heutzutage nicht mal mehr die Wahrheit sagen?

Sie gab ihm einen Klaps auf die Brust.

Aha! Als nächstes wird man verprügelt.

Sie rollten sich zusammen herum, bis sie oben lag, und als sie sich aufrichtete, hingen ihre schönen, vollkommenen Brüste herunter, und er kam ihnen mit dem Kopf entgegen, nahm beide Brustwarzen abwechselnd zwischen die Lippen, sie drehte sich schließlich auf ihre Seite, dann wieder auf den Rücken, und Hines schaffte es, sich mit dem Mund auf der Brustwarze anders zu legen. Er ließ los, und sie küßten sich, ihre Hand war jetzt zwischen seinen Beinen, die Zungen berührten sich im Mund des anderen; er wollte jetzt eindringen, und sie rutschte ihm entgegen. Sie küßten sich immer noch, doch sein Kopf lag jetzt neben ihrem auf dem Kissen, und er stemmte sich mit dem linken Bein gegen die Wand. Er begann zu stoßen und sie bewegte sich mit. Ein Rhythmus ward gefunden. Später, kurz vor dem Höhepunkt, hielt er inne, auch sie hatte innegehalten. Er horchte auf ihren Atem. Ein paar Augenblicke nur, dann war es richtig, weiterzumachen.

* * *

Der Schreck, dieses entsetzliche Gefühl: der Wecker, nicht aufgezogen, war längst stehengeblieben, Hines hatte vergessen, ihn zu stellen. Er sprang aus dem Bett und griff nach Sandras Armbanduhr, die ebenfalls stehengeblieben war – manchmal zieht sie sie tagelang nicht auf und bindet sie auch nicht um. Das Licht sagte ihm gar nichts, es konnte 1/2 5 sein oder schon 8. Im vorderen Zimmer sah er auf die Straße, ein Mann ging auf die Kreuzung zu, das Geräusch eines schweren Fahrzeugs, das in Richtung Hauptstraße vorüberfuhr. Ungefähr 7 vielleicht, nicht später als 8 jedenfalls. Er ging zum Kinderbett hinüber, zog die Decke über dem Kleinen zurecht und ging zur Toilette. Zur Arbeit gehen – unmöglich. Es war schon 2 Stunden nach Dienstbeginn. Er konnte hingehen und fragen, ob er sich als Reserve eintragen durfte. Das erlaubten sie ihm jedoch nur, wenn ihnen viele Leute fehlten. Aber heute fehlten ihnen keine Leute – nicht an einem Donnerstag, am Zahltag. Er würde am Schalter stehen. Und stehen. Sich eine Zigarette drehen. Immer noch dastehen. Harry Cairney war heute morgen Diensteinteiler; er war zwar besser als die meisten anderen, aber das reichte nicht, so entgegenkommend, wie Hines es brauchte, konnte er nicht sein. Hines würde am Schalter stehen, rauchen und Farbe bekennen müssen. Er ging nicht hin. Er ging nicht hin.

Wie spät ist es?

Zu spät. Er schniefte. Ich hab vergessen, den Wecker zu stellen.

Oh.

Schrecklich. Schrecklich.

Was willst du machen?

Ach.

Gehst du noch hin? So spät kann es doch noch nicht sein?

Er schwieg. Ging zum Ausguß und füllte den Wasserkessel für Tee oder Kaffee oder was auch immer. Seine Akte war zu schlimm, um wahr zu sein.

Wär's nicht besser, du gehst?

Ja, sicher. Gott. Er hielt sich am Rand der Spüle fest. Nahm die Hände fort, zog die Jalousie auseinander und sah hinaus. Es war einfach zu schlimm, um wahr zu sein.

Wann solltest du anfangen?

Kurz nach 5.

Und wie spät ist es jetzt?

Wie?

Mach das Radio an.

Ja … Er ging zum Kaminsims, um es zu holen. Das heiß werdende Wasser war zu hören. Das mit der Pünktlichkeit, Sandra, sagte er, das wird wirklich schlimm, jetzt ist alles zu spät … Er schniefte. Sie nahm ihm das Radio aus der Hand und drehte an den Knöpfen. Ich krieg das nicht hin. So ein Mist. Und morgen hab ich frei, was soll nur aus dem Lohn werden? Es ist schlimm, Sandra, wirklich schlimm. Er schüttelte den Kopf. Zuckte mit den Achseln.

Lassen sie dich nicht auf Reserve gehen?

Er schüttelte den Kopf.

Bist du sicher?

Donnerstags nicht. Am Nachmittag schon, aber morgens nicht. Das wär doch so, als ließe ich mich bloß blicken, um zu zeigen, ich war da, damit ich nicht eingetragen werde – den Eintrag krieg ich trotzdem, bloß keinen so schlimmen, nicht so, als hätt ich mir den Tag frei genommen, ohne Bescheid zu sagen, ich meine, unentschuldigt; das ist das schlimmste. Aber sogar das … so, wie die Dinge inzwischen stehen.

7.27. Sie schaltete das Radio aus. Du könntest um 8 da sein, wenn du dich beeilst.

10 vor.

Sie wartete darauf, daß er etwas sagte.

10 vor.

Laß dich wenigstens blicken.

Ja. Er schniefte. Kaffee oder Tee?

Dann kannst du auch gleich deinen Lohn abholen.

Ja ... Er trug die Tassen vom Abend vorher zum Ausguß und spülte sie unter dem Wasserhahn ab. Füllte mit dem Löffel Kaffeemehl ein, wartete, bis das Wasser kochte. Dann holte er den Tabak vom Fernseher und drehte sich eine Zigarette. Mußte niesen, als ihm der Schwefel in die Nase stieg. Nieste immer noch, als er die beiden Tassen Kaffee aufbrühte.

Du hättest dir was anziehen sollen.

Ja, scheiß Kälte. Er hielt inne, um noch einmal zu niesen, trug dann den Kaffee hinüber, stellte die Tassen auf den Fernseher und ging wieder ins Bett. Sie kuschelte sich an ihn. Er legte den Arm um sie, setzte sich auf, ein Kissen im Rücken.

Sie tranken ihren Kaffee.

Wie war das, was hast du gemacht, gestern abend? In Knightswood, meine ich.

Nichts – hab einfach meinen Mantel angezogen und bin gegangen.

Ja, aber haben sie denn nichts gesagt? Sie haben doch bestimmt was gesagt.

Nein. Ich hab bloß erzählt, daß du spät nach Hause kommst.

Hines lachte leise.

Sie haben mir natürlich nicht geglaubt. Dads Augenbrauen; du weißt ja, was er manchmal für einen Blick drauf hat, als habe er alles in seinen Möglichkeiten Stehende getan und sei jetzt machtlos.

Gott!

Sie lachten eine Weile, dann sprach Sandra weiter: Irgendwas war, das wußten sie, weil ich nichts gesagt hab. Den Nachmittag über ging's noch. Aber nach dem Tee, da war's am schlimmsten, ich wußte ja, du bist jetzt zu Hause. Ich mußte immer daran denken, was du wohl machst, wenn du den Zettel findest.

Hm.

Ich kann mir ein Leben ohne dich nicht vorstellen, Rob.

...

Was sollen wir tun?

Er gab keine Antwort.

Ich hab mir überlegt, wenn du stempeln gehst, könnte ich vollzeit arbeiten, und du könntest dir was anderes suchen – irgendwas, halbtags, wär doch egal, was sparen könnten wir so und so. Es wäre ja nicht für lange. Und wenn wir genug zusammenhaben, könnten wir wegziehen, aus Glasgow meine ich, einfach weggehen.

Sag ich doch.

Und selbst wenn du nichts findest, du bekommst doch Arbeitslosengeld.

Für ein Jahr, ja.

Ein Jahr ist doch gut, in einem Jahr könnten wir was sparen.

Meinst du?

Ja, wir würden mit meinem Geld auskommen.

Das bezweifle ich.

Doch, ich glaub, das ginge. Und selbst wenn wir merken, daß es nicht geht, was sparen könnten wir trotzdem.

Ja, stimmt.

Und?

Hm.

Sandra sah ihn an.

Was ist, wenn wir nächste Woche den Bescheid kriegen, daß das Haus einsturzgefährdet ist?

Kriegen wir aber nicht.

Und wenn doch?

Die müssen noch die ganze Seite machen.

Ja, ich weiß, aber trotzdem, könnte doch sein, und selbst wenn der Bescheid jetzt nicht kommt, in ein paar Monaten kommt er bestimmt. Und dann die Miete für 'ne Sozialwohnung, die ist ganz schön gepfeffert. Ich bezweifle, daß wir da viel sparen können.

Ich bin nicht deiner Meinung, Rob.

Er nickte.

Wir schaffen es, mit meinem Geld auszukommen, deins ginge direkt aufs Konto.

Na ja ... Er nickte mit gespitzten Lippen, nickte noch einmal.

Sie trank ihren Kaffee aus, reichte ihm die Tasse, und er stellte sie neben seine auf den Fernseher.

Also, sagte er lächelnd, und wie geht's jetzt weiter? Wenn wir die Summe zusammenhaben, vorausgesetzt, wir können das sparen – was machen wir dann?

Wegziehen.

Hm.

Sie lächelte.

Er drehte sich zur Seite und küßte sie auf die Stirn. Gut, und wohin?

Gott, weiß ich doch nicht, irgendwohin.

Er lachte.

Ist doch eigentlich unwichtig, Rob, Hauptsache, wir kommen hier raus.

Ins ewige Eis am Südpol?

Ist egal.

Hm.

Wirklich.

Ja, ich weiß.

Na also!

Schon gut, schon gut. Er lachte und küßte sie auf die Stirn.

Bloß noch mal, damit ich auch richtig verstanden hab: Entweder ich flieg raus oder schmeiß alles hin, geh stempeln und du fängst vollzeit an; wir sparen die Kohle, bis wir eine bestimmte Summe zusammenhaben, und wenn es soweit ist, ziehen wir weg; wir hauen einfach ab. Richtig?

Warum denn nicht? Wir setzen uns eine Frist – ein Jahr zum Beispiel. In der Zeit können wir uns überlegen, wo wir hingehen.

Vielleicht sogar nach Australien.

Ja. Du besorgst vorher die Formulare. Andy hat gesagt, er könnte dir leicht einen Job verschaffen.

Ja, aber nicht jetzt, er ist da weg.

Dann eben dein Onkel.

Hm.

Sie lachte leise.

Wenn das mal gutgeht.

Klar, typisch, alles ist zu einfach für dich, das ist es nämlich.

Europa? Wie wär's mit Europa? Könnten wir nicht nach Europa gehen? Nach Frankreich oder so?

Ja.

Ja! Ha! Gott! Er rutschte unter die Laken und zog sich die Decke über den Kopf und lachte laut. Kam wieder hervor und setzte sich auf wie vorher. Nein, eigentlich können wir nicht.

Warum denn nicht, Rob? Wir fahren einfach rüber. Wir würden es so einrichten, daß wir zu Sommeranfang ankommen. Erinnerst du dich an den einen aus Isobels College? Nordfrankreich, für vier Monate. Wir brauchen bloß ein Zelt, und mein Bruder hat eines; er würde es uns leihen.

Hines lachte.

Und wenn du das Rauchen aufgeben würdest … Sie fuhr ihm mit den Knöcheln über die Schulter. Er hatte den Deckel von der Tabakdose aufgemacht. Legte die Dose auf den Fernseher zurück und zog ihren Kopf an seine Brust.

Sie lächelte, wiegte den Kopf leicht hin und her. Ihr linkes

Bein kam zwischen seinen zu liegen. Er hatte schon eine Erektion. Oho, sagte sie.

Hines lachte.

Paul gluckste und stieß immer wieder Schreie aus. Zwischen ihn und Hines, der am Ofen saß, hatte Sandra den Wäscheständer mit den Handtüchern gestellt, damit sie in der Kinderwanne baden konnte, ohne daß der Junge sie sah.

Der Speck brutzelte vor sich hin, während die Eier in der Bratpfanne zischten; auf einem Teller vor dem Grill lag ein Stapel gebutterter Scheiben Toast, der Tee zog neben der Bratpfanne. Der Tisch war bereits gedeckt. Hines warf einen Blick auf das Etikett der Cornflakes-Packung, schöpfte das heiße Fett auf die Eidotter, damit sie weiß wurden, aber gleichzeitig flüssig blieben. Pauls Schrei. Hines ging um den Wäscheständer herum. Es waren Schauspieler im Fernsehen. Er sah einen Moment zu. Der eine Schauspieler hatte dem anderen eins auf den Deckel gegeben, und dieser andere hüpfte herum und schlug dann ein Rad, so daß er wieder vor dem ersten stand, trat den in den Hintern und verschwand radschlagend durch einen Korridor. Es war gut gemacht.

Sandra trocknete sich schon ab.

Bist du sicher, daß er bloß Toast kriegen soll?

Frag ihn und laß es dir selber sagen.

Schon gut, wenn du immer nachgibst, ißt er bald gar nichts mehr.

Er hat Cornflakes gegessen.

Das weiß ich, aber es ist saukalt draußen, was Warmes im Magen könnt ihm nicht schaden.

Schön, mach ihm halt ein Ei.

Ja, und dann ißt er das scheiß Ding nicht.

Tja … Sandra zuckte mit den Achseln, zog sich fertig an und machte Anstalten, die Kinderwanne hochzuheben. Doch das nahm er ihr ab und kippte das Wasser in den Ausguß. Sie nahm ihm die Wanne ab und spülte sie aus. Mach dir darüber keine Gedanken, sagte sie.

Nein, ich will bloß … Er lächelte. Hättest mich mal als Kind sehen müssen! Er lachte leise und hob den Löffel, um die Eier aus der Bratpfanne zu heben. Obwohl, Speck, sagte er, man würde doch meinen, den mag er. Wie oft gibt's den schon bei uns?

Sandra schenkte den Tee in.

Eine Scheibe Speck ißt er doch bestimmt?

Sie warf ihm einen Blick zu.

War nur Spaß, sagte er grinsend. Ehrlich.

Gott sei Dank.

Glaubst du an Gott? Ich meine, an etwas, das stärker ist als endliche Dinge und dafür sorgt, daß danach noch was kommt? Ich nämlich nicht, das kann ich dir gleich sagen, ich glaube, das ist alles ein einziger Mist, von vorne bis hinten Blödsinn, das dient bloß dazu, Arbeitern das Hirn zu verkleistern. Das ist nämlich das Dumme, die sind ein Haufen Geistesgestörter, weiter nichts, die Arbeiter, die unteren Schichten. He! Er lächelte, hob den Speck vom Grill und legte ihn auf die Teller. Sandra lächelte ebenfalls, umfaßte seine rechte Hand mit ihrer.

Er nickte. Wie du das machst, gefällt mir … ich fühl mich dann so – toll, richtig toll.

Sie küßte ihn und ging den Wäscheständer wegräumen. Er stellte das Essen auf den Tisch. Was passiert, wenn du nicht gehst? sagte sie.

Nichts, ich muß mir bloß meinen Lohn im Personalbüro holen. Nach einer kurzen Pause fügte er hinzu: Ich geh trotzdem hin. Mit ein bißchen Glück spazier ich rein, hol mein Geld und spazier wieder raus.

Hoffentlich.

Ich bin ganz leise, schleich mich zur Tür rein und bis zum Schalter – auf Strümpfen, dann merken die's nicht … He, kleiner

Mann! Ich nehm den kleinen Mann mit! Psychologische Kriegsführung, genau, ich setz ihn auf den Schalter. Vor ihm werden sie mich ja wohl nicht zur Sau machen! Einen Mann vor den Augen seines Sohnes demütigen, das geht doch nicht. Ich frage dich, macht man sowas?

Sandra lächelte und brachte Paul eine Scheibe Toast.

Bloß Kartoffelplätzchen, sagte er, fehlen noch bei diesem Frühstück.

Ich hab dir gesagt, kauf welche.

Ja, ich weiß, aber jetzt muß man ein ganzes Päckchen nehmen, einzeln, bloß ein paar, kriegt man sie nicht mehr.

Wir hätten sie schon aufgebraucht.

Ah. Er zuckte mit den Achseln und schob den Teller mit den Toasts in ihre Richtung, als sie sich setzte. Kriegst du Schwierigkeiten wegen gestern nachmittag? Weil du dir frei genommen hast?

Sie schüttelte den Kopf, sah ihn an. Er zieht mir auch nichts vom Gehalt ab ... Sie verstummte und begann zu essen.

Er betrachtete das Essen auf seinem Teller.

Entschuldige.

Ich hab dich nicht kritisiert, Sandra.

Weiß ich doch.

Er langte hinüber und hielt für ein Weilchen ihre Hand. Gestern abend ... ich hab nicht mit dir gerechnet, ich hab nicht erwartet, daß du einfach wiederkommst. Ich hab noch nie richtig drüber nachgedacht, was ich machen würde, wenn du nicht wiederkommst. Das ist einfach zuviel ... Er schüttelte den Kopf.

Entschuldige, Rob.

Ach, halt den Mund.

* * *

Es gibt Individuen, deren scharfer Blick für verschiedene Aspekte des Daseins das Leben nicht leichter macht. Hines ist ein solches, aber das ist nicht seine Schuld. Das läßt sich nun wirklich nicht behaupten. Wenn er nur ein bißchen Spielraum hätte. Eine vierzehntägige Beurlaubung könnte wahre Wunder bewirken. Die Besinnung darauf, daß der weitere Verbleib im Land der größeren Briten …

Scheiß drauf.

Hines gerät in Zwangslagen, in die geriete kein Hund. Nicht mal eine Ratte. Es ist schon verblüffend. Hines hat ein kleines Kind, und er behandelt sein Kind wie einen Sohn, mit anderen Worten wie einen Menschen, und trotzdem befindet er sich selbst in einer Zwangslage, bei der nur Mist herauskommt, sonst gar nichts, und das ist nicht fair. Es ist kein bißchen fair. Hines hat die Nase gestrichen voll davon. Das läßt er nicht mit sich machen. Soweit ist sein Entschluß schon gediehen.

Genauso seine Frau. Erst diesen Morgen hat sie gesagt, es könne sich noch alles zum Guten wenden. Und vor ihr hat er sogar selber …

Paul zog an seiner Hand, wollte an einem Schaufenster stehenbleiben. Plüschtiere und Spiele waren da aufs schönste ausgebreitet, Girlanden und Weihnachtspapier, bunte Lichter und das alles. Ein Paradies für jedes Kind, über Nacht da eingesperrt zu sein.

Er drehte sich eine Zigarette. Es war gut, die Uniform nicht anzuhaben. Es lohnte sich sogar, im Bus einen Fahrschein zu lösen für dieses Privileg. Die Taschen der Jeans waren allerdings zu eng für die Hände, und so hatte er sie in die Jackentaschen gesteckt, in denen sie allerdings Wind und Wetter ausgesetzt waren. Zum Glück kam nichts von oben, aber der Wind war wirklich stark. Paul war okay, dank Fausthandschuhen und Mütze hatte er warme Hände und Ohren. Erwachsene setzen keine Mützen auf. Sie halten sie offenbar für kindisch. Mützen für Erwachsene, damit könnte man einen Treffer landen: mit modischen Mustern vielleicht, männlichen für Männer, fraulichen für Frauen.

Je näher er dem Betriebshof kam, desto mehr Leuten nickte er zu. Am Zahltag wimmelt es in der Gegend nur so von Menschen. Mit ihrem Geld verschwinden sie in alle Richtungen. Wirklich erstaunlich, dieses Leben. Man sieht sie alle dies und das und jenes tun. Hines tut nur selten dies und das und jenes. Was tut er? Er scheißt drauf. Er ist ständig pleite. Warum ist er ständig pleite? Ein ernstes A und ein ernstes B, aber trotzdem in Zahlen ausdrückbar.

Ach Gott, es kann einen schon beunruhigen, wie der Magen auf seelische Erschütterungen reagiert, vor allem wenn diese Erschütterungen die Folge eines riesigen Schlamassels sind. Eines schönen Tages wurde Hines R. verhaftet. Und das kam so: Er geht ganz friedlich seiner Wege, als urplötzlich – bums! Fliegt er hochkant zur Tür heraus. Und wofür? Weil er mit seiner Frau gevögelt und vergessen hat, den blöden Wecker aufzuziehen, weil er nämlich eingeschlafen ist. Schrecklich. Schlimm, wirklich schlimm.

Ein Süßwarenladen. Er zeigte Paul die Lutscher, doch Paul wollte lieber eine Schachtel Bonbons, blieb aber draußen stehen und sah ins Schaufenster. Hines ließ ihn eine Weile schauen, dann hob er ihn hoch. Ich weiß, du bist schon ein bißchen zu groß, um getragen zu werden, Junge, sagte er, aber ich möchte dir etwas sagen. Das ist einer dieser Momente im Leben, an die du dich noch erinnern wirst, wenn ich tot und begraben bin. Dein Dad kriegt eine Standpauke, nein, schlimmer, er kriegt vermutlich einen Schrieb – vielleicht sogar von der Betriebsleitung. Und ein Schrieb von der Betriebsleitung ist gar nicht gut, sondern ziemlich schlimm. Kann sein, daß ich sogar rausflieg, wenn das passiert, hochkant, verdammt zu einem Leben ohne Busse. Das heißt – es ist hoffnungslos, echt schlimm. So … Er stellte den Jungen wieder auf den Boden.

Es waren nur wenige Leute im Büro. Um diese Tageszeit hatte die übergroße Mehrheit ihren Lohn bereits abgeholt. Er reihte sich hinter drei anderen am Schalter ein und drehte sich eine Zigarette. Paul spazierte davon, kaute seine Bonbons und sah sich die interessanten Dinge an. Harry Cairney hatte am Vormittag die Dienste eingeteilt, war aber inzwischen weg. Gut so. Vielleicht hätte ihn sein Verschlafen geärgert, womöglich hätte er es sogar persönlich genommen, wie manche Leute eben sind. Seltsam, daß manche Leute alles persönlich nehmen.

Der Lohnbuchhalter hatte den Lohnzettel über den Schalter geschoben. Hines Robert 4729 war mit roter Tinte unterstrichen. Wart mal 'n Moment, murmelte er und ging zu einem kleinen Zimmer am hinteren Ende des Büros, in dem die Diensteinteiler ihren Tee tranken. Die rote Linie war freihändig gezogen und nicht ganz gerade, zwar nicht krakelig, aber auch nicht gerade.

Hines atmete rief durch. Campbell. Er kam brötchenessend herüber, sah gar nicht erst in Hines' Richtung, nahm Hines nicht zur Kenntnis, was in Ordnung war, da sie einander von Herzen verabscheuten. Campbell zog, vor sich hinsummend, eine Schublade auf, nahm ein Blatt Papier heraus, dann ein zweites Blatt Papier, das er Hines unter die Nase legte. Hier unterschreiben, Schaffner, sagte er, du sollst dich gleich bei der Betriebsleitung melden.

Hines nickte, runzelte die Stirn. Was soll das heißen: gleich?

Gleich, sofort. Du sollst dich jetzt gleich dort melden, geh mal lieber heim und zieh die Uniform an.

Hm, ich bin aber nicht im Dienst.

Ja, ich weiß, du hast verschlafen.

Hines nickte. Und ... wie kann ich da die Uniform anziehen?

Worauf willst du hinaus?

Wenn ich nicht im Dienst bin, wieso soll ich da die Uniform anziehen?

Campbell sah ihn an. Hör zu, unterzeichne hier für den Schrieb, du sollst dich bei der Betriebsleitung melden.

Ja, schon klar, aber eigentlich bin ich heute nicht im Dienst, wozu soll ich also …

Paul stand neben ihm, wollte sich zwischen Hines und den Schalter drängen.

Entweder heute noch oder morgen vormittag um 10: such dir's aus.

Hines schniefte. Morgen hab ich meinen freien Tag.

Dann halt einen Tag später.

Einen Tag später ist Samstag. Ich wußte nicht, daß in der Betriebsleitung samstags gearbeitet wird.

Hör zu, Hines, unterzeichne einfach und nimm deinen Schrieb; die wollen dich gleich sehen.

Ja, aber ich begreife nicht, wie das gehen soll.

Was soll das? Campbell hatte es bloß geflüstert, aber sein Zorn teilte sich sogar Paul mit, der nach Hines' Hand griff. Hines atmete durch, tätschelte dem Jungen den Kopf. Na, sagte er, es ist bloß, weil … Ich weiß nicht, wie ich das machen soll, heute zur Betriebsleitung gehen. Und morgen ist mein freier Tag. Und nächste Woche hab ich Spätschicht. Warum lassen die mich um 10 antanzen, oder meinen die 10 Uhr abends?

Campbell zog eine Zigarette aus seiner Schachtel und zündete sie an. Er musterte Hines.

Wie ich das sehe, kann ich noch mindestens eine Woche nicht hingehen – es sei denn, ich darf in Zivil kommen. Aber selbst wenn, hieße das, daß ich außerhalb meiner Arbeitszeit hingehen müßte und also die Zeit nicht bezahlt kriege. Sag mir doch mal eines: wenn ich morgen arbeiten würde und sie mich um 10 aus meiner Schicht rausnehmen würden, bekäme ich die Zeit bezahlt, wenn ich zur Betriebsleitung muß?

Campbell stieß Rauch aus. Geh zu deinem Vertrauensmann.

Ja, aber …

Geh zu deinem Vertrauensmann.

Ich hab's gehört, ich geh ja, aber …

Hier. Campbell schob den Zettel zu Hines herüber.

Ich kann nicht unterschreiben, nicht, wenn das bedeutet …

Hör zu, Hines, ich steh hier nicht weiter rum, um mit einem wie dir zu diskutieren. Entweder du quittierst für den Schrieb von der Betriebsleitung, oder du läßt es sein. Wofür entscheidest du dich?

Na ja … ich will nicht unverschämt sein oder so, ich versteh bloß nicht, wie ich das machen soll. Ich meine, wie soll ich denn hingehen können? Das kann ich doch bloß, wenn ich die Uniform anzieh, und die kann ich bloß anziehen, wenn ich die Zeit auch bezahlt kriege.

Campbell schnappte sich die beiden auf dem Schalter liegenden Zettel und ging wieder zum Aufenthaltsraum der Diensteinteiler. Der Lohnbuchhalter betrachtete sein Blatt Papier mit den Unterschriften. Hines trat seine Zigarette auf dem Fußboden aus und ging zu ihm, er nickte, drehte das Blatt zu sich herum und unterschrieb. Der Lohnbuchhalter zögerte einen Moment, gab ihm dann aber den Umschlag mit seinem Lohn. Hines prüfte den Inhalt. Lohnstreifen und Geld waren immer so eingelegt, daß die Summe nachgezählt werden konnte, ohne den Umschlag zu öffnen. Er steckte den Umschlag ein, nahm Paul an der Hand und wandte sich zum Gehen. Barry McBride kam herüber, grinste leicht, anscheinend hatte er einen Teil des Wortwechsels gehört. Ein zweiter Fahrer, ein Idiot namens Scott, folgte ihm.

Hines zuckte mit den Achseln. Bestellen mich für um 10 … Er grinste wieder. Jetzt ist es halb eins!

Barry lachte in sich hinein.

Scott sagte: Sammy ist oben. Gehst du zu ihm rauf?

Werd ich wohl müssen. Er grinste noch einmal und verließ das Büro. Oben im Flur wartete er am schwarzen Brett. Paul gab ihm ein Bonbon ab. Er kaute es, starrte auf die Anschläge, dann ging unten die Tür auf, und er hörte Scotts Stimme. Er beugte sich schnell zu Paul hinunter. Hör zu, Sohn, sagte er flüsternd, du verstehst das wahrscheinlich nicht, aber das hier ist ein großer Spaß. Paß gut auf und hör zu, dann geht's dir gut. Und mach dir keine Sorgen. Was immer du tust, keine Sorgen machen, verstanden?

Paul sah ihn an und verzog wie üblich keine Miene.

Hines lächelte. Es wird bißchen schwierig sein, alles mitzukriegen. Aber wenn du dir die Gesichter ansiehst ... Achte bloß auf die Gesichter. Egal, was, und keine Sorgen machen – für einen Dreijährigen machst du dir schon verdammt viele Sorgen.

Ich bin vier.

Vier! Herrgott, richtig! Hines zwinkerte und ging mit ihm durch den Flur. Im Aufenthaltsraum saß der Vertrauensmann an seinem üblichen Tisch und las eine Zeitung. Wie geht's, Sammy?

Ach, nicht schlecht, Rob, und selbst?

So la la ... Er hob Paul auf einen Stuhl und setzte sich auf einen anderen. Hab bißchen Ärger mit Campbell, fügte er hinzu.

Sammy hielt inne und nickte; er faltete die Zeitung zusammen und steckte sie in eine Jackentasche, zog Zigaretten heraus und bot Hines eine an, der jedoch ablehnte. Sammy zündete sich seine an, während Hines sich eine drehte. Die Tür ging auf, und Barry, Scott und ein paar andere kamen herein und setzten sich an einen Tisch, nicht zu dicht neben ihrem, aber auch nicht zu weit weg. Sammy schaute Hines von der Seite an.

Ach, eigentlich ist es dämlich. Ich wollt bloß einen Schrieb von der Betriebsleitung nicht annehmen.

Sammy nickte, wartete, bis Hines die Zigarette fertig gedreht hatte, und zündete ein Streichholz für ihn an.

Ich bin heute nicht im Dienst, verstehst du, und sie wollen, daß ich heute nachmittag hingeh. Ich soll heimgehen und die Uniform anziehen.

Aha.

Das Problem ist: Wenn ich nicht im Dienst bin, warum soll ich dann in Gottes Namen die scheiß Uniform anziehen?

Ja. Sammy schniefte und warf einen kurzen Blick auf Paul.

Wenn sie was mit mir besprechen wollen, was mit der Arbeit zu tun hat, müßten sie es während der Arbeitszeit machen, und ich müßte die Zeit bezahlt kriegen.

Sammy sah ihn an.

Oder was meinst du?

Tja ...

Herrgott, Sammy, die bestellen mich zur Betriebsleitung, und ich soll in meiner Freizeit hingehen und ihre blöde Uniform anziehen. Und wenn ich heut nicht gehe, krieg ich morgen vormittag um 10 einen Termin reingedrückt. Werd aus meiner Schicht rausgerissen. Aber Lohn bekomm ich trotzdem keinen für die Zeit. Für die endet meine Arbeitszeit, sobald ich aus dem scheiß Bus aussteige.

Hm. Hast du Campbell den Schrieb deshalb nicht abgenommen?

Hines nickte.

Wofür hast du ihn gekriegt?

Ach, paarmal verschlafen und so. Ist nicht so wichtig.

Nein, ich frag ja nur ... Sammy sah zum Wasserkocher. Scott war rübergegangen, um eine Kanne Tee zu machen; er spülte ein paar Tassen unter dem kalten Wasser ab.

Hines zuckte mit den Achseln. Was meinst du?

Tja, Gott, ich weiß nicht recht. Hm ... Sammy schniefte. Wie kommst du darauf, daß du sonst morgen um 10 antanzen sollst?

Campbell hat es gesagt.

Aha ... Sammy kratzte sich das Kinn. Bloß weil du verschlafen hast?

Ich bin auch paarmal aufgeschrieben worden.

Hm, trotzdem wird man bloß für 10 Uhr bestellt, wenn was Ernstes anliegt, Rob, ich meine, du weißt doch so gut wie ich, wenn man um 10 Uhr kommen soll, wird es wirklich ernst.

Ach, keine Ahnung … vielleicht wollen die mich einfach loswerden.

Sammy lachte auf.

Hines sah ihn an.

Na komm, so funktioniert das doch nicht.

Was soll das heißen? Ich weiß bloß, daß ich jetzt schon wieder 18 Monate hier arbeite und immer noch nicht in der Busfahrerschule bin!

Na, woran das liegt, weißt du doch. Deine Akte sieht ziemlich hoffnungslos aus – deswegen hast du den Schrieb ja auch gekriegt. Mensch, Rob, neulich hast du dich krank gemeldet, ohne vorher auf der Straße gewesen zu sein. War das erste, was ich gehört hab, als ich kam.

Ich hatte Magenprobleme, Durchfall, kannst du jeden fragen – Harry Cairney bestätigt es dir.

Ach, ich weiß, ich weiß, ich behaupte ja nicht, daß es Absicht war … Sammy verstummte und lehnte sich vom Tisch zurück, als Scott zwei Tassen Tee vor sie hinstellte und Zucker ist schon drin murmelte … Sieh's doch mal so, sprach Sammy weiter, wenn du zu mir sagen würdest, Sammy, könntest du versuchen rauszukriegen, wie die Chancen stehen, daß ich in die Busfahrerschule komm.

So was würde ich nie machen.

Nein, wart mal, ich sag ja bloß.

Aber so was würde ich nie machen.

Weiß ich, ich will dir bloß was zeigen.

Was willst du mir denn zeigen?

Deine Personalakte ist saumäßig, ehrlich. Wenn ich da hingeh, um mich für dich einzusetzen, halten die mir deine Akte unter die Nase. Und das war's.

Ja, schön, hast du mir schon gesagt, meine Akte sieht schlimm aus.

Sammy sah ihn an.

Meine Akte hat einen Scheiß damit zu tun.

Der war gut. Sammy verschränkte die Arme für einen Moment, griff dann nach seinem Tee und trank ein paar Schlucke, nahm seine Zigarette aus dem Aschenbecher und sah Paul an … Was erwartest du von mir, Rob? Ich mein, wenn du möchtest, daß ich zur Betriebsleitung mitgeh, mach ich das – klar, dafür bin ich schließlich da.

Das verlang ich doch gar nicht von dir.

Nein, ich weiß, und ich sag dir was: die Schule, die hättest du schon vor Jahren machen sollen. Wär auch drin gewesen, wenn du dich bißchen am Riemen gerissen hättest – jetzt ankommen und mir die Ohren volljammern ist sinnlos.

Wovon redest du?

Ach, das weißt du doch ganz genau. Sammy trank seinen Tee, stellte die Tasse wieder auf den Tisch und warf den Kollegen am anderen Tisch einen Blick zu. Glaubst du, mir ist dein Gejammer und Gestöhne nicht zu Ohren gekommen, Rob, glaubst du das?

Aber ich doch nicht! Soll das ein Witz sein? Darüber hab ich nie ein Wort verloren.

Ich hab aber was in der Richtung gehört. Dein Partner, der konnte seinen Mund nicht halten. Glaub nur nicht, ich wüßte nicht Bescheid, denn ich weiß Bescheid.

Sprichst du von Reilly?

Ich nenn keine Namen.

Hines schüttelte den Kopf. Paul sah ihn an. Hines streckte die Hand aus und tätschelte ihm den Kopf. Ist dir zu warm? sagte er und zog die Mütze herunter und legte sie ihm um die Schultern. Er sah Sammy an, der ihn angesehen hatte; beide wandten den Blick ab. Hines zog an seiner Zigarette; sie war ausgegangen, er zündete sie mit einen Streichholz wieder an und sagte dann: Hör zu, Sammy, was Reilly macht, dafür kann ich nichts; wenn ich mich hätte beschweren wollen, wär ich gekommen und hätte mich beschwert.

Sammy nickte.

Ich wollte dich wegen einer Sache sprechen und nur wegen einer. Wenn ich unten für diesen Schrieb quittiere, muß ich nach Hause gehen und die Uniform anziehen und dann wieder zur Betriebsleitung latschen und mich dort melden. Ohne Lohn dafür zu kriegen. Alles in meiner Freizeit. Ich möchte eigentlich bloß wissen, ob die Gewerkschaft glücklich darüber ist, wenn so mit ihren Mitgliedern umgesprungen wird.

Sammy seufzte und kratzte sich am Hals.

Ich finde, da hat Rob recht, sagte Scott.

Das weiß ich selber. Bloß glaub ich nicht, daß wir daran im Moment was ändern können.

Was willst du damit sagen? fragte Hines.

Sammy zuckte mit den Achseln. Er legte seine Zigarette im Aschenbecher ab. Hör zu, möchtest du, daß ich zu Campbell runtergeh oder was?

Wieso?

Um rauszukriegen, wie der Stand ist.

Inwiefern?

Na, zum einen, um rauszukriegen, wie ernst das mit dem Schrieb ist. Zum Beispiel: Hat er wirklich gesagt, du sollst dich morgen um 10 melden, wenn du nicht heute nachmittag gehst?

Hines schüttelte den Kopf. Dann ein Knacken aus der Wechselsprechanlage, Atemgeräusche aus dem Lautsprecher … Schaffner Hines, Schaffner Hines. Bitte im Büro melden. Schaffner Hines.

Paul staunte. Hines zwinkerte ihm zu, bat ihn um eins seiner Bonbons und wies dann auf Sammy. Paul bot auch ihm eins an. Sammy nahm es, steckte es in den Mund und trank schnell einen Schluck Tee nach. Hines grinste. Ist doch keine Tablette.

Sammy lächelte kurz.

Ich unterzeichne nicht für den Wisch.

Ich geh mit dir runter.

He, Rob, rief Scott, willst du den Kleinen hierlassen?

Nein, geht schon, danke.

Mußt du wissen. Scott zuckte mit den Achseln.

Ach, ich nehm ihn einfach mit. Trotzdem, danke.

Sammy hatte seinen Tee ausgetrunken und spülte die Tasse aus; er ging zur Tür und hielt sie Hines und Paul auf. Im Flur sagte er: Heut ist es bißchen wärmer.

Ja, hab ich auch schon gedacht.

Sammy lachte. Ein paar haben 'ne Wette laufen, ob es zu Weihnachten schneit. Idioten – die machen das jedes Jahr, denken aber nicht dran, daß es schon Heiligabend um Mitternacht schneien müßte. Sonst büßen sie ihr Geld ein.

Ach so.

Ja, ist 'ne dumme Wette.

Hm.

Ein Inspektor stand am Schalterdurchgang, als sie ins Büro kamen; er machte ihnen die Klappe auf, runzelte aber die Stirn, als er Paul kommen sah. Den Kleinen kannst du da nicht mit reinnehmen.

Muß ich aber.

Er kann doch hierbleiben, sagte Sammy.

Nein, ich laß ihn nicht allein. Hines strich Paul über die Haare und machte Anstalten weiterzugehen, doch der Inspektor hob die rechte Hand. Wart mal, ich frag lieber erst, sagte er.

Ich geh mit, Bob, sagte Sammy.

Vielen Dank, murmelte Hines. Der Vertrauensmann sah ihn an, bevor sie hinter dem Inspektor den Büroraum durchquerten. Hines hob Paul auf den Schalter. 12.55 Uhr. Es stand niemand mehr nach Lohn an. Der Lohnbuchhalter räumte bereits seine Sachen weg. Hines wies auf ihn und sagte: Das ist der Mann, der den Fahrern und den Schaffnern ihr Geld auszahlt, Sohn. Weißt du noch, als ich meines von ihm bekommen habe? Der Umschlag mit dem Geld?

Ja.

Hines zog ein letztes Mal an seiner Zigarette und trat sie auf dem Boden aus. Der Buchhalter hatte nicht herübergesehen. Im hinteren Teil des Raumes kam eine junge Frau aus einem der größeren Büros neben dem Zimmer des Diensteinteilers und ging zu einem anderen. Das ist eine Frau, die im Büro arbeitet. Sie verdient mehr als ich und arbeitet weniger Stunden.

Der Lohnbuchhalter hielt inne.

Hines schniefte und mache eine Kopfbewegung in seine Richtung. Der Mann da, der verdient viel mehr als ich, und er arbeitet auch weniger Stunden. Er ist Angestellter, der Lohnbuchhalter. Siehst du: er muß ein Hemd und einen Schlips anziehen und so ... Hines wandte den Blick von dem Mann ab und bat Paul um ein Bonbon.

Die junge Frau kam wieder. Sie war nett anzusehen. Trug sicher Parfum; wenn sie nicht zuviel aufgelegt hatte, war der Geruch ihrer Haut bestimmt überwältigend. Miniröcke waren im vergangenen Sommer Mode gewesen, und sie trug immer noch einen; sie hatte zwar nicht so schöne Beine wie Sandra, aber sie waren trotzdem klasse. Die junge Frau ging, als hätte sie es geübt, die Blätter Papier in ihrer Hand flatterten, als sie die Tür öffnete; sie trat ein und verschwand.

Sammy kam kurz darauf aus dem Zimmer des Diensteinteilers; er trug ebenfalls Hemd und Krawatte, und seine Uniform war immer frisch gebügelt, aber nicht, um es den Inspektoren gleichzutun, sondern als habe er die Rundschreiben der Betriebsleitung verinnerlicht und glaubte, daß Vertrauensleute ein Vorbild sein sollten. Er hatte die Augenbrauen hochgezogen. Man sah, daß er etwas sagen wollte, sich aber beherrschen mußte. Als er an den Schalter trat, sagte er: Rob, wieso hast du nicht gesagt, daß du morgen einen freien Tag hast.

Hab ich doch.

Sammy nickte. Dann ist es wirklich am besten, wenn du

heute nachmittag gehst. Ich komm mit. Unter uns gesagt, es ist sehr zweifelhaft, daß sie dir die Kugel geben. Deine Akte sieht zwar beschissen aus – das mußt du zugeben –, aber ich glaube, du kommst mit 2 Tagen und einer ernsten Abmahnung davon.

Bist du sicher?

Garantieren kann ich's nicht, aber ...

Ich dachte schon, ich flieg raus.

Nein, das bezweifle ich. Du machst den Job schon zu lange.

Aber keine zusammenhängenden Dienstjahre, Sammy.

Trotzdem, das wird sich vorteilhaft auswirken. Erinnerst du dich an Billy McCann? Gott, mit dem mußte ich auch mal mitgehen, ich sag's dir, wie's ist, falls du etwa denkst, nur deine Akte sieht schlecht aus.

Hines nickte. Ich krieg's also bezahlt, wenn ich hingeh?

Was?

Wenn nicht, geh ich nicht.

Hör mal, Rob, ich finde, du machst aus einer Mücke einen Elefanten.

Das seh ich aber anders, wirklich; hier geht's ums Prinzip. Ich begreife nicht, warum die Gewerkschaft sich einen solchen Mist von der Betriebsleitung gefallen läßt.

Sachte, sachte.

Hines verstummte, zog die Tabakdose heraus und begann sich eine Zigarette zu drehen. Barry McBride war mit Scott und ein paar anderen hereingekommen, sie standen außer Hörweite, sahen aber ab und zu herüber. Sieh es doch mal so, fuhr Hines fort, wenn wir zwei heute nachmittag zur Betriebsleitung gehen, bin ich der einzige, der für die Zeit keinen Lohn kriegt. Du kriegst sie bezahlt, und die mich hinbestellen auch. Ich bin doch der Arsch. Aber nicht bloß ich, sondern jeder von den Busleuten, der je in diese Lage kommt. Ist doch immer wieder dasselbe, Sammy. Ich mein ja nur, entweder kriegen alle die Zeit bezahlt oder keiner.

Sammy schniefte und nickte leicht. Hines grinste. Mach schon, geh zu Campbell und sag ihm, ich bin bereit, mich mit ihnen in einem Pub zu treffen, alle in Zivilklamotten und nach der Arbeit.

Sammy lächelte kurz. Was sollen sie deiner Meinung nach denn machen? Früher oder später mußt du doch hin.

Ich weiß, ich weiß ... Er zündete sich seine Zigarette an. Ich bin bloß nicht bereit, die Uniform anzuziehen und in meiner Freizeit hinzugehen, wenn es mit der Arbeit zu tun hat. Das macht niemand. Und da seh ich nicht ein, warum ich es machen sollte – du etwa?

Sammy sah ihn an.

Hines zuckte mit den Achseln und atmete Rauch aus.

Ist das dein letztes Wort?

Ja.

Okay, ich geh und sag's ihnen.

Entschuldige.

Wofür entschuldigst du dich?

Ach, nichts.

Hör mal, Rob, komm mir nicht mit deinen Spitzfindigkeiten.

Ich hab doch gar nichts gesagt.

Hast du doch ... Sammy schniefte. Den Blicken der außer Hörweite stehenden Kollegen ausweichend, machte er kehrt und ging wieder ins Büro der Diensteinteiler. Der Inspektor stand an der Tür; er hielt sie dem Vertrauensmann auf und ging dann hinter ihm hinein.

Paul begann auf dem Schalter herumzurutschen, drehte sich, die Beine hochgezogen, wie auf einem Karussell. Hines schob ihn eine Weile an, hob ihn dann wieder herunter und ging ein paar Schritte auf die Gruppe zu. Schließlich kam Scott zu ihm, wollte wissen, wie der Stand der Dinge war. Noch unverändert, sagte Hines.

Ein Schaffner fragte: Worum geht es eigentlich? Weigerst

dich, einen Schrieb von der Betriebsleitung anzunehmen oder was?

Ja, aber eigentlich auch nein. Ich weigere mich bloß, nach Hause zu gehen, die Uniform anzuziehen und dann in der Betriebsleitung anzutanzen, wenn ich keinen Dienst hab.

Ach so. Der Schaffner runzelte die Stirn. Da hast du verdammt recht.

He, Rob … Barry machte eine Kopfbewegung in Richtung Büro, und Hines drehte sich langsam um und machte sich daran, die Knöpfe an Pauls Mantel zu inspizieren. Der Inspektor wollte ihn trotzdem auffordern herüberzukommen. Hines nestelte weiter an den Knöpfen herum.

He, Schaffner … Der Inspektor stand jetzt an der Theke. Kommen Sie mal für 'nen Augenblick durch.

Was ist mit dem Kleinen?

Hm – können Sie den nicht hier lassen? Es dauert nicht lange.

Hines nickte kurz. Wart hier einen Moment, sagte er zu Paul, ich komm gleich wieder. Okay?

Paul nickte. Hines zwinkerte und strich ihm über den Kopf, bevor er dem Inspektor durch den Raum folgte.

Campbell und Fairlie waren beide im Zimmer. Fairlie, ebenfalls Diensteinteiler, war Ende 50, ungefähr 20 Jahre älter als Campbell; anscheinend hatte er gerade sein Mittagessen beendet, eine volle Tasse Tee stand noch vor ihm auf dem kleinen Tisch. Campbell saß auf dem Stuhl daneben, Sammy stand an der Seite, in der Nähe der Wand. Und direkt an der Tür lehnte, die Arme verschränkt, der Inspektor. Der Raum war klein, und Hines mußte sich dicht neben dem Tisch postieren, in der Nähe des älteren Diensteinteilers.

Campbell sprach als erster. Weigerst du dich immer noch, den Schrieb anzunehmen?

Ich bin nicht bereit, in meiner Freizeit die Uniform anzuziehen und zur Betriebsleitung zu gehen.

Campbell runzelte die Stirn. Warf einen Blick auf Fairlie, der seine Teetasse betrachtete, und sagte schließlich: Du nimmst den Schrieb also an?

Ja, vorausgesetzt, ich muß nicht außerhalb meiner Arbeitszeit hingehen.

Wenn du heute nachmittag nicht gehst, mußt du morgen vormittag um 10 hin.

Morgen hab ich meinen freien Tag.

Campbell sah zu Fairlie und verschränkte die Arme.

Heute nachmittag oder morgen vormittag, sagte Fairlie. Such dir's aus. Er führte die Teetasse zum Mund und trank leise schlürfend. Hines sah zu Sammy hinüber, der die Lippen vorschob. Der Diensteinteiler stellte die Tasse wieder ab und sah hoch: Also, was jetzt?

Hm … gilt es als Arbeitszeit?

Was soll das heißen, Sohn?

Na ja, ich hab heut keinen Dienst und morgen auch nicht.

Dann hast du ja jede Menge Zeit.

Ich weiß, aber das bedeutet, ich krieg die Stunden nicht bezahlt.

Wovon sprichst du eigentlich?

Von mir wird verlangt, daß ich meine Uniform anzieh und mich bei der Betriebsleitung melde. Dafür müßte ich bezahlt werden.

Ha, der ist gut. Fairlie lächelte Campbell schief an, und der prustete los. Dann sah Fairlie wieder Hines an. Wie kommst du auf so was?

Wenn ich meine Uniform anziehen und mich bei der Betriebsleitung melden soll, müßte ich dafür auch bezahlt werden.

Nein.

Wieso nicht?

Fairlie zog die Augenbrauen hoch, runzelte die Stirn, griff nach der Teetasse, trank und sah über den Rand hinweg zu

Campbell hinüber. Es hat keinen Sinn, mit ihm zu reden, erwiderte Campbell.

Fairlie schwieg. Sammy räusperte sich, schniefte und sah zu dem älteren Diensteinteiler hinüber. Was er sagt, Tom, er hat auf eine Art irgendwo recht.

Fang du nicht auch noch an!

Nein, aber wenn man es sich genau überlegt.

Herrgott, Sammy. Fairlie schüttelte den Kopf. Du meinst, wenn er zur Betriebsleitung bestellt wird, sollte er dafür bezahlt werden?

Ja, ich weiß, aber wenn man mal darüber nachdenkt.

Campbell lachte auf. Hab ich schon gemacht. Er beugte sich auf seinem Stuhl nach vorn und stierte Hines an, wurde dann aber lockerer und lachte leise. Fairlie trank wieder seinen Tee; er stellte die Tasse ab und sah Hines an. Du wirst dafür bezahlt, daß du in Bussen Fahrscheine verkaufst, Sohn. Dein Problem ist nur, daß du das nicht oft genug machst. Das hat dir den Schrieb von der Betriebsleitung eingetragen, deine Pünktlichkeit ist eine Schande – wie übrigens deine ganze Personalakte, da gibt's nichts dran zu deuteln. Entweder du quittierst für den Schrieb oder du fliegst raus.

Hines sah ihn an. Sie wechselten Blicke. Dann hob Fairlie seine Teetasse hoch.

Das ist ein bißchen hart, sagte Sammy.

Ein bißchen hart? Fairlie funkelte ihn an. Ist dir klar, von was für einer Akte wir hier reden? Würde mich überraschen, wenn er, seit er wieder da ist, mal eine ganze Woche gearbeitet hat. Ich sag dir was: Das kann er nicht widerlegen. Und ich sag dir noch was, Sammy: Du überraschst mich.

Was soll das heißen?

Blühender Unsinn ist das. Fairlie schüttelte den Kopf und trank einen Schluck Tee. Er war rot geworden. Sammy nicht minder. Einige Augenblicke später richtete Campbell sich auf und nahm eine Schachtel Zigaretten aus seinem Trenchcoat, reichte beiden Männern eine, betätigte sein Feuerzeug und zündete sich seine an; die beiden anderen zündeten sich ihre Zigaretten selbst an.

Hines machte mit der Tabakdose in der Hand ein Zeichen und murmelte: Okay, wenn ich ...? Er drehte sich eine Zigarette und zündete sie mit einem Streichholz an. Zum Ausatmen des Rauchs senkte er den Kopf, und er hielt die Zigarette nach innen gedreht neben sich in der rechten Hand. Campbell sah ihn wieder an. Über dem Tisch hing ein großer Kalender mit Fotos aus Kanada an der Wand. Hines hustete und betrachtete ihn, zog dann wieder an seiner Zigarette.

Fairlie nickte bedeutsam, und der Inspektor öffnete die Tür und murmelte: He, Schaffner, wart doch mal einen Moment draußen ...

Die Tür fiel mit einem festen Klick ins Schloß.

Hines zuckte mit den Schultern als Zeichen für seine Kollegen hinter dem Schalter. Paul war zwar nicht so groß, daß er über den Schalter schauen konnte, aber er war sicher irgendwo dahinter. Inzwischen befanden sich mehr Leute im Büro. Hines blickte sich um, wollte schauen, wie spät es war. An der Wand hing eine große elektrische Uhr, ihr zufolge war er keine 10 Minuten im Zimmer der Diensteinteiler gewesen. Er zog schnell mehrmals hintereinander an seiner Zigarette, damit sie richtig brannte. Ging ein paar Schritte und lehnte sich mit dem Rücken an die Wand. Nicht lange darauf ging die Tür auf. Sammy bedeutete ihm, mit zum Schalter zu gehen; sie blieben auf halbem Wege stehen, Sammy neben Hines, so daß er ein paar Zentimeter von Hines' linkem Ohr sprach; er redete sehr leise. Tom Fairlie war es ernst mit dem, was er vorhin gesagt hat, Rob. Wenn du den Schrieb nicht annimmst, will er dich auf der Stelle entlassen. Er wartet bloß, bis McGilvaray vom Essen wiederkommt, dann will er gleich rein zu ihm. Mann, sagte Sammy kopfschüttelnd, du schürst ganz schön Unruhe.

Was?

Sammy nickte. Du hast ja recht mit dem, was du sagst, ich behaupte nicht das Gegenteil. Ich meine bloß, so kann man die Sache nicht angehen. Mensch, Rob, bring es bei der nächsten Gewerkschaftsversammlung zur Sprache – wenn du nicht willst, mach ich es. Und ich sprech es auch beim nächsten Treffen der Vertrauensleute an. Na, was ist?

Hines zog an der Zigarette und schaute zu seinen Kollegen hinter dem Schalter. Ich kann den Schrieb nicht annehmen, flüsterte er.

Wieso nicht? Wir zwei gehen schnurstracks zur Betriebsleitung – ich komm mit, und, äh … Er schniefte. Du bauschst was auf, was eigentlich gar nichts ist.

Da bin ich anderer Meinung.

Komm schon, Rob, ich kenn dich seit Jahren; ich weiß, du hast deine Prinzipien.

Damit hat das nichts zu tun – ehrlich, ich hab bloß die Nase voll, dauernd schikaniert zu werden.

Sammy schniefte, und es wurde ein Seufzen daraus. Er fuhr sich über die Mundwinkel, machte einen tiefen Zug an seiner Zigarette und behielt den Rauch lange in der Lunge. Ist das dein letztes Wort? Er stieß den Rauch aus.

Hines zuckte mit den Achseln.

Du weigerst dich, den Schrieb anzunehmen?

Ich bin nicht bereit, in meiner Freizeit zur Betriebsleitung zu gehen, ja.

Sammy nickte. Er machte wieder einen Zug und brummte: Schön, wie du willst. Und kehrte zum Büro der Diensteinteiler zurück, klopfte einmal an, ging sofort hinein und schloß die Tür hinter sich. Hines ging zum Schalter und öffnete die Durchgangsklappe. Noch bevor jemand auf ihn zugehen konnte, hielt er die Hände hoch und formte ein Nein mit den Lippen.

Paul kam angerannt. Hines hob ihn hoch und setzte ihn auf den Schalter. Warst du artig?

Paul erwiderte nichts, er sah zu den Büroräumen hinüber. Dann kam Scott an. Was ist nun, Rob?

Nichts. Ich glaub, sie geben mir die Kugel.

Verdammt.

Hines nickte und wandte sich ab, sah in dieselbe Richtung wie Paul, und als der Junge herumfuhr, um sich die Gesichter der Gruppe anzusehen, tat Hines es ebenfalls. Er fing den Blick einer Schaffnerin namens Irene ein und grinste. Ich sterbe gleich vor Spannung!

Leises Gelächter ertönte, und Gespräche begannen. Ein Schaffner ließ seine Zigarettenschachtel herumgehen, bis sie leer war. Scott bot den wenigen, die bisher noch keine hatten, aus seiner Schachtel an und wurde bejubelt. Hines trat seine Zigarette aus und nahm eine von ihm, und das Lachen war jetzt ziemlich laut.

Als Sammy aus dem Zimmer der Diensteinteiler kam, tat er sehr bestimmt, durchquerte den Raum, wie es Leute tun, wenn es nur ein einziges Ziel zu erreichen gilt und nur einen Weg dorthin gibt. Scott machte ein paar Schritte und hob die Platte des Durchgangs für ihn hoch.

Ich berufe eine Versammlung ein, sagte Sammy an die Allgemeinheit gerichtet. In 20 Minuten im Aufenthaltsraum. Ein paar von euch könnten gehen und schauen, ob ihr noch ein paar Kollegen auftreiben könnt.

Ich schau mal im *Vale* nach, sagte einer lachend.

Ich auch, sagte Barry und fügte, Hines angrinsend, hinzu: Die Sache hat mich schon ein Bier gekostet!

Sammy sagte: Je mehr, desto besser; es soll ja was Gescheites dabei rauskommen. Er schniefte und sah Hines an: Möchtest du einen Tee?

* * *

Jemand hatte Paul eine Tasse Milch gegeben, und es genügte ihm offenbar, neben Hines zu sitzen und den Stimmen der Leute am Tisch zu lauschen. Kein Wort fiel über das, was das Problem ausgelöst hatte. Das schien Sammy für die Versammlung aufsparen zu wollen. Im Aufenthaltsraum strömten so viele Leute zusammen wie schon lange nicht. Normalerweise fanden die Gewerkschaftsversammlungen in einem Raum im Freimaurerhaus statt, und es nahmen selten mehr als zwanzig Personen teil. Zwei Gewerkschaftsfunktionäre kreuzten auf und setzten sich an einen Tisch in Hines' Nähe; sie sahen ihn an, wandten den Blick jedoch ab, wenn sie merkten, daß er es gesehen hatte. Vermutlich sprachen sie über ihn. Sie finden ihn nicht besonders sympathisch. Er sie auch nicht. Er findet sie nicht direkt unsympathisch, hält sie bloß für Idioten. Innerhalb der Belegschaft des Betriebshofs gibt es viele Animositäten. Etliche Kollegen, darunter auch Hines, können sich nicht überwinden, mit Kollegen zu sprechen, die die Einführung des schaffnerlosen Busbetriebs nicht rundweg ablehnen. Über dieser Frage ist es gegen Ende seiner ersten Anstellung zu einer tiefen Spaltung gekommen. Sie ist die eigentliche Ursache die gegenwärtig schlechte Stimmung. Und jetzt, da der/die arme Schaffner/in allmählich eingespart wird, wird nichts wieder so sein wie früher.

Warum sich Sorgen machen? Hines tut es nicht. Er hat den Geist aufgegeben, es ist zu lächerlich, es ist ein Witz. Was im Betriebshof vor sich geht, ist sowieso meistens ein Witz. Diejenigen, die im Aufenthaltsraum essen, halten sich für etwas Besseres als die, die das in der Kantine tun. Für die einen sind die anderen ein Haufen nichtsnutziger Windbeutel, während die anderen die einen als Haufen gebrechlicher Rentner ansehen, deren einziges Lebensziel darin besteht, es zu einer goldenen Uhr zu bringen. Das rührt schlicht daher, daß ein Mensch, je länger er oder sie einen Job hat, desto mehr Gewohnheiten und Besitztümer ansammelt. Und da Gewohnheiten weitere Besitztümer erfordern und alle Besitztümer Platz benötigen, wird der Aufenthaltsraum – in dem es Spinde gibt, die in der Kantine fehlen – zum zweiten Zuhause für diejenigen, die an ihrer Arbeit hängen – aber auch hier gilt: viele Leute trinken gern Tee oder Kaffee, wenn sie sich auf dem Gelände des Betriebshofs befinden, was sie in der Kantine nur zu bestimmten Stunden des Tages können, so daß sie außerhalb dieser Zeiten um den Aufenthaltsraum nicht herumkommen, selbst wenn es ihnen anders lieber wäre, weil es, wenn alles gesagt und getan ist, viel schöner ist, im Aufenthaltsraum zu sitzen und Tee zu trinken, als im scheiß Korridor herumzustehen und nichts zu tun.

Er brachte es fertig, sich nicht schon wieder eine Zigarette zu drehen. Unter anderen Umständen hätte er womöglich beschlossen, gleich ganz aufzuhören. Die Luft war rauchgeschwängert, zum Ersticken. Kein Fenster offen, so daß die Feuchtigkeit an den Wänden herablief. Doch wenn jemand dafür sorgen konnte, daß sie aufgemacht wurden, dann sicher er, der Mittelpunkt des Ganzen, der Zankapfel, derjenige, über den sich sagen ließe, er habe den derzeitigen Konflikt vom Zaune und so weiter.

Einmal hatte man ihn aus einer Gewerkschaftsversammlung hinausgeworfen, weil er den Versammlungsleiter, der gerade ein Resümee zog, mit dem Wort Scheißer belegt hatte. So etwas ist doch unerhört! Der Vorfall ereignete sich während seiner zweiten Anstellung. Das reinste Kuddelmuddel. Aber er war selbst schuld, denn er hatte zugelassen, daß Reilly ihn mitschleppte. Und gleich darauf hatte Colin Brown ihn aufgefordert, wieder reinzukommen, weil es inzwischen besser lief. Doch Hines hatte abgelehnt, er kommt erst wieder rein, wenn es Muffins gibt. Er hat keine Zeit für so was. Es erweckt vielleicht den Eindruck, als hielte er sich für besser als andere, weil er sie nicht hat. Manchmal hält er sich auch für besser, andere Male hingegen für schlimmer. Er hat einfach nicht die Zeit. Er will vorankommen. Andere Leute wollen das anscheinend nicht. Vielleicht hält allein die

Heuchelei sie davon ab. Mehr ist dazu nicht zu sagen. Wenn etwas falsch läuft, sollte man das auch mitkriegen, wenn man die Augen nicht zu hat. Und Augen können nicht zu sein, wenn Menschen arbeiten, sonst würden Busse verunglücken und Schaffner über ausgestreckte Beine stolpern.

Er brachte es also fertig, sich nicht schon wieder eine Zigarette zu drehen. He, Sammy! Bißchen frische Luft? Ist verdammt verraucht hier drin … Er nickte Paul zu.

Die Fenster wurden ein Stück aufgemacht.

Dann stand Sammy, seinen Stuhl nach hinten schiebend, auf und wartete, bis die zwei Gewerkschaftsfunktionäre zu ihm gekommen waren; zu dritt gingen sie zur hinteren Seite des Raumes, wo Tische zusammengeschoben und eine Reihe Stühle aufgestellt worden waren. Die Gewerkschaftsfunktionäre stellten sich auf die beiden äußeren Stühle, und Sammy stieg auf den mittleren Tisch und klatschte in die Hände, damit Ruhe einkehrte. Er begann zu sprechen, doch viele der Sitzenden sahen kaum etwas und mußten aufstehen; man hätte meinen können, der hierauf einsetzende Lärm von umhergeschobenen Möbeln sei Absicht. Hines spürte sein vor Gereiztheit, vielleicht Zorn klopfendes Herz. Und wenn er jetzt mit einem Gehirnschlag zusammenbräche? Sammy aber kratzte das nicht. Reilly würde die Situation vielleicht auf ähnliche Weise meistern, sein Temperament kommt dem entgegen. Einer neben Paul hatte den Jungen auf den Tisch gehoben. Danke, murmelte Hines, faßte seinen Sohn bei der Hand und ließ sie nicht mehr los.

Jemand hatte Sammy eine Zigarette gegeben. Als er rauchte, hatte sich der Lärm gelegt; Sammy begann zu sprechen. Äh, ich mußte diese außerordentliche Versammlung einberufen. Es ist etwas passiert, was diskutiert werden muß. Die meisten von euch werden inzwischen davon gehört haben. Worum geht's? Auf Rob Hines da drüben wartete ein Schrieb von der Betriebsleitung, als er heute morgen seinen Lohn abholte. Campbell hatte Dienst am Schalter. Jedenfalls, Rob wollte den Schrieb nicht annehmen. Er wollte ihn nicht annehmen, denn das hätte bedeutet, er hätte heute nachmittag, außerhalb seiner Arbeitszeit, zur Betriebsleitung gehen müssen. Er hat Campbell gesagt, daß er nicht geht. Die Sache ist die: Wenn er den Schrieb nicht annimmt, sagen sie, wird er auf der Stelle entlassen. Eine echte Drohung. Fairlie. Mit dem ist nicht zu spaßen, wie die meisten von euch wissen. Der rennt gleich zu McGilvaray. Also, ich finde, daß er den Bogen überspannt hat, und das habe ich ihm auch gesagt. Das Problem ist aber – machen wir uns nichts vor –, daß McGilvaray hinter ihm steht ... Sammy zog an seiner Zigarette.

Warum wollen sie ihn denn entlassen? rief einer.

Weil er den Schrieb nicht annehmen will, rief einer aus der Menge.

Der kurze Wortwechsel endete, als Sammy die Hand hob; er sprach weiter: Wie ich schon sagte, die Sache muß ausdiskutiert werden. Deshalb hab ich die Versammlung einberufen.

Wofür hat er den Schrieb gekriegt? rief einer.

Sammy hob die Hand, damit nicht wieder welche zu reden anfingen. Die Versammlung kann nicht den ganzen Tag dauern, sagte er, soviel wir wissen, sitzt Fairlie in diesem Moment bei McGilvaray. Es handelt sich also um eine mögliche Streiksituation; darüber sollten wir sprechen.

Jemand hatte Hines eine Filterzigarette gereicht; er hatte den Geschmack von verbranntem Papier im Mund; Rauchen schadet der Gesundheit und ist sofort einzustellen.

Wir haben im Moment noch keine Streiksituation, aber täuschen wir uns nicht: womöglich müssen wir in diese Richtung denken. Das Problem ist: Fairlie liegt falsch. Er droht damit, Rob Hines auf der Stelle zu entlassen, wenn er den Schrieb nicht akzeptiert und heute nachmittag zur Betriebsleitung geht. Dazu hat er aber kein Recht. Mein Vorschlag wäre: Wenn Mr. McGilvaray ihm Rückendeckung gibt, sollten wir uns darauf vorbereiten, die Arbeit niederzulegen. Und ich glaube, McGilvaray wird ihm Rückendeckung geben, der will die Sache bis zum Ende durchziehen. Also müssen wir bereit sein, die Sache ebenfalls bis zu Ende durchzuziehen.

Sammy zog an seiner Zigarette und blickte reihum in die Gesichter, dann nickte er einem der Funktionäre zu und stieg auf einen Stuhl hinunter. Der Funktionär stieg auf den Tisch. Die Versammlung wurde eröffnet, rief er. Denkt daran, alle Bemerkungen an den Versammlungsleiter richten!

Und bloß zur Erinnerung, sagte Sammy. Wir müssen uns kurz fassen.

Jemand zupfte Hines am Ärmel. Was liegt an, Rob?

Hines schüttelte den Kopf und wies auf den Gewerkschaftsfunktionär auf dem Tisch. Im hinteren Teil des Raumes hob jemand die rechte Hand und meldete sich zu Wort. Ja, bitte? fragte der Funktionär.

Äh, sagte der Mann, ich wollt bloß fragen, möchte Sammy, daß wir streiken?

Darum geht es nicht.

Worum dann? rief eine Stimme neben Hines. Wir kommen gerade von draußen und haben keine Ahnung, was eigentlich los ist!

Geht mir genauso. Ich komm gerade rein, und jemand hat gesagt, wir streiken!

Ein Stimmengewirr brach los. Eine Stimme sagte immer wieder: Weswegen soll er sich denn bei der Betriebsleitung melden? Das möcht ich mal wissen.

Der Funktionär runzelte die Stirn. Ruhe! rief er. Ruhe! Kommt schon, ihr müßt zum Versammlungsleiter sprechen.

Das Stimmengewirr hielt an. Wieder rief der Funktionär die Leute zur Ordnung. Ein Mann, der auf Höhe der Tische stand, stellte eine Frage, fand aber erst Gehör, als der Lärm schließlich nachließ. Sammy und der zweite Gewerkschaftsfunktionär waren auf die Tische gestiegen. Als sie wieder auf den Stühlen standen, hob der Mann die Hand. He, Kollege, ich finde, die Mitglieder hier sollten wissen, worum es geht. Nach dem, was der Vertrauensmann gerade gesagt hat, will Tom Fairlie jemanden entlassen. Stimmt das?

Ja, rief Sammy.

Er hat ihn aber noch nicht entlassen?

Nein, das hab ich euch doch gerade gesagt.

Warum will er ihn denn rausschmeißen? rief eine zornige Stimme in Hines' Nähe.

Er hat Campbell einen Schrieb nicht abgenommen, antwortete jemand von weiter hinten.

Wieso denn das? rief ein anderer, und wieder redeten alle durcheinander.

Schnell stieg Sammy abermals auf den Tisch. Er rief: Ich erklär es noch einmal, für die, die gerade erst gekommen sind. Einer der Schaffner – Rob Hines – erfuhr heute vormittag, daß eine Vorladung zur Betriebsleitung für ihn da ist. Er sollte gleich hingehen. Aber das hat er abgelehnt, weil er heute keinen Dienst hat …

Sammy hielt inne, zog an seiner Zigarette. Sofort hob Hines die Hand und winkte. Nur kurz, rief er und sagte, als Sammy nickte: Bloß um klarzustellen, was ich abgelehnt hab. Versteht ihr, ich arbeite heute nicht. Wenn ich Campbell den Schrieb abgenommen hätte, hätte ich heimgehen, die Uniform anziehen und dann wieder in die Stadt und zur Betriebsleitung traben müssen. Ich finde, das kann man nicht von mir verlangen. Gegen den Schrieb hab ich nichts – ich hab bloß was dagegen, daß ich in meiner Freizeit zur Betriebsleitung gehen soll. Das finde ich nicht in Ordnung. Wenn die es bezahlt kriegen, daß sie mit uns sprechen, sollten wir es auch bezahlt kriegen, wenn wir mit ihnen sprechen.

Zustimmendes Gemurmel folgte. Sammy nickte.

Mehr habe ich dazu nicht zu sagen, fügte Hines hinzu.

Warum hast du den Schrieb denn gekriegt? rief einer.

Das tut doch nichts zur Sache, erwiderte eine gereizte Stimme.

Genau. Sammy hob die Hand, um weitere Kommentare zu unterbinden. Wichtig ist doch, daß Fairlie den Kollegen Hines auf der Stelle entlassen will, ich meine, das ist doch nicht in Ordnung. Ich finde wirklich, dazu sollten wir klar Stellung beziehen.

Meinst du Streik? fragte einer.

Ja, Kollege, wenn es nötig ist. Aber das müßt ihr entscheiden. Dafür haben wir die Versammlung ja einberufen, damit ihr es diskutieren und darüber abstimmen könnt ... Er sah sich um, suchte etwas, wo er seinen Zigarettenstummel ausdrücken konnte; schließlich warf er ihn zu Boden, und jemand trat ihn aus. Ich möchte wissen, ob ihr hinter mir steht, dann weiß ich, wie ich dran bin.

Für einen Moment ließ er den Blick durch den Raum schweifen, dann stieg er auf einen der Stühle. Okay, rief einer der Funktionäre. Wenn jemand etwas sagen will, jetzt ist der Moment dafür. Aber denkt dran, sprecht zum Versammlungsleiter.

Kollege ... rief die zornige Stimme hinter Hines. Eine blöde Abstimmung ist gar nicht nötig. Die wollen uns bloß wieder schikanieren. Wenn sie mit dem Scheiß durchkommen, dann ...

Sachte, sachte, wie redest du denn, rief der Funktionär.

'tschuldigung, ich meinte bloß, wenn sie das versuchen, können wir uns doch nicht zurücklehnen und es zulassen. Ist doch eine Schande!

Ja, rief ein anderer. Runter mit dir, sag's ihnen, Sammy.

Ein Ausbruch zornigen Gemurmels.

Moment mal, rief eine Stimme. Wir müssen abstimmen.

Pfeif auf deine Abstimmung, rief einer.

Ist überflüssig, ein anderer.

Andere Stimmen wurden laut, als einer der Funktionäre zur Ordnung rief; der zweite stieg auf die Tische und rief ebenfalls zur Ordnung. Der Krach hörte fast schlagartig auf. Ist jemand dagegen, daß wir jetzt die Abstimmung durchführen? rief der erste Funktionär. Niemand antwortete. Die Männer blickten sich um. Die Gewerkschaftsfunktionäre tauschten Blicke, und der erste sprach weiter: Alle, die dafür sind, daß wir die Arbeit niederlegen, wenn sie den Kollegen entlassen wollen, bitte ich um ihr Handzeichen.

Die Reaktion erfolgte prompt.

Der Funktionär lächelte: Ich glaube, das ist einstimmig.

Ein paar Jubelrufe und Beifall. Der Vertrauensmann war auf einen Tisch gestiegen und hob die Hand. Tut gut, eure Unterstützung zu haben, und ich wollte bloß sagen, daß es vermutlich gar nicht so weit kommt, wenn die sehen, wo wir stehen. Sammy schniefte, bevor er weitersprach. Ich geh runter und erklär denen unseren Standpunkt ... Er nickte.

* * *

Reilly war in die Kantine gekommen und lächelte Hines kopfschüttelnd zu, als er sich für das Essen anstellte. Ein ständiges Kommen und Gehen von Leuten mit und ohne Uniform, die zwischen Aufenthaltsraum, Kantine und Billardzimmer hin und her pendelten. Wenn Hines von seinem Tisch aufblickte, sah er jedesmal einen, der schnell den Blick abwandte, verlegen, weil Hines ihn dabei erwischt hatte, daß er ihn anstarrte. Um sich die Zeit zu vertreiben, hatte Hines sich Zeitungen geborgt. Er faltete eine zusammen und riß Muster aus, die sich beim Aufschlagen der Zeitung vervielfachten. Paul langweilte sich so, daß ihm fast die Augen zufielen. Er schlief aber noch nicht, und Hines hatte vorsorglich zwei Stühle zusammengerückt, damit der Junge sich hinlegen konnte, falls er doch einschlief. Hines konnte ihn jetzt unmöglich in den Kindergarten bringen, aber was machte das schon; bloß eine Lappalie mehr, die mit nichts etwas zu tun hatte. Sammy war eine Etage tiefer; er redete McGilvaray mit Mister an, während der ihn mit Sammy anredete. War das wichtiger als der Kindergarten? Offenbar. Offenbar doch. Was für eine seltsame Frage. So was gehört zu den Dingen, vor denen sich Hines hüten muß. Vielleicht wenn die Kollegen mit ihm sprechen würden. Aber sie sprechen nicht mit ihm. Das hat natürlich Gründe. Die Mehrzahl derer, die an der Versammlung teilnahmen, arbeitet nicht in seiner Schicht; wenn er Frühschicht hatte, hatten sie Spätschicht. Bloß jetzt, wenn die Frühschicht Schluß machte, kamen welche herein, mit denen Hines wirklich reden konnte. Doch es redete kaum jemand mit ihm. Vermutlich war es seine eigene Schuld; falls alles gesagt und getan wurde, ist er ein Nichts. Ein Nichts zu sein ist eigenartig. Hines betrachtet sich als Nichts, und das gibt ihm zu denken. Was er denkt, geht keinen etwas an. Deswegen hat er den Aufenthaltsraum, als die Versammlung zu Ende war, so schnell wie möglich verlassen. Die meisten waren noch geblieben, um damit herauszurücken, was sie dachten. Es war Hines' Sache nicht, bei so etwas zugegen zu sein. Es ging ja um ihn, daher mußte er verschwinden. Mal angenommen, er hätte sich davor gedrückt, wäre geblieben und hätte sich daran beteiligt, als man ihn unter die Lupe nahm – was wäre dann passiert? Zum einen hätte er das nicht getan. Er hätte gelogen. Lügen ist sinnlos. Hines hat die Nase voll davon. Ein kleiner Junge sitzt ihm gegenüber. Wahrscheinlich ist Hines derjenige, der ihn am stärksten beeinflussen wird. Na und? Darüber braucht man nicht groß Worte zu verlieren. Lügen ändert auch nichts daran. Ein einziger Mist, das alles. Wie verhält es sich denn mit Bobbie sen.? Ist er derjenige, der Hines am stärksten beeinflußt hat? Hines kann nicht mit ihm sprechen, und umgekehrt. Was hat das denn damit zu tun? Blödsinn. Wichtige Dinge stehen an. Reilly war sehr aufgeregt beim Sprechen. Warum regt er sich bloß so auf? Die Sache ist zu Ende, bevor sie überhaupt angefangen hat, aber das begreift er nicht. Reilly begreift das nicht. Binnen eines Jahres kann man die Summe für die Überfahrt nach Australien zusammenhaben. Reilly gäbe einen Jahreslohn dafür, an Hines' Stelle zu sein. Hines könnte seinen Anteil an dem Streit verkaufen. Er möchte nicht dabeisein. Das hat ganz praktische Gründe. Er kann nicht schreien. Wenn Reilly an seiner Stelle wäre, könnte er schreien, aber so, wie die Dinge liegen, bringt er das nicht fertig, weil er direkt beteiligt ist. Reilly kann schreien. Er könnte unten im Aufenthaltsraum sein und schreien, anstatt in der Kantine Suppe zu essen. Er könnte unten herumbrüllen. Sie sollten alle unten herumbrüllen. Aber keiner von ihnen brüllt unten herum. Sie schicken Sammy runter zum Verhandeln, der McGilvaray mit Mister anredet und umgekehrt mit Sammy angeredet wird. Was soll denn dabei herauskommen? Das ist doch sinnlos. Sie begreifen es nicht. Reden ist sinnlos. Wieso reden sie? Wozu? Es ist nicht zu glauben. Wie kommt es, daß Menschen sich damit zufriedengeben? Weil sie verrückt sind? McGilvaray gehört zu den Leuten, bei denen ein vernünftiger Verzicht auf dauerndes Hin und Her wie eine Bombe einschlagen würde. Wenn man seine Haut mit einem Messer vom Adamsapfel bis zum Bauch aufschlitzt, spritzt das Blut in kleinen Bläschen heraus. Wenn ich eine Waffe hätte, würde ich McGilvaray das Gehirn wegpusten. Hines grinste. Na ja, ehrlich gesagt, nein, doch nicht – schon mal seine Tochter gesehen? Der möcht ich nachts mal in Yoker an der Endhaltestelle begegnen, Mensch.

Nee, sagte Reilly, dieser Campbell, der regt mich auf. Das Gesicht hätt ich zu gern gesehen, als du gesagt hast, du nimmst den Schrieb nicht.

Hines nickte. Nur eine weitere Lüge. Wieso nickt man zu einem solchen Unsinn? Man schuftet sein ganzes Leben lang so viel, daß man nicht sagen kann, was Sache ist. Ein Apfel pro Tag, und der Doktor lebt wie Gott in Frankreich.

Reilly lächelte. Das tut er gern. Er hat Humor. Er wird ein angenehmerer Vertrauensmann sein als Sammy, er wird McGilvaray mit Mister anreden und umgekehrt mit Willie angeredet werden – oder mit Bill. Von jetzt an sag ich Bill zu dir, Bill. Hallo, Bill, wie geht's, wie steht's?

Dein Gequatsche wird immer niveauloser, du Idiot.

Ach wirklich, Bill?

Reilly grinste. Er wischte seine Suppenschüssel mit dem letzten Stück Brot aus.

Brot war für Paul bisher der Höhepunkt des Tages. Hines hatte für beide Suppe und Brot geholt, und Paul war erstaunt, als er sah, daß das Brot trocken war, nicht mit Margarine bestrichen. Er hielt das für einen Witz, lächelte Hines ungläubig an und brauchte eine Weile, bis er zum ersten Mal davon abbiß. Jetzt mampfte er an den Pommes, die Reilly ihm geholt hatte. Gute Idee, die Pommes zu holen. Hines hätte es selber tun können, wenn er daran gedacht hätte, doch es war ihm nicht eingefallen. Reilly ist gut darin, an solche Sachen zu denken.

Ich möchte dir eine Frage stellen, Bill, eine Frage und nur die eine. Wie baut man einen Molotowcocktail?

Reillys Blick!

Nein, im Ernst, weißt du das?

Andere saßen mit am Tisch. Das machte die Sache kompliziert. Hines lächelte und schaute reihum in die Gesichter. Ist ja wohl eine berechtigte Frage an einen potentiellen Vertrauensmann. Wenn ich Vertrauensmann wäre, würde ich solche Sachen wissen wollen, vielleicht kann man Gewerkschaftsmitgliedern mit so was mal helfen?

Wenn du Vertrauensmann wärst, gäb's keine Mitglieder, sagte einer mit einer langen Nase lachend.

Hines hatte nichts gegen Menschen mit langen Nasen. Seine eigene Nase ist auch nicht gerade klein. Aber sie ist auch nicht groß. Die Nase, die aus Hines' Gesicht hervorragt, ist genau richtig. He, du Schlaumeier, sagte er, du Vertrauensmann, das möcht ich sehen!

Die erwartungsvollen Gesichter.

Hines lachte auf. Nein, im Ernst, wenn ich groß bin, möcht ich Cowboy werden.

Ich bete zu Gott, daß sie dich rausschmeißen, sagte einer lachend.

Reilly nickte grinsend.

Ich hatte nicht mal Zeit, ein Bier zu trinken! sagte Barry lachend.

Ach, scheiß drauf, sagte Hines, ich auch nicht … Er sah Paul von der Seite an und zwinkerte. Gib uns doch mal eine Pommes ab.

Paul gab ihm eine.

He, Willie, sagte ein Schaffner, du hast was verpaßt; beste Versammlung, auf der ich je war. Weißt du, wie die Abstimmung ausging: total einstimmig. Alle, die da waren, Mann, das war wirklich toll.

Ja, wär ich gern dabeigewesen, das muß ich zugeben.

Zugeben! Scheiße, sagte Hines, halt die Klappe, Willie, den Rat geb ich dir.

Oh! Reilly rieb sich die Stirn. Hat einer ein Aspirin?

Mensch, den einen Moment beschwerst du dich, weil ich nichts sage, und im nächsten tust du … Hines schüttelte den Kopf. Ich hau definitiv nach Australien ab.

Hoffentlich, dann ist endlich Ruhe, sagte ein Fahrer lachend. Scheiß Streik! Weihnachten vor der Tür und kein Lohn! Verdammt, erklär *du* das mal meiner Frau.

Aha, jetzt kommt das wieder, sagte Reilly.

Ich mach doch bloß Spaß.

Ach wirklich – na so was, murmelte Hines.

Kurzes Schweigen. Der Fahrer schüttelte den Kopf. Ich hab bloß Spaß gemacht.

Hines hob die rechte Hand. Der Mann hat nur Spaß gemacht. Also, um ganz ehrlich zu euch zu sein, ich möchte nicht, daß jemand meinetwegen streikt. Ich möchte das allein durchziehen. Es ist mein Streik, ihr könnt euch selber einen besorgen. Lassen sich ja leicht welche finden.

Er nun wieder! Barry lächelte.

Klar, sagte Hines, dieser Job ist so mies, da könnt ihr aufs Geratewohl was hernehmen. So wie ich. Ich geh runter und sag denen, daß ich wegen was anderem in den Streik trete.

Und das wäre? sagte Reilly.

Hör mal, du Arsch, du hast heute früh um 5 angefangen und kurz nach 2 Schluß gemacht. Für dich ist das in Ordnung, keine Kinder und Scheiß – du kannst mit Isobel ins Bett springen, wenn du willst. Aber ich nicht, Mann, ich bin geschafft. Wieso streiken wir nicht mal dafür!

Halt die Klappe, du Idiot.

Wär das nicht berechtigt?

He, sagte Barry, was hat Fairlie überhaupt zu dir gesagt? Hast du uns noch gar nicht erzählt.

Ach ... Hines zuckte mit den Achseln. Sag mir mal eins, Barry: Wieso streiken wir nicht wegen dieser Bürohengste? Die verdienen mehr als wir und arbeiten weniger Stunden.

Barry zuckte mit den Achseln.

Keine Antwort, verstehe. Hines schüttelte den Kopf. He, Bill, was ist mit dir? Eine Frage, und nur die eine.

Ach, gib endlich Ruhe, Rob!

Hines sah ihn an und nickte.

Einen Augenblick später sagte Barry: Ich frag mich, was die so lange machen.

Niemand erwiderte etwas. Der Fahrer, der bloß Spaß gemacht hatte, stand, sagte, ihm sei nach einem Tee, und ging sich einen holen.

Hines sagte zu Reilly: Du hast nach dem Schrieb gefragt, hab ich dir noch gar nicht erzählt. Den hab ich bloß deshalb nicht angenommen, weil das bedeutet hätte, ich hätte die Uniform anziehen müssen, ohne die Zeit bezahlt zu kriegen; das ist der ganze Grund. Aber was Sammy angeht und die anderen alle – das hat damit nichts zu tun; die wollen streiken, wenn sie mich rausschmeißen, das ist schon alles.

Von wegen, murmelte Barry.

Klar, du weißt doch, was er im Aufenthaltsraum gesagt hat: Fairlie hat kein Recht dazu, darum geht's. Ich meine … Hines lachte. Ist doch alles ein einziger Betrug. Ich streike, weil mich Sachen, die mit der Arbeit zu tun haben, außerhalb der bezahlten Zeit nichts angehen.

Reilly grinste. Und wie streikst du, wenn du gar nicht im Dienst bist? Die Stunden jetzt kriegst du doch auch nicht bezahlt, du blöder Hund.

Hines sah ihn an und lachte leise. Er nahm die Tabakdose und drückte den Deckel auf. Du machst dich, Reilly. Außerdem bist du mit Tee dran.

Von wegen!

Keine Zeit für Tee.

Einer der Gewerkschaftsfunktionäre stand in der Tür. Hines hatte sich abgewendet; er fragte Paul, ob alles in Ordnung sei, ob er eine Tasse Milch wolle oder irgendwas. Als der Funktionär am Tisch angelangt war, sah ihn Hines über den Rücken hinweg an, spürte die Gesichter, die ihn von überall in der Kantine beobachteten. Man möchte Sie unten sehen.

Er nickte. Wer verlangt nach mir?

Was?

Sammy?

Äh, nein, ein Inspektor – Bob Docherty.

Muß ich zu McGilvaray rein?

Kommen Sie schon, die warten.

Oh, Entschuldigung, ich eile schon. Er stand auf, sah ringsum die am Tisch Sitzenden an. Wieso geht McGilvaray nicht in den Aufenthaltsraum, wenn er mich sprechen will? Ich soll in sein scheiß Büro gehen und ihm, Fairlie, Campbell und dem blöden Inspektor gegenübertreten. Fällt flach. Nicht mit mir. Was meinst du, Willie? Ich stell's mal so in den Raum.

Reilly antwortete nicht.

Sollen wir nun streiken oder was? Hines grinste und folgte dem Gewerkschaftsfunktionär zur Tür. Aber er hatte nicht an Paul gedacht und machte schnell kehrt. Ich komm gleich wieder, Sohn, bleib hier bei Willie, ja.

Der Junge sah nicht übermäßig begeistert aus. Mit etwas Glück entwickelte er einen tiefen Groll – vermutlich gegen Hines, schließlich hatte nicht er ihm die Pommes gekauft! Das ist das Dumme an Kindern, nichts anderes als ein Haufen Egoisten.

Wortlos folgte Hines dem Funktionär, er lächelte nur ab und zu, wenn jemand im Vorübergehen eine Bemerkung machte. Im Büro einen Stock tiefer sagte er am Schalterdurchgang zu dem Inspektor: Ich fühl mich gar nicht gut. Der Inspektor zuckte mit den Schultern. Er machte nur seine Arbeit. Erledigte Botengänge für die Diensteinteiler und Bereichsleiter des Betriebshofs, wenn nötig. Hines lächelte. Meine Angina macht sich wieder bemerkbar.

Er folgte dem Inspektor quer durch den Raum und durch einen Korridor bis zum Zimmer des Bereichsleiters – ein Zimmer, das Hines gut kannte, hatte er es doch über die Jahre häufig aufgesucht, um sich zu bestimmten schaffnerischen Verfehlungen zu äußern und für selbige zur Rechenschaft gezogen zu werden, auf daß ihm eine gerechte Strafe zuteil wurde, gegen ihn erging in Form weiterer Minuspunkte in seiner Personalakte, die gegen seinen Namen ins Feld geführt werden konnten, einen Namen, der schon lange Stirnrunzeln hervorrief, wenn in der Busfahrerschule Dinge besprochen wurden, die mit der Aufnahme neuer

Männer im Zusammenhang standen. Der Inspektor hatte an die Tür geklopft und wartete. Hines lächelte ihn an. Dann von drinnen ein Geräusch, das sich als Herein! entpuppte.

Ah, Fisch. Danach roch es. Fairlie hatte offenbar Fisch zu Mittag gegessen. Ein eigentümlicher Geruch hatte vorhin im Zimmer der Diensteinteiler in der Luft gelegen. Hines hatte etwas wahrgenommen, sich das aber selbst zugeschrieben; er hatte sich nämlich nach dem Sex von gestern nacht und heute früh die Genitalien nicht gewaschen. Sandra hatte vergessen, ihn daran zu erinnern; normalerweise hält sie ihn zur Hygiene an. Er war zu beschäftigt gewesen, das Frühstück zu machen. Es war ein gutes Frühstück, ein tolles Frühstück, ein Frühstück zur Feier des Tages. Sie hatten es mit einem warmen Frühstück gefeiert: ihr Zusammenkommen, ihren Neuanfang, einen Fall von Ihr-könnt-uns-alle-mal. Warum sich Sorgen machen über Kleinigkeiten? Hines hatte fröhlich das Frühstück zubereitet, war aber eigentlich kein bißchen fröhlich gewesen; er hatte sich zuviel Sorgen wegen der Sache jetzt gemacht. Was hatte er sich denn erhofft? Irgend etwas halt. Was zum Teufel hatte er sich bloß erhofft? Irgend etwas halt. Hoffnung. Ein seltsam beschissenes Wort: Hoffnung. Da bin ich, ich hoffe. Ich hoffe ... Armes kleines Paulchen, genau. Seltsam, wie eins zum anderen kommt. Man ist da ... und dann und so weiter. Großer Gott!

Der Bereichsleiter schrieb etwas in eine Mappe. Er saß an seinem ordentlichen Schreibtisch über eine Mappe gebeugt und kritzelte fleißig. Das ist seine Arbeit. Unterdessen standen Sammy und Fairlie, einen Meter voneinander entfernt, links neben Hines, der mit dem Gesicht zum Schreibtisch stand. Campbell war verschwunden. Entweder war er essen, oder er hielt für die Diensteinteiler die Stellung. Der Bereichsleiter schniefte fast unhörbar und blätterte in seiner Mappe. Er schüttelte den Kopf und hob den Blick: Haben Sie eine Vorstellung, wie miserabel Ihre Akte ist? Eine gewisse Vorstellung werden Sie ja wohl haben, oder? Als Sie das letzte Mal hier waren, habe ich Ihnen gesagt, wenn Sie so weitermachen, fliegen Sie raus – erinnern Sie sich? Ich will offen zu Ihnen sein, Sohn: Sie führen sich reichlich unverschämt auf. Mr. Fairlie sagt, Sie lehnen eine Vorladung zur Betriebsleitung ab. Stimmt das?

Hm.

Was ist, stimmt das?

Hines trat aufs andere Bein, sah zu Sammy hinüber.

Ist Ihnen klar, daß Sie entlassen werden können? Der Bereichsleiter lehnte sich zurück. Ich glaube, Sie begreifen den Ernst der Lage nicht. Oder? Er beugte sich wieder nach vorn.

Ja.

Ja … Der Bereichsleiter sah ihn an, nickte. Als Sie das letzte Mal bei mir waren, habe ich Sie für 7 Tage vom Dienst suspendiert: erinnern Sie sich?

Hines blieb stumm.

Also?

Ich … sagte er schniefend. Ich finde, der Vertrauensmann sollte sprechen.

So, finden Sie? Der Bereichsleiter nickte. Einen Moment darauf sagte er: Wenn Sie mich fragen, halten Sie sich anscheinend für eine Art Paragraphenreiter, mein Sohn. Sehen Sie sich so?

Hines sah ihn an.

Na?

Nein.

Nein … Der Bereichsleiter nickte. Er warf Sammy einen Blick zu.

Wie ich schon sagte, Mr. Gilvaray, er wollte die Vorladung zur Betriebsleitung bloß nicht annehmen, weil er nicht im Dienst ist, aber heute nachmittag hätte hingehen sollen.

Richtig, er hat heut morgen verschlafen, sagte der Bereichsleiter.

Fairlie lächelte, sah, die Arme verschränkt, zu Boden.

Und morgen ist sein freier Tag.

Freier Tag? Heißt das, er ist nicht suspendiert?

Hm. Hines schüttelte den Kopf und lächelte.

Finden Sie das komisch, Schaffner?

Nein.

Nein …

Sammy schniefte. Aber wie ich ebenfalls schon gesagt habe, Mr. Gilvaray, ich finde, in einem Punkt hat er recht.

So, findest du. Kann sein, kann nicht sein, aber findest du, das ist die richtige Art, damit umzugehen?

Nein. Nein, find ich nicht – aber andererseits, ich meine …

Ach, komm schon, Sammy, brummte Fairlie.

Nein, Tom, ich finde, da hat er recht, und darüber muß man diskutieren. Das ist meine Meinung. Und ich sag dir noch was: Ich finde, du warst nicht im Recht, als du ihm mit Entlassung gedroht hast.

So? Ich schon.

Sammy hatte die Arme verschränkt; er sah zu Boden. Fairlie hatte erst ihn, dann Hines angesehen, bevor er ebenfalls wieder den Blick senkte. Wahrscheinlich hätte er Hines am liebsten erwürgt. Das wäre ein schönes Theater gewesen! Angestellter dreht nach Stundenlohn bezahlten Arbeitern den Hals um; wohin sollte das noch führen? So ein kleinliches Gezänk, meine Herren! Jetzt mal los! Attacke!

Kopfschüttelnd tat der Bereichsleiter so, als lese er abermals die miserable Personalakte durch. Schließlich sagte er an Fairlie gewandt: Weißt du was – ich bezweifle, daß die jetzt Zeit haben, sich mit ihm zu befassen … Er zeigte auf seine Armbanduhr. Nein, sagte er, das muß morgen stattfinden. Und, an Hines gewandt: Geben Sie mir mal Ihren Schrieb.

Ich …

Der liegt noch unten in der Schublade, sagte Fairlie.

Aha. Der Bereichsleiter wiegte das Haupt. Gut, Schaffner, dann wird es morgen vormittag um 10 sein müssen.

Hines sah ihn an.

Ich glaube, Sie sind sich wirklich nicht im klaren, wie miserabel Ihre Akte ist. Ist doch so, oder?

Doch.

So, aha.

Hines nickte. Kann ich etwas dazu sagen, warum ich den Schrieb nicht angenommen habe?

Mit der Akte, Sohn, hätte man Sie früher gleich vor die Tür gesetzt. Wissen Sie das?

Ja, äh ...

Der Bereichsleiter bedeutete Sammy, einen Blick auf die Akte zu werfen. Sieh dir das mal an.

Ja, ich weiß, Mr. Gilvaray, aber wie ich schon sagte, es geht hier ums Prinzip.

So? Der Bereichsleiter nickte.

Fairlie sah zu Boden.

Hines hatte Sammy nicht angesehen. An den Bereichsleiter gewandt, sagte er: Darf ich Sie daran erinnern, daß ich seit 1/2 11 heute vormittag im Betriebshof bin. Ich bekomme die Zeit nicht bezahlt, ich bin in meiner Freizeit hier. Und noch etwas – ich soll auf meinen Kleinen aufpassen, er sitzt oben bei einem Haufen Fremder. Ich finde das eine Schande, ehrlich gesagt.

Ach ja?

Ja.

He, Inspektor! Würden Sie bitte rübergehen und die Vorladung aus der Schublade holen ...

Hines schniefte. Ich quittiere den Empfang nicht, wenn ich morgen gehen muß; das ist mein freier Tag.

So?

Ja, es kommt mir komisch vor, von einem nach Stunden bezahlten Arbeiter zu verlangen, den Angelegenheiten seines

Arbeitgebers nachzugehen, wenn er dafür nicht bezahlt wird.

Aha! Der Bereichsleiter stützte den Ellbogen auf, legte den Kopf auf die Hand.

Ja, sagte Sammy. Das ist der Punkt.

Ach wirklich?

Ja, ich finde schon.

Hines fiel Sammy ins Wort. Würden Sie hier sitzen und mit mir sprechen, wenn Sie dafür nicht bezahlt würden?

Werd nicht frech, sagte Fairlie.

Ich bin nicht frech.

Doch, sagte der Bereichsleiter.

Oh, entschuldigen Sie.

Und jetzt auch noch sarkastisch.

Hines hielt inne. Ich bitte um Entschuldigung ... Er blickte während des sofort entstandenen Schweigens zu Boden.

Das Schweigen dauerte an. Sammy schob die Lippen vor, verschränkte die Arme und löste sie dann wieder. Fairlie schien uneins mit sich zu sein, sah zu Boden, runzelte immer wieder die Stirn und griff in seine Manteltasche – vielleicht nach den Zigaretten, obwohl er die Schachtel nicht herauszog. Hören Sie, sagte der Bereichsleiter, wenn Sie so weitermachen, fliegen Sie bestimmt raus, das ist mein voller Ernst. Holen Sie die Vorladung, wies er den Inspektor an.

Die Tür wurde auf- und zugemacht.

Ich sag Ihnen was, Hines: Ich begreife nicht, warum Sie wieder hier angefangen haben. Hm? Er sah Fairlie und Sammy an.

Jobs sind rar.

Jobs sind rar! Der Bereichsleiter schnaubte höhnisch. Er schüttelte den Kopf und sah Hines für einen Augenblick an. Ich glaube, ich weiß, was das bei Ihnen ist. Sie halten sich für einen Volksredner, hm? Hab ich recht?

Hm.

Wie? Der Bereichsleiter schnaubte abermals und schüttelte den Kopf.

Sammy trat von einem Bein aufs andere. Wir sollten die Sache zum Abschluß bringen.

Ich finde, wir lassen es.

Wie?

Ja, ich geh nach Hause; ich kündige. Hines machte auf dem Absatz kehrt und ging zur Tür, er öffnete sie, trat hinaus und machte die Tür hinter sich zu. Er ging durch den Korridor und sah den Inspektor nicht an, als er an ihm vorbei in den großen Büroraum ging. Ein paar Mitarbeiter standen hinter dem Schalter. Er ging hinaus und weiter zum Waschraum, blieb an der Tür jedoch stehen. Er mußte den Betriebshof unverzüglich verlassen. Das war das einzig Richtige. Eine andere Möglichkeit gab es nicht. Und es mußte gleich sein, sonst – sonst vermasselte er sich seinen Abgang. Er ging mit gleichmäßigem Schritt die Treppe hinauf, wich den Blicken der ihm entgegenkommenden Kollegen aus. Von der Kantinentür aus bedeutete er Reilly, Paul zu ihm zu bringen. Ich hab's vergeigt, sagte er lächelnd. Ich erzähl's dir unten. Er hob sich Paul auf die Schultern und ging die Treppe hinunter. Auf dem Hof blieb Reilly stehen, doch Hines ging mit ihm zum Betriebsgelände hinaus bis zur Straße.

Ich hab endlich hingeschmissen, sagte er. Der Sheriff räumt auf in der Stadt. Das Land der königlichen Briten soll schlafende Hunde nicht wecken.

Armer Reilly! Sein Gesicht.

Und Hines selber? Er mußte an sich halten, um nicht in Tränen auszubrechen. Er fühlte sich absolut elend. Seine zugeschnürte Kehle zwang ihn, nach Luft zu schnappen, sich an seinen Sohn zu klammern, den Kopf des Jungen näher an seine Schultern heranzuziehen, damit der Kleine nichts anderes sehen konnte als seinen alten Herrn, nichts sehen konnte außer der Fresse seines alten Herrn. Ein Theater!

Was ist passiert?

Nichts. Hines zuckte mit den Schultern. Hör zu, Willie, ich geh nach Hause. Du bleibst lieber hier, damit du von Sammy erfährst, wie es ausgegangen ist.

Um Himmels willen, Rob.

Ach, es ist hoffnungslos – nein, das ist vielleicht nicht das richtige Wort … Hines schüttelte den Kopf. Ach, verdammte Scheiße, ich hab's vergeigt. Er wandte sich um und lief los. Blieb noch einmal stehen und rief: Sammy kann es dir besser erzählen, Mann, ich bin … Er schüttelte den Kopf.

Reilly hatte die Hände gehoben vor Verzweiflung, vor Unschlüssigkeit, vielleicht vor Mitgefühl – er wollte, daß Hines noch einen Moment stehenblieb, nicht gerade in diesem Augenblick ging, nicht ohne ihm, seinem einzigen echten Freund, zu sagen …

Sammy kann es dir besser erzählen, rief Hines und sah jetzt beim Gehen nach vorn; er ließ Paul erst herunter, als er um die Ecke gebogen und auf der Hauptdurchgangsstraße war.

* * *

Ein häßlicher Wind blies, fuhr mitten hinein in den Hinterhof. Der Müll wurde durcheinandergewirbelt, und Wellen zogen über die große Pfütze hinweg. Taumelnd bahnten sich die Kostgänger der Mülltonnen ihren Weg, beugten sich in den Wind, stemmten ihm ihre Mülltüten entgegen, doch die jähen Böen wirbelten Papierfetzen und anderes Zeug heraus, hoch in die Luft. Mienen waren nicht zu erkennen, aber man durfte wohl annehmen, daß ein gewisses verblüfftes, geistesabwesendes Stirnrunzeln an der Tagesordnung war.

Die Küche war gemütlich. Aus dem vorderen Zimmer erschallte laut und kräftig Musik, ein Rhythm-and-Blues, der auf die *Marseillaise* hinauslief. Hines fühlte sich pudelwohl. Er konnte es mit allem und jedem aufnehmen. Kein Herumgeschubse mehr.

Und dort kniete der kleine Mann und sah sich im Fernsehen beklagenswerte Ereignisse in einem englischen Dorf an. Eine richtige Freude. Im Winter vor zwei Jahren flog direkt gegenüber mal ein Fernseher zum Fenster hinaus. Ein Ehestreit. Hatte nichts zu tun mit politischen Skandalen, obwohl es Hines den verschiedenen Fraktionen innerhalb und außerhalb des Betriebshofs so geschildert hat. Er bedauert nicht, daß er die Geschichte verfälscht hat. Warum sollte er? Lügen macht ihm nichts aus. Die Wahrheit dagegen schon. Er sucht das Wahre. Zum Fenster hinaus mit dem scheiß Fernseher und fertig. Saftige Weiden, das ist nichts für ihn. Er bevorzugt die bodenlosen Tiefen: wenn da alles klar ist natürlich. Klarheit als Devise. Man gewinnt sie durch Schweigen. Schweigen, das ist 'ne schöne Bescherung. Hines würde es gern weiter wahren. Nur bringt ihn sein Mundwerk immer in Schwierigkeiten. Seine Sprache enthält seine Gedanken, und seine Gedanken sind einmalig seltsam. Ihm ist oft danach, sich den Kopf aufzuschneiden und sich das Durcheinander mal im Spiegel anzusehen. Eine eigenartige Vorstellung. Hines ist eigenartig. Und hält sich auch dafür. Er ist ein Picknick. Ein Pick-nick. Einer, der sich für ein Picknick hält, dürfte unzurechnungsfähig sein.

Der Winter ist ja auch die Zeit des Irrewerdens. Hände hoch diejenigen, die bei Sonne, im langen, heißen Sommer in der Zwangsjacke weggebracht werden. Das sind nicht viele, da bin ich sicher. Nein, der Sommer ist eine Zeit der Freude, der Erholung und des Atemschöpfens. Nimm deine Würstchen und brat sie an, bis sie ringsum gebräunt sind, dann Wasser dazu, Salz & Pfeffer, Gewürze, und schon bald sind sie gar und können mit Kartoffelpüree und Kohl aufgetragen werden, eine gute, schmackhafte Mahlzeit. Paul ißt sie zwar lieber gebraten und mit Pommes, aber er ist nicht der Koch, und Hines sagt immer: Richte dem Kleinen aus, er soll ins Café gehen. Außerdem sind Kinder eben Kinder: was sie am liebsten essen, ist schädlich.

Hines ist für Ordnung. Ordnung. In einer Reihe antreten lassen und niedermähen die Leute. Er nimmt einen Spritzer von diesem, eine Prise von jenem und springt dann zum Fenster hinaus. Unten auf dem Hof kämpfen sie sich durch einen Wind, der durch Mark und Bein geht. Was ist Mark? Das Zeug, das aus den Knochen austritt, eine gelatineartige Substanz.

Wer will das wissen? Da: eine Stimme, die das Kommando zum Feuern bellt. Es war einmal, da lebte in einem quadratischen Rechteck ein Trio. Der Kopf ist ein eigen Ding. Hines hat Zugang zu seinem. Er eröffnet ihm alle Möglichkeiten, etwas Vernünftiges zustande zu bringen, aber hört der auf ihn?

Morgen ist ein neuer Tag. Es wird hell, man ißt sein Frühstück, hat sich gewaschen, womöglich gar rasiert, wenn man sich die Mühe macht. Die Mühe, sich zu rasieren. Paul rasiert sich nicht. Er ist ein kleiner Junge. Er rasiert sich noch 10 Jahre oder länger nicht. Ein Hines nähert sich dann rasierend den 40. 40 Jahre alt ist ein Hammer. Wenn Hines in dieses Alter kommt, ist die Welt so oder so eine andere.

Aber dann ist er schon tot, schon seit Jahren vielleicht, wahrscheinlich keine 30 geworden. Hat abgedankt, Schluß gemacht in der Blüte seiner Jahre. Oh-oh-oh, jawohl. Dies ist ein Schrei, ein echter Schrei. Man wirft mit seiner Mütze nach Leuten, die gerade ihre Suppe essen. Bringt sie zum Lachen. Sogar Sandras Mutter hat gelacht, und das will etwas heißen. Daß sie ein Dings ist, würde ich nicht gerade behaupten wollen, aber ihr müßtet sie mal sehen, wenn sie ihr Dings dingst. Ha-ha. Erstaunlich.

Sag was zu dem Jungen.

Hines räusperte sich. Der Junge war in das Fernsehprogramm vertieft. Dabei kamen gerade Nachrichten. Mit 4 1/2 Nachrichten sehen, unglaublich. Eindeutig ein Zeichen von Genialität. Vielleicht wird er ja ein Staatsmann. Ja, damals daheim in Schottland war schon mein Vater ein Radikaler. In aller Bescheidenheit muß man schon sagen, daß sich das politische

Bewußtsein größtenteils auf dem Knie des alten Herrn herausgebildet hat. Er hatte die ehrfurchtgebietende Angewohnheit, öffentlich zu furzen. Wer hat das eingefügt? Meinen ersten Auftritt auf der politischen Bühne, wenn man so sagen will, werde ich nie vergessen. Er hat mich in den Betriebshof mitgeschleppt, in dem er damals beschäftigt war Komma denn Sie müssen wissen Komma daß die als Busschaffner bekannte Spezies zu der Zeit ihr Aussterben noch vor sich hatte. Das hatte der alte Knabe damals selber noch nicht richtig begriffen und erwarb sich dennoch einen bescheidenen Ruf, Ruhm, nennen Sie's, wie Sie wollen. Ich erinnere mich gut daran, daß er mich im Aufenthaltsraum an einem Tisch deponierte – wenn Sie mir diesen Ausdruck verzeihen – und nach unten verschwand. Gütiger Himmel.

He, kleiner Mann, wie fandst du das denn heute? Im Betriebshof. War das ein Haufen Mist?

Paul sah auf.

Nimm's nicht zu ernst. Busse sind ein scheiß Job. Deshalb hab ich ihn geschmissen. Schrecklich. Mum kommt bald wieder; hast du Hunger?

Ja.

Hör mal, wieso antwortest du immer so steif? Nein, im Ernst, Sohn.

Paul sah ihn kurz an und wandte sich wieder dem Fernseher zu. Ein Kind ist ein Zwerg. He, hast du Lust, Schnippschnapp zu spielen?

Ja.

Pauls Lachen hat auch dieses Gurgelnde. Er hat ein viel besseres Lachen als sein Vater. Doch vielleicht wird er in der Zukunft etwas entwickeln, das Hines ähnlicher ist. Hines' Lachen ist nicht gut. Es klingt sogar schrecklich, richtig schlimm – fast peinlich. Damit soll nicht gesagt sein, daß es unnatürlich klingt. Es ist bloß nicht Ausdruck von Wohlbefinden. Aber wenn Sandra lacht, das ist ein Geräusch, da überkommt sogar einen unbeteiligten Zuhörer urplötzlich der Wunsch, sie in die Arme zu schließen. Das ist der Unterschied zwischen seinem Lachen und ihrem. Und Paul hat ihres, das ein Ausdruck von Fröhlichkeit ist. Ja, gurgelte er, das kleine Kerlchen hatte das eigentümlichste Lachen, es nahm seinen Ausgang von diesem oder jenem, man hatte nie den leisesten Schimmer, wovon eigentlich.

* * *

Sie rannten zur Tür und fielen über sie her, kaum daß sie herein war, beide jubelnd, und Sandra lachte. Laßt mich erst mal den Mantel ausziehen!

Keine Zeit, rief Hines und gab ihr einen lauten Schmatz auf die Lippen. Dann schob er die Tür zu und hob den Jungen hoch, während sie den Mantel auszog. Sie warteten, bis sie ihn in der Garderobe auf den Kleiderbügel gehängt hatte, und gingen dann wieder in die Küche.

Gott, ist das warm, sagte sie und stellte sich gleich an den Ofen und wärmte sich die Beine.

Ihr Weiber! Warum zieht ihr keine Hosen an, wenn die Witterung es verlangt?

Sie streckte ihm die Zunge heraus.

Das ist das Dumme heutzutage, dieses Modegetue …

Er hatte vergessen, die Kartoffeln zu kochen, sie lagen ungeschält in der Spüle. Alles andere war fertig. Er begann zu pfeifen, als er den Hahn aufdrehte. Die Kartoffel wusch und schälte er sehr schnell und schnitt sie dann in sehr kleine Stücke. Heißes Wasser war noch im Kessel, er brauchte es bloß wieder aufkochen lassen. He, Sandra … Er lächelte. Hast du Lust auf Kino?

Umwerfende Idee. Sie hatte einen Schuh ausgezogen und wärmte sich die Fußsohle. Er ging hinüber, und sie umarmten sich; sie stellte den gewärmten Fuß auf seinen.

Du siehst großartig aus, flüsterte er.

Sie umschlang ihn noch fester, und er hob sie 10 Zentimeter in die Höhe. Dann sagte Paul etwas und zupfte gleichzeitig an ihrem Rock. Hines ließ sie herunter und ging zum Herd. Die Leute in Daddys Betriebshof haben gestreikt. Er hob den Deckel vom Krauttopf und wendete es mit einer Gabel. Dann hob er den Deckel von der Bratpfanne und stach in die kochenden Würstchen; sie zerfielen, so zart waren sie. Das Wasser im Kessel fing gerade an zu kochen, und er füllte es in den Topf mit den Kartoffeln und stellte sie auf einen Gasring.

Sie sah ihn an. Paul hatte die ganze Zeit weitergeplappert und verstummte nun.

Na ja, sagte er, es ist so … Er zuckte mit den Schultern. Ich hab hingeschmissen. He, Paul, deck den Tisch.

Wirklich?

Ja.

Einen Augenblick später sagte sie: Ist etwas passiert?

Äh, ja, ziemlich viel sogar. Noch kein Streik, aber fast wär's einer geworden. Ein Haufen Blabla. Ich mußte zu McGilvaray rein, hab eine Vorladung gekriegt. Die war schon da, als ich vormittag hingegangen bin. Zur Betriebsleitung.

O Rob.

Ach, das hab ich mir schon gedacht, es hat sich einiges angesammelt, und so was machen die immer am Donnerstag.

Was ist passiert?

Nichts – sie wollten mich entlassen. He du, kleiner Mann, deck endlich den Tisch! Hines lachte leise und ging zu ihr, legte die Hände auf ihre Schultern. Es ist okay.

Sie seufzte. Und fügte hinzu: Entschuldige, aber das muß ich erst mal verdauen.

Ich weiß.

Was willst du machen?

Er holte sich seine Tabakdose, drehte sich eine Zigarette. Grinste: Aufhören zu rauchen!

Sie lächelte nicht.

Na ja, die Sache ist die, ich weiß nicht genau, wie der Stand der Dinge ist. Ich hab gleich dort im Büro gesagt, daß ich gehe, sagte er achselzuckend, darum weiß ich noch nicht, ob ich die eine Woche Kündigungsfrist noch arbeiten soll oder was. Ich glaub nicht, daß sie mich lassen, sagte er lächelnd.

O Rob, was hast du angestellt? Was Schlimmes?

Herrgott, Sandra.

Ich frag ja bloß, ob es schlimm war, vielleicht für die Referenzen.

Referenzen?

Na ja, wenn du einfach gegangen bist.

Vom Betriebshof kriegt man keine Referenzen.

Nein, aber wenn du bei einer anderen Firma anfangen willst, werden die dort nachfragen.

Hm. Er atmete den Rauch aus und ging wieder zum Herd.

Aber sicher.

Herrgott, Sandra. Er hob den Deckel von einem Topf und legte ihn wieder auf. Paul stand auf Zehenspitzen, wollte Tassen aus dem Küchenschrank nehmen. Hines gab sie ihm heraus.

Immer überstürzt du alles.

Entschuldige, ich dachte, du würdest dich freuen.

Das ist es nicht.

Dann versteh ich nicht, was das soll. Herrgott, ich dachte, wir hätten das heute früh besprochen. Ich meine, als wir heute früh miteinander gesprochen haben, ging es doch darum, daß ich bei den Bussen aufhöre.

Sie nickte.

Du bist doch eine Kämpferin, Frau, du bist eine Kämpferin!

Einer muß es ja sein.

…

Entschuldige. Sie schüttelte den Kopf. Er war zu ihr hinübergegangen und nahm ihre beiden Hände. Wieder schüttelte sie den Kopf. Schau dir deine Mum an! sagte er zu Paul, erstaunlich, sie ist erstaunlich. Irgendwann wirst du das begreifen.

Sandra hatte die Augen zugemacht, und er küßte sie auf die Stirn. Hast du was dagegen, wenn wir zu Hause bleiben …

Allerdings, sagte er, hab ich. Es ist doch gut – wir haben was zu feiern.

Sie nickte.

Du solltest dich freuen.

Ich weiß … Sie lächelte. Ja, sollte ich wohl, oder?

Ja, kein oder. Er machte eine dumme Geste, so als wolle er zu singen anfangen. Würstchen und Kartoffelbrei und das saftige Kraut, rief er. Aus drei Töpfen frisch auf den Tisch.

Ich würde trotzdem lieber zu Hause bleiben.

Ja … Er nickte. Natürlich. Blöde Idee.

Es war nicht blöd.

Nee. Er schniefte und sah sich um, nahm seine Zigarette aus einem Aschenbecher und zündete sie sich an der Gasflamme neu an. Sandra ging zu ihrem Sessel und setzte sich, beugte sich vorher aber hinunter und küßte Paul auf die Stirn; er kniete neben dem Fernseher auf dem Boden und vergnügte sich mit den Spielkarten. Hines stach die Kartoffeln mit der Gabel an. Er blieb an der Spüle, bis sie fertig waren. Sandra schien fernzusehen. Es war eine merkwürdige Situation.

Es gibt etwas, das ist ganz ähnlich – wenn nicht gar genauso: man wartet, steht da und wartet, denkt über Verschiedenes nach. Dann will die Brust sich aus irgendeinem Grund nicht mehr richtig heben. Die Schultern sind wie eingefallen, als sei eine Feder gebrochen, und man spürt das Gewicht des eigenen Kopfes.

Emotional ausgelaugt vielleicht. Manchmal ist man emotional so ausgelaugt, daß die Brust sich nur mit Mühe hebt. Man taucht die Füße in warmes Wasser.

Sandra sitzt dort, und er hat keine Ahnung, was sie denkt, absolut keine. Das ist merkwürdig. Sie kennen sich jetzt seit über 5 Jahren und leben fast genauso lange zusammen. Er weiß nicht, was sie denkt. Ist sich nicht mehr sicher, daß sie gut von ihm denkt. Früher hat sie gut von ihm gedacht. Jetzt hat sich das wohl geändert. Gestern hat sie ihn für immer verlassen. Das ist seltsam. Weil sie ihn liebt.

Weil sie ihn liebt, ist sie zurückgekommen. Sie ist weggegangen, weil sie keine so hohe Meinung mehr von ihm hat wie früher, aber zurückgekommen, weil sie ihn immer noch liebt.

Wahrscheinlich ist es eine Frage der Zeit, bis sie wieder geht.

He ... sagte er, an sie gewandt. Neulich abends, warst du da wirklich mit deinen Kollegen aus dem Büro im Pub?

Sie nickte. Ihr Gesicht sagte, bitte überleg dir, was du als nächstes sagst.

Aha, ich dachte bloß gerade – gestern, hattest du dir das vorher überlegt? Ich meine, das mit gestern abend ...

Was willst du damit sagen? Ihrem Gesicht war abzulesen, daß er jetzt besser schwieg.

Ich begreife nicht, wie du so einfach gehen konntest, mit Paul und so, meine ich ... Herrgott, Sandra. Er schüttelte den Kopf. Das war nicht geplant, oder?

Nein. Sie nickte und wies auf Paul, der alles hören konnte – wußten sie denn, ob er nicht die Ohren spitzte?

Hines schüttelte den Kopf. Diese Woche war die schlimmste Woche meines beschissenen Lebens. Entschuldige. Er lächelte. Sind zwar alle beschissen, aber diese war die beschissenste. Er hörte auf zu grienen und drehte sich für ein paar Augenblicke zur Spüle. Die Brust hebt sich nur mit Mühe. Eine interessante Sache: das Gewicht des eigenen Kopfes; den Kopf auf eine Waage legen, aber ohne den Hals, damit man ein genaues Meßergebnis bekommt. Er nahm den Deckel von dem Topf mit den Kartoffeln und stach sie mit der Gabel an – hätte er aber nicht müssen, denn das Wasser war fast klar. Und klares Wasser heißt: die Kartoffeln haben nicht gekocht.

Er lächelte ihr zu, aber ihr Gesicht … ihr Gesicht war schrecklich, es war so traurig, so traurig, so verdammt traurig, wirklich traurig. Er drehte sich zur Seite und starrte auf die Jalousie, durch die Schlitze hindurch zu der Straßengabelung in der äußersten rechten Ecke, zu der Baulücke mit den Straßenlaternen in der fehlenden Häuserzeile; man vertreibt die Idioten, sie stolpern die Treppe hinunter und suchen nach neuen Weidegründen, ihre Kinderlein bilden die Nachhut – dieser Ausdruck in den Gesichtchen: was ist hier los! Niemand sagt uns, was hier los ist, aber irgendwas muß doch sein, denn sonst – sonst was? Weshalb zerrt man uns sonst die Treppe runter raus in die scheiß Kälte?

Wir machen uns auf, die Welt zu sehen.

Hallo, Onkel Vic, ich bin da. Hier bin ich, und die ganze Strecke … überall, wo es mir gefällt, denn jetzt bin ich da, hier bin ich, und ich brauch bloß zur Hintertür rausgehen, schon hab ich diesen Ausblick, ganz Australien.

In einem Film, den sie vor einer Weile im Fernsehen gesehen haben, war eine erstaunliche Szene: Steht der Mann, ein Bild der Niedergeschlagenheit, draußen auf einem Balkon, da geht leise die Tür auf und die Frau kommt herein, schon in Schlafsachen. Liebling … komm ins Bett. Das war vielleicht eine Scheiße, ein richtiger Haufen Scheiße war das. Mußt du gleich an Bobbie denken an seinem Fenster, wie er dasitzt und raussieht, zu den Bergen sieht, egal, ob es neblig ist oder nicht und er durch die Hochhäuser durch überhaupt was sieht. He, Mum! Sitzt er immer noch am Fenster?

Eine nette Frage, Kind. Eine sehr nette Frage, die du deiner eigenen Mutter da stellst. Solche Fragen stellt Hines. Er stellt diese Frage. Warum stellt er so eine Frage?

Er öffnet den Mund.

So etwas hat es bisher kaum gegeben. Du schaltest einen Gang herunter. Hältst inne, wartest; zucken darfst du freilich nicht, mußt ruhig stehenbleiben, darfst dich keinen Millimeter bewegen, während das trübe Wasser der schwülen Seine, das schwermütige Wasser der schwülen Seine, siehst die Tanzmädchen, den kleinen Toulouse mit dem Skizzenblock, ein langsamer Spaziergang am Fluß entlang, mit dem Kinderwagen, der Kleine kräht fröhlich, und das junge Paar schlendert dahin, sie müssen nicht sprechen, sie kennen einander so gut, es genügt ihnen, einfach dort zu sein, einfach dahinzuschlendern mit dem Kleinen im Kinderwagen, der Rest des Tages noch vor ihnen. O Gott. Du machst die Jalousie zu, machst sie zu.

Sandra war von ihrem Sessel aufgestanden und aus der Küche gegangen.

Als er die Kartoffeln abgegossen hatte, teilte er das Essen aus. Paul war allein auf seinen Stuhl am Tisch geklettert. Hines zwinkerte ihm zu, als er einen Teller mit Essen vor ihn hinstellte, dann ging er ins vordere Zimmer.

Sie saß auf dem Sofa. Laß mich allein, sagte sie.

Er machte die Tür zu und setzte sich neben sie, legte den Arm um ihre Schulter. Zog ihn nicht zurück, als sie erstarrte.

Manchmal hasse ich dich, Rob. Sie zog ein Taschentuch aus ihrem Pulloverärmel und wischte sich die Nase ab. Du sagst Sachen ... Sie schneuzte sich, schüttelte den Kopf.

Ich sage Sachen, die sind nicht gut.

Du sagst Sachen, die sind so ... Sie verstummte und schüttelte noch einmal den Kopf.

War nicht so gemeint.

O Gott.

Ehrlich.

Wenn du das wirklich meinst, dann solltest du gehen, dann solltest du einfach gehen.

Wohin denn? Er lächelte. Ich will nirgendwohin. Ich möchte

hierbleiben, in dieser blöden Bruchbude. Ich möchte hierbleiben.

Warum muß ich heulen? Sie schniefte und putzte sich die Nase.

Du mußt heulen, weil – keine Ahnung.

Sie seufzte und sah ihn an.

Das Essen steht auf dem Tisch.

Ich bring mindestens noch eine Stunde nichts runter.

Er lachte leise.

Rob …

Er sah sie an.

Was sollen wir machen?

Dasselbe wollte ich dich fragen. Er lächelte und schüttelte den Kopf. Ich weiß es nicht, ehrlich, keine Ahnung.

Soll ich mich drum kümmern, vollzeit zu gehen?

Noch nicht – es sei denn, du möchtest.

Eigentlich möchte ich nicht.

Dann laß, es muß nicht sein.

Aber was, wenn du keine Arbeit findest?

Er zuckte mit den Schultern. Sagte einen Moment darauf: Ich krieg ja Arbeitslosengeld, so schlimm ist das nicht.

Sie erwiderte nichts.

Herrgott, Sandra, bei dem bißchen, was ich verdient hab … sind wir sogar noch besser dran.

Vielleicht kümmer ich mich dann doch darum, vollzeit zu gehen.

Wenn du möchtest.

O Gott.

Nee, ich mein, ehrlich, Sandra, wenn du vollzeit gehen möchtest, dann mach es. Ich sage doch bloß, ich glaube nicht, daß es sein muß, ehrlich, das ist alles, was ich meine.

O Gott … Sie schüttelte den Kopf, seufzte.

Das ist das Land der königlichen Briten! Weder Fisch noch

Fleisch. Er rutschte zu ihr herum und grinste: Das predige ich dir doch schon seit Jahren!

Sie lächelte.

Nein, ehrlich – ehrlich, Sandra, du hättest es mal sehen sollen: es war schrecklich, im Ernst, gräßlich, wirklich schlimm, echt schlimm – deshalb hab ich den Job hingeschmissen; der arme Sammy, der Vertrauensmann, schlimm, und dieser scheiß McGilvaray, wie der ihn runtergeputzt hat, wirklich schrecklich. Eins steht mal fest: mit Willie hätte er sich das nicht getraut. Willie, der wäre ein guter Vertrauensmann. Wahrscheinlich machen sie ihn sogar zum Inspektor! Sammy, der wird nie Inspektor – der ist keine Gefahr, verstehst du, Gewerkschaftsleute machen sie nur zum Inspektor, wenn sie gefährlich sind. Armer Sammy. Er ist auch kein schlechter Vertrauensmann, das ist es ja gerade. Hines lächelte. Er findet mich nicht sympathisch. Er findet mich aber auch nicht unsympathisch. Vor mir hat er keine Angst. Vor Willie schon, glaub ich. Vor Willie hat er Angst – vermutlich, weil der auf seinen Job aus ist. Na ja … ich weiß auch nicht …

Er drehte sich wieder nach vorn, sah zum elektrischen Feuer und stützte die Ellbogen auf die Knie.

Was ist wirklich passiert, Rob?

Was wirklich passiert ist? Hm, nichts. Gar nichts. Lauter Mist. Er lächelte. Ich hab's vergeigt, Streik ja oder nein, ich hab mich sogar für letzteres entschieden. Merkwürdig, sehr merkwürdig. Verblüffend sogar, sehr verblüffend, eine sehr verblüffende Merkwürdigkeit. Er lachte auf, rutschte herum und sah sie an. Weißt du, was ich überlege? Ich überlege, ob ein Arsch wie McGilvaray vor einem wie Willie mehr Angst hat. Hätte wahrlich mehr Grund dazu!

Inwiefern?

Na ja … sagte er kopfschüttelnd. Weil, na ja … Er schüttelte wieder den Kopf und sah zum Feuer. Stand auf, ging hinüber und drückte den Stecker hinein, schaltete es ein. Mit einem knackenden, blechernen Geräusch begann sich der Heizstab zu erhitzen. Er lehnte sich wieder zurück und legte den Arm um sie; sie legte den Kopf auf seine Brust. Ich weiß, sagte er, das ist dumm.

Mit einemmal ging die Tür auf. Paul; er blieb in der Tür stehen, lief dann zu seinem Bett und sah hinein.

Ich bin froh, daß du aufgehört hast, flüsterte Sandra.

Ich auch. Das Blöde ist das Fahren, diesen blöden Busführerschein, den wollte ich wirklich haben.

Ach!

Ja, ich weiß, aber …

Den kannst du auch woanders machen.

Wo denn? Gibt doch nichts anderes – es sei denn, eine scheiß Fahrschule, und da kostet es ein Vermögen.

Aber ist das so wichtig, um einen Job zu kriegen?

Was … hm, vermutlich nicht, aber dann könnte man sich wenigstens an unterschiedlichen Stellen bewerben. Er schnaubte und lachte dann leise.

Sie gab ihm einen Klaps auf die Brust: Heute hab ich dein Geschenk gesehen.

Was ist es denn?

Sag ich dir nicht.

Was zum Anziehen oder was zum Spielen?

Von beidem etwas.

Von beidem etwas! Klingt nach einem von deinen scheiß amerikanischen Doughnuts!

Sie lachten einen Moment. Paul kam herüber; er lehnte sich an Sandras Beine und sagte: Ich hab alles aufgegessen.

Meinen Teller hoffentlich auch! Sie lachte wieder und hob ihn sich auf den Schoß.

He, Moment mal. Nicht so frech, ja! Da schuftet man den ganzen Tag über den heißen Herd gebeugt, und das ist der Dank! Er sprang auf und marschierte zu den Fenstern, rief: Das war's, das war der letzte Tropfen, der das Faß, das steht fest: verbringt man sein halbes Leben damit, Essen zu machen, und was kommt dabei raus? Elefanten aus Mücken! Kein Wunder, daß das Land in diesem Zustand ist!

Er marschierte zum Sofa zurück und kniete sich vor ihnen auf den Boden: Hört mal, sagte er, hättet ihr Lust auf Australien? Das Land der langen heißen Sommer? Im Ernst. Ich könnte meinem Bruder schreiben ... Nein, im Ernst.

Du hast schon mal seine Adresse nicht.

Dann eben meinem Onkel. Hines zuckte mit den Achseln. Ich mein's ernst, Sandra.

Du meinst's ernst ... Sie sah ihn an. Und als er nickte, nickte sie ebenfalls. Vielleicht.

Vielleicht ... Er kratzte sich den Kopf. Vielleicht ... Stand auf. Das ist gut; vielleicht. Vielleicht mach ich's.

5

Es gab Duschen im Waschraum, doch nur mit kaltem Wasser. Heißes Wasser kam bei den am Boden befindlichen Waschbecken aus der Leitung. Als er die Seife von seinem Körper abgespült hatte, sagte er zu Paul, er solle hier warten und sich ordentlich waschen. Er ging hinüber zur Wand, drehte eine Dusche auf und trat langsam von außerhalb des Sprühnebels bis direkt unter den Wasserstrahl, aber nur für einen kurzen Moment, trat wieder zurück, lief bis zum Beckenrand und sprang mit einem Kopfsprung hinein; er schwamm bis zum tiefen Ende und dann wieder zurück. Es waren nur fünf andere Männer im Wasser, sie zogen in unterschiedlichem Tempo ihre Bahnen, hin und zurück, hin und zurück. Hines schwamm noch einmal auf die andere Seite. Und als er wieder im Flachen war, rief er Paul aus dem Waschraum und sagte, er solle das schmutzige Wasser im Waschbecken ablassen.

Am flachen Ende reichte das Wasser bis zu den vier Stufen an der Ecke. Hines war schon dorthin gegangen. Als Paul kam, sagte er zu ihm, er solle die Treppe herunterkommen. Der Junge bückte sich und hielt sich am Beckenrand fest, das Gesicht zum Waschraum; er setzte seinen linken Fuß auf die oberste Stufe, zog ihn aber zurück, als das Wasser daran schwappte. Es ist kalt, sagte er.

Es ist kein bißchen kalt, komm, gib mir deine Hand.

Paul kniete mit dem rechten Bein auf dem Beckenrand, sein linkes Bein baumelte herunter, der Fuß ein paar Zentimeter über dem Wasser. Er hielt sich weiter mit beiden Händen fest, als er den linken Fuß auf die Stufe setzte.

Prima, jetzt das andere Bein, dann kannst du zur nächsten Stufe runtergehen.

Paul tat es; er mußte sich herumdrehen und den Blick vom Waschraum abwenden, hin zu den Umkleidekabinen; dann zog er die Hände weiter vom Rand zurück. Als das Wasser schwappte, bewegte Hines sich ein bißchen mit, so daß es dem Jungen bis über die Füße reichte, und für einen Moment stieg Paul auf die Zehenspitzen, ging dann aber wieder herunter, beide Füße auf der Treppenstufe.

Gut, Paul; jetzt bis zur nächsten, mehr mußt du gar nicht. Du kannst mir deine Hand geben.

Paul sah an sich hinunter, hielt vielleicht Ausschau nach seinen Füßen oder den Stufen, aber der Beckenrand versperrte ihm die Sicht.

Nein, Junge, du mußt weiter reinkommen.

Faß mich nicht an, Daddy.

Hines hatte einen Schritt nach vorn gemacht, er blieb stehen. Keine Sorge. Ich bleibe hier.

Paul machte einen kleinen Schritt rückwärts und drehte sich zugleich ein Stück zur Seite; er sah seine Füße auf der Stufe, hob den linken und schob ihn von der Stufe nach unten, so daß er etwa ein Drittel des Stücks bis zur nächsten Stufe im Wasser war.

Gut, gut – laß ihn so, bis du soweit bist.

Er veränderte die Position seiner Hände und schob sein linkes Bein weiter hinunter, bis die Zehen die Stufe berührten, sah nach seinem Fuß.

Genau, prima.

Paul hatte seinen Fuß jetzt auf der Stufe aufgesetzt und verlagerte einen Teil seines Gewichts darauf. Er hatte sich in eine ungünstige Position manövriert, den Körper zur Seite gebeugt, das linke Bein gedreht, das rechte gebeugt. Also fuhr er herum und stützte sich mit dem linken Unterarm auf den Beckenrand. Während er sich mit der rechten Hand an der Kante festhielt, zog er die Schulter hoch und hob das rechte Bein hoch und herüber.

Prima, Junge, ganz prima.

Nun drehte er seinen Körper zurück und trat auf die zweite Stufe. Das Wasser schwappte ihm um die Knie, er schaute immer noch in Richtung Umkleidekabinen. Hines trat zum Beckenrand, um Pauls Gesicht zu sehen. Das machst du ganz prima, sagte er, aber erinnerst du dich, als wir das letzte Mal hier waren? Du warst damals noch klein, aber so tapfer – ich glaube, du bist gleich ganz rein, ja, ich bin ganz sicher. Weißt du das noch?

Paul nickte zögerlich.

Ich bin sicher, du bist einfach reingesprungen, und ich hab dich aufgefangen – weißt du noch?

Ich will die Treppe runtergehen.

Ja, ich weiß, ich weiß. He ... Hines lächelte: Guck mal. Guckst du? Er wartete, bis der Junge sich so weit gedreht hatte, daß er ihn sehen konnte, trat dann zurück und ging so tief in die Knie, daß ihm das Wasser bis über die Schultern reichte. Er lachte und tauchte unter, kam wieder hervor, richtete sich auf, wischte sich die Augen aus und schüttelte den Kopf.

Paul nickte.

Du Räuber, du! Okay ... sagte er lächelnd. Fertig zum nächsten Schritt?

Paul nickte, sah sich um und schaute kurz nach unten, zum Waschraum, zu den Umkleidekabinen und zum anderen Ende des Beckens. Der Bademeister unterhielt sich am Beckenrand mit einem anderen Mann, ihre Stimmen wurden herübergetragen; beide rauchten.

Gut, Junge, zwei Stufen hast du schon, jetzt noch eine, dann bist du schon bei der letzten.

Paul hatte auf seine Füße geschaut, warf jetzt einen Blick auf die Haltestange und reckte sich, um sie zu erreichen, faßte mit der linken Hand danach, drehte die rechte, hielt sich mit ihr weiter am Beckenrand fest und stieg mit dem linken Bein nach unten, während die rechte Hand stückchenweise zum Rand glitt und nach der Haltestange griff, und bei dieser Bewegung geriet er aus dem

Gleichgewicht und schlug mit der rechten Schulter an der gekachelten Wand an. Paul hielt den Atem an, das Wasser reichte ihm jetzt bis zum Rücken, fast bis an den Hals, und er trippelte mit den Füßen an der Beckenwand entlang, stemmte sie dagegen und krümmte sich, so daß ihm das Wasser nur bis zur Taille reichte.

Toll, ganz toll, Paul, gut gemacht.

Er lachte; erst war es ein lautes Zittern, dann ein Beben.

Nicht mal die ganze Treppe, sondern gleich an die Stange, das ist wirklich großartig.

Ein Mann kam vom Waschraum angelaufen und machte einen Kopfsprung ins Wasser, so daß es nach allen Seiten spritzte. Paul umklammerte die Stange, drückte sich in die Ecke und sah hinaus zu den Umkleidekabinen. Paß auf, sagte Hines und berührte ihn an der Schulter, stieg hinaus und stellte sich einen Meter von Paul entfernt an den Beckenrand. So, sagte er, jetzt zähl bis drei, und dann spring ich. Aber du mußt zählen, verstanden? Also, los.

Paul sagte nichts.

Mach schon, Paul, eins zwei drei!

Eins zwei drei.

Vier! rief Hines und machte einen Kopfsprung. Er tauchte bis auf den Grund, wendete und schwamm unter Wasser bis zur Ecke und tauchte neben Paul auf. Er lachte, wischte sich das Wasser aus den Augen, schüttelte den Kopf.

Nicht! schrie Paul gellend, zuckte vor den Spritzern zurück und hätte sich beinahe den Kopf am Beckenrand angeschlagen.

Was machst du denn, du hättest dir beinahe den Kopf aufgeschlagen.

Es ist kalt.

Es ist nicht kalt. Na ja, vielleicht doch, ein bißchen, aber verglichen mit letztes Mal, als wir hier waren, da war es letztes Mal kälter. He, stehst du mit den Füßen auf dem Boden?

Nein.

Nein, das ist gut. He, hör mal ...

Paul zitterte jetzt vernehmlich und drückte sich immer wieder hoch, um dem schwappenden Wasser auszuweichen.

Gut, genau, beweg dich, dann wird dir gleich warm, richtig, so macht man das, okay, jetzt gib mir deine Hand ... Okay? Fertig?

Paul starrte zum Waschraum. Ein Angestellter war dort mit einem Eimer aufgetaucht und ging pfeifend zu einer Tür, auf der Privat stand. Hines wollte die Hand des Jungen nehmen, doch Paul ließ die Stange nicht los. Okay, Junge, jetzt laß los ... Er zog sacht.

Ich will nicht, Daddy.

Ist ja schon gut, ich halte dich doch, hab keine Angst, ich laß nicht los – he, du glaubst doch nicht etwa, ich laß dich ertrinken? Oder? Hines lachte, zog ein bißchen fester, um Pauls Hand von der Stange zu lösen. Okay, bist du soweit?

Paul sagte nichts.

Jetzt komm schon, denk an letztes Mal! Da bist du gleich reingesprungen, und ich hab dich aufgefangen und dich gleich hochgehoben – du wärst fast geschwommen.

Er nickte, nahm aber die Hände nicht von der Stange.

Komm schon, Sohn.

Ich will nicht, Daddy.

Ach, dir passiert doch nichts. Und er schloß seine beiden Hände um die des Jungen und zog sie von der Stange, hob ihn vom Rand weg und ging, ihn bis zur Taille über dem Wasser haltend, etwa zehn Meter. Er sagte, Paul solle nicht so sehr strampeln, hielt ihn dann auf Armeslänge von sich entfernt an den Händen und hob ihn abwechselnd hoch und ließ ihn wieder ein Stück herunter, bis der Junge nicht mehr so japste. Er machte einen großen Schritt rückwärts, so daß Paul in die Horizontale gezogen wurde. Im Flachen ging er bis zur anderen Beckenseite und wieder zurück, immer hin und her.

* * *

Sandra war einkaufen gewesen, sie stand am Drehkreuz, als sie herauskamen. Hines nahm ihr ein paar Taschen ab und sie gingen zum Café. Sie war fröhlich, sprach von verschiedenen Dingen, hatte auch seinen Anzug abgeholt. Im Café aßen sie Buletten mit Bohnen, dazu gab es Tee und Orangenlimonade für Paul. Sandra fragte, ob er immer noch ins *Vale* wollte, wenn er Paul in den Kindergarten gebracht hatte, doch Hines schüttelte den Kopf, er wußte nicht, wozu.

An der Bushaltestelle standen ziemlich viele Leute. Murrten darüber, daß sie schon so lange warten mußten; offenbar war seit einer halben Stunde kein Bus gekommen. Hines zog seinen Tabak hervor und wollte sich eine Zigarette drehen, es war aber zu windig, und er steckte die Dose wieder ein. Als ein Bus kam, fuhr der an der Haltestelle vorbei und hielt erst an der Ampel; die Türen gingen auf und drei Fahrgäste stiegen aus. Die Leute an der Haltestelle waren empört. Sandra mußte lachen und wandte sich ab.

Ein zweiter Bus kam, und dahinter sah man einen dritten. Noch lauteres Murren.

Bevor Sandra einstieg, gab sie Hines auch die anderen Taschen. Sie winkten ihr nach, als der Bus von der Bordsteinkante losfuhr. Die Ampel stand auf Grün, der Bus fuhr in die Kreuzung ein und bog nach rechts ab. Auf dem Weg zum Kindergarten gab Hines dem Jungen zwei der leichteren Taschen. Die Leiterin stand im Flur, als sie in die Garderobe traten. Hines lächelte sie an und sagte Paul leise tschüß. Im Flur drehte er sich eine Zigarette. Von der Straße kamen eine Gruppe kleiner Kinder und drei Frauen herein. Er grüßte sie, hob die Taschen auf und hängte sie sich über die Unterarme, um die Hände frei zu haben.

Anstatt sofort heimzugehen, überquerte er die Straße und ging in den nächstgelegenen Pub, bestellte sich ein Bier, trug es zu einem der Tische an der Wand und stellte die Taschen dort auf den Boden. Wieder am Tresen, nickte ihm der Mann, der dort bediente, zu und sagte etwas über das Wetter. Ein Stück weiter versuchte ein Gast namens Michie Hines' Aufmerksamkeit auf sich zu lenken und fragte, als Hines mit einem Nicken grüßte, ob heute sein freier Tag sei. Hines lächelte und bejahte. Er borgte sich den *Daily Record* von dem Mann am Tresen, nahm ihn mit an seinen Tisch und las darin, bis er sein Bier ausgetrunken hatte. Ein Mann kam herein, als Hines hinausging, und hielt ihm die Tür auf.

Von der gegenüberliegenden Straßenseite fragte eine Frau, die im Nachbarhaus wohnte, wie es Sandra gehe, sie habe sie ewig nicht gesehen; die Frau war in Eile, sagte Hines aber gutgelaunt auf Wiedersehen.

Oben ließ er die Taschen aufs Bett plumpsen, schaltete den Fernseher und das Gasfeuer ein, machte sich eine Tasse Kaffee. Die Wohnung war sauber. Schließlich nickte er ein. Ehe er losging, um Paul abzuholen, machte er sich noch einen Kaffee.

* * *

Um 5.30 fing er an zu kochen. Der Fisch war noch nicht angemacht. Im Küchenschrank lag ein Päckchen Sauce. Er wusch die Kartoffeln und schälte sie, wusch sie noch einmal und trocknete sie dann ab. Er stellte die Bratpfanne auf den Herd, um das Fett zu erhitzen, und schnitt, ab und zu eine Melodie pfeifend, die Kartoffeln in Scheiben. Als die letzte Scheibe in der Pfanne lag, setzte er die niedrige Bratpfanne auf, legte den Fisch hinein und briet ihn auf kleiner Flamme. Er wischte das Schneidebrett des Küchenschranks ab, füllte den Wasserkessel und setzte ihn auf. Alles würde fertig sein, wenn ihr Schlüssel an der Wohnungstür zu hören war.

Er hatte den Tisch gedeckt. Als Sandra und Paul sich auf ihre Plätze setzten, stellte er das benutzte Kochgeschirr ins Spülbecken, gab Spülmittel dazu und mischte Wasser aus der Leitung mit heißem Wasser aus dem Kessel. Als er sich schließlich setzte, stand ein runder Kuchen in der Mitte des Tisches. Sandra lächelte. Freitag abend.

Pauls Methode, Fisch zu essen, war ungünstig. Hines' Großvater hatte ihm, seinem Bruder und seiner Schwester eine bessere beigebracht. Die Fischhappen werden mit der Gabel zum Mund geführt; Gräten werden mit der Zunge herausgeschoben. Hines' Vater schimpfte über diese Methode. Er aß lieber keinen Fisch. Er vertat so viel Zeit damit, Gräten mit Messer und Gabel herauszulösen, daß das Essen jedesmal kalt wurde. Sandra schimpfte nicht, aber sie löste die Gräten lieber vorher heraus. Paul machte es wie sie. Hines hatte seinen Teller samt Besteck und Kochgeschirr schon abgespült, da aßen sie immer noch. Er stellte ihr den Tee neben ihren Teller auf den Tisch, ging mit seinem zum Sessel und setzte sich. Drehte sich eine Zigarette und warf einen Blick auf die Rückseite der *Evening Times*, die Sandra mitgebracht hatte. Nach einer Weile sagte Sandra: Warum gehst du nicht ins *Vale*, Rob? Vielleicht erfährst du ja was.

Ach ... Er zuckte mit den Achseln. Schniefte. Ich hatte wirklich schon überlegt, noch mal wegzugehen, aber ich dachte, ich besuch den alten Herrn.

Ist das eine gute Idee?

Es wäre ein vorbildliches Benehmen.

Sandra räumte weiter den Tisch ab. Wär vielleicht gut, wenn wir alle hingingen – alle drei; wir haben sie schon eine Weile nicht mehr besucht.

Er nickte.

Wir müssen nicht. Ist bloß eine Idee.

Hines schüttelte den Kopf. Heute abend wird er nicht in Drumchapel einen trinken, er wird unten in Partick sein, sich mit seinen alten Kumpels treffen.

Ich dachte, das macht er nicht mehr?

Doch, aber immer nur zeitweise. Seit zwei, drei Monaten

geht er wieder hin, und dann hat er wieder die Nase voll und bleibt in seinem Viertel.

Sandra nickte. Trotzdem, meinte sie, ich könnte doch mit Paul hingehen – deine Mum kann bestimmt bißchen Gesellschaft gebrauchen. Wir könnten uns später treffen, du und dein Dad, ihr könntet zusammen mit dem Bus zurückkommen.

Na ja.

Keine Lust?

Nein, darum geht's nicht; ist nur so umständlich.

Hm.

Hast du denn welche?

Eigentlich nicht. Ich dachte bloß … Sie hatte ihm eine zweite Tasse Tee eingeschenkt. Reichte sie ihm lächelnd: Ich hab es bloß vorgeschlagen, weil ich es für eine gute Idee hielt. Ist nicht wichtig, ich dachte bloß, weil wir sie schon eine Weile nicht besucht haben. Und ich weiß ja, wie ihr zwei seid, wenn ihr was getrunken habt.

Wir haben bloß lebhaft diskutiert!

Ha-ha. Als sie sich setzte, fügte sie hinzu: Ich dachte, falls du irgendwohin gehst, dann ins *Vale*.

Ja, schon gut, ehrlich gesagt hab ich mir auch gedacht, ich könnte dahin gehen, wenn ich den alten Herrn nicht auftreiben kann. Hines griff nach der Tabakdose. Paul lachte über etwas im Fernsehen. Ein Unterhaltungsprogramm. Übrigens, wie war's bei der Arbeit?

Sandra warf ihm einen Blick zu.

Nein, es interessiert mich wirklich.

Wenn du es unbedingt wissen willst, wir hatten viel zu tun. Übrigens, Jean hat gefragt, ob du dieses Jahr zur Weihnachtsfeier kommst.

Ach ja?

Ja.

Hm.

Sandra lächelte. Dann sagte sie: Ehrlich, Rob, wär schön, wenn du kommen würdest.

Großer Gott.

Du mußt aber nicht.

Nein, so war es nicht gemeint, Sandra, ich wollte bloß … Er zog ein Gesicht.

Paul lachte wieder. Zu dritt sahen sie sich eine Weile das Programm an. Hines nahm sein Stück Kuchen mit zum Fernseher und aß es dort. Er griff nach der Zigarette, die er sich schon gedreht hatte, und zündete ein Streichholz an. Beim Ausatmen sagte er: Ich geh morgen früh zum Dienst. Ich hab's mir überlegt, wär doch dumm, die Kündigungsfrist nicht abzuarbeiten.

Sandra sah ihn an.

Na ja, ich dachte bloß – wär doch dumm. Das Geld und so, ich mein, beim Arbeitslosengeld hab ich sowieso erstmal die 6 Wochen Sperrzeit, die schicken mich gleich zur Sozialhilfe. Und da wird das Geld, das du verdienst, angerechnet, und dann stehen wir da und kriegen nur den Mindestsatz. Jetzt, wo bald Weihnachten ist und so weiter, sagte er kopfschüttelnd, wir brauchen das Geld doch, und diese zusätzliche Woche bringt's. Findest du nicht?

Sie nickte.

Ich hab Spätschicht, fängt Sonntag abend an. Er grinste. Da kann ich nicht verschlafen. Und krank meld ich mich auch nicht, versprochen. Ehrlich, Sandra, ein voller Wochenlohn, dazu der Sonntag und nächsten Sonnabend auch Spätschicht, das bringt noch 8 Stunden Lohn zusätzlich. Damit kommen wir über die Runden.

Einen Augenblick darauf sagte sie: Es ist deine Entscheidung, Rob.

Ja, ich weiß. Er nickte. Ich weiß, ich finde bloß, wär doch dumm, es nicht zu machen.

Meinst du, die lassen dich?

Was soll das heißen?

Ich dachte, du bist einfach gegangen.

Ach so … Er beugte sich nach vorn und schnipste Asche in den Aschenbecher.

Paul stand vom Fußboden auf, verließ die Küche. Die Klotür ging auf, dann der Klack des Lichtschalters.

Sandra starrte auf den Fernseher.

Hines hustete leise, zog an seiner Zigarette. Beim Ausatmen verzog er das Gesicht. Ich versuche mich zu erinnern, sagte er, was genau ich bei McGilvaray drin gesagt hab – daß ich kündige, hab ich gesagt, aber mehr nicht, glaub ich. Nicht mal, daß ich gleich auf der Stelle alles hinschmeiße, ich hab bloß … Er schniefte und lehnte sich im Sessel zurück. Griff nach seinem Tee, der lauwarm war, und trank ihn in einem Zug aus.

Paul kam herein. Er kniete sich auf seinen Platz auf dem Boden.

Dann sah Sandra Hines an, ihre Augenbrauen fuhren für einen Moment in die Höhe und sie lächelte, dann wandte sie sich wieder dem Fernseher zu.

Etwa zwanzig Minuten später war er rasiert und hatte seinen Anzug an, trug ein Hemd unter seinem Pullover. Er ging die Treppe hinunter und blieb am Hausflur einen Augenblick stehen. Es regnete gleichmäßig, aber nicht stark. Er knöpfte sein Jackett zu, schlug das Revers und den Kragen hoch, trat zur rechten Seite hinaus und hielt sich dicht an der Hausmauer. Um die Ecke herum, immer weiter, an der Haltestelle für die Busse zum Betriebshof vorbei. Er stieg in einen blauen Bus ein und fuhr nach Drumchapel.

Abgesehen von Jungen- und Mädchencliquen, die in den Eingängen herumstanden, war das Einkaufszentrum verlassen. Während der Busfahrt war der Regen erst stärker und dann zu

Graupelschauern geworden. Vor dem Pub knöpfte er seine Jacke auf, schüttelte sich und wischte sich mit dem Ärmel Gesicht und Stirn ab.

Beim Eintreten schlug ihm von einem Ventilator über der Tür heiße Luft entgegen. Am vorderen Ende des Tresens war ein Platz direkt unter dem an der Wand angebrachten Farbfernseher frei; ein alter Mann saß dort, beide Ellbogen auf den Tresen gestützt, umklammerte sein Bierglas und verfolgte das Programm; er mußte für Hines ein bißchen rücken und den Kopf zur Seite drehen, damit er noch etwas sah.

Mehrere Männer bedienten am Tresen, und schon bald hatte Hines sein Bier. Er verließ die Lücke und postierte sich so, als sehe er ebenfalls fern. Später holte er sich noch ein Bier und ging nach hinten, wo eine große Gruppe um eine Darts-Scheibe versammelt war. Nicht weit davon saß Frank an einem Tisch, und an einem anderen Tisch saßen ein Mann und eine Frau, die Hines kannte; sie wohnten auf dem Berg und waren Bekannte seiner Eltern. Er ging hinüber und unterhielt sich mit ihnen, blieb ein paar Minuten.

An dem anderen Tisch stellte Frank ihn der Gruppe vor. Hines kannte einige vom Sehen, und es kam heraus, daß ein paar mit Andy in einer Klasse gewesen waren. Jemand wollte wissen, wo Barbara heute stecke. Dann begann Frank von den alten Zeiten zu erzählen, von den tollen Dingern, die sie im Unterricht mit Griff und Milligan und den übrigen ausgeheckt hatten, von den langen Wanderungen in den Sommerferien – einer hatte seiner Mutter die Bratpfanne stibitzt, und sie hatten sich Eier gebraten, die aber am Boden festgebrannt waren, weil sie kein Fett hatten.

Bei der nächsten Runde bestellten sie für Hines ein Bier mit. Ab und zu rief jemand aus der Darts-Ecke seinen Namen und ging weg und schrieb das Ergebnis mit Kreide auf eine Tafel, bevor er den nächsten Pfeil auf die Scheibe schmetterte. Das Gespräch war jetzt allgemeiner geworden, man sprach darüber, wie der Rest des Abends verbracht werden sollte; manche wollten in die Stadt fahren und tanzen gehen, andere wollten bleiben, wo sie waren, sich vielleicht etwas zu essen mitnehmen und bei jemandem zu Hause Karten spielen. Hines wurde nach seiner Meinung gefragt, und er sagte, er werde gleich heimfahren, er müsse morgen früh zeitig anfangen. Er trank sein Bier aus und lehnte ein neues ab. Er mußte eine halbe Stunde auf einen blauen Bus warten.

Er ging durch den Hausflur hindurch und die Treppe hinauf, machte auf dem ersten Treppenabsatz eine Pause und rauchte eine Zigarette.

Sandra las. Er ging zur Spüle, füllte den Wasserkessel und setzte ihn zum Kochen auf. Er sagte, sein alter Herr sei in keiner seiner Stammkneipen gewesen und so sei er schließlich ins *Vale* gegangen; er habe Barry McBride und ein paar andere getroffen, und sie hätten ihm erzählt, daß gestern nichts mehr gewesen sei; aber sie hätten nicht persönlich mit dem Vertrauensmann gesprochen, vielleicht war also doch noch was und sie hatten es bloß nicht erfahren.

Er ging ins vordere Zimmer und zog sich um. Paul schlief. Wieder in der Küche, wartete er, bis das Wasser kochte, und machte eine Kanne Tee.

Ein ausländischer Film fing an. Sandra hatte den Fernseher eingeschaltet. Er reichte ihr eine Tasse Tee und setzte sich mit seiner.

* * *

Farquar war aber kein ungehaltener Fahrer, das ist der Unterschied. Ungehaltene Fahrer sind hoffnungslos, Mann, ich sag, wie's ist – da fällt mir ein, einmal war ich mit einem zusammen auf'm Bus, der ist mit Absicht in ein Auto reingefahren, rumms, mitten rein, und den armen Scheißkerl da drin hat's zur Tür rausgeschleudert, ist ein paar Meter durch die Luft gesegelt; das Auto drehte sich einmal im Kreis, zweimal. Der Fahrer hatte schon Grund, ungehalten zu sein, aber das entschuldigt kein vorsätzliches Auffahren, wirklich nicht. Außerdem hatte er verdammtes Glück, daß der andere nicht gestorben ist – obwohl die ihn trotzdem wegen Verkehrsgefährdung oder sogar Totschlag drangekriegt hätten. Und er wußte, daß ich wußte, daß er das mit Absicht gemacht hatte. Aber das hat den nicht gejuckt, Mann, der hat so getan, als wär nichts weiter passiert, bloß ein schlimmer Auffahrunfall. Und ich, der gewitzte Schaffner wie immer, gleich raus zur Tür und Zeugen klargemacht, bevor der Rauch sich gelegt hat. Das war Beihilfe, Willie, Beihilfe. Trotzdem, schlechtes Gewissen, so was gibt's nicht. Ich glaub's jedenfalls nicht. Das arme Arschloch, der lag mitten auf der Straße, krumm und schief, Beine und Ellbogen überall. Der war schuld. Der kam nämlich, als der Unfall passierte, mit seinem blöden Auto aus der Seitenstraße, Motorhaube schon auf der Hauptstraße, und hat rumgeschrien, sie sollen ihn einfädeln lassen. Ein richtiger Geistesgestörter. Aber trotzdem kein Grund, in ihn reinzudonnern. Im Ernst, Mann, es zahlt sich nicht aus, im Bus ungehalten zu werden. Wenn das mal anfängt, bist du ernstlich in Schwierigkeiten, man muß es immer ruhig angehen, ganz ruhig.

Was du nicht sagst!

Ja, stimmt, kannst du jeden fragen.

Ich frag aber nicht jeden, ich frag dich, du Mistkerl.

Da hast du aber nichts davon, ich bin nicht beteiligt, ich erzähl nur, wie es war; das ist die Aufgabe eines Schaffners, Zeugen ranholen und sagen, wie es war.

Blödsinn.

Von wegen Blödsinn. Ich erzähl dir 'ne Geschichte, die ist sogar noch besser. Meine erste Woche im Job, und ich fahr mit einem, der anonym bleibt aus dem einfachen Grund, daß er noch im Betriebshof arbeitet. Wir kommen zur Argyll Street – 3 Uhr an einem Samstag nachmittag, alles dicht da, total dicht; wir halten an der Ampel Ecke Jamaica Street. Ich war zu spät dran, als ich einstieg, und weil soviel los war, hatte ich gar keine Chance zu sehen, wer eigentlich fährt, geschweige denn, in welchem Zustand, jedenfalls, der Bus hält an und bleibt ewig stehen, und die Fahrgäste werden alle schon unruhig und sehen sich um, und ich, weil ich noch so neu bin, merk gar nicht, daß da was nicht stimmt – ich renn rum und kassier schnell ab, hatte 'ne kleine Wette mit mir selber laufen, ob ich das Oberdeck fertig krieg, bis die Ampel grün wird, krieg gar nicht mit, daß schon lange grün war und dann rot und dann wieder grün, erst als ich das Hupen hör, seh ich zum Fenster raus, und überall steht der Verkehr, ist alles verstopft, und alle drücken auf die Hupe und scheiß ...

Ich weiß, wer das war.

Was?

Von wem du sprichst, ich weiß, wer es ist.

Niemals.

Reilly johlte auf.

Kann nicht sein.

Doch, ich weiß es.

Dann hast du es von mir.

Wieso?

Woher solltest du es denn sonst wissen?

Reilly zuckte mit den Achseln und lächelte dann. Okay, also, was war?

Was?

Na sag schon!

Was willst du? Wenn du eh schon alles weißt?

Reilly zuckte mit den Achseln.

Hines fuhr auf seinem Sitz herum, stellte die Stiefel auf den Sitz in der Reihe vor ihm und schloß die Augen.

Also erzähl ich dir eine, sagte Reilly.

Fahrer oder Schaffner?

Letzteres.

Aha. Komm ich auch drin vor?

Nee.

Dann will ich sie nicht hören. Handelt sie von wütenden Fahrgästen in Bridgeton Cross? Einem bestimmten Spiel der Glasgow Rangers am Neujahrstag? Denn falls ja, falls ja ...

Was, falls ja?

Falls ja, könnt ihr mich alle mal, ihr blöden Fenier, dann will ich sie nicht hören.

Tja, aber du wirst sie doch hören, denn dieser Bus fährt erst in zehn Minuten hier ab.

In zehn Minuten! Zehn Minuten, was soll das heißen, du Arsch, zehn Minuten waren's schon vor einer halben Stunde!

Blödsinn.

Von wegen Blödsinn.

Doch: Blödsinn, Blödsinn, Blödsinn.

Ach, gib endlich Ruhe, Reilly.

Ich geb doch Ruhe.

Los, wirf die Kiste an.

Zu früh.

Es ist überhaupt nicht zu früh, ich mein ... Hines schniefte, setzte sich kurz danach auf, zog seine Dose hervor und drückte den Deckel auf. Als er den Tabak auf dem Zigarettenpapier verteilte, zog Reilly seine Filterzigaretten heraus und nahm eine aus der Schachtel. Er wartete, bis Hines fertiggedreht hatte, und zündete dann ein Streichholz an. Hines sagte: Wie war das Spiel am Sonnabend?

Beschissen; schwacher Gegner – wir hätten mit unserer Reservemannschaft spielen können ... Er gähnte, stand von seinem Sitz auf und setzte sich dann wieder.

Hines drehte sich halb um; er wischte das Kondenswasser von der Heckscheibe und sah hinaus.

Die Originalausgabe erschien 1984 unter dem Titel
The busconductor Hines bei Polygon, Edinburgh.

Umschlaggestaltung: Camilla Jødal, München
Typographie und Satz: Frese · Werkstatt für Grafik + Fotografie, München
Herstellung: Karlheinz Rau, München
Druck und Bindung: Ebner & Spiegel, Ulm

ISBN 3-935890-14-1